MYALA

SECONDE CHANCE

www.editionsdu38.com

ISBN : 978-2-37453-952-2
Toulouse, avril 2022
Sous la direction de Olivier Saraja
Couverture : Anne-Eléonor Olivier
(photomontage d'après depositphoto)
Maquette : Ameline Renault

Lilian PESCHET

MYALA
SECONDE CHANCE

Les Éditions du 38

INTRODUCTION

Deux ans plus tôt.

La première sensation qui traverse mon corps est le froid, la fin de cette douce et humide moiteur dans laquelle je dormais depuis longtemps. Le contact de mon épiderme contre la table en métal termine de raviver mes nerfs : la brûlure glaciale me provoque de longs et violents frissons.

Des questions me viennent en désordre : où ? Quand ?

Puis vient l'instant où les tubes respiratoires et alimentaires me sont arrachés. Une douleur explose dans ma poitrine. L'air climatisé pénètre à nouveau dans mes poumons. Ma cage thoracique reprend son va-et-vient et tandis que le rythme retrouve une fluidité normale, des régurgitations viennent menacer ma gorge tout juste libre. Je porte mes mains sur ma poitrine pour calmer toutes ces sensations chaotiques qui m'emplissent le cerveau et je finis par me pencher pour vomir un liquide brun. Une fois libérée de ces aliments synthétiques, je me retourne sur le dos. Je suis nue sur cette table en acier. La salle est vide. Seuls des capteurs percent le béton. Ils me scrutent, m'analysent.

Quelques souvenirs me reviennent : les cris, l'explosion, le souffle…

Mes mains sont toujours de cette couleur chocolat au lait, malgré le manque de soleil. Elles partent à la redécouverte de mon corps en glissant sur ma poitrine, mon ventre, mes hanches. Mes formes sont plus rondes. Puis, arrivés où se trouvaient mes jambes auparavant, mes doigts ne rencontrent… rien.

Je me rappelle pourtant de mes jambes arrachées lors de l'explosion de l'agence Empenn, et de la pose de prothèses cybernétiques un peu avant le procès. S'en étaient suivis quelques mois en prison avant que ne tombe la condamnation : vingt ans à dormir dans un caisson cryogénique, dans un état proche du coma. Solution plus économique que la prison.

Malgré la douleur, les tremblements, le chaos, mon cerveau réanime ses rouages. Ma pudeur se ravive et mes mains viennent recouvrir mes parties intimes.

Vingt ans se sont-ils réellement écoulés ? Je n'en ai pas la sensation. Je ne me sens pas plus vieille.

— Myala Muller, annonce une voix via un haut-parleur.

Le son m'arrache un cri plaintif.

Je crache pour extraire de ma gorge ce qui reste du liquide brun puis je tente de confirmer ce qui ne ressemblait pas tant que cela à une question.

Mais aucun son ne sort de ma bouche.

— Née le 2 mai 2014 à Paris. Confirmez votre identité.

Faute de pouvoir parler ou me lever, je me contente d'acquiescer.

— Vous avez été reconnue coupable de destruction volontaire de biens par explosion et d'homicide involontaire, le 18 février 2038. Confirmez-vous votre condamnation ?

Carrément. J'ai détruit ces maudits bioserveurs qui contenaient près de vingt-cinq mille personnes sauvegardées. Empenn, cette maudite boîte avec son agence pour « discuter » avec nos défunts, cette arnaque sans nom et surtout, papa… leur premier cobaye, le premier « sauvegardé »…

Je réitère mon geste avec plus de difficultés : mon dos est faible, ma nuque raide. Mon crâne semble peser une tonne.

— En vertu de l'article de loi du 25 juin 2050, vous êtes éligible au service civique. Ce service consiste à vous placer sous contrôle judiciaire et à vous affecter aux Brigades Criminelles de Police le temps que vous purgiez votre peine.

J'articule sans parvenir à les prononcer, ces trois syllabes :

— Bri… gades ?

— Le service civique proposé aux criminels. Vous pouvez servir dans la police nationale pour réduire votre peine. Confirmez la compréhension du service civique.

J'acquiesce une nouvelle fois malgré la douleur musculaire qui commence à se faire plus précise.

— Acceptez-vous d'accomplir la fin de votre détention en tant qu'agent de police ?

Elle est bien bonne celle-là ! Je ne sais pas ce qui s'est passé depuis ma condamnation, mais visiblement, quelques trucs ont changé…

Dans un dernier effort, j'acquiesce une ultime fois.

Puis je laisse mon crâne reposer sur la table glaciale. Tandis que des infirmiers envahissent la pièce, je repense à l'explosion, aux serveurs balayés par la déflagration, à mes jambes… à mes collègues policiers. J'étais flic, j'ai mal agi, et voilà que le destin m'offre une chance de le redevenir.

Drôle de destin.

Cruel destin.

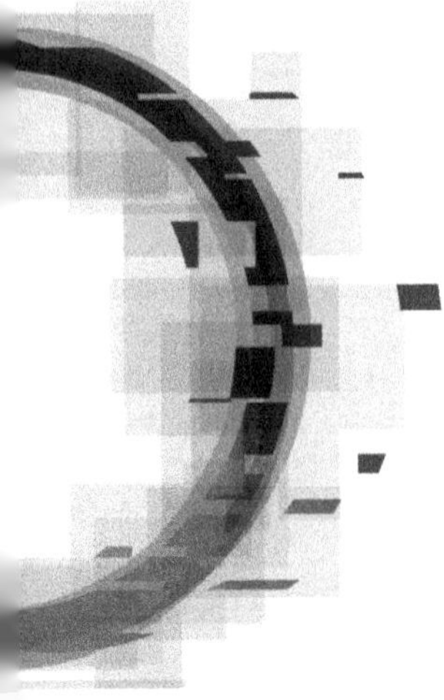

PARTIE 1

Myala, lieutenant de police

La police nationale est composée d'une centaine de Brigades Criminelles de Police et chaque brigade est constituée d'un référent, un ancien flic ou un dégradé, comme moi, et de quatre ou cinq agents en aménagement de peine. C'est-à-dire des personnes dont la dangerosité est encadrable.

Depuis mon entretien express, j'ai rejoint les *BCP* comme on les appelle. Grâce à ça, j'ai retrouvé l'uniforme, les rues, les armes et l'excitation du danger. Mon expérience me vaut même d'être aujourd'hui gradée.

Pour s'assurer de la bonne volonté de tous les brigadiers, l'administration nous implante un mouchard qui nous permet de communiquer, mais qui donne la possibilité au Gardien de nous surveiller, de tout enregistrer et d'intervenir en cas de manquement.

Et ce n'est pas du luxe : malgré cette surveillance, plusieurs agents ont franchi la ligne et nous avons dû nous occuper d'eux…

Au final, aux BCP, nous sommes prisonniers et flics en même temps. Nous évoluons dans un système aux portes de la schizophrénie, qui nous convient toutefois. Enfin, qui convient à 95 % de la police nationale depuis sa privatisation, mais pas à tous les citoyens. Pour les riches aristocrates européens, nous sommes des mains serviles, bonnes à faire le sale boulot, à nettoyer la merde que leurs décisions économiques engendrent. Pour les pauvres, nous sommes des traîtres, des collabos, des voyous déguisés en flics. Il m'a fallu six mois pour m'y faire, mais ça y est. J'y suis parvenue.

— Tous dans les véhicules !

— Tout ça pour un mec qui veut tuer sa femme, balance Vince d'un ton cynique.

Il prend place derrière le volant de sa voiture électrique, tandis que Diop, son coéquipier, s'assoit à côté de lui. Mike, mon second, me rejoint.

Avant d'être opérationnelle, j'ai dû subir une série d'opérations, pour me faire poser une nouvelle paire de jambes, puis des tests et cinq mois d'entraînement pour finir. Enfin, ils m'ont greffé ce moyen de communication mental dont disposent tous les flics, un implant biologique, le fameux mouchard qui nous permet aussi d'échanger sans ouvrir la bouche : l'iThink.

« Asima, tu me reçois ? »

« Cinq sur cinq. »

« Nous partons. »

En cinq ans, j'ai gravi quelques échelons. De simple bleue, j'ai fait mes preuves au point de me retrouver lieutenant, c'est-à-dire à la tête de ma propre brigade. Elle est singulière par sa composition : contrairement aux autres, ses membres sont très différents, de tous âges et chacun possède une spécialité qui lui est propre. Malgré tout, mes « hommes » ont un point commun : je les ai choisis personnellement. J'ai parié sur eux. Et si tout se passe bien, d'ici quelques années, nous serons tous libres.

Mes choix se sont plutôt révélés judicieux : au fil des mois, la brigade a su trouver un équilibre précaire. Chacun a de la place pour s'exprimer, tout en œuvrant en équipe, pour coffrer les malfrats qui pullulent dans la région parisienne. Voilà pourquoi notre taux d'élucidation est 10 % supérieur aux autres brigades. Ce qui nous ramène à un taux avoisinant les 50 %, faisant de nous l'une des meilleures brigades du QG, situé au 36 quai des Orfèvres.

Les sirènes s'enclenchent, nous démarrons en trombe, en pilotage automatique. En moins d'une poignée de secondes, nous nous engageons sur les avenues parisiennes, les autres véhicules se garant automatiquement pour nous céder la place et les feux passant au vert à notre approche. Avant, il nous fallait zigzaguer entre les voitures en espérant n'en percuter aucune, mais depuis l'avènement des Intelligences Artificielles Urbaines, beaucoup de capitales se sont informatisées, de telle sorte que nombre d'équipements sont automatisés.

« Intervention de niveau 2. On est passé des hurlements aux coups de feu. » nous indique Asima.

En contact avec Sherlock, l'une des dernières IAs policières en fonction dans nos commissariats, et encore faut-il voir dans quel état, Asima joue l'agent de liaison entre le système d'information et le terrain. Elle nous livre les données stratégiques et nous les confirmons, ou les infirmons. C'est selon.

« On a identifié les occupants de l'appartement ? »

« Non, c'est un squat. »

Je n'aime pas ça. Nous ignorons tout de leur armement, de leurs implants et, du coup, de la dangerosité de l'intervention. Avec un peu de malchance, nous allons nous retrouver au milieu d'un règlement de comptes…

La tête de Vince apparaît dans mon tableau de bord :

— Niveau 2 ! On va enfin rigoler !

Je soupire et coupe la comm. Mike intervient :

— Difficile de croire qu'il a cinquante ans.

— L'âge n'y est pour rien. Ce sera toujours un gamin.

Cinquante ans…

Parfois, je me demande à quoi aurait ressemblé ma vie s'il n'y avait pas eu Empenn, si je m'étais contentée d'être flic. Serais-je devenue une gradée, aurais-je subi la privatisation, comme les autres ? Qui peut le dire ? J'ai fait ce que j'estimais devoir faire, un peu comme aujourd'hui.

Les voitures prennent une rue entre deux immeubles haussmanniens avant de piler. Nous descendons, les sirènes continuent de hurler et les gyrophares poursuivent leur clignotement. Les coffres s'ouvrent et nous saisissons les gilets pare-balles, les casques, les munitions supplémentaires et les menottes, au cas où.

Au moment où j'installe ces dernières dans les poches revolvers du pantalon tactique, une vive douleur me remonte des jambes. De là où se trouvaient mes jambes. Pour faire taire ces douleurs fantômes, lorsqu'elles deviennent trop intenses, je dois prendre des antalgiques. Version spéciale pour les cybers, à base de nano-je-sais-pas-quoi. Les bons jours, seules deux ou trois prises suffisent, les mauvais, une dizaine me sont nécessaires. Mais je dois faire attention : cette béquille chimique n'est pas sans risque. De l'abrutissement à l'addiction, de la destruction neuronale à la dégradation du foie et des reins, je suis obligée de surveiller ma consommation.

J'avale discrètement un comprimé, sous l'œil affûté de Vince. Avec tous ses membres cybernétiques, qui sait combien il s'enfile de cachets...

Nous terminons de nous équiper, chacun réagissant à sa manière avant une intervention musclée : Vince sourit, Diop se renferme, Mike adopte son visage grave, habituel, et moi, je plisse les yeux et serre les dents, tout en sentant mon cœur accélérer son rythme. Des souvenirs me reviennent. Comme à chaque fois, je revois l'explosion, mes jambes s'arracher, mes cris percer les bureaux ravagés...

— Lieutenant ! me lance Vince. On y va ?

Vince, cet ancien de l'Europolice rapiécé de partout, est un gaillard carré, musclé, qui s'est épaissi au fil du temps, si bien qu'aujourd'hui on le croirait taillé dans un bloc de granit. Il a le visage usé, creusé, un peu par l'alcool qu'il ingère quotidiennement, sans doute aussi par les cigarettes qu'il s'enfile quand j'ai le dos tourné. Il porte une barbe grisonnante, plutôt fournie. Son front large, haut, révèle un caractère têtu, sanguin, qui lui a valu de se faire virer de la police fédérale. Il ne nous a jamais dit pourquoi, comment, mais il en garde une certaine rage, une envie de se venger, qui se remarque à son corps, ses muscles, ses implants cybernétiques, qui semblent toujours tendus comme la corde d'un arc. Il lui reste treize ans à tirer, nous avons parié qu'il ne les tiendrait pas.

En entendant ces mots, Diop croise ses larges bras contre son torse épais. Il n'apprécie pas les sorties de Vince et Vince, tout aussi explosif qu'il soit, respecte les deux mètres de haut et le quintal et demi son coéquipier. Malgré sa vingtaine d'années, Diop, avec un cou énorme et un visage aux traits grossiers, est un ancien sportif : il a survécu aux matchs de streetball, un foot de rue hyper violent où tous les coups sont permis, grâce à des modifications génétiques telles que renforcement osseux, densification musculaire, réflexes augmentés et surtout une capacité de régénération impressionnante. Il espérait rejoindre le championnat officiel, mais un homicide est venu rebattre ses cartes. En 2046, sans que son dossier ne précise pourquoi, il a battu à mort le directeur de l'orphelinat dans lequel il vivait, ce qui est étonnant tant il ne perd jamais son calme. C'est pourtant un bon agent, serein, intelligent et pointilleux, le parfait contrepoids de Vince.

Mike, enfin, est un ancien pilote de drones, spécialisé dans la contrebande. Ses appareils traversaient la frontière à toute allure, en contournant les systèmes de sécurité. Il trafiquait de tout, des médicaments aux implants, des organes à la drogue. Il a fini par se faire pincer par les fédéraux. Quinze ans. Puis il y a un an, il a choisi la police. La trentaine, maigre, souple et très vif, il porte sur la tête une tignasse brune qui semble subir une tempête continue. Diop se demande toujours comment des membres si longilignes peuvent porter une telle carcasse, mais Mike n'en sait rien lui non plus, il préfère en sourire. Ses yeux bleus, perçants ne tiennent pas en place. Ils scrutent, courent, vont et viennent d'un coin de la pièce à un objet, puis de l'objet à une vitre, un peu à la manière d'un oiseau craintif qui cherche à s'enfuir de sa cage. Je suppose que ce sont les vols en immersion qui lui ont donné cette fébrilité, ce besoin d'espace, de hauteur. Toujours est-il qu'il doit encore accomplir sept ans de service avant de pouvoir retrouver sa liberté.

— On y va, dis-je.

« À trois, on entre ! »

Vince, Mike, Diop acquiescent. L'arme au poing, ils retiennent leur respiration. Les muscles sont tendus, les esprits concentrés, inquiets. Intervenir dans un appartement n'est jamais évident. Les couloirs, les pièces, chaque recoin peut servir de cache, et chaque cache peut s'avérer mortelle…

Implants iThink enclenchés, nous sommes tous les quatre en contact par la pensée avec Asima. Elle enregistre notre intervention tout en assurant nos arrières, à distance.

Aucune parole ne sera plus prononcée dans les instants qui vont suivre. Grâce à l'iThink, notre appréhension de la situation sera maximale, nos réactions également, en un mot, nous aurons un avantage tactique.

Reste à bien se déployer.

À ne pas merder.

Le métal de la crosse, contact froid, dur, me renvoie à mes responsabilités, à ma fonction de lieutenant. Ces hommes sont les miens, je les ai choisis, et ils ont accepté. Nous sommes plus qu'une brigade, plus que des collègues ; nous sommes presque une famille.

Je dois veiller à ce que chacun rentre chez lui ce soir.

« Un ! »

Les gorges se serrent. Personne n'apprécie ce moment, ces dernières secondes avant l'assaut.

« Deux ! »

Intervention de niveau 2, coups de feu, ça sent jamais bon.

« Trois ! »

D'un coup de pied, Vince fait exploser la porte. Le montant de bois est propulsé avec une telle violence qu'il traverse le couloir se trouvant derrière.

Nos lunettes passent en mode « vision nocturne » au moment où nous nous élançons. Tout le décor nous apparaît en nuances de vert.

« Vince, à droite ! »

Il s'engouffre par la première porte à droite, dans ce qui fut une cuisine.

« Diop, à gauche ! »

Il pénètre dans le salon.

« Mike, avec moi ! »

Nous traversons le couloir central pour fouiller la dernière pièce, dont la porte est fermée.

« RAS ! » indique Vince.

« Mike, t'as pas amené de jouet ? »

« Vince, c'est pas le moment. »

« Y a pas la place de déployer des drones. »

« Ne lui réponds pas bordel ! » dis-je. « Diop ? »

« RAS. » annonce-t-il en venant nous retrouver.

Un cri retentit dans la pièce encore fermée.

Nous nous figeons.

Vince nous retrouve. Nous sommes au complet.

« Plus un bruit ! »

Du bureau, Asima qui enregistre toutes nos interventions, profite de cette fraction de seconde d'arrêt pour faire basculer nos caméras embarquées en mode infrarouge, puis thermographique.

« Cible derrière la porte ! » nous indique-t-elle.

« On va y aller. »

Les respirations se taisent. Les armes fixent la porte. J'approche ma main de la poignée… pas le temps de l'atteindre : un homme en sort, avec un vieux fusil-mitrailleur. Il fait feu sans viser, tirant au hasard dans le couloir.

Nous ripostons.

Les éclairs des tirs nous éblouissent.

Nos cris se mêlent aux sons courts et violents des déflagrations.

Diop fait feu à son tour.

Vince tombe à la renverse.

Mike reçoit plusieurs tirs, dont un qui le désaxe légèrement. Il sursaute au moment où une balle lui frappe la poitrine, puis tourne sur lui-même quand sa cuisse est touchée. Enfin, il s'effondre quand le dernier projectile lui pénètre le crâne.

Tout en tendant la main vers lui, espérant pouvoir lui porter secours, je crie sans m'en rendre compte.

Je crie encore lorsque les balles de Diop transpercent notre assaillant.

Mike !

Et je crie encore lorsque le silence s'abat dans l'appartement.

Mike !

Sam

Le matin commence toujours avec l'ouverture des rideaux. J'espère découvrir par la fenêtre un ciel bleu limpide et un soleil éblouissant. Mais non, ces journées de printemps sont toujours grises et pluvieuses. D'après les météorologues, la grisaille va s'intensifier. Si nous ne faisons rien. C'est pourquoi j'ouvre les rideaux avec espoir. L'espoir, c'est la force positive qui fait bouger le monde. C'est ce que disait tout le temps papa.

Ensuite, je prends une douche bien chaude. La chaleur stimule la circulation sanguine. Elle réveille le corps et l'esprit. C'est aussi ce que papa disait.

Puis je mange un bon petit-déjeuner. Un bon petit-déjeuner est composé de protéines, de féculents, de sucre et d'un stimulant. Le stimulant de papa, c'est le café. Moi, je n'ai pas de vrai petit-déjeuner : je mange des barres fabriquées que le laboratoire me livre tous les samedis. Elles m'apportent tout ce qu'il faut pour être en bonne santé. C'est rassurant de les manger : on sait qu'on ne manquera de rien.

Enfin, je m'habille. Je noue ma cravate, en faisant attention à ce maudit nœud. Il penche toujours à droite ou à gauche. Je replie dessus le col de ma chemise, puis je passe une veste. Je suis presque prêt.

Avant de partir, je vérifie une ultime fois ma mallette. Au fond, les huiles, les encens, les gels. Au-dessus, les appareils de stimulation sexuelle sont rechargés. Au-dessus encore, les gants, les préservatifs et la blouse. J'ajoute en dernier le lecteur de musique, qui a chargé toute la nuit sur ma table de chevet.

C'est important de ne rien oublier. C'est pourquoi papa me disait toujours : travaille avec une routine. La routine est ce qui nous préserve du chaos. Et le chaos, personne ne le souhaite.

Ma mallette est à roulettes. Je la traîne derrière moi toute la journée. Elle fait du bruit, mais c'est pas grave. C'est mieux qu'avant, quand je chargeais tout dans un sac à dos. Car je transpirais beaucoup et le soir, j'avais mal au dos. C'est papa qui m'a conseillé de prendre une mallette à roulette. Il a toujours eu de bons conseils mon papa.

C'est un bon papa.

Je quitte mon deux-pièces en direction du TIAM, le Transport Individuel Automatisé Métropolitain. Il est fait de petites voitures électriques blanches, sans pilote, qui nous emmènent où on veut. Mais pour en attraper une, il faut se rendre aux parkings. C'est là où elles attendent. C'est pas loin, à quelques mètres de chez moi. C'est pratique parce que ma patiente habite dans le seizième. Et c'est loin. Elle s'appelle Céline. Elle est très jolie. Elle est jeune et elle porte de longues robes soyeuses, avec de belles couleurs, qui lui donnent un air joyeux. Elle a beaucoup d'argent et on pourrait croire qu'elle a beaucoup de chance. Mais en vrai, elle en a pas tant que ça. Elle n'est pas heureuse, elle est très malade. Tous les jours, elle prie pour aller mieux, mais son Dieu ne l'entend pas, elle ne guérit pas.

Elle veut pas aller à l'hôpital. C'est pas qu'elle a peur des soins, non, mais son Dieu refuse qu'on touche à son corps. Elle croit que son être doit rester pur pour sa vie d'après. Alors je lui ai demandé de quelle vie d'après elle me parlait. Elle m'a répondu qu'il s'agissait de la vie une fois que la mort nous a emportés. C'est une drôle d'idée, mais elle affirme qu'une fois mort, notre corps retourne à la terre pour reprendre sa place dans le grand cercle de l'existence.

Je n'ai pas trop compris cette histoire de cercle de l'existence. Mais ce que je sais, c'est que mes soins sont tolérés par son Dieu.

Alors je lui rends visite pour la soulager, pour la soigner, elle et d'autres comme elles. Je l'écoute, je l'apaise, je la caresse si elle le souhaite. Parfois, je lui fais l'amour, quand elle le demande, mais c'est rare.

Je comprends pas pourquoi elle veut si peu : nous avons vu à l'école que les hormones libérées lors des caresses sont, ouvrez les guillemets, de la lulibérine, de l'endorphine, de la dopamine et de l'ocytocine, fermer les guillemets. Elles favorisent toutes le bien-être. Et le bien-être favorise la guérison. Et la guérison, c'est bien ce qu'elle espère… je crois.

J'arrive enfin au parking du TIAM. Je monte dans la voiture qui ressemble à un ballon.

Myala, lieutenant de police

Mike reçoit plusieurs tirs, dont un qui le désaxe légèrement. Il sursaute au moment où une balle lui frappe la poitrine, puis tourne sur lui-même quand sa cuisse est touchée. Enfin, il s'effondre quand le dernier projectile lui pénètre le crâne.

Je crie sans m'en rendre compte.

Mike !

Et je crie encore lorsque le silence s'abat dans l'appartement.

Mike !

Et je crie encore au moment où je me réveille.

Je suis en sueur, sur mon lit. Sur le sol, la couette est tombée, en boule. Mon cœur bat la chamade et mes mains tremblent encore, marquées par le souvenir que je viens de revivre. Parce qu'il ne s'agit pas d'un rêve. Deux jours déjà que Mike est mort. Ce n'est pas la première fois que ça arrive, que ça m'arrive : tous les lieutenants y sont confrontés et chacun gère cela comme il peut. Car il n'y a aucune formation qui prépare à surmonter ce type d'événements…

Mike.

Sa mort me reste en travers de la gorge.

La fusillade ne cesse de me hanter.

Ça suffit Myala, faut aller au boulot !

J'ôte le drap qui recouvre mes jambes cybernétiques, des implants usés, mais fonctionnels. Je vérifie leur niveau de batterie, elles sont pleines. Avant de les utiliser, je m'imagine sans elles pendant deux minutes. Je visualise mes cuisses sectionnées, les cicatrices grossières et la peau refermée, repliée sur l'os, tel un chignon de chair…

Ce petit exercice est recommandé pour limiter les douleurs fantômes. Je ne suis pas certaine de son efficacité, mais je m'y plie, espérant que grâce à lui j'aurai moins recours aux nano-antalgiques. D'autant que mon stock se réduit de jour en jour. Je devrais refaire un saut au distributeur pharmaceutique, mais je n'ai pas d'ordonnance : mon corps est saturé de nano-cochonneries, les médecins sont frileux à m'en prescrire à nouveau.

Go !

Je m'assois et pose sur le sol mes pieds synthétiques. Je sens la résistance de la moquette, mais pas sa douceur. Je me redresse. Les genoux grincent, les membres inférieurs hésitent un instant. Ils font preuve d'une faiblesse qui s'aggrave de mois en mois. Je devrais les faire réparer, mais faute de pièces de rechange, elles poursuivront leur mission, jusqu'à leur rupture.

Je quitte la chambre et marche en direction du salon. Sur la table basse, un verre d'eau à moitié plein patiente. Je le termine d'un trait et le repose, avant de constater le clignotement de l'holophone m'indiquant un message. D'un geste lointain, je déclenche sa lecture. Le commandant Léonin apparaît sous la forme d'un torse recréé par un jeu de lumières dont je ne comprends toujours pas le fonctionnement. Le vieil homme rondouillard, aux cheveux grisonnants et à la mine traversée de cicatrices, commence à parler :

« Nous avons reçu la demande de la famille de Mike. La crémation aura lieu le… »

Je l'entends à peine. Lors du résumé de l'intervention, d'un coup d'œil, il avait saisi le bouillonnement en moi et pendant cinq minutes, il avait quitté la froideur qui lui permet de maintenir une certaine distance entre lui et ses hommes, pour me parler. De flic à flic.

Il est sans doute l'un des derniers vrais flics en fonction et il fait de son mieux. D'un côté, il doit gérer des agents tout juste sortis de prison et de l'autre, il subit l'IA ministérielle qui scrute les budgets, les dépenses et l'efficacité des troupes sur le terrain. C'est pour ça qu'il m'a laissée tranquille jusqu'à maintenant, m'observant de loin, ne sachant pas trop si j'allais me saouler ou déconner plein pot. J'ai d'ailleurs longtemps hésité, avant de ne choisir aucune des deux options.

D'un geste, j'efface le message. Inutile de l'écouter : le lieu et la date seront intégrés automatiquement à mon agenda personnel.

Une crémation.

C'est la mode ces dernières années, au point que les cimetières se meurent, ce qui est un comble.

La famille de Mike.

Quelque part, nous en faisions partie, ou du moins, nous étions sa seconde famille : tout le temps ensemble, les uns avec les autres. Avec une frontière floue entre le professionnel et l'intime, les liens qui nous unissent sont profonds et confus. Collègues ? Amis ? Confidents ? Qui saurait le dire ? Rien n'est clair. Rien n'est fixe.

C'est pourquoi nous oublions souvent qu'en dehors de la brigade chacun possède une autre famille, celle du sang, celle qu'on ne choisit pas, celle qu'on subit… Sauf Vince, ce vieux loup solitaire. Et moi. Ma mère est morte depuis plusieurs années et mon père… il n'était plus qu'un esprit prisonnier sur un serveur, dans les datas privatisées d'Empenn… Tout faire exploser était l'unique manière de le libérer, d'une certaine façon.

Je rejoins la cuisine. Je place dans une assiette creuse les flocons d'avoine puis le lait bio pris dans le frigo. Un coup de micro-ondes et la mixture est prête. Je l'ingère sans y prêter la moindre attention, concentrée sur les informations qui déroulent un flot continu d'agressions diverses et variées. La fédération européenne, depuis son instauration, a cherché à mettre en œuvre une nouvelle police, disposant de moyens technologiques ahurissants. Sur le papier, cette police aurait dû réduire le taux de criminalité. Dans les faits, la pauvreté croissante a fait exploser la violence, les vols et le marché noir. Jamais l'Europe n'a autant ressemblé à un bidonville. L'origine des aménagements de peine en temps de service auprès des autorités vient de cette difficulté à maintenir l'ordre un peu partout : plutôt que de multiplier les agents fédéraux, la fédération a choisi de créer des polices nationales à bas coût. À eux les enquêtes un peu complexes, à nous les bastons de rues et les interventions musclées. Et le plus souvent les mauvais coups.

Comme la mort de Mike.

Mike.

Il avait une femme et des enfants. Deux, je crois. Il nous parlait rarement d'eux. Il préférait se vanter de ses drones, qu'il rachetait d'occasion, pour les rapiécer et les lancer dans des courses de rue douteuses. Un drôle de vantard ce Mike. Mais un bon flic.

Dans deux jours, j'affronterai le regard de ses proches. Je devrai leur présenter mes condoléances, et mes excuses. Mais surtout pas mes larmes. Aucun gars de la brigade ne devra les entrevoir. Jamais. Il en va de ma légitimité à les diriger…

Des excuses…

Si Mike y est resté, c'est de ma faute.

Parce que j'étais son lieutenant.

Parce que je devais veiller sur lui.

Avant de partir, je vérifie la batterie de mes lunettes de réalité augmentée et les passe, une fois rassurée. L'affichage démarre et en haut, à droite, j'ai bien le nombre d'années de service qu'il me reste à tirer : dix ans.

Dix ans…

Et encore, j'ai eu de la chance : le Gardien, l'IA qui joue le rôle de police des polices et qui nous surveille H24, ne m'a pas collé d'années supplémentaires. Car lorsque nous fautons, les années de service augmentent automatiquement.

Je retire les lunettes et les range dans la poche de ma veste.

Je suis l'une des rares à porter ce genre d'antiquité : aujourd'hui, tout le monde se trimballe avec ces lentilles connectées, qui placardent sur la réalité des pubs, des infos, des affichages du type messages ou visiophone. Moi, je ne les supporte pas. J'ai les yeux trop secs. Je dois me contenter de ces lunettes, ce qui me va bien : je peux les enlever facilement, ce qui m'offre le luxe de pouvoir me déconnecter, d'assainir mon champ de vision, de me recentrer sur mes pensées.

En un mot, je fais ma vieille.

Avant de partir, je me regarde dans le miroir qui se trouve derrière la porte de mon appartement. Ma peau a pris une teinte plus chocolatée, ces derniers mois. Cette couleur masque ma fatigue, mais mes cheveux en vrac trahissent la mauvaise nuit que j'ai passée. Je réarrange ma coupe tant bien que mal et une fois prête, je rejoins le parking du TIAM. La monoplace électrique file sans le moindre bruit en direction du QG. Pendant la route, je repense à l'incident, à Mike, au sol, au milieu d'une gigantesque flaque de sang…

Ressaisis-toi Myala.

Quand même, nous sommes entraînés, prêts pour ce genre d'inter, comment cela a pu dégénérer de la sorte ?

Une fois au pied du QG, je lâche la mono et passe l'entrée, surveillée par des robots de défense plus qu'usés. Je traverse le hall et hésite entre monter retrouver mes hommes et descendre dans la salle d'entraînement. Poussée par la curiosité, je descends.

La salle est vide. Je la verrouille et opacifie les vitres.

— Sherlock !

— Lieutenant ? répond la vieille IA.

— Intervention 08-2354T6-D !

Le léger vrombissement qui suit indique que l'IA recherche l'enregistrement.

Sherlock…

Les rumeurs prétendent qu'on l'a surnommé ainsi en référence à la vieille série anglaise : les gars trouvaient qu'elle lui ressemblait, avec ses déductions précises et son manque d'empathie. Car elle était d'une terrible efficacité au début. Maintenant, avec la réduction des budgets, moins de crédits lui sont alloués. Elle survit, parvient parfois à tirer deux ou trois conclusions intéressantes, mais sans plus briller. De génie elle est devenue technicienne en datas…

D'un coup, le visionnage se lance. Les murs bardés d'électronique s'effacent pour laisser apparaître notre assaut dans le vieil appartement. En haut à gauche, le plan en 2d dessine les pièces et précise nos emplacements. En face de moi, je vois nos avatars stylisés progresser. Nous défonçons la porte, puis nous pénétrons dans les lieux. Les contrôles sont exécutés avec précision. J'ai beau chercher, je ne vois aucune erreur. Je ne vois pas comment nous aurions pu éviter ce tir…

Je déroule la séquence, encore et encore.

L'homme qui sort de la pièce et fait feu sur nous.

Diop qui le prend à revers, alors que nous sommes coincés dans ce maudit couloir. Les détonations, les trajectoires des balles qui se dessinent en traits colorés, et Mike, toujours Mike, qui reçoit les projectiles.

— Encore !

La scène reprend au moment où l'homme sort de sa cache.

Je déplace les hommes, simule une stratégie différente, espérant modifier la conclusion. Mais à chaque fois, l'un de nous tombe. La faute à l'agencement.

Pour en sauver le plus possible, il aurait fallu éparpiller les gars. Autrement dit, pour les sauver, il aurait fallu prendre plus de risques. Conclusion contre-intuitive s'il en est.

— Encore !

Normalement, nous sommes formés pour les affrontements de ce type. Nous nous entraînons au tir réflexe, nous répétons des situations de stress, qui nous obligent à jauger à l'instinct, sur l'instant.

Mais cette fois, quelque chose n'a pas fonctionné : personne n'a fait feu avant le tireur.

— Encore !

Quelque chose cloche dans la séquence, mais je n'arrive pas à mettre le doigt dessus.

Un appel via l'iThink :

« Myala, pourrais-tu venir ? »

Le commandant.

« J'arrive. »

— Arrêt de l'analyse !

La vidéo se fige, avant de s'effacer d'un coup. Je me retrouve seule, dans cette pièce où j'ai passé un temps inimaginable à m'entraîner, dans cet immeuble que je connais sur le bout des doigts, mais dans lequel je me sens un peu perdue.

Je quitte la salle et file vers ce qui reste de l'ascenseur : nous avons dû démonter les portes palières de plusieurs étages, suite à des pannes à répétition. Dans le couloir usé, les odeurs fauves des suspects sous pression et des flics qui les bousculent remplissent l'atmosphère d'une sauvagerie qu'on ne rencontre qu'une fois que le respect, la politesse, les bonnes manières et la réglementation ont disparu. Ici, dans les salles qui se succèdent, s'affrontent des prédateurs et des proies. Et le jeu des interrogatoires les voit intervertir leurs rôles au fur et à mesure de la journée.

Les portes de cabine de l'ascenseur s'ouvrent dans un glissement bancal. Elles aussi auraient besoin d'huile, mais tout comme mes jambes, elles subissent les réductions de budget et, par rebond, d'entretien.

Je monte jusqu'au dernier étage. Le lieu choisi par les hauts gradés encore humains pour surveiller leurs hommes. Leurs supérieurs numériques préfèrent se terrer dans l'ombre des sous-sols, quand ils ne se trouvent pas dans de lointains clusters composés de centaines de containers.

La porte de droite se rouvre, mais celle de gauche se bloque, grippe, craque, avant de coulisser. Je l'abandonne à son sort et remonte jusqu'au bureau du commandant.

Je prends une profonde inspiration, puis j'ouvre la porte.

— Myala ! m'accueille le commandant Léonin. Nous t'attendions.

Dans le bureau se trouvent deux autres gradés dont j'ignore l'identité. Le premier est petit, trapu, une musculature dense masquée par un uniforme large au tissu léger. Sans doute renforcé. À la fois strict et classe. Sa veste cache d'ailleurs à merveille son arme, enfoncée dans son holster, au niveau de sa poitrine. Sa coupe de cheveux est au millimètre et sa barbe rasée au laser. Le second est plus fin, plus vieux, les traits creusés et les cheveux grisonnants. Lui aussi porte une arme, mais visible, sur la hanche. Son uniforme est du même acabit. Il dégage un calme que je ne sens pas. Similaire à celui que l'on ressent avant la tempête…

Leurs insignes fédéraux brillent.

— L'Europolice… dis-je.

Les trouver dans nos locaux n'annonce rien de bon.

— Nous discutions de l'avenir de ta brigade, commence le commandant.

L'Europolice est constituée de différentes unités, chacune possédant des insignes distinctifs : la brigade criminelle, celle en charge des trafics, celle qui s'occupe de la délinquance virtuelle ou celle qui traite les délits financiers. Aucune n'arbore ces deux épées qui se croisent, entourées par une sorte de lierre orange, à moins que ce ne soit un brin d'ADN.

— La mort de Mickael est un événement regrettable, triste… reprend Léonin. Mais il connaissait les risques.

Je saute sur l'occasion :

— À ce propos, je souhaite conserver les fichiers de notre intervention.

— Naturellement. Mais ne passe pas trop de temps dessus. La commission a validé le rapport automatique fourni par le Gardien.

Cela confirme l'absence de sanction. Je tique, tant c'est inespéré.

— Il n'y a eu aucun manquement, assure le commandant. Aucune erreur.

J'acquiesce, sans vraiment y croire.

Il soupire, conscient que j'ai du mal à accepter une simple conclusion administrative, fût-elle favorable. Il a été flic. Il connaît le terrain. Il sait combien nous dépendons les uns des autres et combien un mauvais lieutenant peut très vite perdre la confiance de ses hommes.

— Nous avons un nouvel élément pour remplacer Mickael, reprend le commandant.

— « Remplacer Mickael » ?

— Oui. Je sais que d'habitude nous choisissons tous les deux parmi les dossiers en attente, mais cette fois, ces messieurs nous proposent un jeune flic, tout droit sorti de l'école.

— Un bleu…

Je tique une nouvelle fois. D'ordinaire les bleus intègrent l'Europolice. Les salaires y sont mirobolants et les missions bien moins risquées en comparaison de ce que doivent se taper nos brigades.

— *Un jeune*, oui, insiste Léonin.

— Ils n'ont pourtant pas l'air de diriger une école de police, dis-je en toisant les deux gradés.

— C'est vrai, intervient le plus petit des deux hommes en costume. Mais vous n'avez pas besoin d'en savoir plus.

— Je n'intègre pas dans ma brigade des bleus sortis de nulle part. J'ai déjà assez à faire avec un agent cybernétisé ingérable, un bio qui ne cesse de bouffer, une informaticienne angoissée et un…

— Il vous manque quelqu'un, intervient le plus vieux.

— C'est trop dangereux. Les gars qui nous rejoignent ne sont pas des enfants de chœur. Ils ont trempé dans différentes magouilles, ils ont de la bouteille, ils savent se battre et…

— Écoutez, me coupe le vieux, donnez-lui une chance. Nous avons amené son dossier. Vous pourrez voir ses caractéristiques, ses résultats aux examens de l'école, et vous jugerez sur pièce.

— Ces messieurs ne font que nous proposer une recrue, intervient le commandant. Nous sommes libres de refuser.

— Et si je refuse ? demandé-je.

— Pas de problème, me confirme le plus vieux. Nous en resterons là. L'objectif est d'obtenir un partenariat gagnant-gagnant.

Gagnant-gagnant ? Avec l'Europolice ? Quelle blague !

— Au pire, prenez-le à l'essai, conclut le plus petit.

Je prends quelques secondes pour les considérer et soupeser leur offre. D'habitude, la police européenne n'a pas besoin de nous. C'est même plutôt l'inverse. Et autant nous la détestons, autant les fédéraux nous méprisent. Le simple fait que ces gars veuillent nous refiler un jeune est suspect. Qu'a-t-il de spécial ? Est-il mauvais ? Dangereux ? Je ne sais pas trop quelle hypothèse envisager. Et leurs sourires figés, leurs regards qui me fixent à m'en mettre mal à l'aise ne m'aident pas à deviner leurs intentions.

D'un autre côté, le commandant semble leur faire confiance. S'il juge l'arrangement acceptable, et la recrue valable, je ne vois pas pourquoi m'y opposer.

— Très bien, conclus-je. Je veux bien étudier sa candidature.

— Vous ne le regretterez pas, affirme le grand avec un large sourire.

— Je t'ai envoyé son dossier, précise Léonin. Tu as deux jours pour te prononcer.

— Et pour Mike ?

— Je viendrai. Naturellement.

Sur ce, il m'invite à sortir du bureau. C'est un geste qui ne lui ressemble pas.

Je salue les deux fédéraux et je quitte l'endroit, en direction de l'ascenseur.

Sam

Je suis face à l'immeuble de Céline. J'observe sa façade en pierres blanches. Il compte huit étages. Il est d'un style ancien : il a de grandes fenêtres et un balcon au quatrième étage. Tous ceux du quartier sont identiques. Ce sont de vieux bâtiments dont l'intérieur a été rénové. Pour entrer, il faut se présenter à la gardienne. La gardienne c'est pas quelqu'un de vrai, c'est une personne en image, qui vit dans le mur de lumière. Elle est toujours très gentille et très polie. Elle a un peu l'air d'une mamie.

J'approche de l'entrée et me présente :

— Bonjour, je suis Sam et je viens pour Céline.

— Entrez, c'est ouvert.

— Merci.

— Bonne journée.

— Bonne journée à vous aussi.

Je tire la mallette. Je gravis les marches qui conduisent à l'ascenseur. Il m'attend. J'entre dedans et il m'emmène au bon étage. Je prends le couloir et je frappe à la deuxième porte à droite. Une voix douce derrière la porte dit : « J'arrive ».

C'est l'infirmière qui ouvre. Nous nous connaissons. Elle s'appelle Marie. Elle est jeune, comme moi. Elle est allée à l'école des aides-soignants, comme moi. Elle porte un uniforme. Elle a de la chance. Moi je n'ai qu'une blouse. Elle me sourit. D'un joli sourire.

— Elle est dans la chambre du fond ?

— Oui, dit-elle.

— Comment évolue le cancer ?

Elle marque une pause et me regarde. Elle hésite ou réfléchit. Je sais pas trop. Elle reprend :

— La situation s'aggrave. Elle n'en a plus pour longtemps.

— C'est dommage…

— Suis-moi.

Elle marche devant moi, d'un pas léger. Elle ouvre la porte de la chambre.

J'entre. Je retrouve la décoration bizarre : des statues tribales, des peintures sur des écorces, et des couleurs chaudes comme un lever de soleil. On se croirait dans un pays exotique, lointain, chaud, plein de vie et de musique. Plein de bonheur pour tout le monde.

Céline est là. Elle est assise sur son lit. Le matelas est redressé pour faire comme un fauteuil.

— Bonjour, dis-je.

Elle porte une chemise blanche et une petite jupe noire. Je me demande où sont passées ses couleurs…

Sa chemise est petite comme celle d'une enfant. Son corps ne la remplit pas. Ses bras et ses jambes tout maigres ressemblent à des baguettes comme celles du restaurant chinois. Elles me font un peu de peine à voir. C'est pour ça que Céline les recouvre d'un collant épais.

— Bonjour, qu'elle dit.

Ses cheveux blonds sont tirés en arrière, en queue-de-cheval. Ça fait ressortir son visage très pâle et ses traits creusés. Ça lui donne un air triste.

— Je…

Elle veut dire quelque chose. C'est pas toujours facile de dire ce qu'on veut. Parfois, les mots se perdent entre notre tête et notre bouche. Alors ça fait comme un bouchon dans la gorge. L'air ne passe plus. Et on dit rien.

— On commence par écouter un morceau ? dis-je.

— Oui.

Je me penche et entrouvre ma mallette. J'attrape la mini-enceinte.

— La musique apporte toujours un peu de soleil, dis-je.

— Les ingénieurs aussi.

— Comment cela ?

— L'appel d'offres a été validé. Paris va se doter de piliers climatiques.

— Des piliers…

— Climatiques. Ils tempéreront le climat. Plus doux en été, moins pluvieux le reste de l'année.

Un ciel bleu limpide, l'idée me plaît bien.

— Il leur faudra cinq ou six ans pour entrer en service.

— Une éternité… dis-je en imaginant un soleil radieux percer mes rideaux.

Elle dit rien. Elle bouge pas. Son visage reste de marbre. Il exprime rien. J'ai comme un doute. Vais-je l'aider aujourd'hui ? Je préfère poser franchement la question :

— Si vous préférez rester seule…

— Je suis seule.

— Ce que je veux dire…

— J'ai compris. Ça va aller.

Céline s'allonge. Elle fixe le plafond. Elle tend ses bras et commence à déboutonner sa chemise. Elle soupire. Elle se laisse emporter un peu par la musique. Son visage se détend. Ses traits s'adoucissent. Elle oublie pour un temps la fatigue et la douleur.

— Vous pouvez y aller, qu'elle me dit.

Son ton est un peu plus sec que d'habitude, un peu plus froid.

Parfois avec la maladie, ça arrive. L'état d'esprit bloque le soin, ce qui empêche la production d'hormones. Dans ce cas, il faut pas insister. C'est ce qu'on nous disait à l'école, ouvrez les guillemets, quand le patient ne va pas bien, il faut être encore plus à l'écoute, pour savoir quand s'arrêter, fermez les guillemets.

C'est important d'être à l'écoute.

Je m'approche d'elle. Je m'assois tout contre ses hanches. À travers sa peau, je sens ses os. J'approche mes mains de sa chemise. Je la retire avec précaution. Son torse est recouvert de pansements. Sous les pansements, elle n'a plus de seins. Juste une peau meurtrie. Elle respire un peu plus vite. Elle est sur la défensive. J'ôte sa jupe. Sa petite culotte en dentelle nage autour d'elle. C'est comme si la maladie la rétrécissait.

Je pose ses vêtements sur la table de chevet.

— Écartez les bras et redressez-vous un peu, dis-je d'un ton doux.

Elle obéit. Je commence à retirer le pansement. Une fois fait, je lui demande une ultime fois :

— On y va ?

Elle acquiesce.

Je me lève et rejoins ma mallette. Je connais son rituel par cœur. Elle aime qu'on commence par un massage. Ça lui détend le corps. J'attrape l'huile de coco. Sa préférée.

Dans un second temps, je m'occuperai de sa production d'hormones.

Myala, lieutenant de police

Chaque brigade dispose d'un ou plusieurs bureaux en piteux état, plus ou moins grands, plus ou moins équipés. Le nôtre est au premier. C'est une salle que nous avons organisée en open space. Longue et étroite. Elle est unique dans le bâtiment : d'habitude, les bureaux sont réservés à un, voire deux flics. Nous, nous avons souhaité bosser dans un total esprit d'équipe. C'est pourquoi nous avons préféré abattre les murs. C'est assez vieux jeu, je le reconnais, mais je n'intègre que des enquêteurs qui acceptent cette vision des choses.

— Lieutenant, me salue Mamoudou, un cyborg, lui aussi chef de brigade.

Les cyborgs n'ont plus grand-chose d'humain. Comparés aux cybers, dont certains membres ou certains organes sont remplacés par des prothèses, les cyborgs ne possèdent plus qu'un cerveau et une colonne vertébrale biologiques.

— Lieutenant, dis-je en retour, la brigade va bien ?

— Ça fait aller. Bon courage à vous, lâche-t-il, sans vraiment stopper sa marche.

Il sait. Il sait comme tout l'étage, comme tout le bâtiment. Le fait de perdre un homme se répand toujours comme une suite de paquets IP. Parce que nous avons beau être une police de seconde zone, pleine d'ex-taulards, nous finissons par devenir des frères d'armes.

Je m'interromps quelques secondes et observe les autres flics aller et venir, le pas pressé, sans doute préoccupés par une affaire qu'ils tentent de résoudre, tout en redoutant de se faire abattre avant le soir. Car n'ayant pas les moyens des fédéraux, nous sommes obligés de nous rendre sur le terrain : pas de robots-enquêteurs, pas de drones de surveillance ou de laboratoires autonomes. Nous travaillons davantage dans les rues avec nos indics, dans les salles d'interrogatoire avec les suspects, et surtout, nous suivons notre intuition. Cette manière de procéder nous expose toutefois beaucoup plus au danger.

Le danger…

J'arrête de marcher.

Je revois le corps de Mike criblé de balles.

Et maintenant, que faire ?

Vince traverse le couloir. Il m'aperçoit et m'interpelle :

— Tu viens ?

J'acquiesce. Il disparaît dans notre bureau et je le rejoins dans notre open space, avec nos bureaux placés les uns à côté des autres, face à face. Cette configuration nous donne l'impression d'être en brainstorming continu.

— Et voici la boss ! commente Vince tandis que je passe le pas de la porte. Les autres se tournent vers moi. Vince s'assoit sur le fauteuil de recharge. Toutes ses prothèses cybernétiques consomment une énergie considérable et s'il n'y prend pas grade, il risque l'épuisement de batterie. Ce qui le tuerait. Ou le ferait tuer, ce qui reviendrait au même.

Je prends place à mon bureau, qui comme tous les autres est des plus banals. Il dispose de l'équipement habituel, composé de la petite boule qui sert d'écran holographique, des appareils de stockage et autres outils virtuels. La différence avec les autres, ce sont les liasses de papier qui traînent : malgré la dématérialisation, je reste toujours très attachée au physique, à la texture, à cette manière qu'a le stylo d'influer sur notre réflexion.

En dehors du matériel de police se trouvent des effets personnels, des souvenirs de vacances, des babioles récupérées sur des suspects ou des petites figurines gagnées chez le Chinois de la rue voisine ; chacun s'est approprié son espace de travail suivant ses goûts. Et tout au fond, le caisson d'isolement d'Asima, qui ressemble à une gélule géante dans laquelle elle se glisse pour oublier son corps, ses sens et ses pensées, pour se focaliser totalement sur ses recherches.

— Alors ? reprend Vince.

Inutile de faire durer les cachotteries, ou d'attendre que les bruits de couloir fassent leur œuvre, je crève l'abcès de suite :

— Le commandant m'a proposé un nouveau.

Pas la peine d'ajouter « pour remplacer Mike ». Ils le vivraient mal.

À peine entend-il la nouvelle que Diop soupire par-dessus la nourriture qui recouvre son bureau. Sa mine s'assombrit et ses traits s'épaississent. Pas besoin d'être mentaliste pour comprendre qu'il désapprouve, qu'il juge cela trop rapide. Car derrière sa musculature, il est probablement le plus sensible d'entre nous. Il aura besoin de plus de temps pour digérer l'incident, l'accepter et se sentir prêt à voir un nouveau débarquer.

Mais dans la vie, on ne fait pas toujours ce qu'on veut.

— Tu connais son nom ? demande Asima.

Asima, petit bout de femme un peu ronde, à la peau toujours bronzée, qui porte en souvenir de sa mère un foulard sur la tête alors qu'elle n'est pas croyante. Dans les mondes virtuels et les réalités augmentées, elle domine son sujet, elle est efficace, rapide et confiante, mais dans la vraie vie, elle est timide, effacée, elle passe sa vie à se cacher. Être une jeune hackeuse ne l'a pas aidée à s'ouvrir, bien au contraire. C'est pourquoi elle ignore comment communiquer IRL : elle balance ses idées ou ses remarques à la figure dès qu'elle ouvre la bouche, sans ambages, sans finesse ni précaution. Là, par exemple, elle souhaite obtenir l'identité du nouveau pour parcourir les réseaux à la recherche de toutes les informations qui traînent sur lui. Car elle veut toujours tout savoir. Pour tout contrôler. C'est son second défaut, sa plus grande faiblesse, son angoisse, son TOC pourrait-on dire. Un trouble rare chez une personne si jeune. Il a dû lui arriver quelque chose, mais on ne le saura jamais : elle a piraté son casier pour en effacer les éléments les plus marquants. Ne reste que sa condamnation : onze ans.

— J'ai son dossier, oui. Mais j'aimerais l'étudier avant de vous le livrer en pâture. Je dois d'abord le rencontrer…

— Il sort d'où ? s'inquiète Vince.

— De l'école.

— De quelle école ? demande Vince. Il n'y a pas d'école pour entrer dans la police.

— Celle de l'Europolice.

— De l'Europ ? répète Vince, les dents serrées par cette haine qu'il voue aux fédéraux depuis son renvoi.

— C'est bien ça. Inutile de préciser qu'ils ne nous disent pas tout.

— Tu m'étonnes, reprend Vince. Un bleu de l'Europ n'a rien à foutre chez nous.

— A bio or a cyber ? demande Diop dans son franglais habituel.

— Pourquoi cette question ? intervient Vince.

— Cybers tombent trop en panne…

— Très fun. Les cybers, eux, passent pas tout leur temps à bouffer, lui balance Vince.

— But they need électricité…

— J'en sais rien, dis-je pour couper l'échange avant qu'il ne s'envenime. Je dois vérifier.

Vince, qui s'apprêtait à lancer une nouvelle pique, préfère laisser tomber pour le moment.

— J'vais étudier son dossier. Soyez sages pendant mon absence.

D'habitude, nous restons groupés la plus grande partie de la journée, mais là, je préfère m'isoler dans une salle d'interrogatoire. Il s'agit d'une petite pièce avec en son centre une table disposant d'entraves et d'un système d'affichage holographique. De part et d'autre de la table, deux chaises attendent de servir. Au plafond, des caméras supervisent et jaugent les interrogatoires. Malgré la ventilation, l'endroit sent la sueur, l'inquiétude des mis en examen et l'impatience des flics, qui y enchaînent des cafés trop serrés.

Je lance l'interface holo et je commence à découvrir ce bleu : Lou Tagliano. Vingt-cinq ans, un mètre quatre-vingt, d'origine italienne, un parcours classique : étude de psychologie, de criminologie, puis l'école de police. C'est propre. Très propre. Trop propre pour nous…

S'en est suivi un stage de six mois en Pologne. Six mois. À quoi faire ? Le dossier ne le dit pas.

Lorsque je tente d'en savoir plus, je n'obtiens aucune information. L'adresse pointe une base militaire appartenant à l'armée européenne. Infanterie. Le descriptif assure qu'il s'agit d'une base administrative. Je n'aime pas beaucoup ça. Ce nouveau s'entoure d'emblée d'un mystère incompatible avec la confiance que nous devons nous porter les uns les autres.

Je redoute surtout qu'Asima pète les plombs en tombant sur ces détails brumeux.

Revenons à son parcours.

J'en suis à dérouler les résultats de Lou Tagliano quand une communication iThink me coupe :

« Lieutenant ! »

C'est Vince.

« Qu'y a-t-il ? »

« Une nouvelle affaire. »

Ils ne nous laisseront pas le temps de panser nos plaies. Je soupire tout en éteignant l'holo.

« C'est dans Paris au moins ? »

« Oui. Dans le XVe »

Je range le dossier dans ma poche et prends la direction du second sous-sol, où se trouvent les parkings. Mes jambes tremblent à nouveau. Je ne sais pas quelle pièce déconne, mais leur fragilité m'inquiète de plus en plus.

Nos véhicules d'intervention nous attendent, sales, mais rechargés. À mon approche, la voiture se déverrouille.

— Ouvre le coffre, dis-je à l'attention de la commande vocale.

Le volet se dresse. Je jette un œil à l'intérieur, les armes et les protections sont bien là. Des chargeurs supplémentaires reposent au fond ainsi que des grenades tactiques. Il reste une place pour des drones de reconnaissance, mais cela fait plusieurs mois que nous n'en avons plus. Ça faisait d'ailleurs rager Mike.

Mike.

Tout est OK.

Je poursuis via l'iThink :

« Asima ? »

« Lieutenant. »

« Tes caméras fonctionnent ? »

« Je viens de les vérifier. C'est bon. »

Asima a beau être dévorée par son angoisse, elle n'en reste pas moins ma meilleure agente virtuelle.

« On aura une équipe technique ? »

« Non. »

« Enquête à l'ancienne donc… » dis-je en soupirant.

« J'ai pu remonter un drone. »

« Ah ? »

« Ça sera plus efficace que les caméras embarquées. »

J'imagine : le problème de ces caméras est leur manque de mobilité. Et fixées sur nos gilets, elles enregistrent sans offrir la possibilité de zoomer ou de révéler des oublis dans l'analyse des lieux.

« Je te l'envoie. » conclut Asima.

Vince et Diop me rejoignent. Je les laisse ensemble dans leur véhicule, attendant l'appareil rapiécé par Asima. Il finit par arriver et se poser dans le coffre. Je le referme et m'assois derrière le volant. Pour une fois, la place à ma droite est vide. Je chasse mes pensées et interpelle Sherlock :

— Tu as les coordonnées ?

— Oui.

— Alors, allons-y.

Et tandis que l'électronique se met à conduire seule, je me connecte au réseau pour chercher ce qui traîne sur ce « Lou Tagliano ».

Sam

Mon rendez-vous a duré trois heures. Quand je sors de l'immeuble, c'est bientôt le soir. Mais ma journée est pas encore finie. Je prends quatre à cinq rendez-vous par jour. Je travaille beaucoup. Papa dit toujours que le monde appartient à ceux qui travaillent dur. Alors je travaille dur. Et j'aime penser que le monde m'appartient un peu du coup.

Je change encore d'arrondissement. Je vais retrouver Loly. Elle a 34 ans. C'est une ancienne pilote. Une championne. Elle conduisait des motos sur des circuits, à très grande allure. Elle a perdu le contrôle. Loly est tombée et elle a glissé sur plusieurs mètres avant de percuter un camion de secours. Son torse a frappé le pare-chocs du véhicule. Sa tête a heurté le bitume. Ses membres se sont brisés. Lorsqu'elle est arrivée à l'hôpital, elle était plus qu'un puzzle. Parmi toutes ces pièces y en avait une qui était très importante. Une vertèbre. Elle était en miettes. Du coup, rupture de la moelle épinière. Elle est paralysée pour toujours. Elle a un fauteuil roulant. Et son mobilier est adapté.

C'est drôle d'ailleurs ce mobilier. Ça donne à son appartement un air de maison de poupée.

Loly est une jolie fille. Elle est speed. Papa n'aime pas quand je parle comme ça. Mais pour elle, c'est vrai. Elle ne tient pas en place. Elle doit bouger tout le temps. C'est pour ça qu'elle a du mal à se faire à son état. Elle est pas dépressive. Elle a franchi les étapes de l'acceptation depuis un moment. Mais elle ne peut pas bouger autant qu'elle aimerait. Elle peut plus faire ce qu'elle aimait faire. Ça lui laisse une fêlure au fond d'elle. Une fragilité. Qu'elle calme avec mes soins. Parce qu'en vrai, elle n'a pas vraiment besoin de moi. Elle pourrait se débrouiller. Mais quelque chose fait qu'elle me rappelle toujours. Quelque chose de négatif. Qui l'empêche d'avancer.

Je dois lui en parler. Loly. En vrai elle s'appelle Aurélie. Mais elle déteste son prénom. Avant de la connaître, j'ignorais qu'on pouvait détester son prénom. Moi par exemple, je m'appelle Sam. Depuis toujours. Et ni je l'aime ni je le déteste, ce prénom. C'est juste le mien. J'y suis habitué.

Lorsque j'approche d'elle, un léger frisson la parcourt. Elle ôte malgré tout son pull. Puis son t-shirt. Et son soutien-gorge. Les rayons du soleil pénètrent par la fenêtre. Ils viennent caresser sa peau fine et délicate. Une peau de blonde.

Elle reste droite. À moitié nue. Sans gêne. Je me penche. Je l'attrape. Elle est pas lourde. Je peux la poser sur le canapé. Sur le dos. Tout en douceur. J'ôte son pantalon. Avec des gestes lents. Puis j'enlève ses chaussettes de contention. Et enfin sa culotte.

Elle soupire.

Un frisson court sur sa peau.

Elle sourit.

Je me retourne. J'ouvre ma mallette et je tire l'huile qu'elle aime. C'est une huile épicée qui vient d'une boutique bio. Elle est difficile à trouver. Mais comme on nous disait à l'école, ouvrez les guillemets, il faut répondre aux goûts des patients, fermez les guillemets.

Loly saisit la télécommande de sa platine. C'est un ancien modèle fait de plusieurs morceaux. Des rectangles noirs. Tous reliés les uns aux autres. Elle appuie sur un bouton. L'appareil ronronne. Puis siffle. Un CD tourne dans la machine. La musique démarre. Plutôt calme et romantique. Ce qui tranche avec son caractère.

Je m'installe à côté d'elle. Je verse un peu d'huile sur mes mains. Je les frotte pour les réchauffer. Je les pose sur son ventre.

Elle sourit à nouveau. Ses joues rougissent un peu. Je glisse doucement sur ses côtes. Puis je redescends vers son aine. Je remonte en arc de cercle sur son ventre. Sous mes mains, sa peau se laisse faire. On dirait qu'elle se réchauffe même. J'entame un nouveau virage vers ses côtes. D'un geste, elle m'attrape la main. Elle la pose sur ses seins. Mes doigts se déploient pour les envelopper. Leur poids, leur forme, leur chaleur me perturbent. À l'école, on nous disait…

— Prends-moi, qu'elle dit tout bas.

Elle emmène mon autre main sur son autre sein.

— Tout de suite.

Mon sexe se dresse dans mon pantalon. Elle voit mon érection. Elle se penche pour m'embrasser.

Je me laisse faire.

Myala, lieutenant de police

Au bas de l'immeuble, les piétons, curieux, s'agglutinent comme des mouches autour d'un cadavre. Ils sont nombreux à espérer entrevoir un détail macabre. On aurait pu attendre un meilleur comportement des habitants de cet arrondissement plutôt riche, mais non. Peu importe leur classe sociale, les hommes demeurent des charognards.

Une poignée d'agents maintient un cordon de sécurité large. Très large. La distance permet d'intervenir en toute tranquillité. Elle permet surtout de repousser cette curiosité malsaine.

Nos voitures s'arrêtent près du cordon. Nous en descendons. Diop, toujours un sandwich en main, me lance un regard interrogatif. Vince râle. Comme souvent.

Avant de monter, je prends un antalgique, histoire de ne pas être gênée par ces douleurs fantômes qui vont et viennent.

Puis, par habitude, je lance un regard où Mike devrait se trouver… Je me reprends :

« Allons-y. »

Diop et Vince acquiescent.

Pour le moment, nous ne sommes là qu'en reconnaissance. Notre objectif est de jauger la situation, vérifier qu'il ne s'agit que d'un crime de seconde zone, indigne d'intéresser l'Europolice, auquel cas nous procéderons bien aux investigations. Car c'est notre rôle que de nous occuper des enquêtes dont personne ne veut.

Le coffre de la voiture de Vince s'ouvre et le drone d'enregistrement d'Asima en sort. C'est un petit appareil volant qui dispose d'une caméra 360° et enregistre tout en temps réel. Asima a assuré, en le réparant : plusieurs dizaines de ces appareils pourrissent dans les réserves du QG, faute de pouvoir être retapés. J'imagine que le sergent Ubwa lui a prêté main-forte. Quoi qu'il en soit, grâce au drone, elle recevra les flux audio et vidéo et les analysera en direct.

Nous traversons le cercle de curieux. Puis nous arrivons aux policiers en faction. Brèves salutations.

— L'Europ est là, annonce le plus gradé.

— Bien, soupiré-je. Nous allons y faire un tour aussi.

— J'espère que vous avez le cœur bien accroché, lâche son collègue.

Je scrute le regard du flic, pour jauger le sens de son conseil. Il n'exprime aucune ironie.

« Asima ? »

« Je te reçois lieutenant ! »

« Ça risque d'être moche. »

Je préfère la prévenir. Elle n'a pas « le cœur bien accroché ». C'est pour cette raison qu'elle s'est choisi une spécialité très loin du terrain. Et c'est pourquoi je redoute ce nouveau rôle de pilote de drones : le terrain va lui revenir en pleine figure.

J'ajoute :

« N'enregistre qu'une fois dans l'appartement. »

La porte de l'immeuble est sécurisée à l'aide d'une reconnaissance biométrique. Ce détail nous permet déjà de supposer que les entrées et sorties du bâtiment sont consignées. Une fois celle-ci passée, nous nous retrouvons dans un hall des plus classiques : marbre, pierre de Paris, tapis imitant l'ancien. Sur la gauche, un écran affiche un assistant virtuel qui fait office de gardien. Ce personnage numérique change d'apparence, de sexe, de voix, suivant les préférences des occupants. Lorsqu'il nous détecte, il affiche une version simple et sobre, un visage de trentenaire rasé de près, cheveux courts, sans défaut. En un mot, un visage de jeune bourgeois, rassurant et serviable.

— Qui souhaitez-vous voir ? nous demande-t-il.

— Je déteste ces merdes, lâche Vince, allergique aux IAs.

— Hm. Why ? demande Diop qui, au contraire, a tendance à faire confiance.

— Toi et ton franglais de mes deux.

« Asima… »

« L'assistant, oui. Je vérifie ses logs. »

— Police, dis-je.

L'IA déclenche la reconnaissance biométriquc : visage, timbre de voix, implant, il me transforme en un amas d'informations qu'il adresse aux bases de données de la police. Ces dernières valident mon identité et mon statut.

— Autorisation d'accès acceptée.

— Merci.

Le personnage disparaît.

Sans nous attarder, nous prenons l'ascenseur. Le drone parcourt le trajet en volant dans l'escalier, d'un souffle léger mais frénétique.

Cinquième étage. Les portes de l'ascenseur s'ouvrent pour nous laisser progresser dans un couloir parqueté, recouvert du même tapis. Nous laissons le drone nous dépasser, puis nous avançons plus lentement. Histoire d'éviter de surprendre les enquêteurs.

La porte de l'appartement est entrouverte. Nous la franchissons. Des discussions proviennent du salon. Des lampes ont été installées pour faciliter la captation de la scène de crime. Tandis que nous nous approchons, des gémissements provenant des toilettes nous surprennent. Un fed vomit.

— Et bin… balance Vince.

Le salon est grand. Ces anciens appartements, du début du XIXe siècle, étaient tous composés de pièces mesurant douze mètres carrés, organisées le long d'un couloir central. Les siècles passant, les habitudes se modifiant, nombre de leurs propriétaires successifs ont abattu les murs pour réagencer les lieux en fonction de leur mode de vie. Dans un premier temps, le salon et la salle à manger ont fusionné pour créer des espaces de convivialité plus importants, puis la cuisine a rejoint ses deux voisines, en se parant au passage du qualificatif d'« américaine ». Depuis, les chambres se sont réduites, surtout grâce aux capsules de sommeil qui sont, elles, qualifiées de « japonaises ». Au final, seule la salle de bain a peu évolué.

Cet appartement ne déroge pas à la règle : après un bref couloir, nous débarquons dans un salon qui doit occuper 90 % de la superficie totale. Un homme en jeans et chemise nous indique de ne plus bouger. La scène de crime est en cours d'enregistrement. Délimités par des faisceaux lumineux, le corps et tous les objets autour de lui sont recréés virtuellement. Ils seront ensuite analysés par des policiers ou des programmes scientifiques, qui détecteront les pièces à conviction et orienteront les analyses complémentaires, afin de comprendre ce qui est arrivé. Ainsi fonctionnent les fédéraux, avec plein d'appareils et d'analyses.

Mon attention s'attarde sur l'homme, visiblement ennuyé par tout ce process. Il est un peu âgé, trapu, le visage un peu buriné. Ses cheveux grisonnants lui donnent un air de vieux loup. Mais sa carrure et ses muscles indiquent qu'il suit toujours les entraînements, histoire d'être opérationnel sur le terrain. Il ne possède aucun implant apparent, ce qui est rare : ces dernières années, nombre d'enquêteurs ont été invités à « s'améliorer ». Une course technologique qui fait qu'aujourd'hui Vince est dépassé, Diop à la mode et moi, bonne pour la casse.

— Bonjour, finit-il par me dire.

C'est un vieux de la vieille, expérimenté, très différent des encostumés qui parcourent la capitale pour enquêter sur des crimes de plus haut vol. Il aime observer, comprendre. Il voit dans ce crime une énigme à résoudre, ça se sent à son regard, à l'intensité de sa concentration.

— Bonjour, je réponds.

« Est-ce que je vois… » commence Asima.

Oui, elle voit bien. Sur le canapé automatisé du salon se trouve le corps d'une femme. Elle est allongée. Nue. Son torse et son ventre n'existent plus. Ils sont percés, lardés, au point de n'être plus qu'une bouillie infâme. Son sein droit repose sur le canapé. Le gauche, découpé, pend lourdement sur sa hanche. Le sang sur le meuble s'est déversé tel un raz-de-marée. Il a gorgé la mousse des coussins puis le tissu synthétique, avant de s'écouler sur le sol.

Il s'agit d'un crime singulier, un crime comme on n'en voit plus dans ces beaux quartiers. En banlieue, il arrive encore des règlements de compte qui amènent à ce genre d'extrémités, mais pas ici, pas en plein Paris.

Petit coup d'œil au vieil enquêteur. Il nous scrute. Il jauge nos réactions.

Je reviens sur le visage de la victime. Lui aussi a subi des assauts furieux. La peau s'est déchirée, les os ont explosé, son cerveau a cherché à s'enfuir par les interstices créés à grands coups par le meurtrier, mais seul le liquide encéphalique a réussi à s'extirper. Ses langues transparentes ont dessiné des rivières visqueuses sur la chair encore accrochée à la mâchoire, au cou.

Puis mes yeux redescendent, vers son vagin. Là, on ne peut plus parler de simple violence, ou de furie. On se trouve face à autre chose…

— Bordel, souffle Vince.

— What the fuck… lâche Diop.

Asima ne dit plus rien. Elle doit se passer la séquence en boucle, s'interrogeant sur l'authenticité de ce qu'elle voit. Sans doute une manière de se protéger.

Mais oui Asima, c'est bien la réalité. Crue. Rouge. Et puante. Car l'odeur est d'une rare violence. Elle mêle le sang, la merde, la pisse, puis, plus diffuse pour le moment mais qui va se renforcer dans les heures qui viennent, celle de la mort proprement dite, une fragrance de charogne, de pourrissement.

— Vous pouvez tenir votre drone ? me demande le vieux flic en jeans. Faudrait pas qu'il gêne notre captation.

Il a raison de s'inquiéter : notre appareil tourne un peu trop près du corps.

« Asima… »

Sans en dire plus, elle comprend et fait reculer de quelques dizaines de centimètres l'appareil.

J'en profite pour m'approcher et me présenter. Je tends ma main. Le mec en jeans la saisit et la serre avec force.

— Lieutenant Muller, dis-je, BCP.

— Muller ? C'est allemand ? Avec votre teint…

— C'est une longue histoire.

— Capitaine Lynley, de la brigade criminelle européenne.

— Lynley ? C'est anglais ? Les Anglais refont partie de la fédération européenne ?

— C'est également une longue histoire, répond-il avec malice.

— Que comptez-vous faire ?

— Je n'en sais rien, avoue-t-il. Ce type de crime est plutôt rare…

Je rejette un œil au cadavre. Une telle violence ne peut qu'avoir des motifs personnels. Il s'agit d'une rage provoquée par quelque chose d'intime, une furie provenant des entrailles du tueur.

Les bruits des robots d'analyse coupent nos réflexions. Les petits appareils replient leurs objectifs puis viennent se regrouper autour du transporteur, un engin large comme une valise et haut comme un bureau. Le transporteur ouvre de petites trappes à sa base, dans lesquelles les robots s'engouffrent. Une fois la récolte terminée, la valise roulante effectue un demi-tour rapide, puis quitte les lieux.

— Nous allons maintenant attendre les premières analyses pour prélever les indices, soupire Lynley.

— Vous faites trop confiance à vos appareils, dis-je.

— Peut-être bien.

Tout comme nous, il envisage le crime non pas comme un fait, mais comme un acte. Toutes ces analyses manquent d'incarnation pour lui : il est tel un ogre, il cherche l'humain dans tout cela, la raison, la motivation, pour remonter au meurtrier, en un mot, tout ce que ses appareils ne lui livreront pas.

— Notre légiste ne va pas tarder, reprend Lynley.

Diop observe le salon. Peu d'électronique, pas de télésurveillance, un holographe, une smartclock, mais rien de très sophistiqué. Par contre, le salon est rempli de bibliothèques dans lesquelles d'innombrables livres s'empoussièrent. Il s'attarde sur leur dos, lit quelques titres, intrigué.

— Qui possède encore ce genre de vieilleries, lance Vince en observant la scène dans son ensemble.

— Quelques nostalgiques, répond Lynley.

— La nostalgie est un défaut de vieux. La victime semble plutôt jeune.

Lynley acquiesce. Il reconnaît l'expérience de mon coéquipier, sa manière de réfléchir : lui aussi est de l'ancienne école. Malgré ses implants cybernétiques, Vince se fie davantage à ses sens et son instinct qu'à la technologie pour résoudre les crimes. Ses yeux s'attardent, son cerveau détaille, ses tripes cherchent à comprendre. J'imagine ses pensées : pas d'objets renversés, la table est nette, avec encore dessus une tasse de thé, des petits gâteaux. En s'attardant quelques secondes, il devine de l'autre côté de la table basse l'auréole d'une seconde tasse. D'un coup, il part en direction de la cuisine.

— Que comptez-vous faire ? demandé-je à Lynley.

Le capitaine réfléchit. Il est tiraillé entre l'envie de résoudre ce crime et celui de suivre la procédure. Rien ne relève de la juridiction fédérale, pourtant, il aimerait travailler dessus, à l'inverse de moi : quitte à prendre une affaire si rapidement, j'en aurais préféré une moins sordide.

« Le criminel a pris son temps. » précise Vince depuis la cuisine. « Il a tout nettoyé. »

Je demande : « Tu es sûr ? Ça cadre pas avec quelqu'un de méticuleux… »

« Certain. » conclut-il.

C'est au tour d'Asima d'intervenir : « Je viens de consulter les logs de l'immeuble. J'ai rien vu de spécial, mais ils sont discontinus… »

« Piratés ? »

« Peut-être. »

— Capitaine Lynley… reprends-je.

— Je vais suivre un temps cette affaire, annonce-t-il. Histoire d'être certain qu'elle ne concerne pas l'Europolice.

Le malin.

— On va donc bosser ensemble, dis-je.

— En quelque sorte.

— Faudra nous laisser jeter un œil. Vos trucs technos c'est sympa, mais on aimerait enquêter sur notre affaire.

Il sourit, puis se tourne à nouveau vers la dépouille.

— Effectivement, pour le moment, c'est votre affaire.

Il sait comment nous allons procéder, c'est-à-dire à la main. Nous allons devoir marquer sur le terrain tout ce qui nous semble en rapport avec le meurtre et Asima va devoir photographier et filmer le plus d'éléments, avant qu'ils ne prélèvent quoi que ce soit. Il a beau jouer la complémentarité, notre différence de traitement fait que leur approche détruira des preuves que nous pourrions exploiter. Et réciproquement.

J'attends qu'il ajoute quelque chose, mais il reste silencieux. Il scrute les entrailles de cette femme. Il cherche à comprendre.

Tout comme moi.

Sam

Une bonne journée de travail qui se termine. Papa dit toujours qu'après une bonne journée de travail, on se sent bien. Heureux. C'est vrai. Même si c'est fatigant.

Ce soir, je ne me sens ni bien ni heureux. J'ai prodigué mes soins. J'ai fait mon devoir.

Les larmes de Loly après le sexe m'ont rendu triste.

Puis j'ai toujours mal au crâne.

Pour me changer les idées, je marche. Je parcours les rues parisiennes. Au hasard. Je m'y perds. J'ai encore un peu mal au dos. Les griffures de Loly… J'ai un peu faim aussi. Je regarde les bars. J'hésite. À l'intérieur, les gens vivent, rient, mangent et boivent. Entre amis. Ça doit être agréable d'avoir des amis. De pouvoir parler d'autre chose que du travail. D'oublier pour un temps la maladie et le handicap. Et ces croyances bizarres qui empêchent de recourir à la technologie pour se soigner ! Papa dit que chacun croit ce qu'il veut. Que c'est dans la tête, qu'on a pas à juger. Il m'a quand même expliqué qu'il existait deux croyances. La première, elle aime la technologie. Elle pense que l'Homme est imparfait, qu'il doit être amélioré. C'est les Transhumanistes. Ils ont inventé les médicaments, les implants, les thérapies. Puis y a l'autre, celle de mes patientes. Pour elle, l'Homme est complet. Il est fort et faible, mais parfait. Il ne doit pas être modifié, par quelque moyen que ce soit. Ils s'appellent les Trinitistes. Papa dit que cette foi est ancienne, qu'avant, y en avait trois différentes, mais que maintenant, y en a plus qu'une seule. J'ai pas bien compris cette histoire de fusion des croyances. Mais le concept de corps parfait, je l'ai assimilé.

Mes pensées filent…

Un camion s'arrête derrière moi. Sa porte coulisse. Une cagoule tombe sur mon visage.

J'ai peur !

Je n'arrive plus à respirer !

Je cherche à crier, mais une piqûre s'enfonce dans mon cou.

Tout disparaît. Longtemps.

Une pièce sombre, une lueur violente, qui brûle les yeux. Des mots que je comprends pas et quelqu'un qui se penche vers moi, le visage recouvert par un masque. C'est une femme. Elle dit quelque chose d'une voix douce. Des ombres se mettent à bouger.

Plus rien.

Je retrouve mes esprits devant une boutique. Mon visage se reflète dans la vitrine. Je me regarde. Le temps a filé. Il fait nuit. Je suis dans une rue que je ne connais pas. Je sors ma smartclock. C'est un gadget que m'a offert papa. C'était pour mon anniversaire. Elle indique où je suis. Je ne suis pas loin de chez moi. Je ne sais pas bien si j'ai rêvé, ou si c'est mon mal de crâne qui m'a joué un tour. Je regarde mes vêtements, mes mains, mes affaires. Tout a l'air d'être bien en ordre. Je doute. Je rentre, je rentre pas ? Allez, je rentre, je crois que j'ai besoin de me reposer. Guidé par le GPS, je retrouve mon espace. Mon salon. Mes meubles blancs. Mes murs beiges. Je me méfie des couleurs. Elles influencent trop le regard. Les humeurs.

J'ai bien une bibliothèque. Elle contient des figurines. Des personnages de films. Des héros. J'ai un canapé en tissu. Il est gris. En face du canapé, y a le système holographique qui me sert d'ordinateur et de téléviseur. Je passe souvent mes soirées devant. J'aime les films. J'aime les dessins animés aussi. Par contre les séries, j'ai du mal. Y a trop de personnages. Trop d'histoires. J'arrive pas à suivre.

Je l'allume. L'interface prend forme. De grandes icônes virtuelles scintillent. Pour le moment, je choisis de surfer. Je veux me vider la tête.

Je veux être aspiré par ce flux continu d'informations, par ses couleurs éblouissantes, par sa vivacité. Papa n'aime pas que je surfe comme ça. Il dit que c'est perdre son temps. Que le temps est trop précieux pour être gâché. Moi je pense que le temps peut être gâché. Mais que si c'est pour une bonne raison. Comme pour se reposer par exemple.

Au bout d'un moment, je switche sur une chaîne payante. Je me suis abonné parce qu'elle a plein de films. On peut tout voir. N'importe quand. Quand j'étais à l'école, on ne pouvait rien voir. Mais ça me manquait pas. Je savais pas qu'il existait autant de films.

J'ai soif. Je me lève prendre une bouteille d'eau. Je me sers un grand verre. Puis je lance un film d'horreur avec des loups-garous. Papa déteste les films d'horreur. Moi je les aime. J'aime avoir peur.

Lorsque je vais me coucher, j'ai encore peur. Je laisse la lumière du salon allumée. Ça en donne un peu dans la chambre. Pas trop, pour que je puisse dormir. Mais assez pour me rassurer.

Je dors comme ça. Avec cette lueur lointaine.

Le lendemain, j'ouvre mes rideaux avec espoir. Mais le ciel est toujours gris. J'aime pas le printemps.

Après, ce sera l'été. On aura droit aux canicules, aux restrictions d'eau, à la sueur et à la fatigue. J'aime pas l'été non plus.

Sous la douche, j'ai mal au dos. J'ai les muscles douloureux aussi. Comme si j'avais fait du sport. Puis je passe au petit-déjeuner. Normalement, j'ai droit à deux barres optimisées. Mais ce matin j'ai faim. J'en prends trois. Puis une dernière demie. Enfin, je m'habille. Il me reste trois pantalons dans le dressing. Trois t-shirts. Normalement, il devrait m'en rester quatre… Comme disait papa, je dois me montrer plus rigoureux. Je dois faire plus attention à mes affaires.

Je me penche pour attraper ma mallette. Elle est ouverte. Je ne me rappelle pas… Je la vérifie. Il manque rien. Je la referme. Je quitte l'appartement. Je pars retrouver ma prochaine patiente. Elle s'appelle Flora Schalke. C'est une Alsacienne de dix-huit ans. Je connais pas l'Alsace. Il paraît que c'est beau. C'est possible. J'ai jamais voyagé. Papa disait que les voyages, c'était se rendre quelque part sans raison. Une fois là-bas, on regarde, on fait rien de bien intelligent, puis on finit par s'ennuyer, alors on rentre. Et on est bien couillon d'avoir fait cet aller et retour pour rien.

Flora, elle, est venue étudier sur Paris. Elle est là depuis six mois. Elle est en Master de droit international. Elle a sauté des classes. Elle est brillante. J'ai pas bien compris ce que c'était. Droit international. C'est compliqué pour moi, ces trucs-là. Les études, les masters.

Elle m'a appelé y a un mois. Elle savait à peu près ce que je proposais. En gros. Je suis pas revenu dessus. J'ai préféré l'écouter. Nous avons alors fait le point sur ce qu'elle attendait. J'étais content parce que c'était comme à l'école, quand on nous disait que, ouvrez les guillemets, les soins ne s'imposent jamais, fermez les guillemets.

L'appel avait duré. Elle m'avait raconté son Alsace. Sa maladie. Avant de me parler de son Dieu. Bio. Encore. Comme les autres. Puis elle en était venue à son besoin de se retrouver. De se reconnecter à son corps. De se redécouvrir. Finalement, sa demande était assez classique : derrière ce vernis très solide, y avait de la souffrance. Une souffrance qui venait de la distance entre elle et son corps. On oublie le rôle des mains, du toucher, dans la construction de soi. C'est par le contact avec les autres qu'on se sent exister. Qu'on se découvre exister. Et qu'on découvre, comme on disait à l'école, ouvrez les guillemets, la géographie de son corps, fermez les guillemets.

Pour les adolescents, c'est très important. Les hormones provoquent des modifications biologiques importantes. Il faut sans cesse parcourir ce corps. Le redécouvrir. L'appréhender. L'apprivoiser. À l'école, on nous disait que lorsque ce n'est pas possible, le corps et l'esprit se séparent. Il se crée une césure qui est source d'incompréhension et de souffrances. Mince, j'ai oublié les guillemets.

Flora ne souffrait pas vraiment de ça en Alsace. Elle avait une amie. Intime. Mais depuis son arrivée sur Paris, elles ont rompu. Elle est très seule.

Voilà pourquoi elle m'a appelé.

Pour ne plus être seule.

Myala, lieutenant de police

Le capitaine Lynley nous regarde faire. Nous partons du corps, puis nous resserrons notre attention en cercles concentriques autour de lui, de plus en plus larges. Un peu gênés par l'intervention des fédéraux, nous cherchons tant bien que mal à ne rien oublier. Par précaution d'ailleurs, les feds nous prennent nos empreintes digitales. Pour nous exclure de la liste des suspects, soi-disant. Vince en profite pour faire le malin : ses implants ne possèdent aucune marque au bout des doigts. Ils remontent à l'époque où personne ne s'était posé la question des crimes commis avec des prothèses.

Au final, sur la scène de crime, pas de traces de pas, d'empreinte ou d'objet insolite, juste le sang, dont les marques nous indiquent que le crime a eu lieu ici, sur le canapé. Asima les enregistre sans mot dire.

Dans la cuisine, Vince traîne et observe un peu tout. Il est persuadé que quelque chose s'est joué là. Diop lui, s'attarde plusieurs fois sur les livres. Ce détail l'intrigue au point qu'Asima finit par prendre en photo les dos des couvertures.

Au bout d'une heure, le robot légiste est venu chercher le corps. Les analyses se poursuivront au labo fédéral. N'ayant plus rien à faire, nous décidons de quitter les lieux.

— On reste en contact, me lance Lynley, satisfait de nous avoir vus à l'œuvre.

— Ça marche.

Ce n'est pas si souvent que la crim européenne et la police nationale travaillent de concert. Il faut savoir en profiter. Et s'en méfier un peu aussi.

Une fois au QG, Asima nous briefe sur la victime : Émeline Farcy, vingt-huit ans. Après un passage par les beaux-arts virtuels, puis par un Master 3 en storytelling, cette jeune femme a ouvert son agence de comm à destination des artisans et des PME en difficulté. De petites boîtes placées sous le signe du savoir-faire, de l'humain. Il faut dire, depuis l'arrivée massive des robots, peu de gestes demeurent l'apanage de vrais humains. Les robots savent tout reproduire, tout refaire, à condition d'avoir le bon programme, programme dont se chargent scrupuleusement les ingénieurs indiens. Quelques clients connus, quelques contrats bien menés, aucun conflit particulier, aucun litige expliquant son meurtre.

— Arrête tes conneries, la coupe Vince. Vu l'état du corps, c'est pas une question d'argent.

— N'interromps plus Asima comme ça, lui lancé-je. J'accepte tes sautes d'humeur et tes piques, mais il n'est pas question que tu lui craches à la gueule. Elle fait partie de l'équipe et en tant que telle, tu lui dois un minimum de respect !

Vince soupire, partagé entre la satisfaction de m'avoir énervée, et la colère de se faire recadrer. Il est comme ça ce vieux flic, il aime tester les limites. Comme un enfant.

Malgré son ton, je suis de son avis. L'argent n'est pas le mobile. C'est pourquoi j'ai demandé à Diop de mener une enquête de voisinage. C'est ce que ne verront pas les outils hyper perfectionnés de l'Europ : la vie d'Émeline, ses allées et venues, ses amis, son histoire. Le contexte social. Diop est bon dans cet exercice, plus que Vince, c'est certain. Malgré son accent, ses deux mètres et sa carrure de sportif, il a le contact facile, il sait mettre les gens à l'aise, il les invite à se confier et il devine leurs non-dits. En ce moment, il vérifie chaque appartement, interroge chaque habitant, avant de terminer par le système de gardiennage.

— Un crime passionnel ? s'étonne Asima.

Vince ne répond pas. Il tourne et retourne encore dans le bureau. Il se retient de fumer. Il réfléchit à haute voix :

— L'appartement n'a pas été forcé. La victime connaissait son meurtrier. À moins que ce soit un pirate AAA.

— Un pirate d'un tel niveau est incapable de commettre un tel acte, intervient Asima, encore un peu sur la défensive.

— C'est vrai, reprend Vince comme si notre engueulade n'avait jamais eu lieu. Un triple A est froid, méticuleux, consciencieux. Là, c'est un peu trop freestyle…

— Et via un robot ? interviens-je.

— Il faudrait un robot de taille humaine, reprend Vince.

— Et on en aurait retrouvé des traces, dit Asima. Rien que dans la rue avec les caméras de surveillance.

— Ils se connaissaient, lâche Vince. Et il l'a eue par surprise.

— Ça confirme l'absence de marques de liens sur les poignets ou les chevilles, ajouté-je.

— Il ? demande Asima.

— Ce genre d'explosion, c'est typiquement masculin.

— Vince en sait quelque chose, lancé-je à Asima.

Elle sourit. Vince grimace.

— Des implants cybernétiques ? dis-je.

— Peut-être, suppose Vince. Imaginons la scène : ils s'installent sur le canapé pour échanger quelques banalités, elle se lève pour lui faire un thé. Dans le salon, il restait la tasse de la victime et dans la cuisine, y en avait une nettoyée. Donc le mec, l'ami, voire le petit ami, prend son thé, tranquille, puis d'un coup, il la transforme en steak tartare.

— Merci pour l'image, dis-je.

— La nudité ? intervient Asima.

— Dur d'imaginer un début de baisouille autour d'un thé… Il l'aurait droguée ? Non, ça colle pas avec la brutalité des coups. C'est quelqu'un de furieux, d'explosif, pas un calculateur. Deux cas de figure donc : le meurtrier lui en voulait, et on va le retrouver parmi ses proches, ou il s'agit d'un crime d'opportunité…

— Et on va galérer, lâche Asima.

— Ou on va trouver d'autres cadavres… chuchoté-je.

Vince acquiesce.

— Mais cette tasse… reprend-il. Ça me turlupine. Est-ce qu'un type explosif laverait sa tasse ?

Tout ce qui traverse l'esprit de Vince lui impose un effort qui se lit sur son corps : les muscles de son visage restent contractés, son regard perdu parcourt encore et encore l'appartement de la victime à la recherche d'un détail et, à ses doigts qui tapotent le bureau en rythme, tout chez lui n'est que tension.

J'aimerais qu'il calme cette ébullition, pour être plus efficace, mais je sais que c'est peine perdue. Lorsqu'il est ainsi, Vince n'écoute rien. Il n'est que pur instinct. Et son instinct est souvent juste.

De mon côté, ce qui m'inquiète, c'est le nouvel équipier. Son entretien ne devrait pas tarder. Mais occupés comme nous le sommes avec cette affaire, j'ignore si j'aurai le temps de le recevoir en bonne et due forme.

— Il a dû s'en foutre partout, intervient Vince.

— Comment ça ? dis-je.

— Après un tel massacre, il devait être couvert de sang. Alors quoi, il avait une blouse ? Des affaires de rechange ? Parce qu'un énergumène rouge écarlate se promenant dans les rues, ça alerterait tous les systèmes de surveillance. Il ferait pas trois mètres dehors avant que la police soit prévenue.

C'est juste.

— Et s'il avait des affaires de rechange, poursuis-je, il devait porter un sac, une valise…

— J'crois pas, reprend-il en se postant derrière son écran holographique qu'il opacifie pour ne pas nous déranger. Explosif ou méticuleux, mais pas les deux.

D'un geste, il se connecte au réseau de surveillance de la ville, puis il commence à rechercher dans l'historique des caméras du quartier un suspect.

Avant que je ne puisse l'encourager, le commandant me contacte :

« Alors Myala, ce bleu ? »

« C'est compliqué, chef… une affaire… »

« Si nous devions attendre de ne plus en avoir pour bosser, on serait pas rendus. Tu as consulté son dossier ? »

« Oui, tout me semble OK. »

« Fixe une date alors. »

Fixe une date… Il est marrant lui… Lorsqu'un homicide nous tombe dessus, l'emploi du temps ressemble davantage à la théorie du chaos qu'à un agencement ordonné et prévisible.

« Dernier point, j'ai validé le rapport d'autopsie de Mike. Je te l'envoie. Mais je te le répète, il n'y a aucun manquement dans ce… tragique incident. Ce sont les risques du métier. »

Inutile d'ajouter une formule de politesse, j'en suis pas friande.

Lou, Mike ; un nouveau, un ancien ; une arrivée, un départ. Le destin déteste le vide. Il le comble avec une sorte d'empressement qui frôle la frénésie.

Au petit matin, je retrouve mon appartement. Mes jambes sont déchargées. Je m'approche de la console électrique et pendant que les batteries s'authentifient puis se mettent à biberonner l'énergie à distance, je consulte l'autopsie de Mike. Le capitaine avait raison : rien de notable. Ce geste, pourtant. Cette fraction de seconde…

Une douleur vient me percer le genou comme le ferait un coup de couteau. Elle est si soudaine et intense qu'elle m'arrache un cri de surprise.

— Une pilule…

J'hésite entre me redresser ou patienter quelques secondes. Je choisis d'attendre quelques instants. Au bout d'une minute, la lame fantôme qui s'était enfoncée dans ma rotule cesse de me faire souffrir. Je me dresse et vais prendre de quoi prévenir son retour. Il ne reste qu'un nano-antalgique dans la boîte. Le dernier. Je l'avale.

Une fois assise, à nouveau en mode charge, je relance la vidéo de l'intervention.

Mike. Ce bras hésitant. Ça ne lui ressemble pas.

Il était un excellent tireur. Ses statistiques affolaient les compteurs. Il aurait pu rejoindre n'importe quelle unité, mais il avait accepté mon offre d'être pour nous le mec aux drones, le « rigger » comme il disait. Un terme tout droit sorti d'un de ces jeux vidéo qu'il affectionnait tant.

Et ce bras, qui à chaque replay hésite à nouveau.

Finalement, je file prendre une douche. Sous l'eau, mes jambes tremblent à nouveau.

Je m'allonge peu après sur le canapé, lance l'holographe sur une chaîne d'information. Je vais glander là le temps qu'elles se rechargent. Je me laisse bercer par le flux continu de paroles. L'annonce du meurtre fera les gros titres d'ici quelques heures. Les journalistes mettront la pression sur nos supérieurs, qui devront nous la mettre à leur tour pour prouver qu'ils font le nécessaire. Les journalistes reprendront la moindre information, emballant le système, enflammant les cœurs avec des détails sordides, hypnotisant les foules devant les images reconstituées du cadavre.

Mes jambes tremblent une nouvelle fois.

Cette fois, ça suffit.

— Connexion sergent Ubwa.

Malgré l'heure, je sais qu'il est encore au boulot. Au bout de quelques secondes, il décroche. Son visage rond, chauve, avec sa barbe de trois jours, grise et râpeuse, apparaît sur l'holo.

— Myala. Que me vaut le plaisir ?

Je soupire en haussant les épaules.

— Tes guiboles, encore, hein ?

— C'est plus possible Ubwa. Elles vont finir par me lâcher.

— J'ai pas ce qu'il faut pour les remettre en état.

— Quelques coups de clefs à molette, comme tu sais si le bien le faire, et je serai repartie pour quelques mois.

— Ça fait quoi, quatre ans que je les retape ? Faudrait vraiment les remplacer.

— Comme toi, mais que veux-tu, on s'attache aux vieilles choses.

La remarque le fait sourire.

— J'irai à la casse ce soir. Sait-on jamais.

La casse. L'endroit où les membres cybernétiques des cadavres sont balancés.

— Merci Ubwa, t'es le père que j'aurais aimé avoir.

— Et moi, je suis heureux de pas t'avoir comme fille.

— J'm'en doute, Bonne nuit.

— C'est ça, à demain.

Fin de comm.

Mes jambes se décident enfin à demeurer inertes.

J'en profite pour clore mes paupières.

Quelques instants.

Sam

À l'école, on nous disait, ouvrez les guillemets, une vie stable permet de ne pas souffrir de la souffrance des autres, fermez les guillemets. La vie stable se définit par trois éléments : une alimentation saine, deux séances de sport par semaine et une relation affective profonde. À l'école, quand ils disaient, ouvrez les guillemets, une relation affective profonde, fermez les guillemets, ils voulaient dire qui dure longtemps. Ils mettaient dedans l'amitié et l'amour. L'amitié, je connais. J'ai eu quelques copains à l'école. Mais l'amour, j'ai jamais eu.

Et ça m'intrigue : dans la rue, je vois des couples normaux, qui se tiennent la main, qui s'embrassent parfois, des hommes avec des femmes, des hommes avec des hommes et des femmes avec des femmes. Mais y en a d'autres types, des couples. Ils sont plus rares, mais ils existent. Y a des gens qui sortent avec des avatars virtuels, et certains ressemblent même à des personnages de dessins animés. D'autres encore vivent avec des robots à forme humaine. C'est rigolo de les voir se prendre dans les bras. Les robots, c'est que des machines. Ça peut pas aimer. Je crois. Du coup, j'ai du mal à comprendre comment toutes ces relations peuvent être de l'amour. Comment c'est possible. Comment ça fonctionne.

Y en a d'autres qui refusent de se reconnaître dans un genre ou qui rejettent les étiquettes de la société, parce que pour eux c'est pas si clair. Y en a qui aiment à plusieurs aussi. Je l'ai vu quand je surfe. Paraît même qu'y a des communautés où ils s'aiment tous. Des groupes de gens qui sont tous ensemble. Comme une énorme famille. Sauf qu'ils couchent tous les uns avec les autres.

Coucher.

C'est un truc un peu bizarre.

J'ai du mal à comprendre comment l'amour et le sexe fonctionnent.

Par exemple, là, je suis avec Suzy. Trente-deux ans. Elle est paraplégique. Je viens de terminer son massage. Elle est détendue. Elle m'a fait signe de continuer. J'ai soulevé sa jambe inerte pour accéder à son sexe. J'ai mis la crème chauffante sur mes mains. Et ça chauffe. Avec mon index, je lui en pose un peu sur le clitoris. Je caresse ce bouton de chair rose. Du bout du doigt. Suzy respire plus fort. Elle a fermé les yeux. Mon autre main glisse sur son visage. Sur son cou. Sur sa poitrine. Je sais pas si elle sent la crème. Si elle sent le chaud. Mais c'est elle qui m'a demandé ça. Alors je le fais. Ça lui fait plaisir. Ça lui fait du bien.

Quand on aime, c'est ce qu'on doit faire non ? Faire plaisir à celui qu'on aime. Peut-être qu'aimer c'est juste donner du plaisir à l'autre. Pas qu'avec le sexe, mais avec d'autres trucs. Comme manger au restaurant ensemble. Je sais pas. J'imagine.

Mais pour Suzy c'est différent. Je lui fais plaisir parce que c'est mon travail. Parce que ce sont ses soins. C'est ce qu'elle attend. C'est ce qu'elle veut. Je lui donne, mais moi, j'ai pas vraiment de plaisir.

C'est peut-être là que se joue l'amour. C'est un plaisir qui se partage.

Je pense. Et je poursuis les soins. Je descends mon index vers les lèvres entre ses cuisses. J'applique la crème sur cette espèce de seconde bouche. La peau est très différente ici. Elle est presque rouge. C'est parce qu'elle est très fine. En me penchant, je pourrais voir le sang passer. La crème va la traverser. Elle va se répandre dans tout son corps. Et c'est à peu près tout. C'est pour ça que je m'arrête là. Elle ne sent pas les stimulations en bas. Au début, elle pensait ne plus avoir de plaisir. Elle pensait que sans son sexe, elle pouvait plus jouir. C'est souvent vrai. Mais c'est aussi souvent vrai que le plaisir trouve d'autres chemins.

Je caresse encore son cou. Son visage. Sa poitrine. Elle respire un peu plus vite. C'est bon signe.

Je lui pose de la crème sur les mamelons. Ses tétons durcissent. Ils se dressent comme deux bonbons très rouges.

Cette fois, elle sent.

Je me penche et je dépose un bisou juste au-dessous de son oreille. Elle frissonne. Je commence la descente sur son cou. Je m'arrête sur son épaule. Je remonte sur son front. Mes mains frôlent sa peau. Mes lèvres glissent sur elle. Sa respiration est de plus en plus profonde. Ses joues rougissent. Je vais devoir accélérer un peu. Appuyer un peu plus mes gestes. Et mes baisers. Ça dure un petit moment.

Elle finit par jouir. Sans pénétration. Ce qui m'arrange. C'est pas toujours facile d'être dur…

Elle expire tout. Ses joues sont rouge feu. Elle transpire.

Faut surtout pas s'arrêter. Il faut ralentir. C'est ce qu'on nous disait à l'école. Prendre le temps de l'après. On nous disait, ouvrez les guillemets, pensez à un atterrissage, fermez les guillemets.

Alors je ralentis. Elle atterrit.

Elle a eu sa dose d'hormones. Elle se sent un peu mieux.

J'ai accompli mon devoir.

Myala, lieutenant de police

L'holographe est en veille. Seule une petite musique douce ambiance la pièce. Propice au repos, choisie précisément pour cela, elle ne remplit que partiellement son office. Elle ne chasse pas ces pensées qui bouclent en moi :

Mike. Son incinération. Ses proches.

Que leur dire…

Et ces douleurs qui reviennent, dans les pieds cette fois.

Je n'ai plus de gélule…

Je me redresse, m'étire, mes articulations craquent. Puis je tends mes jambes. Le son de leurs petits moteurs n'est perceptible qu'au réveil. Dans le brouhaha de la journée, impossible de les entendre. Je pose mes pieds sur le sol, les prothèses tremblent un peu. J'espère qu'Ubwa trouvera une solution.

Je patiente quelques secondes. Tout en attendant me revient le souvenir de Mike, son bras, cette hésitation.

« Asima ? »

« Lieutenant ? »

« Tu aurais les stats des entraînements de tir de Mike ? »

« Bien sûr. Je vous envoie ça. »

Brave petite. Jamais au repos.

Le tremblement cesse enfin. Je marche, les premières secondes en alerte, prête à ce que mes jambes se dérobent sous moi puis, constatant qu'elles tiennent bon, je file à la cuisine me préparer un café. Il finit par couler dans la cafetière. Son odeur envahit la pièce et lui donne un faux air du bureau : j'utilise la même marque qu'à la brigade. Après toutes ces années, il m'est difficile d'en changer.

La brigade !

Je profite de ce moment de calme pour contacter Léonin :

« Commandant. »

« Lieutenant ? »

« Je verrai votre bleu après la crémation. »

« Vers quinze heures donc. Je l'avertis. »

« Merci. »

« … Tout va bien ? »

« Si on veut. À tout à l'heure, commandant. »

J'interromps la comm et m'enfile le mug aussi vite que possible, marquant des pauses pour ne pas me brûler. Je m'en sers un autre, mais au lieu de me jeter dessus, je me contente de laisser sa chaleur terminer de me réveiller. Il est dix heures. La cérémonie est à quatorze. Il est temps de me choisir une tenue.

Midi, au QG. Aujourd'hui, le réfectoire ne nous verra pas. Nous sommes presque tous sur notre trente-et-un. Presque, car Vince a conservé ses fringues habituelles : veste renforcée sur un t-shirt uni, jeans avec un gros ceinturon, chaussures de sécurité, en un mot, la classe. Il a tout de même rasé sa sempiternelle barbe grise et s'est coiffé. Asima par contre s'est choisi une jupe longue et une chemise qui la mettent en valeur. C'est rare, elle n'aime pas exhiber son corps. Elle préfère parader virtuellement, séduire avec son intellect ces autres femmes qu'elle rencontre dans les strates virtuelles. Elle a recouvert ses cheveux d'un voile sobre. Elle ne le fait pas systématiquement, plutôt lors de moments solennels. Plus par habitude que par véritable croyance. Diop et moi sommes en costume deux pièces. Simple. Efficace. Aux pieds, par contre, je porte toujours mes rangers. La faute à mes prothèses qui sont incompatibles avec des chaussures plus élégantes.

Il est encore trop tôt pour se rendre à la cérémonie. Nous profitons donc de l'attente pour faire le point :

— Les voisins ont entendu nothing, commence Diop. Elle a pas crié.

— Comment c'est possible ? s'étonne Vince. Je veux dire, quand on te larde comme ça, ça fait un mal de chien…

— De la drogue ? dis-je. Toujours pas le retour du légiste ?

— No. But it's not really possible : les voisins talk d'une young femme travailleuse, sérieuse, qui savait faire la fête too, you know.

— La piste d'un petit ami ? demandé-je.

— Plusieurs, répond Asima. Elle était « polyamoureuse ».

Vince tique, mais ne dit rien.

Je l'imagine du genre classique, relation exclusive, vieux jeu, au point qu'il use ses compagnes avec son comportement de machiste dépassé. Enfin je le suppose : on ne l'a jamais vu en couple.

— Des ennemis ?

— No.

— Des engueulades ?

— No.

— Un casier ? Des contraventions ? Quelque chose à se mettre sous la dent ?

— Que dalle, lâche Asima.

— Alors quoi, on a rien ? poursuis-je.

— Pour le moment, confirme Asima. C'était une femme sans histoire.

— C'est un peu trop parfait. On a dû louper quelque chose. Et l'accueil de l'immeuble ? Quelque chose d'inhabituel ?

— I interrogé le software, mais nothing.

— Asima, la piste du triple A ?

— Dans l'absolu, c'est possible : le gardien virtuel est un vieux modèle. Mais j'ai rien trouvé d'étrange dans ses logs et surtout, je vois pas le rapport avec ce type de pirate.

Il est temps de conclure :

— Donc si je résume, personne n'a rien entendu, on lui connaissait pas d'ennemis, elle était parfaite et le système de surveillance n'a rien détecté.

— Yep.

— Et bin on est pas dans la merde, lâche Vince.

— Effectivement, reprends-je. Allez, mettons-la en sourdine quelques minutes. Mike le mérite.

Vince baisse la tête.

Lorsque le commandant vient nous chercher, nous sommes tous là, muets, bras croisés, à attendre. Il me tend l'insigne de Mike. Je dois le confier à la veuve. En souvenir. C'est ma responsabilité, même si elle me déchire.

Nous prenons le chemin de nos véhicules automatiques. Cette fois, Asima m'accompagne. Je me tourne vers elle, pour discuter de tout et de rien, mais les mots ne viennent pas. Elle comprend mon errance interne, mon incapacité à m'exprimer, elle ne m'en veut pas. Elle se contente d'observer les rues qui défilent, puis de temps à autre, elle me jette un regard qui m'invite à lui parler. C'est sans effet. Les mots demeurent perdus entre mon cerveau et ma langue, quelque part dans une dimension éthérée qui m'est pour l'instant inaccessible.

La voiture se gare enfin. Asima me pose une main sur la cuisse. Elle plonge ses yeux bruns dans les miens et chuchote :

— Ça va aller.

J'ai bien envie de lui dire qu'il faudra bien, mais je n'en ai pas le cœur. Cette marque d'affection me touche, et je ne voudrais pas la gâcher par une remarque cynique déplacée.

Je me contente de lui adresser un sourire.

Nous quittons le véhicule. Au-dehors, Vince, Diop et le commandant nous attendent déjà. Autour, des amis, des membres de sa famille, nous dévisagent. Pour eux, nous sommes responsables de ce gâchis. Et ils ont raison.

Nous patientons que tous pénètrent dans le crématorium, pour nous faufiler en dernier. Cette simple attention nous accuse. Nous restons debout lors du discours de l'employé. Nous restons aussi debout lorsque quelques très proches se succèdent au micro, pour leurs hommages larmoyants.

Enfin, lorsque l'écran s'illumine, nous apercevons dedans le cercueil de Mike. Face à lui, une gueule infernale patiente. Affamée, elle laisse s'échapper quelques gerbes de flammes. Une musique retentit. Un vieux titre des années deux mille. Un hard usé. Puis, pendant que les notes se succèdent, que la guitare s'envole et que le chanteur hurle ses paroles, le cercueil se met à bouger. Il glisse en direction du foyer. Le monstre n'en peut plus d'impatience, il ouvre sa large gueule. Et tandis que le bois s'engouffre à l'intérieur, une vague me déchire la poitrine. Ma gorge se serre. L'air y passe avec difficulté. Mes yeux commencent à piquer. Mes joues se ramollissent.

Mon esprit cherche à garder le contrôle, à ne pas craquer. Mais c'est peine perdue. Tandis que le piège se referme sur la dépouille de notre collègue – de notre frère d'armes –, des larmes me coulent sur le visage.

Pas besoin de tourner la tête pour deviner Vince, bras croisés, renfrogné, qui bande ses muscles artificiels pour se retenir de pleurer. Ni Asima, qui s'étreint dans ses propres bras, pour s'autoconsoler. Ou Diop, qui rend honneur à sa manière à Mike, en se tenant le dos droit, le front haut, comme pour le saluer une ultime fois.

La cérémonie se termine. Je m'essuie les yeux avant que le commandant ne vienne me trouver.

— Patientons que les hommages soient rendus à la famille, nous passerons ensuite.

C'est une bonne idée.

Sauf qu'elle implique de rester là. D'assister au passage de tous les proches de Mike, de tous ces gens qui le connaissaient, qui constituaient sa vie. Tous nous dévisagent. Ils nous détestent. Leurs regards s'attardent. Et leur défilé s'éternise.

Lorsque vient notre tour, je ne sais pas quoi dire à sa femme. Encore une fois, les mots me font défaut. Je lui tends l'insigne de son mari. Cette plaque colorée, avec notre numéro de série. Cet objet qui nous identifie comme appartenant à la police nationale, tant que nos corps ne sont pas brisés ou que nos péchés ne sont pas pardonnés. Mike avait choisi le service en espérant se racheter, après avoir trafiqué tout ce qui pouvait l'être. Il rêvait de retrouver sa liberté, de changer de vie, de faire le bien. Mais non. Le destin ne le lui a pas permis. Tout juste lui a-t-il offert la chance de s'extraire de son caisson cryogénique, pour se reconstruire avec une famille qui avait vieilli sans lui.

Mike…

Mes larmes reviennent. Sa veuve prend l'insigne avec précautions. Elle sait ce qu'il signifie. À ses côtés, ses deux enfants me scrutent. Ils attendent quelque chose de moi, une parole, un geste, qui restera gravé jusqu'à leur dernier jour dans leur mémoire.

J'attrape les mains de leur mère. Son maquillage n'est plus. Ses traits se sont effacés. Elle n'est plus qu'un masque de douleur. Un masque derrière lequel bouillonnent tellement de sentiments contradictoires, qu'une fois encore, je n'arrive pas à parler.

Il est temps.

Je cède ma place au commandant.

Lui arrive à sortir un hommage digne de ce nom.

Je quitte le crématorium, soulagée. Mais ravagée.

Je m'en veux tellement.

Je cherche à respirer, à m'enfuir, à ne surtout plus faire face à tous ces gens hostiles.

Ma montre se met à vibrer. Le capitaine Lynley cherche à me contacter.

Sam

Encore une fois cette pièce sombre. Et la lueur violente qui me brûle les yeux. Un homme dit des mots que je comprends toujours pas. La femme avec le visage recouvert par un masque est là, aussi. Elle a une sorte d'outil dans la main. Comme une perceuse ou quelque chose du genre. En plus petit. Elle dit quelque chose d'une voix douce. Sa main se pose mon épaule.

Plus rien.

Je regarde autour de moi.

Je connais pas ce quartier.

J'ai ma smartclock au poignet. Y a une adresse de programmée. Le chemin qui mène au prochain appartement. Celui d'une patiente avec qui j'ai normalement pas rendez-vous. Je vérifie l'heure. Il est tard. Et on est pas le jour que je me rappelle. Je crois… Je suis un peu perdu.

Papa disait que quand on travaille dur, ça arrive de perdre le fil.

Et c'est vrai que pendant les soins, je rêve. Parfois. Enfin, c'est pas vraiment des rêves. C'est plus comme des pensées qui s'envolent. Comme si ma tête se mettait en veille. Et que je sortais de mon corps. Ça permet de pas voir les heures passer. Ça permet aussi de ne jamais se presser. C'est important pour les soins.

Mais là, je crois que je les ai trop laissées s'envoler, mes pensées. J'ai carrément tout oublié…

J'ai même plus mal à la tête. J'ai dû prendre un médicament. Je m'en souviens plus non plus. Bon…

La patiente n'est qu'à quelques rues. Je dois y aller. C'est pas parce que je me suis perdu que je dois arrêter. Quelques mètres à marcher et j'arrive face à l'immeuble des années 70. Il est d'un seul bloc. Il est un peu moche. Il a les vitres qui le traversent comme des voies ferrées. Ses murs sont pleins de fissures. Ils ne sont plus beiges. Ils sont gris comme le ciel. Ce ciel toujours gris. Qui recouvre la ville de son voile triste. Il faut du courage pour vivre ici. Pour pas laisser la grisaille entrer dans nos cœurs.

Direction l'entrée. Puis l'ascenseur. Petit coup d'œil à ma smartclock pour vérifier l'étage. Je dis l'étage à haute voix. L'appareil démarre. Je me dirige vers la porte. J'ai pas le temps de sonner qu'elle s'ouvre. Un homme est derrière. Un vieux comme un papi. Il me sourit. Mais il me regarde pas. Il baisse les yeux vers le sol, un peu gêné. Il dit :

— On vous attendait.

J'entre.

Il referme la porte derrière moi.

Tout est fini deux heures plus tard. Le papi est resté dans le salon. Il jouait à un jeu vidéo, un jeu en réalité virtuelle. Papa m'a dit que la réalité virtuelle est partout. Mais il m'a dit que j'avais pas ce qu'il fallait pour la voir. Je trouve ça dommage : ça a l'air drôlement sympa.

Je repense à mes patientes : pourquoi elles jouent pas ? Elles sont comme moi ? Elles peuvent pas voir la réalité virtuelle ? La prochaine fois, je leur demanderai.

J'ai faim, je me rappelle pas si j'ai fait une pause déjeuner, aujourd'hui. J'ai pas envie de manger dans une brasserie. J'ai envie de calme. Je rentre chez moi. Une fois sur mon canapé, j'enlève ma smartclock. J'allume l'ordinateur. Je surfe en avalant une barre optimisée qui contient tout ce qu'il faut pour être en bonne santé. Puis je bois un grand verre d'eau.

Comme je suis un peu fatigué, je finis par m'allonger. Et je laisse mes pensées s'enfuir une nouvelle fois.

Ma smartclock sonne. Ça me réveille d'un coup. Je l'attrape et je vois qu'on a changé de journée. J'ai passé ma nuit sur le canapé. Comme ça, d'une traite. Je devais être sacrément fatigué…

La smartclock indique déjà le prochain rendez-vous. Je n'ai qu'une demi-heure pour traverser la ville. Impossible de me changer ou de manger. J'ai juste le temps d'avaler un verre d'eau. De me rincer le visage pour pas avoir l'air trop fatigué. Je recharge ma mallette avant de partir.

Myala, lieutenant de police

Je pourrais prendre son appel sur la smartclock, mais l'écran virtuel est un peu petit à mon goût. J'enfile mes lunettes de réalité augmentée et de suite le visage du capitaine apparaît. Toujours bien habillé, en forme, il me sourit avant d'annoncer d'un ton neutre :

— L'analyse du lieu du crime est tombée, et on n'a pas trouvé grand-chose. Manque plus que l'autopsie.

Je soupire. Déçue, bien sûr, toutefois je m'y attendais, car il y avait deux hypothèses dominantes : la première étant qu'ils n'aient vraiment rien trouvé, la seconde, qu'ils aient trouvé quelque chose qu'ils ne souhaitent pas partager. Cela arrive fréquemment lorsque la police nationale se retrouve à collaborer avec l'Europ : les services s'entendent d'autant moins que leurs intérêts divergent.

— Et de votre côté ? demande Lynley.

Je souris intérieurement, espérant que nous ne nous trouvons pas dans une situation de mensonge croisé :

— Rien non plus. Nous étions… en pause. Nous reprenons les investigations en début d'après-midi.

— Commencez par le système de vidéosurveillance, ajoute le capitaine. Je vous communiquerai les accès nécessaires.

— Vous ne l'avez pas encore analysé ?

— Pas encore. Et puis, l'enquête sur le terrain, c'est votre truc.

Sympa…

— Vous pensez à quoi au juste ? dis-je.

— À un opportuniste. Un meurtrier du genre qui se jette sur la proie qu'il croise.

— Au hasard ?

— Au hasard, confirme-t-il.

— Elle le connaissait.

— L'absence d'effraction hein ? lâche Lynley.

— Précisément.

— Peut-être… reprend-il. Peut-être pas.

— Comment ça, peut-être pas ?

— Dans un crime, il n'y a pas forcément qu'une entrée, un mode opératoire, une solution…

— Le système de vidéosurveillance détecte les comportements à risques, dis-je. Un psychopathe en pleine crise aurait déclenché une alarme.

— C'est possible, répond Lynley, un peu hésitant. J'vais quand même interroger les techniciens qui s'en occupent, histoire de sonder les limites de ce système.

Dans le brouillard qui enveloppe cette affaire, nous n'avons qu'un seul indice, le corps de la victime. Or pour le moment, il ne nous livre aucune piste. Pour en trouver, il nous faudrait… d'autres cadavres. Et c'est un peu la question qui nous turlupine : le meurtrier va-t-il recommencer ?

— Nous n'avons pas encore le rapport d'autopsie, répète Lynley.

Il ment forcément : les robots légistes travaillent sans relâche, analysent à tout va et pondent des rapports plus vite que nous tapons nos comptes rendus de gardav.

— Le temps presse…

Il soupire. Il semble impatient. Peut-être bien que les robots dont on nous vante la rapidité possèdent une réputation un peu exagérée.

— Bon, on se tient au courant, conclus-je.

— Naturellement. Au fait, ajoute-t-il avant que je ne coupe la communication. J'ai appris pour votre gars.

— Hm.

— Courage.

J'hésite quelques secondes, de nouveau submergée par des pensées et des sentiments qui s'entremêlent.

— À bientôt, conclut-il.

Son visage disparaît. Je me retrouve au milieu du parking du crématorium, avec une terrible impression de vide qui me dévore la poitrine. Lorsque je relève les yeux, familles et amis sont là, à discuter. Des regards noirs s'attardent sur nos véhicules, sur nos silhouettes. C'est normal. Nous sommes en partie responsables du drame.

Je quitte l'habitacle tout en retirant mes lunettes. Arrivée près des gars, je leur fais signe.

— Quoi ? commence Vince.

— On y retourne. On doit éplucher la vie d'Émeline.

Nous revenons vite au QG où chacun reprend son rôle. Je trouve par hasard dans un tiroir de mon bureau un dernier antalgique, que je m'empresse d'avaler. D'ici quelques secondes mon taux de sérotonine va augmenter et la douleur refluer. Mais après cette ultime prise, il me faut bien le reconnaître, je suis à sec. Soulagée, je m'attelle à l'organisation des recherches.

Diop se reconnecte au système de vidéosurveillance de la capitale. Casque de vision sur la figure, il remonte le temps, à la recherche des allées et venues de la victime. Lorsqu'il la trouve enfin, il la suit et vérifie à 180 degrés qui pouvait la surveiller ou la filer. Il isole des individus louches, qu'il détoure. Sherlock, malgré sa décrépitude, effectue les vérifications complémentaires : il déniche leurs identités, grâce aux publicités augmentées visionnées, et effectue des recherches croisées dans le fichier des criminels connus. Petit à petit, nous excluons les badauds de la liste des suspects, liste qui se réduit aussi vite qu'elle a initialement grossi. Au gré des analyses, nous maintenons un pool d'une vingtaine de profils environ.

Asima porte son attention sur tous les types de réseaux : sociaux, messagerie ou de jeux, tout est passé au crible. Il s'agit de creuser plus profondément la vie 3.0 de la victime. De ne rien laisser filer. Et le boulot est énorme. D'autant qu'Émeline avait une vie virtuelle plutôt riche. Le nombre de ses interlocuteurs ne nous facilite pas la tâche. Asima utilise toutes ses ressources pour identifier les amis de la victime et décortiquer ses conversations, à la recherche d'un éventuel langage codé. Sans grand succès, malgré la pression que je lui impose, mais elle n'est pas encore en difficulté : elle n'a pas rejoint son caisson d'isolement.

À peine rentré, Vince a reçu un coup de fil, soi-disant de son indic. La voix étrangement douce lorsqu'il a décroché, il s'est mis à l'écart pour parler plus librement. Plus discrètement. Cet indic serait une femme ? Le cachottier…

Après ça, il est reparti inspecter la scène du crime. Une info lâchée par ce fameux indic ? Il doit en tout cas avoir une idée derrière la tête, une piste qu'il aimerait vérifier. Je connais par cœur ce caractère un peu bourru, ce besoin de lancer des piques, et cette nécessité, par moments, d'enquêter seul, pour emprunter des chemins que nous n'aurions jamais parcourus ensemble. C'est sa force, sa marque. Et je suis heureuse de l'avoir dans l'équipe, même s'il n'est pas toujours facile à gérer.

En parlant d'équipe, l'heure de mon entretien approche et je me sens un peu trop bien habillée pour ce genre d'exercice. Je quitte le bureau pour rejoindre mon casier. À l'intérieur, mes affaires de rechange : un jeans épais qui permet de cacher mes jambes, un t-shirt réglementaire avec le logo de la brigade, et une veste en cuir, claire, suffisamment large pour recouvrir et cacher mon holster.

J'attrape mon sac à dos et je quitte le déguisement cérémoniel. J'enfile ces fringues de tous les jours avec un certain soulagement.

Je passe devant le miroir pour vérifier mes cheveux ; ils sont sens dessus dessous. Comme d'habitude. Vince, pour m'emmerder, m'avait conseillé de les lisser. Je préférerais de loin me raser le crâne. Ça mettrait en valeur mes fossettes…

« Myala, le bleu est arrivé. » m'annonce le commandant Léonin.

Nous y voilà.

Je glisse mon arme dans le holster le long de ma hanche, puis j'accroche mon insigne à ma ceinture, de manière à ce qu'on ne puisse pas le louper.

Me voici fin prête.

« Envoyez-le salle 2. »

Je repasse devant le bureau. Ni Diop ni Asima ne me prêtent la moindre attention, trop occupés à mener leurs investigations. Je ne les préviens pas, préférant les laisser bosser tranquilles, reprenant l'ascenseur vers les étages supérieurs.

Lou possède encore des traits enfantins. Ils lui donnent l'air d'un adolescent, alors qu'il a vingt-cinq ans. Il se tient droit, un peu trop d'ailleurs. Ses épaules sont légèrement en arrière. Son cou raide et sa posture rigide lui rendent difficile les coups d'œil au commandant et à moi, vu que nous sommes assis chacun d'un côté de la table, face à lui.

— Lou Tagliano, dis-je.

Son visage sans barbe, ride, ni aspérité, semble irréel. Une bouche fine, un nez aquilin, des yeux bleus, lumineux, qui me scrutent et me jaugent. Je poursuis :

— De très bonnes notes, un parcours sans faute…

Il arbore une coiffure très « premier de la classe ». Elle lui promet des jours un peu compliqués au sein de la brigade : je l'imagine déjà faire face aux moqueries de Vince.

— Merci.

— De quoi vous ouvrir les portes de l'Europ.

— Possible.

Ça manque de conviction, tout ça. Je dois tester son caractère, sa force intérieure et sa détermination :

— N'y allons pas par quatre chemins : qu'est-ce que vous foutez là ?

— Pardon ?

— Qui préfère bosser avec des repris de justice plutôt qu'avec des fédéraux ?

— Vu comme ça…

— On vous a parlé de nos salaires ?

— Oui.

— Alors ?

Il ne répond pas. C'est ce que je craignais. Je reprends :

— Vous n'avez aucune raison logique de vous trouver là. Alors, dites-moi : qu'est-ce que vous foutez là ?

— Lieutenant, me coupe Léonin.

— Commandant ?

— Tagliano est là pour être évalué, ce n'est pas un interrogatoire.

Un peu quand même…

« Ça suffit Myala. Je t'en dirai plus après. »

J'acquiesce.

Le commandant reprend la main. Il lui pose des questions plus typiques, du genre : s'y connaît-il en programmation ? En sécurité ? En drones ? Etc. Tout ce que le policier moyen est censé maîtriser pour être utile. Les réponses du gamin sont plus que satisfaisantes. Pour être honnête, il est un poil en dessous du niveau attendu pour intégrer l'Europ, mais pour nous, il surnage carrément.

— Avez-vous déjà fait usage de votre arme en intervention ? demandé-je.

— Non.

— Vos évaluations nous donnent l'image d'un bon tireur…

— L'occasion ne s'est jamais présentée.

— Doit-on comprendre que vous restez toujours en retrait ?

— Non madame…

— « Lieutenant », dis-je pour le corriger.

— Non *lieutenant*, répète-t-il avec application. C'est juste que l'occasion ne s'est jamais présentée.

Intéressante, cette insistance. Est-ce la marque d'un courage aiguillonné par le stress ou celle d'un entêtement tout juvénile ?

Nous poursuivons encore quelques dizaines de minutes, durant lesquelles je n'apprends rien de plus que ce que le dossier m'avait déjà enseigné. À savoir que ce jeune homme est bon élève, qu'il fera sans doute un bon flic, et qu'on me cache quelque chose.

— Vous pouvez sortir quelques instants, conclus-je, j'aimerais m'entretenir avec le commandant.

Sans mot dire, le gamin se lève et nous abandonne. Malgré ma froideur affichée, sa démarche est sûre, droite.

— Qu'en penses-tu ? demande Léonin.

— Que j'apprécierais la vérité à son sujet.

— C'est-à-dire ?

— Que fait-il *vraiment* là ?

Le commandant croise les bras et soupire. Il hésite, pesant le pour et le contre. Il finit par céder :

— OK, OK. Je peux juste te dire qu'il dispose d'une nouvelle technologie, qui est encore en phase de test.

— Une nouvelle techno ?

— La fédération redoute de nouvelles formes de criminalité. De nouveaux moyens sont en développement. Un labo privé s'est chargé de l'ingénierie, mais c'est la Fed qui fournit les cobayes. Lou s'est porté volontaire pour un test grandeur nature.

— Elle consiste en quoi cette techno ?

— C'est top secret. Tu n'en sauras pas plus de ma part.

— Je vais donc lui demander, reprends-je, un peu agacée par ce non-dit.

— Tu peux toujours essayer. Mais s'il te le dit, tu ne le répéteras à personne. Ce sera très bien.

— Pigé.

Inutile de réfléchir plus longuement, je comprends bien que je n'ai pas vraiment le choix :

— J'imagine que quoi que je dise, il sera intégré dans mon équipe ?

— C'est ça, confirme Léonin.

— Donc ce cirque dans votre bureau…

— C'est juste pour être poli avec toi et ne pas entamer le capital confiance que te voue ta brigade.

La classe. J'en croise les bras pour ne pas exploser. Malgré tout, je sens la colère empourprer mes joues. Je soupire et grince entre mes dents :

— Peut-on seulement avoir confiance en lui ?

— Comme en tout bleu.

Ce qui signifie qu'il faudra le baby-sitter. Énervée, je termine l'entretien sur une ultime question :

— S'il lui arrive quoi que ce soit, qui saute ?

— Moi, annonce le commandant.

Léonin est un homme juste : il ne fuit jamais ses responsabilités. Et c'est sans doute ce qui le perdra.

Sam

Je suis presque arrivé. Je dois me préparer, même si j'ai pas pris de douche. Ni de petit déjeuner. Mais je sens que ça va pas. Le mal au crâne est revenu. Je suis malade. Et ça va compliquer le travail. Je serai pas assez l'écoute. Et c'est pas bien. On nous disait à l'école, ouvrez les guillemets, peu importe ce qu'on vous demande, tout commence par l'écoute, fermez les guillemets. Du coup, j'hésite. Dois-je annuler ? Suis-je vraiment en état ? C'est difficile de prendre une telle décision. Parce que la patiente, elle attend ses soins. Elle attend sa production d'hormones pour se sentir mieux. Et elle doit se sentir mieux pour guérir…

Mais c'est quoi le pire ? Un mauvais soin ou pas de soin du tout ?

Peut-être qu'un mauvais soin est pire… Je pourrais lui faire du mal. Ajouter de la douleur à sa douleur… Finalement j'appelle. Je repousse le rendez-vous. Je lui dis que je suis malade. Je lui propose la semaine prochaine. Elle accepte, elle est un peu déçue.

Je coupe la communication et je me retrouve avec ce mal au crâne. Papa disait que quand le mal au crâne vient, il faut tout de suite prendre un médicament. Faut pas attendre que ça devienne une migraine. Parce qu'une migraine, c'est pire que tout.

Je farfouille dans mes poches. J'ai bien une aspirine. Je dois trouver un peu d'eau. Je marche dans la rue. Y a pas de bar ou de restaurant pour le moment. Mais y a des gens. Plein de gens. Des hommes en costumes lumineux. Des femmes en robes augmentées, avec des décorations lumineuses qui virevoltent autour d'elles. Et partout des écrans. Virtuels comme réels. Et des projections holographiques qui affichent plein des publicités. Ils les projettent dans les vitrines. Certaines sont même sur le trottoir. Elles viennent se mettre devant nous. Elles appellent les gens par leur nom. Les gens les traversent, indifférents. Moi, elles m'appellent pas. Elles connaissent pas mon nom. Quand je les approche, elles se taisent. Elles attendent un autre passant. Je sais pas pourquoi, mais ça me rend un peu triste de pas être reconnu. Quelque part, c'est un peu comme si j'existais pas à leurs yeux.

Le rythme, de mes pas et ceux des passants, me perd dans mes pensées. J'ai le cerveau toujours douloureux.

Encore une fois cette pièce sombre. Et la lueur violente qui brûle les yeux.

Faut pas perdre le fil, Sam ! Reste concentré. Je n'ai que deux heures avant l'autre rendez-vous. Si j'ai toujours mal, je devrai l'annuler aussi. C'est pas bien. Vraiment pas bien. J'ose pas imaginer ce que papa dirait s'il l'apprenait. Je dois pas y penser non plus. Non. Sinon j'aurai encore plus mal.

Marche Sam. Marche encore et encore.

Et je pense aux femmes que je soigne. À leur peau… Brune. Pâle. Hâlée.

C'est vrai que chaque peau est différente…

Et pourtant, chaque peau s'échauffe de la même manière.

Tout d'abord, ne pas partir des chevilles, mais plutôt du visage. Ensuite, plutôt qu'un massage, approcher par des baisers. La peau des lèvres est très fine, très douce, chaque contact est chaud, presque humide, pour peu qu'on s'y attarde suffisamment. Le front n'est pas idéal. Il s'adresse davantage aux enfants. Les joues, oui. Le cou surtout, dans ce creux qui se trouve juste au-dessous de l'oreille. Il faut commencer par de simples contacts, délicats, pour installer une ambiance, et remuer les braises. Puis remonter sur les joues, le nez. Parfois les yeux. Et redescendre doucement vers la bouche. Embrasser la lèvre supérieure, plus difficile à attraper, puis l'inférieure, plus charnue, plus sensuelle. Ne rien tenter de suite, partir de l'autre côté du visage, avec lenteur, avec douceur, puis déposer cette fois les lèvres de manière plus insistante, en appuyant sur la chair, en lui livrant une part de sa chaleur interne. Surveiller la respiration de l'autre, sa fréquence, ses variations, sa profondeur. L'envie démarre toujours par le souffle, avant de se propager au corps. Il allume les braises. Il leur fait prendre feu. Puis danser, glisser. Revenir sur la bouche et cette fois, faufiler la langue entre les dents. Toujours avec cette délicatesse qui propose, qui laisse venir. Et sentir le contact chaud et humide de l'autre langue. Sa force lorsqu'elle se plaque et décide de danser, de tourner, de virevolter, et sa manière d'avancer, reculer. Tout est déjà là. Tout est en place. Le reste est identique, à plus grande échelle de ce premier échange…

Je suis devant un magasin de vêtements. Je regarde une femme. Une jolie femme. Elle essaie virtuellement une robe bleue. Son visage est au-dessus de son corps en hologramme. La robe apparaît au-dessus. Je la regarde mieux. C'est pas qu'elle est jolie… Elle a quelque chose…

Myala, lieutenant de police

De retour dans la brigade, Diop et Asima cessent leurs investigations pour me tomber dessus :

— Where tu étais ?

— En rendez-vous.

— Avec le nouveau ? demande l'informaticienne.

— Oui. On va le prendre.

— Il fait really l'affaire ? s'inquiète Diop.

— Vous connaissez le job : on accueille ceux qu'on nous refourgue.

— Je croyais que tu avais ton mot à dire.

— D'habitude oui. Pas cette fois.

— Ça craint, lâche Asima, pleine de doutes.

— Vous avez rejoint la brigade dans les mêmes conditions, ajouté-je.

— Pas vraiment : tu nous as choisis, intervient Asima.

— Il y avait plusieurs dossiers. Là, il n'y a que lui.

— And he's not a condamné.

— Ouais. C'est vrai.

— Il n'a rien à faire dans la police nationale, conclut Asima.

— Écoutez-moi bien, je vais vous le dire lentement pour que vous pigiez bien : on n'a pas le choix.

Asima grimace. Elle déteste qu'on lui impose quelque chose. Les questions fusent sous son crâne et je l'imagine se torturer pour tout comprendre, tout savoir, pour enfin se rassurer. Diop est moins revêche. Il accepte la situation. Sans doute son passé de sportif de rue, le fait de jouer dans une équipe qui changeait fréquemment, lui a donné cette capacité d'adaptation qui fait défaut à Asima.

Quant à Vince, on peut pas parler de capacité d'adaptation dans une équipe, vu qu'il est parti jouer en solo…

— Il commence quand ? reprend Asima.

— La semaine prochaine.

— During l'affaire ? demande Diop.

— Oui. Sauf si nous la classons d'ici là.

Petit sourire en coin des deux. Ils ont compris le message.

— Qu'avez-vous trouvé ? reprends-je.

— Nothing, répond Diop du tac au tac.

— Sa vie numérique est complexe. Il me faudrait…

— … du temps. J'ai pigé.

Malgré l'aide de Sherlock, Asima ne peut pas faire de miracle. Il lui faudrait un cerveau quantique pour bosser plus vite. Elle pourrait aussi se mettre en relation avec la crim européenne, mais Asima n'apprécie pas l'échange d'informations avec ces gus. Faut dire, c'est à cause d'eux si elle est flic aujourd'hui.

— Des nouvelles de Vince ? demandé-je.

— Pas encore.

Je m'apprête à le contacter lorsqu'une comm iThink me coupe dans mon élan :

« Lieutenant Myala ? »

C'est Lynley.

J'ignorai que l'Europ s'implantait des iThink… Je pensais que c'était un outil qui nous était destiné, pour mieux nous surveiller et nous contrôler. Apparemment, je me suis trompée.

« Présente. »

« Nous avons un nouveau cadavre. »

« Quelle adresse ? »

« Je vous l'envoie. On s'y retrouve. »

« Bien reçu. »

La comm se coupe et mon attention revient sur mes deux agents, qui me scrutent avec un air intrigué.

— Un nouveau cadavre. Diop, prépare tes affaires. Asima, le drone est OK ?

— Rechargé.

— T'en as d'autres ?

— Pas encore. Le sergent y travaille.

— Préviens Vince, dis-je pour conclure.

Elle acquiesce.

Nous sommes loin des beaux quartiers du centre. Les spectateurs affamés qui se tiennent sur le trottoir ne sont pas arrivés là que par curiosité. Ils nous scrutent. Ils nous surveillent. Ils n'ont aucune confiance en notre uniforme. Pour eux, il n'est qu'un habit qui dissimule notre véritable nature. Des criminels tout juste déguisés, voilà comment ils nous perçoivent. Alors ils sont là, prêts à rendre la vraie justice, la leur, en nous sautant dessus.

Au-dessus d'eux se tiennent les immeubles du siècle dernier, leurs façades couvertes de plaques végétalisées. D'après ce que j'ai lu, il s'agissait de transformer les bâtiments en poumons verts pour la capitale. Mais les études avaient largement sous-estimé l'évolution du climat de telle sorte que ces plaques sont aujourd'hui recouvertes de plantes détrempées les trois quarts de l'année, brûlées durant l'été.

C'est suite à cet échec que sont entrés en jeu les climatologues.

En attendant d'assister à la construction des piliers climatiques, nous descendons de nos voitures et traversons l'attroupement d'une dizaine de personnes pour nous frayer un chemin jusqu'à la porte de l'immeuble. Quelques insultes fusent. Nous faisons les sourds. Personne n'ose nous balancer des objets ou nous attraper physiquement, mais il est clair qu'ils y songent. Ils s'écartent à quelques centimètres de nous. La tension est palpable.

Mes jambes tremblent un peu, mais tiennent bon. Encore heureux, il manquerait plus que je m'effondre au milieu de la populace ; je me ferais lyncher.

Le cordon de sécurité qui nous accueille est plus musclé que le précédent. Ici, il faudrait peu de choses pour que la situation dégénère, que les spectateurs deviennent franchement hostiles. Au-dessus des agents, des drones fédéraux enregistrent la scène, identifiant préventivement ceux qui s'attardent, les menaçant de poursuite à la moindre provocation.

« Asima, ton drone ? »

« L'Europ m'a interdit de le déployer. »

« Merde. »

« On se contentera des caméras embarquées. »

« Ça marche. »

Nous laissons là les flics et retrouvons dans la cage d'ascenseur le groupe de la crim européenne qui s'en grille une.

— Lieutenant, me salue Lynley en me voyant.

— Capitaine, lui réponds-je avec un léger sourire. Merci de nous avoir prévenus.

— Nous sommes dans le même bateau.

— Pas vraiment, dis-je. On aimerait utiliser notre drone.

— Votre antiquité de la dernière fois ?

— C'est ce que nous avons de mieux.

— Ben vous êtes pas rendus…

Tandis qu'il termine sa pause, il nous jauge. Aucune tension dans son regard, plutôt de la curiosité. Il doit se demander comment nous arrivons à concilier notre statut et notre job. Prisonnier et flic. C'est vrai qu'il y a de quoi en dérouter plus d'un. Finalement, il nous invite à le suivre :

— Montons, nous dit-il.

— Et le drone ?

— On vous filera nos enregistrements.

Dans l'ascenseur, je le vois éteindre sa cigarette électronique. Il la tient dans sa main, les yeux rivés dessus, comme s'il souhaitait en reprendre une bouffée, mais qu'il n'osait pas.

— Vous pouvez… lui dis-je.

Il sourit à son tour, la glissant dans son manteau.

— J'aurais dû arrêter depuis longtemps, mais que voulez-vous, les défauts ont la peau dure…

Sans trop savoir pourquoi, sa remarque me fait penser à mes jambes. Chacun sa dépendance : moi aux médocs, lui à la cigarette.

— Vous n'êtes pas nombreux, constate-t-il.

— Les autres sont sur d'autres pistes.

— Hum.

Les portes de l'ascenseur s'entrouvrent et nous invitent à progresser dans un couloir large, bétonné, avec de part et d'autre des portes sécurisées. Difficile de s'introduire de force dans l'un de ces appartements. Nous en revenons aux deux cas possibles, celui de l'assassin connu de la victime, ou le pirate.

La deuxième porte à droite est ouverte. Le capitaine Lynley nous fait signe d'avancer. Les petits drones de l'Europ virevoltent autour de nous. L'enregistrement qu'aurait pu faire Asima va nous manquer… J'espère que Lynley tiendra parole.

Nous commençons par une reconnaissance visuelle. Cette fois encore, l'appartement n'a pas été saccagé. Les murs ne portent aucune inscription, les chaussures à l'entrée sont rangées par paires, les manteaux pendent, leurs manches bien droites le long de leur montant. Un peu plus loin, dans le salon, les meubles sont eux aussi en place, intacts, les tiroirs du buffet bien fermés, les bibelots placés dessus n'ont pas bougé d'un millimètre. On y retrouve pêle-mêle des figurines mignonnes des dessins animés du XXe siècle, des représentations de personnages de jeux vidéo, ainsi que des œuvres holographiques, fabriquées par les dernières IA à la mode. Pour le reste, les sols sont propres. La cuisine est de type américaine. Et l'absence de mur amène dans le salon-salle à manger une odeur de produit ménager. Elle n'est pas puissante. Elle doit provenir d'un de ces nouveaux mélanges faits à base de produits biologiques. La personne qui vit là est soucieuse de son intérieur, de sa santé, et semble davantage préoccupée par l'efficacité que par l'exhaustivité des tâches ménagères. Les figurines, les mondes imaginaires et les œuvres d'art numériques, nous sommes dans l'appartement d'une jeune cadre passionnément geek.

— Chan Huang, une employée chinoise venue récemment sur Paris.

Le capitaine met les mains dans ses poches pour réciter l'état civil de la victime.

— Vingt-huit ans, célibataire, de ce qu'on en sait pour le moment. Elle bossait pour Baïdu Europe.

— Le consortium… lâche Diop.

— Depuis qu'il a quitté la Chine, précisé-je, Baïdu s'accapare le plus d'informations et de recherches possible, pour les diffuser. Il travaillait depuis quelque temps sur une chaîne de *deep information* en temps réel.

— La *deep information* ? s'étonne Lynley.

— Pour concurrencer les chaînes d'information continue, Baïdu s'est placé sur le marché de l'information approfondie. Chaque article se voit complété par un contexte historique, social, statistique, voire technologique, si c'est nécessaire. C'est en quelque sorte le prolongement du *slow media*, mais d'un point de vue plus… universitaire.

— Hum, lâche Lynley.

— Hum ?

— Je connais rien à tous ces trucs techniques. Je me contente de suivre les gros titres…

La remarque me provoque un sourire involontaire : je l'imagine assis sur un fauteuil en tissu à lire son journal papier…

Comme quand j'étais jeune, pensé-je, en me rappelant soudainement que malgré nos apparences, nous avons peut-être le même âge. Je reprends :

— Et le corps ?

— Dans la chambre et dans la salle de bain.

Deux localisations ?

— C'est une blague ?

Diop et moi remontons le couloir pour rejoindre la salle de bain. Une fois la porte passée, nous nous retrouvons face à quelque chose qui remplit la baignoire. Il nous est difficile de reconnaître ce dont il s'agit. L'odeur mêle cette fois le même produit d'entretien à celui plus métallique du sang. Malgré la fenêtre ouverte, nous respirons avec difficulté.

Devant notre mutisme, Lynley intervient :

— Vous comprenez pourquoi nous fumions.

— C'est quoi ? demande Diop qui comprend pas beaucoup mieux que moi ce qu'il observe.

— La peau de Chan.

Sa peau ?

— Le reste de son corps est dans la chambre. Allongé sur le lit.

Mon estomac se soulève. On franchit un niveau supplémentaire dans le sordide.

— Il lui manque d'autre chose ? dis-je, tout en quittant la pièce.

— Non. Elle est intacte, pour ce que nous en avons vu.

— Pas de sévices ?

— Non. Rien de méchant, si ce n'est son dépeçage.

Je passe la tête par l'entrebâillement de la porte. Le corps est bien là, allongé.

— C'est des fringues, qu'elle porte ?

— Oui, un sous-vêtement ajouté post mortem.

Je me détourne, mais j'essaie de rester la plus pro possible.

— C'est très différent, dis-je en me raccrochant au visage de Lynley.

— Oui et non. Le meurtre est différent, mais il y a des similitudes : pas d'effraction, pas de piratage, pas de cris.

— Et c'est quoi qu'elle porte, comme sous-vêtement ?

— Une nuisette dermale.

— Plutôt sophistiqué… Elle attendait quelqu'un ?

— Pour le moment, nous n'en savons rien.

— Je vois, soupiré-je.

Je me tourne et regarde à nouveau en direction de la baignoire.

— Ça fait une bonne heure que nos IAs planchent dessus, reprend Lynley. Et pour le moment, sans succès.

— Une IA ne pourra pas comprendre le meurtrier.

— Vous pensez ?

— Une IA est trop rationnelle.

Sam

Ma smartclock sonne. Elle me tire de mes pensées. Je suis encore devant à la vitrine. La femme a disparu. Les nuages s'assombrissent. Le soleil a entamé sa descente. Je regarde l'heure. J'ai manqué mon rendez-vous. Si papa l'apprend, il sera furieux.

Combien de temps suis-je resté là ? Dans mes pensées ? Deux heures…

Je n'ai plus mal au crâne. J'y comprends rien. Je suis malade ou pas ?

Je dois appeler papa…

D'abord rentrer.

Une heure plus tard, je suis dans ma salle de bain. Torse nu. Je me lave les mains. Puis le visage. Je me passe un peu d'eau sur les cheveux. Je me masse la tête.

Ça va mieux. Vraiment mieux. J'ai vérifié, j'ai pris l'aspirine.

Du coup, est-ce que j'appelle papa ? J'hésite.

Attendons encore un peu. Papa est très occupé. Il a beaucoup de patients lui aussi. Il déteste que je l'appelle pour rien. Faut être sûr avant de l'embêter…

Je vais plutôt surfer. Juste un peu, pas trop tard. Oui, parce que papa n'aime pas que je me couche tard. Il dit que seules les mauvaises personnes se couchent tard. Les honnêtes gens, les travailleurs, ils vont au lit tôt. Justement parce que leur travail les a fatigués.

C'est vrai.

Je surfe que deux heures.

Puis je me couche.

Myala, lieutenant de police

Lynley tourne dans l'appartement. Ses yeux vont et viennent sur la scène de crime, comme nous le ferions nous-mêmes. Ses drones ont terminé leurs analyses depuis un moment et le capitaine attend que le robot légiste vienne chercher le corps. Pendant ce temps, les deux fédéraux qui l'accompagnent listent les caméras du système de surveillance urbain. Ils notent leurs positions, leurs IDs, les versions de leur firmware.

Dehors, d'autres drones de la crim européenne viennent de s'envoler. Ils vont tourner autour de la zone dans un rayon de deux cents mètres, pour commencer. Ils vont chercher le moindre indice, la plus insignifiante trace matérielle. S'ils ne trouvent rien, ils élargiront leur rayon d'action.

Et dire que tous leurs appareils sont interconnectés aux nombreuses IAs fédérales, qui gèrent à la fois les fichiers des détenus, des disparus, des ressortissants européens, des réseaux sociaux, et même des drogues et des armes vendues dans les pays membres. La moindre trace est analysée en moins de cinq secondes, des déductions sont pondues en un battement de cils, les affairent se résolvent quasiment d'elles-mêmes…

Si nous disposions de tels moyens, enquêter serait un jeu d'enfant et nombre de nos affaires, classées faute de résultats, seraient élucidées. Les polices nationales seraient bien plus efficaces et les quartiers chauds verraient leur dangerosité se réduire drastiquement. Au lieu de cela, l'Europ se contente de protéger l'aristocratie fédérale, ces riches technocrates qui nous gouvernent, tandis que nous, nous ne pouvons compter que sur nos équipements en fin de vie, notre sueur, nos tripes et notre intelligence pour protéger les plus humbles et moins nantis.

En parlant de tripes, Diop a vomi. Penché à une fenêtre, il hume l'air frais, tout en scrutant le voile gris. Ses yeux ne regardent rien. Au contraire, ils cherchent à fuir le spectacle qui semble s'être imprimé sur ses rétines.

Asima effectue pour sa part des requêtes dans les bases de données, à la recherche d'un crime similaire. Je doute qu'elle en trouve. On s'en souviendrait.

Cela dit, il faut du temps, de la force, une certaine expertise et surtout un déséquilibre rare, pour faire un truc pareil. Le tueur n'en est pas à son premier coup d'essai…

— Vous pensez à quoi ? demande Lynley.

— À qui.

— Pardon ?

— À qui. Qui peut faire ça. Le comment, nous allons vite le savoir. Et au fond, ce n'est pas le problème. Mais qui. C'est vraiment la question…

À son visage empreint de perplexité, je saisis que Lynley me comprend. Il n'a pas toujours tenu ce rôle de gradé pour la police fédérale. Peut-être était-il auparavant un simple flic, parcourant les ruelles d'une ville anglaise, à la recherche de petits malfrats. Peut-être a-t-il pris goût à cette chasse à l'homme, qu'on ne pratique presque plus. Enfin, peut-être sent-il, tout comme moi, que cette affaire est compliquée.

— Je vais devoir faire un rapport cette fois, reprend-il.

Je comprends : deux crimes hors normes qui n'ont pas été détectés, cela veut dire que le système de surveillance est en cause.

Lynley ajoute :

— Je vais vous indiquer comme contact pour la suite.

— C'est gentil, dis-je. Ça veut dire que les grandes instances vont me pourrir la vie à n'importe quelle heure…

— Sans aller jusque-là. Mais clairement, nous nous côtoierons davantage.

— Génial…

— Ne vous inquiétez pas, je ne vous harcèlerai pas. Revenons-en aux crimes si vous le voulez bien, nous avons l'autopsie de la première victime, Émeline.

— Enfin, dis-je.

— Je vous l'envoie.

— Ça a été plutôt long, non ?

— On voulait la primauté des infos.

— C'est de bonne guerre, soufflé-je.

D'un geste qu'il effectue devant sa smartclock, il balance les fichiers sur nos serveurs. À peine arrivés, Asima les consulte et les redistribue.

« Quelque chose de notable ? » demandé-je.

« Quelque chose oui… » lâche Asima. « Elle a vraisemblablement été poignardée par des couteaux de différentes tailles. »

Intéressant. Je ne vois pas le meurtrier changer plusieurs fois d'arme au cours de ses actes, à moins qu'il soit un drôle de maniaque, ce qui est tout à fait possible. Mais cela ne signifierait-il pas plutôt qu'ils étaient plusieurs ? Je garde l'hypothèse dans un coin de ma tête.

Asima poursuit :

« En tout cas, il y a des lames trop larges pour être de simples ustensiles de cuisine, à moins de travailler dans un abattoir, bien évidemment. »

« Que recherche-t-on alors ? Des armes blanches, du genre couteau de chasse ou commando ? »

« Difficile à dire. Le rapport reste évasif. »

Le salon de la victime, son style. Elle ne m'avait pas l'air d'être du genre à collectionner des lames chez elle. À vérifier toutefois, car cela peut faire la différence entre le meurtre d'opportunité et le prémédité.

« Tu as appelé Vince ? »

« Oui, il était sur place. Il part là… »

« Merde ! »

Je coupe la comm et en ouvre une autre, fissa.

« Vince ? »

« Lieutenant ? »

« Toujours chez Émeline ? »

« J'en sors. »

« Retournes-y : je recherche des indices relatifs à la présence éventuelle de lames un peu sérieuses, genre guerre ou chasse. Ça peut aller jusqu'à l'attirail de coutellerie du boucher. »

« Hein ? »

« L'autopsie indique que les coups auraient été portés avec de telles armes. »

« Pfff, j'ai déjà vérifié la cuisine. Ses tiroirs sont pleins de couverts à bout rond, j'arriverais même pas à trancher du pain avec, y a pas une lame digne de ce nom, c'est pas le genre de la p'tite dame. »

« Je le sais bien, mais vérifie quand même si tu vois pas quelque chose en déco dans les autres pièces, genre présentoirs d'armes de collection qui n'auraient pas attiré notre attention, car vides ? Je tiens à savoir si le tueur a amené tout son attirail avec lui, ou s'il l'a trouvé sur place et est reparti avec. Ça va nous renseigner sur son profil. »

« OK, OK, j'y retourne pour vérifier. »

« Tiens-moi au courant. »

Sam

Elle a une sorte d'outil dans la main. Comme une perceuse ou quelque chose du genre. En plus petit. Elle dit quelque chose d'une voix douce. Sa main se pose mon épaule. Puis elle pose son outil derrière ma tête. Je sens le contact froid sur mon crâne, à travers mes cheveux. Y a un petit bruit.

Puis une énorme douleur…

Un coup d'épaule me fait sursauter. C'est un homme avec un grand manteau noir. Un bip qui retentit. Le choc a été enregistré. Son manteau cherche à m'envoyer une excuse. Mais j'ai pas de vêtement intelligent. J'ai que ma smartclock, qui est en réseau. Et encore, j'ai pas beaucoup d'accès dessus. C'est papa qui l'a limité…

Donc je recevrai rien.

De l'eau tombe sur moi. Il pleut. Je suis dehors. Dans la rue. Je porte mon manteau. Dans ma main, ma mallette. Je fais un pas pour me coller au mur. L'immeuble a des balcons. Ils me protègent. Je réfléchis. On est quand ? On est où ? Comment je suis arrivé là ? C'est plus que perdre le fil, ce qui m'arrive. Y a des moments entiers qui disparaissent. Comme si j'étais plus là. Je regarde l'heure, 17:00. J'ai coché tous les rendez-vous d'avant. Il m'en reste qu'un. Je me souviens pas en avoir fait un seul. Je me souviens de rien. Comme si je venais de me réveiller. Sauf que je suis debout, dans la rue, et que la moitié de la journée est passée…

Je comprends rien.

Et j'ai mal à la tête.

Vraiment.

Je dois prendre un médicament. Je suis malade. Y a plus de doute. Je dois rentrer à la maison. Je dois appeler papa.

J'annule le rendez-vous suivant.

Je rentre chez moi. Directement.

Je prends le médicament. J'appelle.

Myala, lieutenant de police

Diop quitte la fenêtre par laquelle il se rafraîchissait les idées, pour revenir à l'enquête. Encore choqué par la vision du corps, par ce meurtre et ce mode opératoire, il avance, légèrement blafard, un peu paumé.

— Va falloir s'y remettre, dis-je pour le remobiliser.

— What we cherche ? parvient-il à articuler.

— Tout ce qui pourrait être louche. Asima récupère les profils réel et virtuel de la victime, dès qu'elle nous les envoie, nous devrons repérer tout ce qui ne cadre pas. Commence par essayer de comprendre où et comment elle a été dépecée. Tout aussi dégueulasse qu'elle soit, cette affaire manque de sang, tu trouves pas ? Je me serais attendue à ce qu'il y en ait plein le lit, la moquette, les murs, les rideaux quand on voit le résultat.

Diop gonfle sa large poitrine et expire d'un coup, avec force, comme à la salle de muscu, lorsqu'il s'apprête à soulever deux cents kilos. C'est sa manière de se mobiliser, de se ressaisir.

— OK, conclut-il.

Et il prend la direction de la chambre, un peu voûté, mais d'un pas énergique.

De mon côté, je me sens plus intriguée que dégoûtée. Nous ne nous occupons jamais de ce type de meurtre. Nos affaires habituelles se résument à des règlements de compte, à quelques coups de feu, éventuellement des rixes musclées, d'autant plus violentes que les ennemis sont cybernétisés. On peut constater quelques démembrements, mais un dépeçage ! Nous faisons face à un crime vraiment singulier.

Je me tourne vers le capitaine Lynley, tout aussi perplexe que moi. Il est en communication avec ses hommes. J'attends quelques secondes, histoire qu'il se décontracte, puis je vais aux nouvelles. Avant que je puisse lui poser la moindre question, il m'informe comme si j'étais l'un de ses collègues :

— L'historique de l'immeuble ne donne rien, pas plus que celui de la rue.

— Je m'en doutais, dis-je.

— Je vais avertir ma hiérarchie.

L'affaire prend une tournure plus officielle… Ce qui ne va pas nous simplifier la tâche.

— Alors, vous récupérez l'affaire ? demandé-je.

Il croise les bras et plante son regard dans le sol. Il est contrarié.

— Ce qui m'étonne, pense-t-il tout haut, c'est que le système prétend qu'aucun inconnu n'est entré. Alors quoi, le meurtrier serait un voisin ?

Sa remarque me fait tiquer. Nous nous contentons d'interroger les identifications, mais si le tueur possédait une sorte de pass ?

« Asima, tu peux les récupérer les logs de cet immeuble ? »

« Dans ce type de quartier, c'est plus compliqué… »

— Capitaine, dis-je à l'attention de mon homologue européen. Pourriez-vous nous donner accès au système de cet immeuble ?

Lynley sourit.

— Vous ne lâchez pas facilement, hein ?

— Il faut bien.

— Je vais arranger cela.

— Merci.

J'en reviens à Asima :

« Vérifie aussi si le hall d'Émeline s'est ouvert sans déclencher d'identification. »

Asima se concentre. Son cerveau et celui de Sherlock entrent en résonance. Je n'ai jamais trop su si son esprit appartenait davantage à son corps qu'au réseau, ni dans lequel elle se sentait le mieux, pour ne pas dire simplement vivante.

« J'ai plusieurs cas, en effet. » reprend-elle.

« Croise ça avec l'historique de cet immeuble dès que tu pourras. »

« Ça marche. »

Depuis le premier cadavre, nous oscillons entre crime d'opportunité et assassinat. Ces entrées sans identification laissent plutôt penser qu'on est sur la deuxième option.

— Émeline et Chan n'avaient rien en commun en dehors de leur âge, soupire Lynley.

S'intéresser à la victimologie, c'est si *police nationale*…

— Je sais ce que vous pensez, reprend Lynley. Chez les feds, toutes les enquêtes se résolvent à grand renfort de logs, d'intelligences artificielles et de barda virtuel. Mais là, je pense que nous devons revenir aux vieilles méthodes, car on a affaire à quelqu'un qui comprend comment on fonctionne.

Sa certitude me renvoie à mes premières années à l'école de police. À l'époque, l'informatique n'avait pas pris une telle place et nos formateurs avaient appliqué durant des décennies ces mêmes « vieilles méthodes ». L'observation, l'enquête de voisinage, la victimologie, le mode opératoire, tous ces éléments étaient passés au crible et ils permettaient souvent de dessiner la personnalité du tueur. De le comprendre. Et d'anticiper ses crimes, voire de l'appréhender. Aujourd'hui, les IA européennes prennent en charge toute une partie de ce travail. Les flics se contentent de valider les conclusions et procéder aux arrestations. Et encore, des rumeurs circulent quant au futur recours à des robots policiers. Si cela se produit, nous retournerons tous en cellule…

— Deux jeunes femmes, commencé-je, actives, célibataires, vivant seules.

Lynley acquiesce et poursuit :

— Pas d'animaux, pas trop de contact avec les voisins, tout juste bonjour bonsoir, pas de ressemblance physique, mais des cadres du tertiaire.

— Niveau amis, reprends-je, je parierais qu'elles n'ont personne en commun. On va vérifier, mais leurs vies semblaient bien séparées.

— Comme les quartiers dans lesquels elles évoluaient. Très différents. Elles ne devaient pas fréquenter les mêmes endroits.

— Et au niveau des réalités augmentées ? demandé-je.

— Des accès raisonnables : les filtres de blocage de pub, puis des abonnements à des chaînes de mode, d'informations, de gadget… Ah, Chan avait une fibre écolo, Émeline plutôt artistique. Chan vantait la construction des piliers climatiques et Émeline se vouait à la réhabilitation des immeubles.

— La réhabilitation ?

— Les murs végétaux.

— Pourtant, les expérimentations n'étaient pas concluantes.

— Certains souhaitent les reprendre.

— C'est peut-être ça le point commun. Le souci de l'environnement…

Lynley se renfrogne un peu. Ma supposition ne le convainc pas. Comment voir dans ces modes opératoires un lien avec les décisions écolos prises par la ville ?

— Ça ne matche pas… pense tout haut Lynley.

Plus je l'observe, avec sa manière de tourner autour du cadavre, de laisser traîner son regard ou de chercher à comprendre le tueur, plus je revois mes anciens formateurs.

— Vous faites très vieux jeu, dis-je.

— Je vais le prendre comme un compliment.

— Ça l'est.

Il sourit à nouveau, avec cette malice légèrement enfantine.

— Vos jambes, ça fait longtemps ?

— Ça fait longtemps oui.

— C'est indiscret si je vous demande comment c'est arrivé ?

— Une explosion.

— Vous étiez dans l'armée ?

— Pas vraiment. L'attentat contre l'agence Empenn.

— La boîte qui sauvegardait l'esprit des gens ?

— Celle-là même.

— Je me souviens du tollé quand on a appris qu'en guise de sauvegarde, ils se contentaient d'enregistrer des souvenirs qu'ils faisaient jouer par un programme. Ça avait fait la une des journaux pendant quoi, six mois ?

— Quelque chose comme ça, oui.

— Vous étiez sur les lieux ? poursuit-il.

— Effectivement.

— Ça a dû être compliqué de se remettre de ça…

— C'est-à-dire ?

— Être victime d'un attentat, c'est pas rien.

— Je n'étais pas l'une des victimes. J'étais plutôt de l'autre côté de la barrière.

— Sans déconner ?

— On voulait faire sauter la salle machine. On l'a fait. On avait pas prévu qu'il y aurait des blessés…

— Et des morts.

— Et des morts oui. Tout a été détruit, et les morts sauvegardés ont été effacés.

— J'arrive pas à y croire. C'est vous qui avez fait sauter l'agence.

— Oui.

— Et après ?

— Vous devez vous en douter. J'ai été condamnée, congelée, décongelée, et on m'a proposé ce job.

— Je vous cerne mieux. J'aimerais savoir : pourquoi avoir fait ça ?

— Mon père faisait partie des esprits sauvegardés. Il m'a appelée à l'aide.

— Je croyais que les sauvegardés n'avaient pas de véritable capacité réflexive.

— On en a jamais compris l'origine : soit il leur en restait un peu après la procédure de sauvegarde, soit ce sont les IA qui ont fini par développer des pseudo-personnalités… Mais tout ça remonte à loin et c'est une longue histoire.

— Que vous ne souhaitez pas raconter.

— On en a fait le tour.

— Compris.

Il croise ses bras sur la poitrine sans lâcher du regard mes membres cybernétiques. De mon côté, je n'en mène pas large : m'ouvrir de la sorte, faire remonter à la surface de si vieux souvenirs, ravive d'anciennes blessures. Je revois le visage holographique de mon père, notre dernière étreinte avant l'explosion, avant son effacement définitif.

— Une flic terroriste…

Je comprends sa remarque : il évolue dans un monde très propre, trop propre. Ici, mettre face à un gang une ancienne terroriste est une aubaine, surtout si les deux s'entretuent : cela résout deux problèmes d'un coup. Et deux problèmes de moins, c'est autant d'économies réalisées.

— Ne le prenez pas mal, dis-je en espérant réorienter la conversation, mais pourquoi vous souciez-vous de cette affaire ?

Il soupire. Ses pupilles viennent se poser sur les miennes. Elles brillent comme celles d'un chat. Ce qui est soit la marque d'une grande intelligence, soit celle d'implants oculaires.

— C'est parce que c'est une véritable affaire. Une *vraie* enquête…

Et sur son visage se lisent le plaisir, le défi, et la volonté de réussir.

Je ne partage pas ses sentiments. Je reste concentrée sur l'analyse et la compréhension des faits, mais sans voir cela comme un jeu. Il ne s'agit pas d'être la meilleure, de gagner, ou de prouver quoi que ce soit. Il s'agit d'interrompre cette série macabre.

Parce que c'est notre boulot.

— On reste en contact, conclus-je en laissant là le capitaine.

Sam

Quand je me suis installé, papa était inquiet. Il m'appelait tous les jours. Faut dire, c'était la première fois que je vivais tout seul.

Mais vraiment tout seul. À l'école, c'était différent. On était jamais seul. On était six dans mon dortoir. Et y avait quatre dortoirs par étage. Et quatre étages. Les dortoirs étaient tous pareils. Blancs, avec des lits superposés, du carrelage froid et des carrés au plafond. On dormait tous dans des pyjamas. Y avait un numéro dessus. Qui indiquait dans quel lit on dormait. Dans quelles toilettes on devait faire nos besoins. Et aussi dans quelle armoire on rangeait nos affaires. Et des gens s'occupaient de nous : on nous réveillait à sept heures. On se douchait. On nous préparait à manger. Puis on se lavait les dents avant d'aller en cours. Quand les cours étaient finis, on allait à la cantine. Et une fois le repas terminé, on retournait en cours. Le soir, on revenait dans nos chambres. Et à vingt et une heures, c'était l'heure de dormir. La lumière s'éteignait. Et voilà, tout était réglé. Toujours de la même manière. La vie était facile.

Puis l'école s'est finie. Et j'ai dû partir.

Ici c'est très différent. Je suis tout seul. Je fais ce que je veux. À l'heure où je veux. Papa avait très peur que je n'arrive pas à prendre soin de moi. C'est-à-dire que je n'arrive pas à manger. À ranger mon chez-moi. Ou que j'oublie de laver mon linge. En vrai, je m'en sors très bien. Et il est fier de moi. C'est pour ça que petit à petit il m'a moins appelé. Une fois par semaine. Puis une fois par mois. Aujourd'hui, c'est à moi de l'appeler. Faut dire, il est très occupé. Il est docteur.

C'est pour ça que je dois l'appeler si ça va pas. Pour ça et parce que c'est mon papa aussi.

J'appuie sur ma smartclock. L'écran virtuel apparaît. J'appuie sur le bouton « appel », puis sur le visage de papa.

Quelques secondes passent. Il décroche. Son visage apparaît. Il est très maigre. Creusé presque. Parce qu'il travaille beaucoup. Sous ses yeux, des poches bleues énormes lui donnent un air épuisé. Ses lunettes rondes lui font de grosses pupilles. Elles sont entourées de sang. Des vaisseaux qui ont éclaté. Il a toujours beaucoup de cheveux. Comme ceux d'un lion. Ça lui fait comme une couronne chaotique dessus. Mais ces dernières années, la couronne devient grise. Tout comme sa moustache. Mais elle, elle vire au blanc. Et il est de plus en plus maigre. Son corps est tout fin. Tout sec. Comme si son cerveau aspirait toute son énergie. Parce qu'il est très intelligent papa. Il sait tout. Tout sur tout.

— Sam ?

Il est étonné de m'avoir. Tout de suite, il s'inquiète.

— Je suis malade.

Il s'inquiète encore plus.

— C'est-à-dire ? Quels sont tes symptômes ?

— J'ai mal à la tête !

— Tu as pris les médicaments ?

— Oui. Comme tu m'as dit. Mais ça passe pas.

— Place-toi devant le miroir.

J'obéis à papa. Je sais qu'il me demande ça pour mon bien. Je me lève du canapé. J'ai la tête qui tourne un peu. Je me mets face à mon reflet. Des informations apparaissent.

— Appuie sur le bouton, à droite.

Je fais glisser mes doigts sur le côté. Je touche un truc. J'appuie dessus. Papa apparaît dans le miroir. La communication sur ma smartclock se coupe.

— Je vais te demander de faire deux, trois choses. Tu comprends Sam ?

— Je comprends.

— Tu vas être gentil ?

— Je vais être gentil.

— Très bien. Dans l'armoire derrière toi, tu as une boîte, dans le tiroir du bas.

Je me penche. J'ouvre le tiroir. Il y a bien une petite boîte.

— C'est quoi ? dis-je.

— Ouvre, c'est un petit appareil qui va regarder ce que tu as.

J'ouvre la boîte. Dedans, il y a un bien le petit appareil. Il est rond. Tout blanc. Quand je m'approche, il se met à vibrer. Il fait un bruit électrique. Puis il décolle.

— Maintenant, place le pèse-personne devant toi.

— C'est fait.

— Maintenant, monte sur la balance et reste bien fixe devant le miroir.

— Comme ça ?

— C'est très bien, Sam. Ne bouge plus.

Le petit appareil se met à tourner autour de moi. Il allume une lumière. Une lumière qui m'éblouit chaque fois qu'il passe devant mes yeux.

— C'est très bien Sam. Encore quelques instants.

Papa a les yeux fixés sur un écran. Je vois pas ce qui s'affiche, mais ça lui plaît pas. Il fronce les sourcils. Quand il fait ça, ça lui fait tout un tas de rides supplémentaires sur le front. Et ça fait descendre un peu ses lunettes sur son nez. Ça lui donne l'air d'être encore plus vieux.

Il se passe la main dans ses cheveux gris. Il chuchote quelque chose que j'entends pas.

— Sam. Tu vas prendre un TIAM pour me rejoindre.

— À la maison ?

— Oui, au lab… à la maison, oui. Tu as bien fait de m'appeler.

— Je suis bien malade alors ?

— En quelque sorte, Sam. Tu es bien malade. Je t'envoie un TIAM tout de suite.

— OK.

— Ne t'inquiète pas. Nous allons bien te soigner.

Papa me fixe avec ses yeux. Et à l'intérieur, y a des pensées sombres qui traversent son esprit.

— Viens vite, qu'il dit avant d'éteindre le miroir.

Le petit appareil va se poser dans sa boîte. Je reste debout, sur le pèse-personne. Je me sens un peu stupide. J'ai attrapé une maladie que j'aurais pas dû. C'est ma faute. J'ai envie de pleurer, mais je me retiens. Je ne suis plus un bébé. Je suis un grand. Les grands maîtrisent leurs sentiments. Et surtout, les grands obéissent à leur père.

Je pars me préparer.

Myala, lieutenant de police

J'arrive à mon véhicule. Mes jambes tremblent à nouveau. Je m'apprête à m'asseoir vite, lorsqu'une communication iThink m'interrompt :

« Lieutenant, y avait pas de couteau, que ce soit de cuisine ou de collection, chez la victime. Que ses trucs de dînette. »

« Tu as bien vérifié partout, comme je te l'ai demandé ? »

« Te fous pas de moi, c'est pas parce que je crois pas à une piste que je salope le boulot. »

« Je te connais. Et tu as mis des gants, j'espère ! »

« Très drôle ! » qu'il grince.

Sacré Vince. Il préfère quand c'est lui qui plaisante sur ses prothèses cybernétiques. Des empreintes digitales, ça fait un paquet d'années qu'il n'en a plus.

« Bien joué quand même. » dis-je pour le caresser dans le sens du poil : faire chou blanc, ça peut vite gonfler un flic.

Il ne répond pas. Mais je sais qu'il est sensible à la reconnaissance.

J'en reviens au premier crime, celui d'Émeline : le tueur aurait donc bien apporté ses propres lames… Cela permet d'orienter les réflexions. Il les trimballe comment ? Une mallette pleine de couteaux, comme celle des cuisiniers ? Et sa façon de procéder : ce serait un chasseur ? Ça pourrait coller avec le dépeçage du second meurtre, celui de Chan, mais un détail cloche quand même : il ne semble pas avoir prélevé de trophée. Un psychopathe, alors ? Un malade qui cherche à évacuer une pulsion, un fantasme, et qui rôde en attendant de trouver une proie pour se jeter dessus. Pas grand-chose à voir cependant avec le côté méticuleux de l'individu que nous devinons avoir nettoyé et rangé derrière lui chez Émeline. Quelle autre possibilité ? Un crime purement sexuel ? Ou alors un jeu sexuel entre amants qui aurait mal tourné ? Une déviance un peu bizarre où se mêleraient lames, entailles et baise, avant de déraper ? Non, le second meurtre ne colle plus, en ce cas, car rien n'indique que Chan ait eu un rapport avant sa mort. Je ne comprends pas grand-chose. Le mobile du crime n'est pas clair, pas plus que le mode opératoire. Et ces questions qui bouclent en moi ne trouvent aucune réponse convenable. Ça me ronge.

Qu'importe, poursuivons les investigations :

« Diop ! »

« Lieutenant ? »

« Du nouveau à propos de Chan ? »

« Yes, grosse surprise. Personne dared to y mettre les doigts, but une fois unfolded on voit que la peau is not cut petit bout by petit bout. I have my own hypothèses on comment ça a pu être fait, but I need to check avec Asima what elle en pense. »

« OK. Tenez-moi au courant. »

« Lieutenant ? »

« Oui ? »

« Je vais faire une pause. Pour manger… »

Bouffer, encore et toujours. Alors qu'il était à deux doigts de tout vomir il y a même pas une heure. Ces êtres renforcés biologiquement ont quand même de sacrés handicaps, au quotidien. Je grimpe dans mon véhicule. Mes jambes déconnent à nouveau. Avoir des prothèses cybernétiques, c'est pas beaucoup mieux, au final…

— Ramène-moi au QG, dis-je.

La voiture démarre. Direction le sous-sol du sergent Ubwa.

En chemin, je cherche machinalement un distributeur pharmaceutique, car je suis toujours en manque de nano-antalgiques. Je soupire.

Sam

Papa n'habite pas dans Paris. Il n'aime pas la ville. Il s'en méfie. Il dit qu'en ville, trop de gens observent ce qu'on fait. Alors il s'est installé au-delà de la seconde couronne, dans un coin très vert. Il y a des forêts. Des collines. C'est la campagne. Mais près de Paris. Une fois, je lui ai demandé pourquoi il habitait pas plus loin. Il m'a dit que c'était à cause de son travail. Parce que papa, il vit dans un grand laboratoire. Il y vit et il y travaille. Ce laboratoire est fait de plusieurs bâtiments. C'est très grand. Et c'est facile de s'y perdre, même si papa dit toujours qu'en faisant attention, on se repère vite. Moi, j'ai jamais trop réussi à m'y repérer. Alors, quand je donne l'adresse au TIAM pour me conduire, je donne toute l'adresse. Avec le numéro du bâtiment. Comme ça, je suis sûr d'arriver au bon endroit.

La petite voiture prend la route, je regarde par la vitre. Paris est très grand et très lumineux, bien plus que le ciel. Et très vivant aussi. On sent son excitation, ses mouvements, sa musique. Alors qu'au-dessus, les nuages sont tristes, immobiles et morts.

Mais Paris c'est une ville en plusieurs ceintures. Après quelques minutes, nous voilà sur la route qui fait le tour du centre-ville. Elle délimite le centre de la première couronne. D'un côté, les jolis immeubles, les parcs et de grandes avenues colorées. De l'autre, la banlieue avec ses pierres abîmées, ses rues étroites et sa lumière blanche. Pâle.

Au bout de vingt minutes, nous rejoignons la deuxième couronne. Ici, on croirait que le ciel est tombé. Les couleurs n'existent plus. Les rues sont pleines d'une pénombre qui fait peur. Seules restent quelques étincelles jaunes. Des lampadaires encore en fonction. Qui créent des halos de lumières discontinus.

Papa a toujours refusé que je visite ce lieu. La seconde couronne. Elle est dangereuse. Les gens pauvres qui y vivent sont prêts à tout. C'est ce que dit papa. Et je le crois.

Une demi-heure passe. La route file maintenant tout droit vers le sud. Les immeubles se font plus rares. Ils sont remplacés par des maisons. Des maisons avec de grands jardins. Ces jardins me rappellent l'école. On était dans les montagnes. Dans un pays qui s'appelle la Suisse. Là-bas, c'était très beau. Très vert aussi.

Dix minutes après, la voiture quitte la route pour prendre des petits chemins. Je reconnais l'endroit. Bientôt il y aura un virage à droite. Puis à gauche. Puis ce sera le laboratoire.

Comme dans mes souvenirs, la voiture tourne. Puis elle tourne à nouveau. Et voilà le grand bâtiment blanc. Il est pas très haut. Mais il est très large. Il est plein de vitres. Il est plein de bureaux, je crois. Il est face à la route. Il se dresse comme un mur. On doit le contourner pour tomber sur les autres. Ces autres sont d'un gris usé. Ils ont tous la même couleur. Mais pas la même forme. Celui de droite ressemble à une immense boîte à chaussure. Celui de gauche, à une bouteille d'eau. Il est fin et va très haut. Puis il y en a d'autres encore. Aux formes différentes. Enfin, la voiture s'arrête devant le travail de papa.

Je descends. La petite voiture repart tout de suite. Je la regarde s'en aller. Elle disparaît au milieu des immeubles. Puis je me tourne vers l'entrée. Papa est là. Il porte sa blouse blanche. Celle qu'il a toujours au travail. Parce que papa est biologiste.

— Sam, dit-il.

— Papa.

— Tu as bien fait de m'appeler. Viens.

Myala, lieutenant de police

Lorsqu'il est arrivé au QG, il y a un bon paquet d'années, le sergent Ubwa s'est accaparé une partie des sous-sols. Personne n'a trouvé à y redire : l'endroit était abandonné. Enfin, pas totalement : ses précédents occupants étaient des colonies de rats et de cafards prospérant entre les entrelacs de tuyaux de chauffe, de câbles électriques et de fibres optiques. Des gars avaient laissé là des cartons, dans lesquels pourrissaient de vieux ordinateurs, des objets personnels abandonnés, ayant appartenu à des réhabilités morts en service. Un coin servait parfois de salle d'interrogatoire : on y ramenait un suspect, histoire de le questionner de manière un peu musclée, en toute discrétion. D'anciennes gouttes de sang incrustées dans le béton peuvent d'ailleurs encore en témoigner. Et un autre recoin servait à venir hurler sa frustration, cracher son désespoir et s'effondrer, seul, au milieu des murs aveugles, lorsque les réductions de peine étaient refusées, voire même les années de service rallongées. Des larmes séchées sur le sol l'attestent également toujours. Ubwa avait compris qu'il ne pouvait occuper tout l'étage, aussi avait-il laissé les parties « interrogatoire » et « défouloir » libres, pour se concentrer sur la zone en bordel.

À ses yeux, c'était un lieu parfait. Pour ce qu'il comptait en faire. Il avait rameuté quelques gars pour l'aider à tout vider, tout nettoyer. Ensuite, il avait ramené des outils, des planches, des clous, des vis et plein de vieux meubles. La journée, il se faisait discret : personne ne savait trop s'il était là, ou en vadrouille. Le soir, par contre, on percevait ses coups de marteau ou de chignole jusqu'au deuxième étage. On se doutait tous qu'il fabriquait des trucs, mais on ignorait quoi. Son dossier nous avait appris qu'avant de se faire serrer, il trafiquait des implants cybernétiques. Il œuvrait dans une clinique de fortune et son truc, c'était de retaper les dealers et les petites frappes qui couraient les rues. Son rôle dans la police n'était alors pas clair. Le commandant se garda bien de nous le révéler. Ce n'est qu'une fois son atelier ouvert que nous avons compris. Il avait été recruté pour s'occuper de nos implants : les réparer, les entretenir, les changer. Depuis, il est un peu notre garagiste, ou notre ange gardien, c'est selon.

Lorsque l'ascenseur s'ouvre, il me reste à remonter le couloir qui mène à son antre. Ici tout est sale, nu, brut, du béton au sol et aux murs poussiéreux. Des tags amènent un peu de vie, comme des cris abandonnés là par désespoir. Au-dessus de moi, les tuyaux transportent et crachent des fluides et des gaz que je ne préfère pas imaginer. Lorsque j'atteins sa porte, en fer renforcé, je n'ai pas besoin de m'annoncer. Il la déverrouille à distance et m'invite à entrer.

— Sergent, commencé-je en le trouvant assis derrière son établi.

— Myala, répond-il sur le même ton, sans se redresser.

Devant lui sont étalés des membres, les uns à côté des autres. Deux bras gauches, un bras droit, une jambe gauche et un autre appareil qui ressemble davantage à une prothèse pour handicapé. À les voir comme ça, propres et rapiécés, il a dû passer ses dernières heures à les nettoyer, les contrôler, les réparer, avant de pouvoir les proposer à des flics. Parce que faute de moyens, nous faisons dans la récup. Ubwa chine pour nous dans les déchetteries de la région.

— Tu as trouvé des trucs ?

— J'ai dégoté une paire de jambes. Mais elles sont différentes des tiennes.

Il se tourne pour me faire face. Ce n'est qu'à cet instant que je remarque les immondices collées sur ses vêtements. Son tablier de travail, qui ressemble à celui des forgerons médiévaux, ainsi que ses bottes en plastique, sont recouverts d'huile, de mousse, de gélatine et de microcomposants électroniques. Je l'imagine escalader des montagnes de détritus, gravissant des carcasses usées, écrasant des membres pourris, pour repérer, sélectionner, puis ramener de quoi nous retaper.

— Différentes comment ? reprends-je.

— Ce sont des modèles urbains. Recouvertes d'une peau synthétique. Des jambes de civil…

— Sergent…

— Je m'doute de ce que tu vas dire. Mais ce sera temporaire. Le temps que je rafistole tes anciennes guiboles.

— J'ai lutté pour avoir ce vieux modèle militaire.

— Je sais. Mais comme tu le dis, elles étaient déjà pas de première jeunesse.

Le sergent se redresse. Il se tourne.

— Celles que je t'ai trouvées sont récentes. Elles gèrent les douleurs fantômes.

Je me redresse, comme une gamine prise la main dans la bonbonnière.

— Tu crois quoi ? Qu'on te voit pas te bourrer de médocs ?

Je m'imaginais discrète.

— Ces vieilles prothèses… ça va mal finir, Myala. Il te faut passer à autre chose.

Cette fois, mes épaules s'affaissent. J'aimerais lui dire que non, que ça fait un moment que j'y réfléchis et que j'ai un plan pour m'en sortir, mais en réalité, j'ai que dalle.

Il soupire, un peu triste.

— Je les rafistolerai encore une fois, mais ce sera la dernière.

— Compris.

— Et peu importe ce que j'aurai sous la main : modèle civil, enfantin, animal ou fauteuil roulant, je foutrai ces jambes en l'air.

— Pigé.

— Alors démerde-toi pour en trouver d'autres, conclut-il.

— OK. Et pour celles que tu as dénichées, en attendant mieux, tu peux me les implanter quand ?

Il croise les bras sur son gros ventre et prend une profonde inspiration qui soulève sa poitrine épaisse. À l'entendre respirer, on devine que son corps souffre de vivre avec une telle enveloppe. Mais pour une raison qui nous échappe, il évite tout soin, cure amaigrissante, renfort hormonal ou régime. Il se complaît dans cette lente déchéance. En vérité, il se veut le plus biologique possible, même s'il doit pour cela devenir le plus abîmé du service.

— Tu es sur une affaire importante ?

— Oui.

— C'est que j'avais cru comprendre. Vu l'état de tes jambes, nous devons le faire dans les quarante-huit heures. Ça devrait durer une heure par jambe. Mais attention, une fois le remplacement effectué…

— Il me faudra une bonne journée pour m'habituer. Je sais.

— Dernier point, ce modèle n'est pas blindé. Faudra jouer plus finement que d'habitude, me lance-t-il avec un léger sourire moqueur.

— Je me suis pas bastonnée depuis un moment…

— Et bien continue comme ça. Ces modèles récents sont fragiles.

— OK, OK.

— Alors, quand souhaites-tu qu'on s'y mette ?

Cette fois ses yeux s'arrêtent sur mon visage, se concentrent sur mes pupilles et me scrutent jusqu'à ce que je crache ma réponse.

Je finis par proposer :

— Après le service. Vingt-trois heures, ça te va ?

— T'es sérieuse ? Tu veux me faire bosser en heures sup ?

— C'est pas dans tes habitudes ?

Il soupire, ce qui dégonfle son énorme poitrine et rapetisse un peu son ventre. Son regard s'illumine de la gentillesse que nous lui connaissons tous, et dont nous abusons parfois. Souvent.

— Va pour vingt-trois heures. On finira au petit matin.

— T'as pas dit une heure par jambe ?

— Si, mais t'iras me chercher le petit-déjeuner. Ça nous permettra de vérifier le calibrage.

— Et d'avaler des saloperies.

— Aussi, oui. Allez, Myala, retourne à ton affaire.

Je souris. Je lui balance un « salut » et le laisse bosser. Parce qu'il est le maillon essentiel de tout le bâtiment. Celui qui porte à bout de bras presque deux cents agents cybernétisés.

Et ça doit sacrément lui peser…

Sam

Papa appelle le laboratoire « le labo ». Ça va plus vite. Et papa, il aime tout ce qui va vite.

Le labo, donc, est plein de couloirs et de bureaux. Sur les portes des bureaux, on peut lire des noms. Ceux des collègues de papa. Papa parle jamais d'eux. Et quand on est là, ils se cachent. Je sais qu'il est leur chef. Même s'il le dit pas. C'est pour ça qu'ils ont peur de lui. Les seuls qui viennent me voir, ce sont la docteure et l'infirmière. La docteure s'appelle Cécily. Je trouve son prénom joli. Quand je l'entends, j'imagine une petite fille. Une petite fille qui court dans la campagne. Qui fait des blagues. Qui joue. En vrai, Cécily est vieille. Elle a le visage tout ridé, creusé. Et ses yeux sont entourés d'un rond noir. Elle peut faire peur. Mais pas à moi. Je la connais depuis toujours. Elle a des cheveux blancs. Ça lui donne l'air d'une sorcière. Et elle est très maigre. On dirait qu'elle mange rien. Elle a toujours une cigarette dans sa bouche. Pas une électronique. Une vraie. En papier et en… je sais plus quoi dedans. Papa dit que fumer lui a donné une voix grave. C'est vrai qu'elle a une voix particulière. Quand elle parle, on dirait qu'elle a des cailloux dans la gorge. C'est peut-être pour ça qu'elle parle pas beaucoup. Peut-être que ça lui fait mal.

L'infirmière s'appelle Typhenn. Son prénom est moins joli. Même si elle est plus jolie, elle, que Cécily. Elle est jeune. Et blonde. Elle a toujours les cheveux attachés. Ça lui donne un air strict. Et quand elle parle, on retrouve aussi dans sa voix ce côté strict. Elle est pas gentille. On le devine. Son visage a toujours l'air fermé. Et ses lèvres s'ouvrent peu. Elle dit jamais bonjour, au revoir, pardon, s'il vous plaît. Elle se contente de poser les instruments de papa sur moi. Puis elle fait des trucs avec des appareils. Elle m'explique rien. Elle fait ce qu'elle a à faire. Avec elle, j'ai l'impression d'être un objet. Et encore : elle prend plus soin de ses appareils que de moi. C'est vraiment désagréable.

Comme là, en ce moment. Elle attend pour me coller des pastilles sur le torse. Je dois retirer mon t-shirt. Elle me regarde même pas. Elle prépare ses outils et puis c'est tout. Elle m'aide pas non plus. Et surtout, elle m'a pas dit bonjour.

Papa est derrière. Il discute avec Cécily. Il lui montre des trucs sur son écran virtuel. Elle remue la tête d'avant en arrière. Sans réfléchir, elle allume une cigarette. Elle la porte à la bouche et aspire beaucoup. J'imagine pas trop le goût que ça doit avoir la fumée.

— Tu vas t'magner.

Typhenn est vraiment pas gentille. Je m'allonge sur le brancard. Elle colle enfin ses trucs sur moi. Papa et Cécily s'approchent de nous.

— Tu as des absences Sam ? me demande Cécily.

— Des absences ?

— Des moments où tu t'échappes dans tes pensées.

— Parfois, oui.

— Et tu penses à quoi dans ces moments-là ?

— Je sais pas trop. C'est comme si... je rêvais. Ou plutôt, comme si je dormais. Et d'un coup, je me réveille. Je suis dans la rue, ou dans mon salon.

— Et qu'est-ce que tu fais pendant ces absen... pendant ces rêves ?

— Je sais pas. Parfois, je vois une dame qui se penche sur moi. Qui me pose des trucs sur la tête.

— Et elle te parle cette dame ?

— Oui, mais je comprends pas.

Papa vient et pose sa main sur mon bras. C'est un truc à lui. Quand il a quelque chose d'important à me dire, il touche toujours mon bras.

— Tu vas t'allonger dans cet appareil. On va faire quelques examens.

— D'accord.

— La machine est très grosse. Elle fait du bruit. Il ne faudra pas avoir peur, Sam.

— J'aurai pas peur.

— Bon. L'examen dure longtemps et tu ne devras pas bouger. Pour être sûr que tu ne bouges pas, on va devoir t'attacher la tête et le torse.

Pendant qu'il me parle, Typhenn tape sur son appareil. L'appareil fait des bips. Puis elle fait un geste vers l'ordinateur de papa et Cécily. Ça lui envoie les données. Elle se penche sur moi. Elle enlève les pastilles.

Je regarde papa et dis :

— D'accord.

Parce que si papa dit qu'il le faut, c'est qu'il le faut. Et si papa dit qu'il faut pas avoir peur, alors j'aurai pas peur.

Papa m'aide à me relever. Il commence à me parler de tout et de rien. On sort de la salle pour aller dans une autre. Et il continue de parler. Il me pose des questions. Me demande si je mange bien. Si j'ai le moral. Si je m'occupe bien de mes malades. Je réponds oui. Tout va bien.

Derrière, Cécily dit rien. Elle nous suit.

Et derrière encore, Typhenn.

Myala, lieutenant de police

Je remonte par l'ascenseur. Il vibre, gémit. Il est toujours prêt à claquer. À l'étage, j'entrevois par les fenêtres les nuages qui commencent à s'assombrir, signe que le temps file et que nous faisons du sur-place. Pour le moment, nous nous contentons de courir derrière ce tueur, le porte-à-porte ne donne rien et nous n'avons toujours personne à interroger sérieusement. Le mode opératoire nous échappe, les motivations également, en un mot, nous n'avons rien de concret, si ce n'est les corps des victimes. Faute de piste, nous allons devoir attendre le prochain cadavre, en espérant que cette fois, il laissera des indices derrière lui. Aussi infimes soient-ils.

Dans le bureau, je retrouve Diop et Asima. Ils discutent. Diop est debout, penché vers l'écran virtuel. Asima est en retrait, bras croisés sur la poitrine. À sa mine, on voit qu'elle n'est pas convaincue.

Sans plus attendre, j'entame la discussion :

— Tu disais avoir une théorie sur le dépeçage de la seconde victime, Diop ?

— Il pense à des nanobots, intervient Asima.

Je fixe Diop, pour l'inviter à préciser sa pensée.

— It's possible that's the killer is a pirate de nanobots.

— Les nanobots sont interdits, dis-je.

— Yes, here, but the victime is chinoise.

— On aurait rien vu à la douane ? La police des frontières est stricte avec ce genre de techno.

Asima acquiesce :

— C'est vrai. À condition qu'ils la détectent : ils ne cherchent que les derniers modèles connus, ceux qui ont été lâchés en Albanie. De nouvelles technos pourraient être passées inaperçues…

L'Albanie. Cette nation n'existe plus depuis une poignée d'années, suite à l'explosion d'une bombe pleine de nanites au cœur de sa capitale. Le pays est maintenu en quarantaine grâce à une barrière magnétique, dévasté par des robots tueurs qu'on ne perçoit pas, qui anéantissent toute forme de vie et empoisonnent à la fois l'eau, l'air et la terre.

Depuis cet incident, la fédération européenne a décrété que les nanobots appartenaient à la catégorie des armes sales. Leur utilisation est prohibée sur les territoires fédérés, et les contrôles aux frontières sont des plus drastiques.

Personne n'aurait pu en apporter ici, en plein cœur de Paris.

— Ça ne colle pas avec le premier crime, dis-je.

— C'est ce que je me tue à lui dire, ajoute Asima. Et s'ils n'appartenaient pas au meurtrier, rien ne peut laisser supposer que Chan ait pu avoir accès à des nanos.

— It's an odeur qui m'y a fait penser.

En tant que bio surboosté, Diop a un odorat qui ferait pâlir de jalousie la plupart des chiens. Je me tends vers lui pour lui accorder toute mon attention.

— Une odeur de quoi ?

— Hard to say…

— Tu as déjà senti des nanos ? Quand ?

— Pas les nano themselves. C'était quand I was playing. It was cinq ou six years ago. Juste before l'Albanie.

— Poursuis, insisté-je.

— Y avait un program to create de super players avec des nanos. Je was about to intégrer la team. But with l'explosion là-bas, tout was stoppé.

— Et c'était cette même odeur, chez elle ?

— May be ou very proche…

— Elle ressemble à quoi ?

— It's like celle d'un laboratory… with… certains chemical produits. Je don't know comment l'explain.

— Tu ne l'as jamais retrouvée ailleurs, cette odeur ?

Diop s'apprête à répondre, mais les mots ne sortent pas de sa bouche. Il hésite. Il creuse ses souvenirs à la recherche du détail qui pourrait confirmer sa piste.

— I don't know. Perhaps in hôpitaux ou things comme ça.

On peut pas dire que ce soit convaincant.

Il est encore en train de réfléchir lorsque Vince fait une entrée théâtrale, presque brutale.

— J'ai trouvé ça chez Émeline, notre première victime lardée de coups de couteau !

D'un geste, il balance un livre qui retombe lourdement sur le bureau d'Asima. Grand format. Couverture rigide. Il lui manque un bon nombre de pages. Vince ne l'a ni emballé ni protégé d'éventuelles contaminations. Si les feds s'aperçoivent que nous traitons les preuves ainsi, nous serons bons pour accomplir quelques années de service supplémentaires.

— Je l'ai feuilleté vite fait pendant le trajet. C'est du genre… pas mon genre…

Je lis sur la couverture le titre : *Belle de jour*, de Joseph Kessel.

Asima fait de même et lance immédiatement une recherche. Dès les premières réponses reçues, elle lit à haute voix :

— C'est un roman paru en 1928. Il raconte l'histoire d'une jeune femme, Séverine, qui recherche le plaisir charnel dans l'expérience de la prostitution.

Sympa…

— Des éléments intéressants à en tirer ? dis-je.

Asima affiche un résumé plus détaillé sur nos écrans virtuels. Nous le lisons rapidement. Érotisme, découverte de soi, séparation de l'amour et de la sexualité, emprise des sens, raison du sentiment, déviance destructrice et volonté d'être comme tout le monde. Il y a une sacrée ambivalence dans ce roman, une complexité qui s'exprime au travers d'un axe d'existence et de destruction. Est-ce que le tueur l'a lu ? Est-ce qu'il en a arraché les pages ? S'il connaissait la victime, c'est possible. Mais quel rapport entre cette œuvre et Émeline ?

— C'est peut-être une histoire de cul, lâche Vince.

— Comment ça ? demande Asima.

— J'ai retrouvé ce bouquin sous l'assise du canapé. Hasard ? J'crois pas. Le tueur a pu l'amener là pour faire passer un message à la victime.

— Tu vas un peu vite, dis-je.

— C'est classique. Elle le faisait bisquer depuis un moment, elle finit par lui dire non, il voit rouge, la traite d'allumeuse, voire pire s'il est aussi fin qu'un fusil à canon scié, et il la poignarde comme un taré.

Ça se tiendrait presque…

— J'ai du mal à y croire, ajouté-je. Massacrer une femme parce qu'elle se refuse à toi, faut être plus que dérangé et à quelqu'un d'aussi barge, on ne file pas son adresse. Par contre, le livre pourrait nous révéler quelque chose.

— Que le tueur aime lire ? balance Vince.

— Ouais, et s'il connaissait *Belle de jour* et s'il l'a bien amené là, ça nous donne quelques éléments…

— Ce serait un vieux bourge, lâche l'ancien fed. Genre la cinquantaine. Peut-être plus.

— Voilà. Nous avons affaire à un vieux, quelqu'un de sophistiqué, qui prépare ses crimes.

— Et la violence, les coups de couteau ? nous coupe Asima.

— Ils pourraient être deux, propose Vince. Un vieux et un autre, plus jeune. Un qui prépare et l'autre qui exécute. Comme un père et son fils.

L'idée nous glace quelques secondes.

Je jette un œil au bouquin que Vince a ramené.

— Il nous faudrait savoir si le livre était déjà dans l'appart, dans la bibliothèque d'Émeline. Car si c'était le cas, cela signifierait que le ou les tueurs connaissaient aussi bien la bibliothèque que l'appartement, qu'ils étaient déjà venus. Auquel cas, ce seraient des proches ou des relations d'Émeline.

Ces éléments commencent à nous donner des pistes, même si on ne sait pas encore les mettre bout à bout.

Lorsque mes pensées se calment, mes yeux se reportent sur l'équipe. Diop farfouille toujours dans ses souvenirs, à la recherche d'une odeur perdue. Asima me scrute. Elle attend mes ordres. Vince est assis à son bureau, avec une cigarette virtuelle. Il porte l'objet à sa bouche et inspire profondément, mais aucune fumée ne sort. Cet appareil ne sert qu'à tromper les sens : il est destiné à ceux qui ont déjà eu des alertes tumorales…

— Asima, tu as les infos des feds concernant le second homicide ?

Asima se jette sur son clavier virtuel et ressort le dossier de la dernière victime.

— Passe en revue tous les détails culturels de la vie de Chan : livres, musiques, œuvres d'art. Regarde aussi si tu peux relever une quelconque déviance, quelle qu'elle soit. Les tueurs pourraient se prendre pour des purificateurs ou des redresseurs de torts qui puniraient les femmes.

— Les puniraient de quoi ? demande Asima.

— De comportements qui sortiraient de la norme, dis-je.

— C'est quoi la norme ? intervient Vince, en mode vieux con. Nan parce que de nos jours, on peut pas dire que ce soit très explicite…

— Leur norme, précisé-je.

— Their norme ? répète Diop. Aux tueurs ?

— Oui. Imaginons qu'ils possèdent une certaine vision des comportements que doivent suivre les femmes. Une sorte de doctrine. Celles qui s'en éloignent mériteraient d'être punies.

— La punition étant la mort… lâche Vince.

J'acquiesce.

— Je dois prévenir Lynley.

— Attends un peu, intervient Vince.

— Pourquoi ça ?

— J'me méfie des feds.

— Je m'en doute.

— Y a des bruits de couloirs… On devrait conserver une longueur d'avance.

— Des bruits de couloir du genre ?

— Du genre pas net.

Sam

Nous entrons dans la nouvelle salle. Comme l'a dit papa, l'appareil est gros. Il est en forme de tête. Il a une énorme bouche. Bouche dans laquelle je vais devoir entrer.

— Tu vois, dit papa. Ça peut faire peur.

Oui. Ça peut.

— Allonge-toi.

Il me conduit au petit lit qui est devant la bouche.

— Il va glisser dedans, précise-t-il.

Je me couche dessus. Le plastique est froid. Je frissonne.

— Brave petit, me dit papa. Tu es courageux.

Il me passe un truc sur la tête. Un truc sur la poitrine. Je peux plus tourner la tête. Je peux pas me relever. Je sens sa main sur mon bras.

— On va y aller, Sam. Nous ne serons pas loin. On pourra parler avec toi et tu pourras nous répondre. Si jamais ça ne va pas, tu le dis. On arrêtera immédiatement. Tu as compris ?

— Oui papa.

Il sourit.

Il recule.

Sa main quitte mon bras.

Reste que le froid du plastique.

J'entends leurs pas s'éloigner. Cécily dit à papa qu'elle est curieuse de voir mon cerveau. Papa soupire et chuchote que lui aussi.

Qu'est-ce qu'il a mon cerveau ? Il est malade ? Il est cassé ?

Ils sortent de la pièce et je n'entends plus leur discussion.

— On y va Sam, dit papa dans des haut-parleurs.

Le moteur de l'appareil fait du bruit. Un ronronnement électrique. Puis le lit se met à bouger. Tout doucement. Je rentre dans la gueule du monstre. Pour pas avoir peur, je pense à d'autres choses. Je pense à mes patientes. À mes soins.

— Tout va bien Sam ?

— Tout va bien.

— On commence. Tu veux une musique ?

Une musique oui.

Une musique comme celle qui passe dans cette autre salle de soin.

Une musique douce.

Une musique lancinante.

Une musique qui accompagne la femme en blouse blanche, quand elle se penche au-dessus de moi, et qu'elle me pose des questions. Cette fois, je les comprends, malgré son fort accent :

— Comment vas-tu ?

Elle n'a plus le masque. Je vois son visage. Presque jeune. Joli. La peau est sombre. D'une couleur caramel. Autour d'elle, d'autres hommes en blouse blanche nous observent. Ils sont habillés en infirmiers, mais ils sont trop costauds. Trop carrés.

Elle fait glisser ses mains sur moi, elle passe un coton sur mon crâne. Le contact est froid, puis elle retire l'aiguille qui est dans mon bras. La douleur de l'acte. Elle pose d'autres questions, elle m'observe. Elle jette l'aiguille par terre, puis elle vérifie les écrans de contrôle.

— Tout va bien.

Elle me sourit à nouveau. Elle pose une dernière fois sa main chaude sur mon bras.

— Brave petit, qu'elle conclut avec son accent.

J'ai l'impression que quelque chose fouille ma tête. Que ça vibre dans mon cerveau. Des gouttes de sang perlent sur mon bras. Elle ne les essuie pas. Elle lance juste un regard aux autres hommes en blouse, avant de faire un signe.

Un autre personnage entre. Il est flou. Il n'est pas en blouse. Il porte une chemise. Un peu comme la mienne. Et un pantalon. Un peu comme le mien.

Il me ressemble. Vraiment. Comme un jumeau. Il est brun, comme moi. Avec une coiffure identique à la mienne. Il a aussi une bouche fine comme moi. Mais je vois pas ses yeux, par contre : ils sont recouverts par un linge.

— Efface tout, lui ordonne la femme avec son accent étrange.

Son regard à elle brille d'un sentiment que je ne connais pas. Mais qui me fait peur un peu.

La suite, c'est une douleur. Une douleur énorme. Dans mon cerveau. Comme si on m'enfonçait des dizaines d'aiguilles.

Et par-dessus cette douleur, je vois la femme sourire.

Myala, lieutenant de police

Grâce aux enregistrements des feds reçus par Asima, je scrute les vidéos de l'appartement de Chan. Mes yeux s'attardent sur chaque détail, bibelot, élément de décoration même s'ils semblent anodins. Il m'arrive de zoomer sur un meuble, pour m'assurer de sa forme, de ses marques et éraflures, puis j'en reviens à la pièce dans son ensemble. Dans un premier temps, nous nous sommes cantonnés à analyser la chambre et la salle de bain, mais maintenant que nous soupçonnons la présence d'une seconde personne, il nous faut étendre la scène de crime au reste de l'appartement. Car au fond, rien ne permet de supposer qu'ils s'y sont mis à deux pour l'écorcher. L'un des deux aurait pu se livrer aux atrocités sur le corps de Chan, tandis que l'autre serait resté dans le salon. Comme chez Émeline ? Nos hypothèses prennent corps, entre sauvagerie et méticulosité.

Diop et Vince suivent mon exemple. Ils visitent virtuellement la scène de crime à la recherche d'indices ignorés. Les vidéos défilent sur nos écrans, ralentissant parfois, à cause du réseau informatique qui connaît des soubresauts. Toute l'infrastructure ici est usée jusqu'à la moelle et Sherlock, qui nous permet d'accéder aux fichiers, rame lui aussi.

— On pourrait pas balancer les vidéos dans la salle d'entraînement ? râle Vince.

— Ce sont les captations des drones des feds, répond Asima.

— Et donc ?

— Résolution trop élevée, tu ferais sauter Sherlock.

— Merde.

C'est frustrant, c'est certain. Si seulement nous pouvions disposer des moyens de l'Europ, nous pourrions visiter la scène en réalité augmentée, et avec la même batterie de drones pour tout analyser à une allure vertigineuse, nous avancerions beaucoup plus vite.

Par moments, je doute. À quoi sert l'intégration de repris de justice dans une police à ce point en bout de course ? Ne vaudrait-il pas mieux la fermer et faire sans ?

Rappelle-toi Myala, les fédéraux enquêtent sur des crimes plus propres, ceux de cols blancs, d'aristocrates, des délits de papier ou numériques. Lorsqu'ils se penchent sur des assassinats, bien souvent, l'argent et le pouvoir s'invitent dans les enquêtes et la discrétion est le plus souvent de mise. Les feds ne sont jamais en danger, ils ne risquent pas leur vie, et c'est à peine s'ils utilisent leur cerveau pour élucider leurs affaires tant la technologie leur vient en renfort. Nous, nous incarnons l'exact inverse.

Nous sommes une chair bon marché, des temps de cerveau loués à peu de frais et des armes d'occasion dispensables…

— J'ai quelque chose ! s'écrie Asima. Et c'est une bombe !

Son intervention m'arrache à mes pensées un peu sombres.

— Faute de trouver quoi que ce soit, je me suis penchée sur les alentours, les allées et venues dans les rues, l'appartenance sociale des passants, etc.

L'image sur son écran est zoomée à mort, la qualité est très dégradée, malgré tout, on devine plus qu'on ne voit un visage pixellisé. Mais Asima est si excitée que c'est forcément énorme.

— OK, tu as toute mon attention. Il a quoi de spécial ce gus ? je demande.

— Il n'est pas affiché par le système de surveillance.

On sursaute et on se penche pour mieux voir.

— Ça arrive quelques fois. Le système a beau être européen, il connaît des loupés, parfois.

— Ce que je veux dire, reprend Asima, c'est que le système de surveillance l'efface automatiquement.

Vince fronce les sourcils :

— On regarde quoi, alors ?

— Le reflet d'un visage fantôme sur une vitrine de boutique, répond Asima.

— Tu as reconstructed his face ? souffle Diop, stupéfait par le travail accompli. From indirect images ?

— C'est ça. Je vais vous montrer.

Elle retire le visage du suspect pour nous afficher une séquence de vidéosurveillance. On y voit la rue, des piétons, des véhicules. Sur le côté, les méta-informations nous livrent une vision augmentée de ce que nous voyons. Identification, décompte du nombre de passants, de pas, de véhicules, même la température est affichée.

— Quand je regardais les vidéos, reprend-elle, quelque chose me gênait. Je les ai visionnées une bonne cinquantaine de fois avant de remarquer… Là !

— Quoi ? dis-je.

Elle relance la vidéo. Je la scrute avec attention, mais je n'aperçois rien d'anormal…

— Vu ! lance Vince.

— Vu quoi ? dis-je.

— L'ombre sur le trottoir ? poursuit Vince.

Asima acquiesce. Elle fait rejouer la vidéo au ralenti. Elle désigne du doigt une zone sombre. Une ombre. Qui n'appartient à personne.

— On a affaire à quoi, là ? demandé-je. Un piratage système ?

— C'est peu probable, réfute Asima. Les capteurs des trottoirs, par exemple, sont mécaniques. On ne peut pas les pirater comme ça. Et le réseau vidéo est chapeauté par l'IA de la capitale, elle-même surveillée par les systèmes fédéraux. Les pirater nécessiterait de sacrés moyens… ou de nombreux complices.

— Alors quoi, ce sont les feds qui masqueraient cette personne automatiquement ? dis-je.

— Il faut s'en assurer, reprend Asima. Parce que si le système est piraté…

— … ce sera problématique… Je vais devoir en parler à Lynley.

Vince grogne et fait jouer ses épaules.

— Une objection, Vince ?

— Carrément. Je le sens pas. Il joue un rôle.

— Comment ça ?

— Il a rien à foutre sur nos scènes de crime. C'est pas son job.

Il n'a pas tort.

— C'était bien devant chez Chan ? reprends-je.

— Oui. Et mes programmes de recherche viennent tout juste de mettre en évidence le même phénomène devant l'appartement d'Émeline.

D'un geste, elle fait apparaître une nouvelle vidéo. Effectivement, l'ombre est bien là. Je prends place à côté d'elle.

— Tu pourrais isoler son visage sur le reflet de cette fenêtre, là ? Ça devrait rendre mieux que la vitrine de tout à l'heure.

Asima acquiesce. Ses doigts s'agitent avec frénésie sur son clavier virtuel tandis que le reste de son corps semble se figer, comme en train de se couler dans de l'ambre. Elle entre dans un état second, toutes ses ressources dédiées à son cerveau et son système nerveux. Le reste s'efface, elle ne fait plus qu'un avec ses machines. Le retour à la réalité lui semble douloureux, mais au bout d'un moment interminable, elle parvient à nous afficher quelque chose. Un visage apparaît. Il n'est pas assez net pour l'identifier, encore moins pour en faire un portrait diffusable, mais c'est mieux que tout ce que l'on a depuis le début de cette affaire.

— OK, donc on cherche un blanc, brun, qu'a l'air plutôt jeune, conclut Vince.

— Fuck… soupire Diop.

— Ouais hein, c'est pas comme si c'était juste la tronche type de plusieurs milliers de Parisiens….

— Respecte le boulot d'Asima, interviens-je. Sur les deux criminels supposés, on sait maintenant qu'au moins l'un d'eux n'apparaît pas dans le système de surveillance. On a quelques éléments pour commencer à le caractériser. L'autre reste un mystère, c'est vrai, mais c'est quand même pas rien.

— Ouais, ouais…

Je reprends sans relever le ton avec lequel il me répond, qui m'énerve un brin :

— Asima, tu pourras vérifier si le système de la ville a été piraté ? Virus, hacker, complicité… Je prends toutes les hypothèses.

— Ça sera coton… lâche-t-elle, encore un peu hagarde à la sortie de son immersion dans les données fédérales.

— Et nous ? demande Vince.

— Récupérez une copie d'écran de notre inconnu et faites le tour des quartiers. Sa tête parlera peut-être à quelqu'un.

— À l'ancienne, sourit-il.

— C'est ça, à l'ancienne.

Je soupire en regardant l'heure. Je suis en retard. Ubwa doit fulminer.

— On reprend demain. Reposez-vous ce soir, on aura bientôt besoin de tous nos neurones.

— Et de chance, rajoute Vince.

Diop s'étire. Tandis que ses articulations craquent, on entend son estomac gargouiller. Vince allume une cigarette, comme si je n'étais pas là, tout en jaugeant les indicateurs de ses batteries. Il se renfrogne. Il va sans doute rentrer pour les recharger. Asima, quant à elle, ne bouge pas. Elle hésite. Elle lance un coup d'œil à son caisson d'isolement, grâce auquel elle pourrait plonger profondément dans le flux de data.

— J'ai dit : « pas ce soir ».

Elle pige et fait mine de rassembler ses affaires.

Diop et Vince se lèvent et prennent le chemin de la sortie. À distance, on les entend se chamailler. Le jeune face au vieux, le taquin face au cynique, le gentil face au pourri. Tandem plutôt habituel chez les flics. Ce qui me confirme que leur binôme fonctionne assez bien, dans le fond.

De son côté, comme je m'en doutais, Asima ne part pas. Elle demeure derrière sa chaise, les yeux à nouveau rivés sur son écran.

— Tu devrais y aller, Asima.

— J'aimerais vérifier un truc avant, avoue-t-elle.

— Je te connais. N'y passe pas la nuit.

Car effectivement, je sais très bien que lorsque son cerveau est accaparé par une affaire, et encore plus lorsqu'elle se retrouve face à un challenge technologique, Asima est incapable de prendre de la distance. Elle est tout entière à la résolution du mystère. Quitte à mettre sa santé en jeu.

— T'inquiète, me lance-t-elle sans relever le nez.

Si, justement, je m'inquiète. Mais pour l'heure, je dois penser à moi.

Direction le sous-sol.

Sam

J'ai mal au crâne.

La femme !

La machine fait du bruit.

Les gars en blouse blanche !

J'ai mal au cœur.

Cette salle qui ressemble à une cave !

J'entends plus la musique.

La douleur dans mon crâne !

J'ai du mal à respirer.

Papa, je veux sortir de là !

Je suis comme écrabouillé.

Papa !

Et y a cette odeur de plastique. Et ce bruit d'appareil électrique.

PAPA !

J'entends sa voix :

— Tout va bien, Sam ?

J'essaie de lui répondre, mais c'est pas possible. Les mots restent bloqués dans ma bouche. Je tente de bouger, mais j'y arrive pas. Les liens me retiennent. Je tire dessus. Je cherche à me libérer. Ma gorge se serre. L'air commence à avoir du mal à entrer dedans. Je force. Ça marche pas. Ni mes bras ni ma poitrine ne bougent. La peur commence à m'envahir. Je veux remuer, sortir, courir, pour respirer et hurler !

— Sam ?

C'est papa !

J'arrive à rien dire, je hurle dans ma tête :

À L'AIDE *! J'ARRIVE PLUS À RESPIRER !*

Mais il peut pas entendre.

Alors je remue dans tous les sens. Je panique. Les liens qui me tiennent les bras cèdent. J'attrape celui qui me bloque la poitrine et je tire dessus comme un fou. Il s'arrache. Je m'appuie sur les parois de l'appareil pour glisser au-dehors. Je me débats pour me tirer de là, mais je suis toujours coincé dans sa gueule.

— Sam ? reprend papa.

Me revient la femme avec sa peau bronzée : « Brave petit ! » qu'elle me dit avec son accent étrange.

J'arrive toujours pas à respirer. Papa fait quelque chose, j'entends un truc se déclencher, l'appareil fait moins de bruit. Le brancard sur lequel je suis allongé vibre, avant de glisser pour me faire sortir, mais j'ai toujours pas d'air et j'ai beau chercher de la main sur ma bouche, rien la bloque. Je comprends pas ce qui m'arrive, je panique…

— Calme-toi ! dit papa d'un ton inquiet.

Je l'entends qui se précipite dans la pièce.

La femme s'adresse à celui qui me ressemble et qui a les yeux bandés : « Efface tout. » qu'elle lui dit.

Papa panique aussi, il m'attrape par les jambes, me tire, je frappe la machine avec mes poings, avec mes genoux, j'en peux plus, je veux sortir de là, je veux respirer…

Mes pieds se retrouvent hors de la machine, puis mes jambes et mon corps, je relève la tête un peu trop tôt et mon front tape l'intérieur de la machine. La douleur est vive, le sang, la migraine, le plastique tout autour, comme une prison. La femme, le garçon avec ses yeux bandés, son sourire, ses pensées dans les miennes…

PAPA !

Papa m'extirpe, me prend dans ses bras, me serre très fort. Cécily débarque, elle me regarde, j'ai la gorge toujours bloquée, la poitrine qui veut pas se soulever, l'air qui rentre pas, le cerveau qui réfléchit plus, le cœur qui bat la chamade et tout qui commence à basculer, comme si j'allais…

« Sam *? Tout va bien ?* »
PAPA ! J'ai si mal ! JE VAIS MOURIR !
« Comment te sens-tu ? »
J'AI MAL !
MAL !
MAL !
MAL !
MAL !
MAL !
D'un coup, l'air revient.
Papa dit quelque chose que j'entends pas.
Je le regarde.
Cécily aussi.
Elle hurle des trucs.
J'AI MAL AU CRÂNE !
Elle crie.
TAIS-TOI !
Elle vole en arrière et tape le mur de la salle. Elle retombe sur le sol.
— PAPA !
— Tout va bien Sam. Tout va bien.
Il me prend dans ses bras.
Il me serre très fort.

PARTIE 2

Myala, lieutenant de police

Ubwa me laisse entrer sans m'accueillir, trop occupé qu'il est. Penché sur son établi, il analyse les jambes qu'il doit me poser. Comme il me l'avait dit, elles sont fines, délicates. Elles respirent la grâce, la légèreté, en un mot, rien de ce que je suis. Mauvaise nouvelle, elles sont blanches. Ce qui va mal avec mon teint des îles. Elles se remarquent tout de suite et jurent avec le reste de mon corps.

Elles sont reliées par des câbles *dataconnect* à son ordinateur et sur son écran virtuel s'affichent tout un tas de statistiques et de diagnostics. Comme tous les cybers, je possède une connectique de ce type, à la nuque. Grâce à elle, il pourra intervenir et les reprogrammer si nécessaire.

Pour l'instant, il se contente de jeter un œil aux données. Il adore se plonger dans les logs : ils ne mentent pas. Ils n'enrobent jamais la réalité d'artifices de communication, contrairement aux interfaces graphiques.

Ubwa soupire. Une légère contrariété se sent. Il se frotte le crâne avant de se pencher à nouveau sur les jambes. Il lance quelques commandes et inspecte les messages qui lui reviennent en retour. Il grogne.

— Quelque chose ne va pas ? demandé-je.

— Moui. Non.

— Dure journée ? que je tente.

— ’fectivement. Y avait un truc à récupérer en urgence. J’ai dû sortir…

Ubwa envoie quotidiennement ses drones scanner la déchetterie. Ils enregistrent toutes les nouveautés, les identifient, puis ils lui balancent le listing de leurs trouvailles. De là, il sélectionne ce qui mérite d’être vérifié sur place. Mais cette première reconnaissance n’est pas totalement fiable : il arrive aux drones de se tromper, de prétendre voir un membre, alors qu’il ne s’agit que d’un amoncellement improbable, ou encore de jauger le membre en état, alors qu’il est gravement endommagé. En cause, la qualité de leurs capteurs et leur obsolescence. Les drones, tout comme nous, devraient être remis au goût du jour pour être plus efficaces.

Mais cela coûterait de l’argent. Et de l’argent, il n’y en a plus. Enfin, il n’y en a pas pour nous.

Ubwa pointe du doigt plusieurs tubes posés dans le coin de son sous-sol. À côté, des appareils que je n’ai plus vus depuis bien longtemps.

— Des bio-ordinateurs…

— Tu connais ? s’étonne-t-il.

— Un peu oui.

— Ah oui, j’oublie toujours que t’es plus vieille que t’en as l’air.

Empenn possédait les mêmes. L’entreprise les utilisait pour sauvegarder les morts jusqu’au moment où…

— C’est dépassé, reprend le sergent, mais c’est toujours intéressant de retrouver ce genre de matos.

Je l’interroge du regard. Il reprend :

— C’est plein de data. Doit y avoir des archives de plusieurs centaines d’années là-dedans.

— Ça t’intéresse, les archives ?

— Moi non. Mais un membre de ton unité, oui.

Asima. Beaucoup d’informations, challenge technique et regard historique, forcément. C’est tout elle.

— Et ces nouvelles jambes alors ? dis-je pour en revenir à notre préoccupation première.

— Faut pas se fier à leur apparence : contrairement à ce que j’ai cru, c’est pas un modèle civil. Elles possèdent quelques capacités intéressantes.

— Comme ?

— Ben tout d'abord, elles sont bio-alimentées. C'est ta production bioélectrique qui va les recharger en continu.

— C'est vrai ? Fini les heures à rester le cul sur une chaise ?

— Oui. Autre chose, elles disposent d'une vitesse et d'une souplesse accrue.

— Ah…

— Et la voûte plantaire possède des grips magnétiques. C'est pour une histoire de stabilité. Mais ça pourrait te permettre de…

— Grimper aux murs ?

— Dans le genre ouais.

— C'est plutôt pas mal. Qu'est-ce qui t'ennuie, alors ?

— Leur provenance. Seuls des agents fédéraux possèdent normalement ce type de prothèses.

— Y a un numéro de série ?

— Effacé.

— Tu penses à quoi, du coup ? Un règlement de compte ? Un assassinat ? La mort d'une fed aurait fait les gros titres…

— Les derniers logs remontent à y a deux ans.

— La déchetterie concasse son stock toutes les deux semaines, non ?

— C'est ça qui m'emmerde. Pourquoi ne les jeter que maintenant alors qu'elles sont HS depuis deux ans ?

— Je vais pas pouvoir t'aider sur ce coup-là, reconnais-je.

— J'ai demandé à Asima de chercher dans les dossiers.

— Tu lui donnes du boulot maintenant ? dis-je avec une désapprobation feinte.

— Personne ne reste insensible à mon charme.

Je fais le lien avec les bio-ordinateurs : c'est bien son style de négocier du matos contre des coups de main.

— Ne la charge pas trop. L'affaire qui nous préoccupe est compliquée.

— J'ai cru comprendre. Bon, c'est pas l'tout.

Je souris. J'aime son ton bienveillant, limite paternaliste.

Il ajoute :

— Promets-moi de ne pas les abîmer.

— Je ferai au mieux.

Je me déshabille.

Lorsque je me réveille, je constate que le sergent, qui avait prévu une heure par jambe, aura mis au final un peu plus d'une heure et demie pour chacune. Je tente de me redresser, mais Ubwa se met à grogner :

— Doucement petite. Faudra un peu de temps avant que les anesthésiants ne fassent plus effet.

Il s'approche avec un verre d'eau. D'une main, il me redresse la tête et de l'autre, il porte le récipient à mes lèvres. Quelques gouttes glissent dans ma bouche, roulent sur ma langue pâteuse, puis traversent ma gorge. Un goût de métal traîne sur mes papilles.

— Tu peux bouger les doigts de pied ? demande-t-il.

D'ordinaire, personne n'a besoin de se concentrer pour utiliser un de ses membres, que ce soit un membre biologique ou même cybernétique. Mais juste après la pose d'une prothèse, l'intelligence du membre prend quelques instants pour analyser les signaux provenant des nerfs du porteur : force demandée, vitesse, intensité du mouvement, tous ces paramètres s'expriment d'une manière différente d'une personne à l'autre. Le matériel doit s'adapter et pendant cette période, les gestes sont maladroits, les réflexes foireux, et réfléchir à ce qu'on souhaite faire est indispensable.

Je tente de les remuer.

Ubwa reste penché au-dessus de mes jambes.

J'essaie une nouvelle fois, sans plus de succès.

— Plie le genou pour voir.

Cette fois la cuisse se redresse, l'articulation obéit.

— OK, lâche le sergent. D'ici quelques minutes on retente les doigts de pied. Si ça fonctionne, on attaquera la marche.

— Je vais rester un bon moment… soupiré-je.

— Tu vas me tenir compagnie.

Je le regarde avec reconnaissance.

— Merci. Pour tout.

— T'inquiète.

— Tu vas rester là ?

— J'ai de quoi m'occuper, entre tes vieilles jambes et ces bio-ordinateurs. Autant en profiter.

Sam

Papa m'a fait m'asseoir dans une salle de repos. Y a un lit, une table de chevet, une petite table et une chaise. Sur la table, un pichet d'eau et un verre attendent que je les utilise : je dois prendre mes médicaments. Papa m'en a prescrit pour calmer mes migraines. Il a dit que l'examen avait un peu réussi, qu'il a vu quelque chose dans ma tête, mais il sait pas quoi.

Il semble inquiet.

J'ai pas vu les infirmiers prendre Cécily. Mais papa m'a dit qu'elle avait pas grand-chose. Elle est blessée, mais pas méchamment. Juste des bosses.

Papa m'a questionné un peu : depuis quand j'ai mal, est-ce que quelque chose de bizarre s'est produit, qu'est-ce qui est arrivé à Cécily et quelles sensations j'ai eues à ce moment-là. Je lui réponds pas vraiment. J'ai peur qu'il me trouve une grave maladie. Je reste flou. Je ne lui parle pas de mes rêves, et je dis plus rien sur la dame. J'ai l'impression qu'il faut pas, que c'est un secret.

Alors, à la fin, il m'a mis là, dans cette chambre.

Dans le coin droit, en haut, y a une caméra qui me regarde. Quand je bouge, elle me suit. J'imagine que quelqu'un, derrière, m'observe…

Tout ça me rend un peu triste. Je voulais pas faire de mal à Cécily et je tenais à être sage. Papa m'avait bien dit de pas bouger…

J'aimerais tant effacer mes bêtises, mais je peux pas. C'est comme ça, la vie.

Je vais m'allonger pour faire un somme, pour oublier tout ce qui s'est passé. Et j'espère que j'oublierai aussi cette méchante dame qui me poursuit dans mes rêves.

Myala, lieutenant de police

Je patiente quelques minutes avant de poser les pieds par terre. Pendant cette attente, j'observe mes nouveaux membres, si fins et à l'aspect si fragile… Ils me semblent si différents de mes anciennes prothèses, que plusieurs questions m'assaillent : ces jambes vont-elles résister à des opérations sur le terrain ? Encaisseront-elles les chocs et les coups, portés comme reçus ? Vais-je tout simplement pouvoir bosser avec ?

Au bout d'un moment, les effets des drogues s'estompent et je me lance. Immédiatement, je constate combien les sensations sont plus douces, plus agréables qu'auparavant. Finis la lourdeur du métal et cette rigidité toute militaire. Je suis légère, fluide, j'ai l'impression de me déplacer sur un coussin duveteux.

— C'est… différent.

— J'imagine, ronchonne Ubwa.

Je me rhabille, avec douceur. Le contact de mon pantalon treillis sur cette peau artificielle me renvoie des sensations étranges. J'avais oublié le sens du toucher sur mes jambes. Je passe quelques secondes à apprécier ce retour d'informations.

— C'est comme ça qu'on traite les douleurs fantômes, m'explique Ubwa. En restaurant un semblant de perception.

— C'est malin.

— Et pas désagréable hein ?

J'acquiesce.

— Tu vas vite t'y habituer. Et avec un peu de bol, tu voudras plus les quitter.

D'un geste je salue Ubwa, qui ne me regarde déjà plus, penché sur mes anciennes jambes, à se demander ce qu'il pourrait bien en faire.

Je rejoins l'ascenseur, avec un plaisir croissant à mesure que je découvre et m'adapte à ces nouvelles prothèses. Lorsque l'appareil entrouvre ses portes avec ses grincements usés, me reviennent en mémoire les tremblements de mes rouages capricieux.

Je remonte vers notre étage. Je traverse le couloir puis je retrouve Asima à son bureau, absorbée par son écran.

— Tu n'as pas dormi…

— J'ai réussi à trouver plusieurs effacements…

— Effacements ?

— C'est comme ça que j'appelle le traitement des vidéos. Oui, c'est un peu exagéré : il s'agit plus d'un non-enregistrement que d'un effacement à proprement parler…

— OK, OK. Continue.

— Je le retrouve à plusieurs endroits, mais je n'arrive pas à profiler ses déplacements : croiser les flux vidéo et ceux des décomptes des foules fait boguer Sherlock.

— Tu devrais peut-être te concentrer sur les immeubles dans lesquels il se rend ?

— Pas con, j'aurais dû y penser… Et ces jambes alors ? demande Asima.

— Comment le sais-tu ?

— Ubwa m'en a parlé.

— Rassure-toi. Elles feront l'affaire.

Je prends la direction de mon bureau. Du coin de l'œil, j'aperçois le cadre qui contient deux photos déchirées et coincées côte à côte par la vitre. À droite, maman et son teint café au lait. À gauche, papa, et sa tête d'Allemand. J'ai jamais su ce qui avait pu coller entre eux : elle, très terre à terre, proche de ses sous, agressive comme une lionne, et lui toujours dans l'imaginaire, à se foutre de la réalité et gentil, trop gentil. Ils formaient un couple improbable, un couple impossible, un couple qui n'aura pas tenu longtemps. Juste le temps de faire un enfant. Moi.

« Myala. »

« Commandant ? »

« Le nouveau commence aujourd'hui. »

« Déjà ? »

« Les feds ont insisté pour réduire le délai. »

« Sacrée réduction. On l'attendait que dans plusieurs jours. »

« Ça vient d'au-dessus. Compris ? »

« Ouais, on n'a pas le choix… »

« Reçois-le bien et trouve-lui une place. »

« Bien reçu. »

« Et… »

« Et ? »

« Le laisse pas seul avec Vince. »

Je souris. Évidemment que je ne comptais pas le laisser seul avec le vieux con de la brigade. Du moins, pas longtemps. Juste ce qu'il faut pour le tester.

Pour le moment, revenons-en à l'affaire.

« Vince, des news ? »

« Avec Diop on a interrogé une dizaine de voisins, ça a rien donné. »

« Du coup vous en êtes où ? »

« On élargit. On zieute du côté des magasins. »

Pas con.

Vince reprend :

« Mais je parie que ça donnera rien non plus. Ce mec, en plus d'avoir une sorte de protection numérique qui l'efface des systèmes, il ressemble vraiment à monsieur Tout-le-Monde. »

« Et son potentiel complice ? »

« Nada. »

Ce fameux acolyte qui nous échappe depuis le début doit être un pirate. Mais pourquoi quelqu'un de si doué se risquerait dans des affaires de meurtres sordides ? Juste pour les regarder ? Ou pour les diffuser à des clients aux goûts spéciaux ? Après tout, ça s'est déjà vu, des trucs comme ça.

Il faudrait vérifier.

Je me tourne et vois Asima, penchée sur son ordinateur. Elle vérifie les allées et venues de notre fantôme et cherche à comprendre comment fonctionne l'effacement. Pour y parvenir, elle pirate des machines, analyse des logs en contournant elle-même quelques lois au passage. Je préfère n'en rien savoir.

Concentrée comme elle est, elle est déconnectée de la réalité.

— Asima ?

Elle ne m'entend pas. Par moments, j'aimerais avoir sa capacité à m'isoler dans mes réflexions, à ignorer mes sens, mes sentiments, pour ne plus être qu'une somme de rouages intellectuels. Mais je ne fonctionne pas comme ça. Je suis plus chaotique, plus instinctive.

— Asima !

Elle relève enfin la tête.

— Vérifie si des vidéos traînent sur les réseaux undergrounds.

— Des vidéos de quel genre ?

— De meurtres. Sordides comme ceux sur lesquels on enquête.

Elle acquiesce et se met au boulot, en se gardant bien d'exprimer le fond de sa pensée : elle déteste se rendre dans ces lieux virtuels où les pires sévices sont mis en scène et dans lesquels les documents les plus trash attirent des hordes de cinglés.

Et ce livre, retrouvé chez Émeline. Nous n'avons trouvé aucun d'équivalent chez Chan. Y a-t-il un véritable lien entre son contenu, sa symbolique et le meurtre ? Ou n'était-ce qu'un hasard ?

Il nous faudrait revérifier l'appartement de Chan. Je lance l'affichage des images d'archives. Je parcours les éléments présents chez elle. Je visite virtuellement la scène de crime, cherchant, zoomant, dézoomant, tournant autour des meubles, changeant l'angle de vision, sans rien trouver de notable.

La peau.

Pourquoi lui arracher la peau ? Et d'ailleurs, comment ? On n'a pas résolu cette question. Peu de coupures, juste le minimum pour… la lui retirer.

— Lieutenant ?

La jeune voix me coupe dans mes interrogations. Je tourne mon fauteuil et découvre le bleu, en uniforme. Il me salue d'un geste militaire.

— On n'est pas à la caserne ici, dis-je.

Il se détend et affiche un sourire franc. C'est bien la première fois qu'un bleu est content d'être parmi nous.

— On n'a pas de bureau supplémentaire. Tu prendras celui de Mike.

Asima tique. Son dos se contracte et sans qu'elle y prête attention, par un simple effet mécanique, elle se redresse légèrement. Sans doute pense-t-elle que c'est une mauvaise idée et, dans le fond, *c'est* une mauvaise idée, mais je n'ai pas d'autre choix.

— Mike ? s'étonne le bleu.

— Notre ancien coéquipier.

— Il est… commence le bleu.

— Il est à toi maintenant. Mais on n'a pas fait les poussières.

— Ça ira.

— Asima va s'occuper de mettre en place tes accès. Dès qu'elle aura fini, tu pourras consulter tous les dossiers de la brigade.

— On bosse sur quoi en ce moment ?

— Deux meurtres. Tu vas voir, on s'amuse ici.

Il sourit et vient pour s'asseoir. Juste avant de poser ses fesses, il retire sa veste qu'il place sur le dossier du fauteuil.

— Faut que tu te changes, dis-je. Sans quoi les autres vont t'étriper.

Il acquiesce, un peu surpris par ma remarque. Il se lève et commence à prendre la direction des vestiaires.

— Préviens-moi quand tu seras prêt, on ira se balader.

Sam

— Sam ?

Papa me réveille. Il est assis sur mon lit. Il est penché vers moi, comme quand il me réveillait quand j'étais petit. Il me passait la main dans les cheveux. Là, il passe pas la main sur ma tête. Je suis trop grand. Il se contente de m'appeler. Il a beau être gentil, comme d'habitude, je vois que ça va pas. Il porte sa chemise de travers. Son visage est creusé. Il est fatigué.

— Hm…

— Nous avons fini les examens. Comment te sens-tu ?

— Je sais pas trop.

— Nous allons devoir faire quelques tests, maintenant.

Il respire et me regarde dans les yeux. Ça me met mal à l'aise. Je sens qu'il me cache quelque chose. Il me dit pas tout. Je suppose que c'est pour mon bien, mais ça m'inquiète.

— Prépare-toi. Je repasse dans dix minutes.

— D'accord.

Il se relève. Il me regarde une nouvelle fois. Y a quelque chose dans ses yeux…

— À tout de suite, qu'il dit avant de partir.

Je m'assois. C'est un lit d'hôpital. Je reconnais les barrières sur les côtés et la télécommande pour redresser les pieds ou la tête. Le drap est rêche, mais le matelas est bon. J'ai bien dormi. Enfin, je crois. Mais je me souviens pas m'être couché. Je cherche à me rappeler quand, comment j'ai fini là. C'est flou. Tout est mélangé. Il y avait ces maux de tête, l'appareil dans lequel j'étais allongé… et puis ?

Je sais pas.

Je sors du lit. La pièce est petite, avec dans un coin, une minuscule salle de bain. Je vais la voir. Une douche, un lavabo, le minimum. Comme à l'école. Dans la douche, y a le savon entouré de papier et sur le lavabo est posée une serviette. Je jette un œil dans la chambre, papa a déposé des affaires propres sur la petite table à côté du lit.

Je me déshabille et prends ma douche. L'eau chaude me fait du bien. Elle me détend. Elle me masse un peu aussi. Elle me fait oublier toutes les questions que je me pose. Du genre : qu'est-ce qui m'arrive ? Est-ce que je suis malade ? Est-ce que c'est grave ? Pourquoi papa est si inquiet ? Ça doit être grave… Et est-ce qu'il m'en veut d'avoir cassé sa machine ? Elle devait coûter cher…

Papa a pas menti. Dix minutes après, il revient me chercher. On va dans une salle. Elle est blanche du sol au plafond. Y a des caméras un peu partout. Au milieu de la pièce, y a une table avec deux chaises, une devant et une autre derrière. Papa a mis des objets sur la table.

— Assieds-toi Sam, qu'il dit en m'indiquant une chaise.

J'obéis.

Je regarde son visage, il a l'air toujours un peu inquiet. J'aime pas ça.

— On va faire quoi ?

Papa s'assoit en face de moi. Il croise les bras devant son torse. Il soupire.

— Il y a quelque chose dans ton cerveau.

— Quelque chose ?

— Ça ressemble à un implant. Mais tu ne devrais pas en avoir.

Je repense à la cave, à la femme qui me parle et qui colle des trucs sur ma tête. Un sentiment profond me remue le ventre. J'ai des frissons qui me parcourent le dos, rien qu'à me rappeler ce cauchemar.

— Papa, j'ai un peu peur…

— Ne crains rien. Nous sommes là pour en savoir plus.

J'observe les objets devant moi. Il y a un trombone, un stylo, un cube, une balle et une grande bouteille d'eau. Papa reprend :

— Je crois que tu as une sorte de pouvoir.

Je dis rien. J'écoute. Même si je trouve que tout ça, c'est bizarre.

— Essaie de soulever le trombone.

Je l'attrape et lui tends.

— Non, pas comme ça. Sans le toucher.

— Quoi ?

— Essaie de le soulever sans le toucher.

Je suis pas sûr de comprendre. J'attends quelques secondes.

— Vas-y Sam. Tu peux le faire.

Mais comment ? Comment soulever un objet sans l'attraper ? Avec son esprit ? Genre, en l'imaginant voler dans le ciel ?

Papa attend.

Je fixe le trombone.

Rien ne se passe. Je l'imagine flotter au-dessus de la table. Il bouge pas. Papa doit se tromper. J'ai pas de pouvoir. J'ai juste un truc bizarre dans la tête et il va me l'enlever. Cette idée me fait du bien. Elle me rassure.

Je soupire.

— Insiste, reprend papa.

Je retente.

Toujours rien.

— Papa…

— Encore.

J'essaie à nouveau.

Myala, lieutenant de police

Nous roulons dans les rues parisiennes, les moteurs silencieux, les vitres opacifiées, pour me concentrer sur le bleu, sur l'affaire. Il a écouté attentivement tout ce que je lui ai résumé, puis, grâce aux accès validés par Asima, il visite les scènes de crimes avec ses lentilles de réalité augmentée. Il prend le temps de les étudier avec une application toute scolaire. Pendant qu'il les détaille, aucune émotion ne traverse son visage. Ni surprise ni dégoût, pas même de la curiosité. Il ingère les faits, comme le ferait Sherlock. Au bout d'un moment, perdant patience, je me vois obligée de le questionner :

— Tu en penses quoi ?

— La peau…

— On ne sait pas encore comment le tueur s'y est pris.

— J'ai mon idée.

— Qui est ?

— C'est un peu tôt pour l'affirmer, je ne voudrais pas nous lancer sur une fausse piste. Je dois vérifier. On peut se rendre sur les lieux ?

— Naturellement.

Je préviens Diop et Vince pour qu'ils nous rejoignent là-bas ; ça leur fera une pause et ils pourront rencontrer « officiellement » le bleu.

Je demande à la voiture de nous amener chez Chan.

Toujours les mêmes questions me viennent quand je repense à elle : pourquoi la tuer ? Pour quelle raison ? Comment ? Et surtout dans quel but ?

D'un coup, une intuition me traverse. Je profite du trajet pour revisiter son salon. Je ne sais pas précisément ce que je cherche, mais je sens que c'est là. Sans l'agitation engendrée par les feds, leurs drones et la gêne due à la présence du corps, les meubles, la décoration, tout l'intérieur me semble froid, distant. Il n'y a aucune chaleur dans cet endroit, la personnalisation me paraît factice, comme si Chan se contentait d'habiter une chambre d'hôtel. Certes, elle n'était que de passage, mais tout de même…

En fait, c'est comme si cette femme n'avait pas de vie.

Et là, un éclair dans la nuit :

« Asima ? Tu as regardé les connexions aux réalités virtuelles de Chan ? »

« Oui. Rien de suspect. »

« Est-ce qu'il y a eu des déconnexions ? »

« Des pannes ? »

« Non, des déconnexions volontaires. »

« Je vérifie. »

Quelques secondes passent pendant lesquelles mon cerveau effectue un ping-pong irrationnel entre la mort de Mike et la résolution de ces meurtres. Difficile pour moi d'interrompre ce flux d'idées qui s'entrecroisent et qui tour à tour m'accablent, me stressent et m'oppressent la poitrine. Au point d'avoir du mal à respirer, comme lors d'une crise d'angoisse.

C'est le manque ! Les antalgiques !

Je n'avais pas réalisé, mais depuis qu'Ubwa m'a installé de nouvelles jambes, je ne ressens plus aucune douleur, je ne me drogue plus. Mais mon corps en subit le contrecoup. Je vérifie dans mes poches, il ne m'en reste plus.

J'hésite à demander au bleu s'il a des nano-antalgiques. Puis je me souviens qui l'a propulsé là. Mieux vaut faire profil bas, je ne souhaite pas que ma dépendance médicamenteuse s'ébruite.

Je prends sur moi. Je tente de contrôler ma respiration et l'alternance des sentiments qui me transpercent. Peu à peu, mes préoccupations ralentissent, à l'image d'une tempête qui se calmerait. Le poids sur ma poitrine s'allège.

« J'ai bien des déconnexions fréquentes. » m'apprend Asima.

C'est ce que j'espérais.

« Merci. »

Nous arrivons au pied de l'immeuble de Chan. Le bleu descend de la voiture et passe quelques secondes à regarder les alentours, puis les murs extérieurs. Il les scrute à la recherche de quelque chose. Une trace ? Un indice ?

— C'est charmant… lâche-t-il.

— On fait vite, dis-je. On n'est pas les bienvenus dans ce quartier.

Il finit par baisser le regard et prend la direction de l'entrée. Je le suis, ce qui me permet de l'observer.

Il avance d'un pas sûr de lui, un pas qu'adoptent souvent les jeunes flics. Tout comme lui, lorsque j'ai commencé, je me sentais prête à résoudre toutes les enquêtes, à affronter toutes les difficultés et à les surmonter ; puis la vie en a décidé autrement.

Devant la porte de l'appartement, il ne s'attarde pas. Peu lui importe comment le tueur est entré, s'il a piraté le système ou pas, il franchit l'avertissement holographique placé par les fédéraux et qui indique qu'il s'agit d'une scène de crime. Son passage n'est pas reconnu par le système, il manque de déclencher une alarme. Seule ma présence stoppe l'alerte : appartenir aux forces de l'ordre nous autorise à franchir les zones sécurisées. Il va falloir qu'Asima revérifie ses droits et identifiants.

Lou visite le salon, puis revient dans le couloir, avant de se diriger vers la chambre. Là, il prend quelques instants, comme en bas de l'immeuble. Il ne regarde rien de précis, il se laisse imprégner par les lieux, leur ambiance. Il tourne sur lui-même, un peu à la manière de quelqu'un qui chercherait quelque chose.

J'arrête de le surveiller pour mener mes propres investigations. Je commence à entrouvrir les meubles, j'en vérifie les fonds, les caches éventuelles.

« Qu'est-ce que tu cherches ? » demande Asima.

« Un serveur de réalité virtuelle. »

Elle n'ajoute rien, elle a pigé. Mais tout comme moi, elle sait que ce type de serveurs maison peuvent posséder une forme et une taille très variables, suivant la puissance attendue. Seule contrainte pour accéder à des contenus de manière discrète, les récupérer depuis un pays étranger et désactiver toute connexion au moment de la consultation.

Désactiver toute connexion !

« Regarde si Émeline se déconnectait. »

De suite, Asima lance une analyse des historiques réseau de la première victime.

Des bruits nous proviennent depuis l'entrée de la scène de crime.

— Lieutenant ! me salue Diop tout en entrant dans la pièce.

Je le salue d'un hochement de tête. Il constate que je fouille la pièce, puis il aperçoit le bleu.

— Voici Lou.

Diop effectue les derniers pas qui le séparent du jeune. Il lui tend son épaisse main, le bleu la serre.

— Welcome dans la team, lui dit-il avec sa grosse voix.

— Merci. Chouette accent…

— Diop est anglais.

— Ah oui. Mais, comment…

— … a-t-il rejoint la police nationale ? Il s'est fait coffrer dans la capitale. Il y était venu pour un match de Streetball.

— L'espèce de foot de rue ultraviolent ? demande le bleu.

— Yes. Des matchs de foot clandestins with just des full biologiques. Five contre five. No rules.

— Hm… lâche le gamin, loin d'imaginer combien ce foot tient davantage de l'UFC que de l'ancien sport collectif, modernisé à plusieurs reprises avant que le peuple ne s'embrase pour d'autres sports plus à la mode.

— It's why words se mélangent.

— Pourquoi, t'as pas d'implant traducteur, au pire ? demande le bleu.

— I'm bio, répond Diop.

— Comme les Trinitistes ?

— Non, interviens-je. Il n'a que des améliorations biologiques.

— Ah, OK, dit le bleu.

— Hey, j'vois qu'y a du beau monde, balance Vince en entrant à son tour. Lieutenant, t'es venue avec ton gamin ?

— Vince…

— Sympa. Mais t'attends pas à ce que je lui change sa couche.

Le bleu n'avance pas pour serrer la main de Vince, il attend un geste de sa part, une invitation, qui ne vient pas. Alors il reste à distance, ayant bien compris à qui il avait affaire. C'est remarquable et prometteur : les empathes font de bons flics.

Je reprends :

— On cherche un serveur de réalité virtuelle. Retournez-moi cet appart.

Les gars se mettent au boulot, le jeune reste au milieu de la pièce. Il a repris sa posture étrange.

— T'as pas compris le bleu ? dis-je.

— J'ai bien compris, dit-il avec confiance.

Il tourne sur lui-même tout en continuant à jauger la chambre.

— Ça s'est passé ici, Chan travaillait beaucoup, elle était stressée, elle se sentait seule, sa famille et ses amis lui manquaient. Elle voulait rentrer au pays.

Il parle d'une voix douce, calme, un peu déconnectée. Les mots semblent sortir tous seuls de sa bouche.

Il m'entraîne dans le salon où il poursuit ses élucubrations devant Diop, un peu décontenancé. Même Vince fronce des sourcils et observe son manège.

Il poursuit :

— Elle mangeait peu, elle ne préparait rien. Elle se contentait de commander et se plantait devant des programmes holographiques.

— Qu'est-ce qu'il… commence Vince.

Je lui fais signe de la boucler.

— Elle ne jouait pas, reprend le bleu. Elle ne suivait pas de séries ou de magazines, elle concentrait tout son être sur autre chose…

Il retourne dans la chambre. Nous le suivons tous les trois. Il scrute le lit quelques instants, puis la coiffeuse. Il s'en approche et passe sa main au-dessus du meuble. Il interrompt son geste.

— Ce qu'elle aimait c'était s'enfermer dans son monde, vivre dans une bulle de réalité différente. Elle s'était inventé une autre vie.

— Une décrocheuse ? chuchote Vince en faisant référence à ses gens qui préfèrent vivre retirés du monde, dans un univers virtuel qu'ils se sont conçu.

— Une rêveuse, corrige le bleu.

Il tire le tiroir. Dedans se trouve une boîte à maquillage, des tatouages virtuels et d'autres petits contenants. Il glisse sa main à l'intérieur, remue, fouille, puis en sort un, presque au hasard. Fin et arrondi, on aurait pu croire à un poudrier, mais l'absence de charnière interpelle.

— Votre serveur virtuel, annonce le bleu en me tendant la boîte.

— Comment… dis-je.

— Beau tour de passe-passe, lui lance Vince. Tu fais les mariages aussi ?

— Suffit, Vince.

J'attrape l'objet et conclus :

— Asima va l'inspecter.

Je jauge le bleu : aucun implant visible, aucun appareil de détection, la manière dont il a trouvé le serveur m'interroge. Je me rappelle que le commandant avait évoqué une spécialité secrète. Nous sommes une équipe et en tant que telle, nous devons nous faire confiance, nous connaître les uns les autres. Je déteste l'idée qu'un de mes gars puisse me faire des cachotteries comme ça.

— Lou, va falloir qu'on cause, dis-je simplement.

Le bleu acquiesce.

Sam

— Ça marche pas.

— Il manque peut-être quelque chose.

Je comprends pas où papa veut en venir avec cette histoire de pouvoir. J'ai beau essayer, il se passe rien. Je crois qu'il se trompe. Il a dû voir quelque chose d'autre. Ça arrive les erreurs de diagnostic, même aux meilleurs. Je dis ça parce que papa, c'est vraiment un bon médecin. Grâce à lui, j'ai jamais été vraiment malade.

Il se passe la main sur le visage. Il s'impatiente. Je vois bien qu'y a de la colère qui monte en lui. Mais il se retient. Il veut pas me crier dessus. Parce que papa, il a bon fond. Il aime pas me faire du mal.

C'est un bon papa.

— On va faire une pause, qu'il finit par dire.

— Papa, j'ai pas de pouvoir, je suis juste un aide-soignant.

— Je sais Sam.

— Je suis allé à l'école pour m'occuper des gens…

— Je sais. J'étais là.

Je tends le bras et lui attrape la main pour le rassurer. Je lui dis :

— Je suis juste malade. J'ai mal à la tête, parfois, je perds le fil, mais c'est tout. Tu vas trouver ce que j'ai, tu vas me donner des médicaments et tout ira mieux.

Papa me regarde. Ses yeux ne bougent plus. Ils sont devenus brillants pendant que je parlais.

— Tu as bien parlé de perdre le fil ?

— Oui.

— On est d'accord que tu veux dire des absences ?

— Oui…

Papa se redresse. Il se lève et fixe les objets sur la table. Une idée lui a traversé l'esprit, mais il ne dit rien.

— Attends-moi là.

Il quitte la pièce et me laisse là, tout seul. Je sais pas trop quoi faire.

— Tout va bien, me dit la femme avec son drôle d'accent.

Elle me sourit à nouveau. Elle pose une dernière fois sa main chaude sur mon bras.

— Brave petit.

Papa revient :

— On va s'arrêter là.

— C'est tout ?

— On n'y arrivera pas. J'imagine qu'il faut certaines conditions pour que ton pouvoir fonctionne.

Il hésite à poursuivre. Il empêche les mots de sortir de sa bouche. Il aimerait m'en dire plus, mais je crois qu'il a peur de me faire peur. Et ça m'inquiète.

— Qu'est-ce qu'il y a papa ?

Il soupire avant de dire :

— Tu es assez grand pour savoir : tes absences Sam, ce sont des stases. Ton sang s'accumule dans ton cerveau et tu entres en état de conscience modifiée…

— Ça veut dire quoi ?

— Que quand tu utilises ton pouvoir tu n'es plus vraiment toi. Ceux qui t'ont fait ça savent comment le déclencher. Ils te suivent, t'attrapent et t'utilisent pour faire Dieu sait quoi.

Cette fois, j'ai carrément peur. Je veux savoir ce qu'on me fait, ce qu'on me veut. Et pourquoi moi ?

— Je vais prévenir la sécurité, qu'ils vérifient les alentours du labo. En attendant, tu vas retourner dans ta chambre.

— Et toi ?

— Je vais tenter de comprendre comment ils te collent aux basques.

Myala, lieutenant de police

De retour au QG, Asima s'est de suite mise à travailler sur le serveur privé de Chan. De leur côté, Vince et Diop ont pondu un bref résumé de leurs investigations, qu'on pourrait résumer en deux mots : « Que dalle ».

Diop, impressionné par le bleu, l'a félicité avant de partir manger un peu, histoire de remonter son niveau calorique. Vince, lui, s'est contenté de s'asseoir derrière son ordinateur. Il a envoyé quelques messages avec sa smartclock, des messages qu'il a rédigés la clope au bec et avec discrétion. Je devrais l'envoyer fumer dehors, mais je préfère l'avoir à l'œil : d'ordinaire, Vince n'est pas du genre à faire des secrets et cette nouvelle tendance m'inquiète. Elle s'ajoute à une personnalité déjà en rupture et à un caractère plus qu'explosif, jusqu'à me faire craindre un retour de flamme.

J'irai lui en parler après mon entretien avec le bleu.

D'un geste, je demande à Lou de me suivre. Nous prenons la direction des salles d'interrogatoire. Faut dire, il n'existe pas d'endroit plus « intime » pour que nous puissions discuter sans qu'Asima nous surveille.

Une fois dans la salle, je débranche les caméras et coupe mes outils d'enregistrement. Je passe mes lunettes de réalité augmentée en mode déconnecté et je lui indique de faire de même avec ses lentilles. Il s'exécute et finit par s'asseoir. Je prends place face à lui.

Il arbore toujours ce sourire, cette confiance, qu'affichent tous ces visages au sortir de l'adolescence. Il est plein d'espérance, il est très sûr, comme je l'étais à son âge. Je ne cherche pas à briser son optimisme, le travail y arrivera bien mieux que moi. Et en moins de temps qu'il m'en faudrait.

— J'aimerais qu'on revienne sur ton numéro chez Chan.

Il hausse les épaules dans un geste très « ado ». J'insiste, mais sans agressivité pour le moment :

— C'est quoi, alors, ta spécialité ?

Il sourit et croise les bras. Ça pourrait être une marque de défense, mais il incline la tête en avant, ce qui laisse penser qu'il réfléchit.

— Je n'ai pas vraiment le droit d'en parler…

— Nous sommes une équipe et dans une équipe, les secrets sont dangereux.

— C'est davantage une question de confidentialité.

— Tout ce que tu diras ne sortira pas d'ici.

Il hésite. Il jauge la situation, puis notre environnement. Il termine par jeter un coup d'œil à la caméra débranchée. Il tire de sa poche un petit appareil qu'il dépose sur la table. Un brouilleur.

— C'est pour le Gardien.

Cette précaution me convient, même si elle pourrait me coûter quelques années supplémentaires.

Il décroise les bras et pose ses paumes sur les cuisses, à la manière d'un enfant qu'on aurait pris la main dans le sac et à qui on demanderait d'avouer son crime malgré tout. Il reprend, en chuchotant presque :

— C'est que je risque gros.

— Je vois ça.

— Commençons par le début, il existe plusieurs types d'implants : les cybernétiques et les biologiques…

— Les nano aussi même si leur interdiction fait qu'on en parle plus beaucoup. Tu m'fais un cours ?

— Non, je cadre les choses…

Il marque une pause, histoire de capter mon attention. Je sens qu'il prend du plaisir à ménager sa révélation, ce qui commence à m'irriter : je n'apprécie pas d'être manipulée.

Il reprend :

— Il y a trois ans, la police européenne enquêtait sur la disparition de jeunes enfants. Dans les dix, douze ans. Des enfants issus des quartiers pauvres.

— Depuis quand l'Europolice s'intéresse aux gamins des rues ?

— C'est l'ampleur du phénomène qui a alerté les autorités. En recoupant les fichiers fédéraux, ils sont parvenus à comptabiliser près de deux mille enlèvements.

Deux mille ! J'en siffle.

— La piste les a menés jusqu'à un laboratoire clandestin en Tchétchénie.

— Un seul labo pour deux mille gamins ?

— Pas tous en même temps, mais oui : les enfants y servaient de cobayes…

— Qu'est-ce que tu m'racontes…

— Il y avait là-bas une bande composée de médecins, d'ingénieurs et des soldats, tous issus du Millî İstihbarat Teşkilatı, le MIT, comme on dit, les services secrets turcs, quoi. Ils bossaient hors territoire. Leur labo était dirigé par Nermin Peyami, une jeune ingénieure spécialisée dans une toute nouvelle technologie.

— Quel genre ?

— Psychique.

— Pardon ?

— Elle bossait sur des implants psychiques.

Je ne suis pas sûre de voir où m'emmènent ces révélations et cela doit se voir sur mon visage. Le bleu reprend en se penchant vers moi :

— Vous vous souvenez des expérimentations du siècle dernier ? Les soldats shootés au LSD, censés leur faire repousser les limites du cerveau humain ?

— Non.

— Vous auriez dû mieux écouter vos cours d'Histoire.

Je ne relève pas, même si son ton commence à m'agacer sérieusement.

— Ce type d'implant est censé décupler vos capacités cognitives et révéler des capacités cérébrales comme la télépathie, la lecture d'objet ou de lieu. La télékinésie, même.

— Attends. Tu es en train de me dire que l'Europolice est tombée sur un labo clandestin capable de fabriquer des superhéros ?

Il sourit tout en acquiesçant. Ses mains quittent ses genoux et viennent se joindre au-dessus de la table. Il assoit ses coudes sur le meuble et fait venir ses mains sous son menton.

— C'est précisément ce que je suis en train d'expliquer, conclut-il.

— C'est du n'importe quoi.

— Non pas vraiment. Des équipes de recherche travaillent sur le sujet depuis plusieurs années. Au départ, il s'agissait de proposer aux Trinitistes une alternative aux implants afin qu'ils n'aient pas trop de retard par rapport aux améliorations plus technologiques de leurs contemporains. Leur foi les oblige à conserver un corps intact et un esprit pur. L'utilisation du psychisme leur semblerait toutefois acceptable.

— J'ai du mal à concevoir un tel type de techno.

— Et pourtant. La foi permet d'avancer : la cybernétique n'aurait jamais connu un tel succès sans le transhumanisme.

— Pas faux.

— Et les croyants, dans notre société moderne, sont généralement de riches aristocrates. Ils ont les moyens de subventionner la recherche.

— Mais certains y ont vu une tout autre opportunité, dis-je.

— Une application plus militaire…

— J'vois. Les aristos voulaient se distinguer de la plèbe avec une techno propre, mais ça a fuité. Et ce labo, il ressemblait à quoi ?

— C'était pas joli, joli. La technologie n'était pas au point. On a retrouvé une bonne part des gamins dans des charniers. Ils avaient le crâne fendu, les yeux exorbités, le corps mutilé… Enfin, vous imaginez le tableau.

— À peu près. Ce que je ne comprends pas c'est la connexion entre un labo en Tchétchénie tenu par des Turcs et des gamins d'ici…

— Là, on entre dans le secret-défense…

— OK. Et le rapport avec nous ?

— L'Europolice pense que ces implants commencent à se promener dans nos rues. Nous sommes plusieurs à avoir été entraînés pour les repérer.

— Une armée de bleus ?

J'en rigole.

Il sourit une nouvelle fois.

— Ouais, y a de ça.

— Alors quoi, t'as toi aussi un implant de superhéros ?

— En quelque sorte.

— J'ai vu ton numéro. Tu m'expliques ?

— Ça risque de ne pas vous plaire, je ne sais pas si…

— Laisse-moi en juger.

— « Lecture de souvenirs ». J'ai pu accéder à la mémoire résiduelle de Chan qui imprégnait son appart. Pas beaucoup, vu qu'elle était morte, mais déjà quelques-uns…

— Ça fonctionne selon quel principe ?

— Un implant basé sur deux technologies… Une ancienne et une nouvelle.

— La nouvelle, c'est les trucs psy j'imagine, mais l'ancienne ?

Il tire une étrange grimace.

Avant qu'il ne termine sa phrase, je devine la suite. Sans que je puisse me contenir, mes yeux s'écarquillent, mes poings se ferment et ma mâchoire se serre.

— Empenn, finit-il par avouer.

Empenn, encore et toujours.

— J'vous avais dit que ça n'allait pas vous plaire.

Je tente de contenir ma colère.

— La partie psy n'est pas encore stable. Empenn est la boîte spécialisée dans le cerveau qui…

— J'arrive pas à croire que cette boîte existe encore, dis-je en le coupant. Après tout le mal qu'elle a fait…

— Techniquement, elle a menti à ses clients, commis quelques erreurs. Mais les criminels, c'était votre bande de cop…

Mon poing heurte la table violemment, interrompant le bleu au beau milieu de sa phrase. Il m'observe, méfiant, ne sachant trop si je vais lui en décrocher une ou pas et, très honnêtement, je n'en sais rien moi-même. Mes muscles sont si tendus que le geste pourrait partir sans que j'en aie conscience.

Il reprend sa respiration et adopte un ton calme, neutre, factuel :

— Empenn consacre maintenant son expertise des flux cognitifs aux prestations de sécurité intérieure, en coopération avec la fédération. Traitement des souvenirs, détection de mensonges, extraction d'informations. Il n'est plus question de sauvegarder l'esprit des défunts ou de les animer…

— « Animer », mon cul… Ce n'étaient que des simulations jouées par des IA, il n'y avait rien d'authentique. Bien des années après, personne n'a encore compris leur supercherie. Et le patron, Pierre-Arold ? Depuis mon réveil de cryo, je n'ai pas réussi à retrouver sa trace. Vu les nouvelles activités de sa boîte, j'imagine que c'est parce qu'il a été placé sous protection du secret-défense.

Le bleu ne dit rien. Il ne réagit pas. J'imagine qu'il a été briefé avant de rejoindre ma brigade. Il doit connaître mon passé, ma condamnation. Je finis par lâcher :

— J'espère qu'il a clamsé, depuis le temps.

— Pierre-Arold… Monfort-Lamaury ?

J'acquiesce.

— Non, c'est toujours le patron.

Le sang qui afflue à mon cerveau me donne le tournis. J'ai l'impression que notre sacrifice n'aura finalement servi à rien : non seulement Empenn existe toujours, mais en plus ce monstre de Pierre-Arold poursuit ses expérimentations foireuses, au service de la fédération qui plus est. À croire que personne ne s'est rendu compte de qui il était vraiment, que ses travaux délirants servent des intérêts plus hauts placés. Je l'avais espéré mort, histoire de faire enfin mon deuil de ma condamnation, de mes jambes.

Je me sens anéantie, mais tout empathe qu'il soit, Lou ne s'en rend pas compte. Pas immédiatement, en tout cas, car il enchaîne sur sa conclusion.

— Donc voilà, avec les souvenirs de Chan, j'ai pu reconstituer ces quelques éléments jusqu'à la découverte de son serveur.

Je croise les bras, essayant de me concentrer sur l'affaire en cours. J'ai bien compris tout ce qu'il vient de m'annoncer, des implants psy aux Turcs, des empathes fédéraux capables de lire les empreintes mémorielles jusqu'à la survie d'Empenn. Je sens la colère me submerger. Je me rappelle la visite des gradés dans le bureau du commandant. Ils parlaient de technologie novatrice. Mais ils me connaissaient. Ils savaient, et ils ont choisi *ma* brigade pour tester la dernière trouvaille d'Empenn. Juste pour m'emmerder ?

Ah, ils ont bien dû se marrer, ces enfoirés…

Lou reprend sa posture de bon écolier. Il chuchote :

— Vous voulez une démonstration ?

— Tu veux lire mes souvenirs ?

Il acquiesce.

— Il me suffit de poser les mains sur vos tempes…

— Tu peux toujours courir. Et si j'apprends que tu lis en l'un d'entre nous sans son autorisation expresse, je te colle une balle entre les deux yeux.

Lou a éteint le brouilleur. Le Gardien m'a collé un avertissement. Si je me déconnecte une nouvelle fois, je prendrai deux ans de plus. Ça devrait m'inquiéter, sauf que j'arrive pas à réfléchir : je ne suis toujours pas remise des révélations du bleu. Je retourne au bureau d'un pas trop précipité pour masquer mon état d'esprit. Vince lève la tête de son écran et cherche à me décrypter. Asima, en revanche, nous saute dessus sans prêter la moindre attention à ce qui m'agite :

— Le serveur a parlé !

Elle est excitée d'avoir trouvé quelque chose. Sans me laisser lui répondre quoi que ce soit, elle se met à expliquer vite, trop vite :

— C'est un serveur de partenaire virtuel. Y a un homme enregistré dedans, un chinois.

— Sex-toy 4.0, lance Vince.

— L'année dernière, poursuit Asima, les parents de Chan lui ont proposé un mari. Elle devait l'épouser en rentrant au pays. Mais elle avait d'autres plans.

— Ce fameux partenaire.

— C'est ça. Elle était venue bosser ici pour profiter de la loi sur le Mariage Virtuel Pour Tous…

— De mon temps on se mariait avec des humains… lâche Vince, réprobateur. Pas avec des images ou des robots…

— Peu importe, nous n'avons pas à commenter ses préférences amoureuses, rétorque Asima, inhabituellement agressive. Elle voulait se marier avec cet avatar. À ses yeux, c'était l'homme de sa vie. Et même numérique, un sacré amant : il lui servait des poèmes, des moments romantiques et…

Asima rougit alors, avant de reprendre.

— Et du sexe. Beaucoup de sexe.

Vince éclate de rire.

— J'ai listé des centaines de scénarios…

— Genre, des fantasmes ? De quel type ? dis-je.

— Beaucoup étaient violents, précise-t-elle. Pour être honnête, certains ressemblaient davantage à du masochisme qu'à de traditionnels rapports… Enfin, j'imagine…

— T'imagines ? s'amuse Vince.

D'un geste, je l'invite à la boucler, car Asima est déjà en dehors de sa zone de confort.

— Il arrivait fréquemment que la simulation se termine sur sa propre mise à mort, conclut-elle.

— Une belle cinglée, souffle Vince.

— Un rapport avec le mode opératoire de son assassinat ?

— Peut-être qu'il s'agissait de la démasquer, reprend Vince. Histoire de révéler le monstre planqué sous ses traits polis d'Asiatique.

La remarque me sèche. À la fois pertinente, sensée et terriblement bien vue, mais son zeste de racisme à peine voilé me fait tiquer. Je considère Vince quelques secondes avec un regard désapprobateur qui lui indique de la fermer au plus vite.

— Notre tueur serait donc un justicier sexuel, conclut-il en se foutant royalement de mon expression.

— Peut-être, dis-je en me tournant vers Lou.

Les coups de couteau, la peau arrachée par un moyen inconnu… Et ces nouveaux implants psy, s'ils étaient fonctionnels, désormais ? Pourraient-ils expliquer les étranges odeurs captées par Diop ? Si tous ces crimes n'étaient que les essais de terrain de rats de laboratoire ?

Sam

Je suis à nouveau dans ma chambre. Tout seul.

— *Tout va bien.*

Je sais pas trop quoi faire. Normalement, je m'occuperais de mes patientes. Mais là, c'est moi le patient…

— *Brave petit.*

Je repense à cette femme. Avec son drôle d'accent. Papa l'a pas dit, mais il la trouve dangereuse. Pourtant, je l'ai pas sentie comme ça. Je l'ai sentie douce. Très préoccupée par mon état. Mais c'est vrai que son appareil, celui qu'elle m'a mis sur les tempes, m'a pas fait du bien.

— *Je crois que tu as une sorte de pouvoir.*

Si elle m'a donné un pouvoir, elle peut pas être méchante. Dans les films, les méchants donnent pas des pouvoirs. À la rigueur, ils les volent. Mais pour en donner, faut être gentil…

Je comprends pas pourquoi tout ça inquiète papa. Ni pourquoi il veut tellement retrouver cette femme. Je crois qu'il lui en veut de m'avoir transformé. Je pense pas qu'il veut lui faire du mal, mais sa colère, je la sens vraiment. Papa est furax. S'il le pouvait, il m'aurait déjà retiré ce pouvoir.

Mon pouvoir.

Si seulement je savais le faire fonctionner. Est-ce que j'arriverais à soulever des objets ? À casser d'autres machines ?

C'est peut-être parce que j'ai cassé son appareil que papa s'est fâché. Il devait valoir beaucoup d'argent.

Je suis un peu perdu au milieu de tout ça.

Si seulement je pouvais reprendre ma vie, mes tournées, mes patientes. J'aime traverser Paris. Prendre le TIAM. Monter les escaliers et discuter. Mettre une musique et me concentrer sur mes soins. J'oublie tout quand je m'occupe d'une patiente.

Ma tête recommence me faire mal. Je fouille dans mes poches. J'ai pas de médicament. Il va m'en falloir bientôt. Je me dirige vers la porte de la chambre et l'ouvre. Derrière, le couloir est vide. Blanc, long, sans aucune décoration.

D'habitude, papa part à droite. Je prends la même direction. Normalement, y a les noms des gens sur les portes. Il me suffit de tomber sur celui de papa pour lui réclamer les médicaments.

Parce que le mal au crâne va empirer. Je le sens.

Depuis dix minutes que je marche, je n'ai croisé personne. Que des petits robots qui lavent le sol et ramassent des détritus. Le mal à la tête augmente et j'ai du mal à réfléchir. Je cherche toujours papa. Mais les portes se succèdent et les noms dessus me disent rien. Si seulement j'avais ma smartclock, je pourrais me repérer… Mais papa l'a gardée. Il a peur qu'elle attire les méchants.

Des méchants pas forcément si méchants, si ?

Les murs blancs deviennent gris. Le sol est en béton. Je descends plusieurs escaliers. J'en remonte un. Je prends des virages à droite, à gauche. Je me perds.

Y a aucun plan sur les murs. Même pas ceux avec les sorties de secours. Du coup j'avance à l'aveugle. Et tout se ressemble un peu. Des portes sécurisées s'ouvrent devant moi. Je les franchis et elles se referment. Je suis leur mouvement automatique, puis je continue. Maintenant, je suis dans un endroit où un bruit électrique fait comme un ronronnement. Il y a beaucoup de tuyaux fixés aux murs. Certains gouttent. D'autres sont glacés. Il y en a des gros, des très petits et aucune inscription dessus n'indique à quoi ils servent.

— *Tout va bien.*

Je sais pas pourquoi je pense de plus en plus à elle. Elle me fait de moins en moins peur.

— *Brave petit.*

Elle me rassure presque. En fait, elle ressemble beaucoup à papa. Et quelque part, au fond de moi, j'aimerais qu'elle soit un peu ma maman.

Parce que j'en ai jamais eu.

Une alerte retentit.

La porte derrière moi émet un cliquetis. Celle de devant aussi. Je cours pour l'ouvrir. Impossible. Je fonce voir celle de derrière. Verrouillée également.

Je me tourne. Me retourne. Je me sens piégé. Comme la dernière fois. Comme dans la machine.

De nouveau le mal au crâne.

La pression sur ma poitrine. Et l'impression que les murs se rapprochent. Qu'ils vont m'écraser.

De nouveau je « revois la cave ». Les hommes en blouse blanche.

Et tout qui se mélange.

J'arrive plus à respirer. Je tombe sur le sol, je m'assois et me plaque contre le mur. Je vois les portes se rapprocher, les distances rétrécir. Mais c'est pas vrai. Mes sens me mentent. Je mets mes mains sur ma tête pour m'empêcher de me laisser aller. Je sens la douleur remonter. Les visions revenir. Je sais qu'une nouvelle vague va m'emporter.

Les portes.

J'ai de plus en plus de mal à respirer. C'est comme si ma poitrine ne m'appartenait plus. Comme si elle ne voulait plus m'obéir. J'ai peur. Mais je dois résister. M'empêcher de faire n'importe quoi…

LES PORTES !

Se concentrer. Lutter. Retenir ce pouvoir qui veut se sauver n'importe comment.

LES PORTES !

Respire Sam !

Je veux pas ! Je veux plus ! Ça fait trop mal ! Ça fait trop peur ! Je sais pas quoi faire pour arrêter tout ça !

Je regarde la porte de droite, celle de gauche, et non, je veux pas, je refuse, je dois contrôler tout ça, ce pouvoir…

Je fixe le mur en face de moi. Y a un petit trou au milieu du béton. Entre les tuyaux. Un trou de rien du tout. Une malfaçon. Je m'y projette.

M'y propulse, pour libérer la douleur, pour sortir tout ce qui bout au fond de moi.

LES PORTES !

NON !

Le mur s'effrite, se perce. Il se déchire comme une feuille. Il part en morceaux. Des blocs commencent à voler doucement autour de moi. Ils viennent se poser avec douceur sur le sol.

LES PORTES !

NON !

Je crois que je contrôle un peu…

Je recommence à respirer.

Je contiens l'explosion.

La douleur redescend. Je libère la tension.

Les tuyaux s'écartent vers le haut et le bas. Le mur finit par s'entrouvrir. Derrière, je vois des lumières. Des néons blancs. Et une immense salle. Le mur continue de s'effondrer. Du coup je vois en contrebas. Y a plein de cocons. Rangés en lignes et en colonnes. Six sur six. Tous les cocons reliés aux tuyaux qui passent le long du mur. Mais ils sont pas tous allumés. La moitié je dirais. Chaque cocon allumé porte un identifiant. Une suite de lettres et de chiffres. J'en lis un : SAM 39845.

SAM.

SAM ?

Des sirènes hurlent.

En bas, des hommes en blouse voient le mur. Et moi derrière. L'un d'eux lève son bras et parle dans sa smartclock.

Il doit appeler papa.

PAPA !

Myala, lieutenant de police

Je rumine dans le TIAM. Après une vingtaine de minutes, j'arrive enfin à la maison. Cherchant à ne plus penser au bleu, à Empenn, ni au passé ni au présent. Je tente de me détendre en prenant une douche. L'eau chaude s'écoule sur mon corps, sollicite mes nerfs, mais ne dénoue aucun des dilemmes qui me travaillent. J'en sors toujours de mauvaise humeur et lorsque je passe mon survêtement gris – le large, un peu déformé, dans lequel je me sens si bien – je devine combien la soirée va être compliquée.

Je reste là, au milieu de la salle de bain, à me regarder attifée comme une gamine d'il y a cinquante ans. Ma mère détestait que je porte ce genre de vêtements, elle les trouvait trop masculins. En réalité, elle me trouvait trop masculine tout court. Elle avait voulu une fille pour jouer à la poupée, être sa meilleure amie, puis pour avoir un miroir dans lequel se trouver jeune quelques années supplémentaires. Au lieu de ça, elle a eu un garçon manqué qui jouait au foot sur le terrain en béton, se bagarrait, crachait par terre et avait rejoint la police faute de meilleure idée.

Repenser à cette période chaotique me fait sourire : aussi dures qu'aient été ces années-là, je me les remémore avec une certaine tendresse. Comme si, le temps allant, la dureté se trouvait amoindrie…

Puis il y a eu Empenn.

Je me dirige dans la cuisine, ouvre le frigo et attrape une bière. Une ambrée, triple, puissante et amère. Je me vautre sur mon canapé et je regarde par la fenêtre, les pensées à la dérive, tandis que l'alcool commence à se déverser dans mon organisme.

Empenn.

Dehors, le ciel s'obscurcit. Mais je n'y prête pas attention. Je repense à ce que le bleu m'a sorti.

« Empenn consacre maintenant son expertise des flux cognitifs aux prestations de sécurité intérieure. » Sans déconner. S'ils le font comme ils ont géré la sauvegarde des morts, on va s'amuser…

Et cette histoire de lecture mémorielle, je vois d'ici de nouvelles unités fédérales débouler pour résoudre toutes les affaires en deux secondes. Ces futurs flics seront si efficaces que la police mettra fin au programme d'aménagement de peine. Fini le service civique, tout le monde en taule, ou au congel. Retour à la case inaction…

Traitement des souvenirs, détection de mensonges, extraction d'informations.

Je sirote la bière en repensant à l'équipe. À Vince tout d'abord. Son dossier raconte une histoire partielle, mais pas si éloignée que ça de celle du bleu : tout jeune, il venait d'intégrer l'Europolice quand il s'est engagé dans un programme novateur, un truc où on lui a promis une optimisation, avec de l'évolution à la clef. Remplacement de membres, d'organes, il a tout accepté. Il a servi une bonne vingtaine d'années avant que ça tourne mal. Il aurait dû faire partie de l'élite, il se retrouve avec les troufions. D'autant qu'après sa mise à pied, les feds lui ont retiré ses membres. Aujourd'hui, ses pièces usagées n'ont rien à voir avec celles qu'il avait reçues à l'époque. Ses prothèses ne sont plus vraiment une amélioration, mais surtout un handicap qu'il supporte bon gré mal gré. Il déteste leur temps de chargement, toutes ces heures à rester prostré comme ça, avant que ses batteries ne récupèrent. Il souhaite par-dessus tout les changer, mais par quoi ? Revenir à des membres bio est impossible. Il pourrait se faire poser des modèles civils, plus récents, moins gourmands, mais la perte de puissance physique qui en résulterait le déprimerait plus encore. Il ne s'y résoudra jamais. Car autant il déteste ces vieilleries, autant il aime la force de frappe qui va avec. Elles lui vont comme un gant.

Vince me ressemble plus que je n'aime le reconnaître…

Et Diop, avec ses journées à ingurgiter tout ce qui lui tombe sous la main pour nourrir son organisme overclocké, est aussi un bon exemple de technologie allant avec ses contraintes. Ou Asima qui passe son temps à fuir la réalité, accro qu'elle est au monde numérique. Et tous les autres flics du 36, qui disposent de technologies merdiques, offrant à la fois un maigre avantage et de sacrés inconvénients… Ils témoignent tous de cette dualité, ces deux facettes qu'offrent tous ces implants, ce qui m'amène à la question de cette toute nouvelle technologie mémorielle : quels en sont les inconvénients ?

Je connais Empenn, cette boîte n'est pas du genre à s'embarrasser avec les effets secondaires, les complications ou les mensonges.

L'affaire, Myala ! L'affaire !

C'est vrai, je dois me concentrer sur l'enquête. Et sur la manière d'intégrer à l'équipe le bleu et sa technologie « super secrète ».

J'avale une nouvelle gorgée et mes pensées reviennent à mon appartement. J'allume la réalité virtuelle sur un canal de motards. D'anciennes bécanes au moteur à explosion hurlent et filent à toute allure. La vitesse est si grisante, grâce aux caméras embarquées, que je ne peux m'empêcher de sourire.

Si j'avais l'argent, je m'offrirais une de ces bombes roulantes.

Je déplie mes nouvelles jambes. Elles semblent si fines et légères que je me sens différente, avec. Elles m'apportent une touche de féminité que je ne ressens pas habituellement. Je ne dis pas qu'elles me rendent sexy, non, ça serait exagéré. Mais tout de même, elles me donnent un pas plus fluide, souple, félin presque. C'est très agréable. Et si j'essayais une jupe…

Trois heures du matin, impossible de dormir. Toute cette histoire me travaille. Je repense à Lynley. J'hésite avant de l'appeler :

— Appel, Capitaine Lynley, Europolice.

La voix synthétique de l'ordinateur m'annonce que nous allons être mis en relation. La petite note de musique me fait patienter quelques secondes, avant que le visage du capitaine apparaisse. Il est décoiffé, en vrac, surpris au saut du lit. Son expression endormie m'amuse un peu. Dès qu'il me reconnaît, il me lance :

— Mon lieutenant préféré, que me vaut le plaisir.

L'angle de la caméra qui le filme est étroit. Malgré tout, derrière lui, j'entrevois des meubles d'un style plutôt ancien, en bois, ce qui donne à la pièce où il se trouve un certain charme.

— Jolie décoration. Les locaux de l'Europolice sont plus accueillants que ce que j'imaginais.

Il sourit. D'un sourire charmant.

— Il nous arrive de dormir chez nous. Mais vous avez raison, c'est accueillant. Plus que chez vous visiblement…

Je le recadre immédiatement :

— Le système de vidéosurveillance parisien masque la présence d'un individu. Nous pensons qu'il s'agit du tueur.

— Attendez, d'ordinaire je bois trois cafés avant d'émerger. Redites-moi ça ? Le système de vidéosurveillance…

— Il masque automatiquement un individu. On a réussi à isoler son reflet dans une vitrine.

— Sérieux ? Il ressemble à quoi ?

Je lui envoie la capture que nous avons effectuée. La photo est de mauvaise qualité, mais elle permet de se faire une idée.

Lynley se frotte le visage, tandis que son esprit met en branle ses rouages vieillissants. J'insiste pour le réveiller tout à fait :

— Ce n'est pas un piratage…

— J'en doute également.

— Alors, quelles options reste-t-il ?

— Des protections pour des questions de sécurité : des agents, des diplomates, des VIP…

— Je vois le genre.

— La liste est plutôt courte…

— Vous pouvez vérifier ?

— Seulement si la prochaine fois vous venez partager mon café.

Sa repartie me désarçonne. Je ne m'attendais pas à une telle proposition et, vu comment son œil brille de malice, il s'amuse de la surprise qu'il a provoquée.

Il reprend, sans me laisser le temps de répondre :

— Nous allons vérifier.

Il coupe la communication, me laissant sans voix.

Quel numéro ce vieux !

Sam

Des sirènes hurlent. Derrière les portes fermées, j'entends des gens crier. En bas, le gars qui m'a vu s'est mis à courir. Il fuit la pièce. J'aimerais sauter. Rejoindre les SAM. Voir à quoi ils ressemblent. Mais déjà la lumière change. Des lampes rouges se mettent à briller. J'ai toujours mal à la tête. Mais je sais pas, y a quelque chose de différent.

— *Tout va bien.*

Je me relève et me dirige vers la porte. Je veux retrouver papa, revenir à ma chambre.

— *Brave petit.*

Tout ça c'est vraiment pour moi ? J'ai fait une si grosse bêtise ?

Papa, je suis désolé…

Quelqu'un parle dans un haut-parleur, mais je comprends pas. La voix est masquée par la sirène.

Je lève le bras et me concentre comme la fois précédente : un détail sur la porte, un point, sur lequel diriger la douleur.

— *Tout va bien.*

C'est pas facile. Je m'oblige à avoir mal. Je me torture la tête pour que ça fasse plus mal. C'est comme si je me coupais ou me frappais. Mais je crois… non, je suis sûr que c'est comme ça que ça marche.

— *Brave petit.*

C'est quand je souffre que le pouvoir fonctionne. Je viens de le comprendre.

Je fixe un petit point. Tout petit. J'y envoie tout. Et la porte s'enfonce un peu. Elle se déforme. Comme poussée par des mains invisibles. Puis elle se plie sur elle-même. Doucement. Comme une feuille. Les gonds explosent. Les serrures cèdent. Et j'arrive à voir le couloir derrière. Y a personne pour le moment. Juste la lumière et la sirène. J'arrête mon effort. La migraine revient. Difficile de me concentrer. De voir, d'entendre, de rester debout, même. Mais je fais de mon mieux pour que papa soit fier de moi. Je vais lui montrer ce que je sais faire. Et peut-être qu'il m'en voudra pas d'avoir causé tous ces dégâts…

Et les SAM ?

Oui. Les Sam. Il faudra qu'il me dise qui ils sont. Et pourquoi ils vivent dans des cocons. Est-ce que je suis né aussi dans un cocon ?

Une explosion retentit. Le bâtiment tremble. Cette fois, j'y suis pour rien. Je passe la porte brisée et je marche dans le couloir, vers ma chambre. Je veux rentrer. Vite !

Les lumières rouges me font peur. Je m'appuie sur le mur pour avancer. J'arrive pas à filer vite. Puis j'ai envie de vomir. Si seulement j'avais des médicaments. Et si papa pouvait m'aider…

Je remonte un escalier. Chaque marche est difficile. Une nouvelle explosion retentit. Je sais pas ce qui se passe, mais c'est pas normal. Le bruit semble énorme ! Effrayant ! Pour secouer tout comme ça, ça doit être sacrément puissant. Il doit y avoir des blessés…

J'arrive dans un couloir plein de portes. Je sais plus si je suis passé par là.

Sam, tu es une vraie andouille quand tu t'y mets !

Pourquoi j'ai pas fait attention ? Pourquoi je suis si bête ? J'arrive pas à me repérer. Dans une pièce, une vitre explose. J'entends les bris de verre tomber sur le sol. Je continue à marcher en m'appuyant. Mais ma tête me fait maaaaal !

— *Brave petit.*

Cette fois c'est pas un souvenir. Cette voix, je l'entends en moi. Elle me parle pour de vrai.

— *Tout va bien.*

La porte d'un bureau s'ouvre et un Sam tout comme moi est derrière. Il a le même visage que moi. La même taille. Le même corps. Au poignet, il a une smartclock qu'est comme la mienne. Il devait être malade lui aussi.

« Tout va bien. » dit-il sans ouvrir la bouche.

Il porte un bandeau sur les yeux. Pourtant, il me fixe.

« Nermin veut te récupérer. »

J'entends sa voix, mais il n'a pas parlé. Elle est directement dans ma tête, comme une pensée.

— Qui ?

« Maman. »

Maman ?

Il tend les mains et des ténèbres se referment sur moi.

Je hurle.

Sans rien pouvoir faire d'autre.

Myala, lieutenant de police

Cinq heures du matin. Réveillée par une alerte de Sherlock.

— Y s'passe quoi ?

— Un laboratoire attaqué, annonce la vieille IA.

— En quoi ça me concerne ?

— Vous êtes de service actif.

C'te blague…

De mauvais poil, je m'assois dans mon lit, perdue entre rêve et réalité. Des images d'Empenn me reviennent. Je devais rêver de leur salle machine, des pains de plastic que j'y avais déposés, avant le grand feu d'artifice…

L'adresse me parvient et me coupe de mes pensées. La vallée de Chevreuse.

J'appelle les autres, pensant les faire tomber du lit aussi. Mais il n'en est rien : « On se retrouve là-bas. » me répond Vince, du tac au tac avant de couper la comm. Asima aussi répond à la seconde.

« Tu es encore au QG ? »

« Oui. Je file un coup de main au sergent Ubwa… »

« Les bioserveurs ? »

« Oui… »

« Tu as dormi ? »

« Pas vraiment… »

« On en reparlera, mais plus tard. Pour le moment, mets un peu de matos dans mon véhicule d'inter et envoie-le-moi. »

« OK. »

« Repose-toi un peu, j'aurai besoin de toi. »

« OK. »

Dans sa voix s'entend un peu de crainte et elle a raison de s'inquiéter : je vais lui passer un sacré savon. Je n'apprécie pas que mes recrues se comportent de la sorte. Un agent fatigué est un agent néfaste pour ses coéquipiers et mon rôle est de prévenir les dangers auxquels ils seront confrontés à longueur de journée. Là, elle est en train d'en devenir un pour les autres…

Je préviens ensuite Diop qui, je l'imagine, commence par ingérer un bon repas surprotéiné avant de sauter dans son véhicule.

Enfin, je conclus avec le bleu.

Encore un peu embrumée pour le moment, je me lève, m'habille, sans prendre de douche, puis je vérifie l'adresse du laboratoire. C'est sacrément loin. Le labo appartient à une grosse boîte : ZeitKlonnen. Ça ne me dit rien.

Je prends le temps d'un café, histoire d'émerger un peu plus et je lance un morceau pour que la musique finisse de me réveiller tout à fait. Avant que le titre se termine, j'attaque ma seconde tasse. D'ordinaire, c'est le moment où j'ingère mon premier antalgique, mais je prends quelques secondes pour écouter mon corps. La douleur dans mes jambes n'est plus. Même les tremblements ont cessé. Reste l'habitude de prendre une pilule. Et l'envie. Le manque ? Heureusement que je n'en ai plus. À la place, j'avale mon café d'un trait puis je file me passer de l'eau sur le visage. Dans le miroir, mon visage fatigué me supplie de me reposer. Inutile de rêver, il faudra se contenter d'un peu de crème hydratante. Puis j'en viens à mes cheveux, incoiffables, comme à leur habitude. Une autre crème me permet de les détendre avant de leur donner une forme. Je termine par me laver les dents et voilà, le lieutenant est prêt à l'action.

Un tintement m'indique que le véhicule de la brigade est au bas de l'immeuble. J'enfile la ceinture munie d'un holster, dans lequel j'insère mon arme de fonction puis je passe ma veste de sécurité et quitte les lieux. Derrière moi, la porte de l'appartement se clôt automatiquement.

En bas, le véhicule est garé en double file, les gyrophares allumés.

Je m'y glisse.

— Allons-y en mode urgence.

La voiture démarre, allume sirènes et gyrophares, et je la laisse me conduire.

Ce matin le ciel est gris, comme toujours en cette période. Le soleil n'éclaire pas encore la chape de nuages qui surplombe la capitale. Une fois qu'il sera là… le gris sera plus clair.

— Sherlock, dis-je. Quel type d'attaque, au juste ?

— Armes lourdes, explosifs, un groupe très armé d'après les premiers relevés.

— Du matériel militaire ?

— Possible.

— Envoie-moi les photos satellites.

À leur vue, je constate les dégâts. Cette manière de tout détruire ressemble davantage à une attaque de mercenaires qu'à celle d'un gang de banlieue.

Mais depuis quand des mercenaires s'attaqueraient à des labos paumés en pleine forêt ?

Je traverse les bois à toute allure. Les troncs qui défilent forment une masse informe, opaque, marron. Le feuillage n'est qu'une coiffe verte fluctuante qui recouvre ce bloc monochrome. Puis d'un coup, les freins magnétiques s'enclenchent et le véhicule entame une décélération puissante. Tandis que la forêt s'éclaircit commencent à apparaître devant moi les premiers bâtiments du laboratoire. Du moins ce qu'il en reste…

Au lieu de me trouver face à plusieurs immeubles rutilants et bien entretenus, comme j'ai pu le voir durant mes rapides recherches sur les réseaux au début du trajet, je me retrouve face à des murs défoncés qui se sont effondrés sur la pelouse et ont laissé au-dessus d'eux des pans d'étages entiers brisés, défigurés.

Y a eu une sacrée baston ici…

Des conduites d'eau ont explosé, des geysers font pleuvoir des hectolitres de flotte sur les restes de béton et des lignes électriques sectionnées traînent au sol, crachant par à-coups de dangereuses étincelles. Autour, des arbres ont été soufflés. Pour atteindre un tel niveau de dévastation, il a fallu plusieurs explosions puissantes et de sacrées armes…

Mais je ne vois pour l'instant aucun impact de balle.

Trois robots militaires inspectent les lieux. Sur le parking sont garés les véhicules de l'Europolice. Ils sont reconnaissables à leur forme en dragée et à leur logo fédéral sur leur flanc. Deux hélicos de guerre effectuent également un survol de la zone, épaulés par des drones fédéraux.

C'est beau la coopération entre services…

Mon véhicule se gare à proximité de ce chaos. Dès que la porte s'entrouvre, je me dirige vers les feds qui gèrent l'intervention.

— On nous a appelés. On peut aider ?

— Comme d'hab, me répond un agent européen avec un ton un poil méprisant. On se demandait si ça venait d'un de vos gangs de tarés.

Je jette un œil aux dégâts. Vu du sol, je ne pense pas qu'un groupe de junkies réussisse un coup pareil.

— J'vais jeter un œil.

— Faites, faites, qu'il dit en me faisant signe de m'éloigner, histoire de ne pas les déranger dans leurs « vraies » investigations.

Premier constat, il n'y a pas d'odeur de gaz, ce qui est rassurant. Par contre, le parfum de la forêt m'envahit de suite : une odeur lourde d'humidité, d'humus, inhabituelle pour la citadine que je suis. Mais aucun bruit, ni piaillement, ni pépiement, comme si la nature avait cessé de respirer. Avant de poursuivre, j'attends que les feds coupent le jus et l'eau. Une fois la zone sécurisée, j'avance au milieu des décombres et effectue mes premières constatations : des murs, des bureaux, des ordinateurs, du matériel médical, ça ne ressemble pas à un casse. De près, je suis cette fois certaine qu'aucune arme n'a fait feu. Beaucoup d'objets sont déformés, pliés par une force surhumaine jusqu'à leur point de rupture. Ça ne pourrait pas être l'œuvre d'un bio : la puissance nécessaire pour provoquer de tels dégâts requerrait une recomposition musculaire telle que le bio en question n'aurait plus forme humaine. Ce n'est pas non plus l'œuvre d'un cyber : on retrouverait des impacts de coups, des cratères en forme de poings ou de pieds. Aucun débris ne porte ce type de stigmate. Il y a bien des traces d'explosion ici ou là, de type grenade ou pains de plastic, mais étonnamment peu si on compare aux dégâts subis par le site.

— Lieutenant !

Je reconnais la voix de Lynley.

— Décidément, le monde est petit, dis-je.

— Que s'est-il passé ici ?

— Si j'le savais.

— Ces labos travaillaient en toute indépendance, m'apprend-il. Ils ne font appel à aucun fournisseur, aucun sous-traitant. Rien n'y entre et rien n'en sort.

— Ils bossent sur quoi ?

— Clonage humain.

— Dans quel but ?

— ZeitKlonnen est l'une des rares boîtes bénies par l'Église trinitiste. Elle seule fournit des clones estampillés « bio » pour les croyants.

Les Trinitistes. Encore eux…

— Et ils font quoi, ces clones… bio ?

— Soins à la personne, accompagnement, ménage… des trucs du genre.

« Des trucs du genre », ça me fait également imaginer des services plus intimes :

— Du sexe ?

Lynley sourit.

— Où il y a de la chair, il y a du sexe.

La déduction me semble logique.

— Et la fédération laisse faire ?

— Aucune loi fédérale n'est à proprement parler violée, jusqu'à preuve du contraire, et l'Église jouit d'une influence certaine.

Tu m'étonnes, avec tous ces aristocrates européens qui se la jouent en mode « mon corps est clean ».

Je me tourne pour embrasser du regard les dégâts. Les bâtiments ont tous subi le même sort. Mais quelque chose m'échappe. Soudain, je comprends ce qui me chagrine :

— Où sont les employés ?

— Les drones les recherchent, justement.

— Comment ça, « les recherchent » ?

— Il y a normalement une bonne cinquantaine de personnes sur le site. Elles ont toutes disparu.

— Cinquante…

J'effectue un autre tour sur moi-même. Aucun corps, pas de membres, pas même la moindre goutte de sang. Comme si le site avait été évacué avant le gros du grabuge.

— Cinquante, que je répète.

Je fixe Lynley.

— Et les clones ?

— Là-bas, dans leur sous-sol.

— Il en manque ?

— Oui. Cinq.

— On sait à quoi ils ressemblent ?

— Ça, ça va vous parler.

Il déploie depuis sa smartclock un écran virtuel qui affiche un visage proche de celui de notre suspect. Difficile de dire s'il s'agit de la même personne, tant notre image était déformée, mais la ressemblance est suffisante pour être notée.

— Si j'ajoute votre client, ça ferait peut-être six clones dans la nature. Vous pensez comme moi ?

ZeitKlonnen, l'Église, l'influence au niveau fédéral, tout cela commence à dessiner un paysage plutôt cohérent. Je tique subitement en repensant à cet inconnu que le système de surveillance ne capte pas. Je m'apprête à le lui demander lorsque Lynley m'interrompt :

— Oui, ZeitKlonnen pourrait faire effacer ses clones du système de surveillance.

Bien joué, à croire qu'il lit dans mes pensées. Je m'apprête à ajouter qu'il va nous falloir interroger les dirigeants de cette entreprise lorsque des éclats de voix attirent mon attention. Je reconnais celle qui couvre les autres.

— On dirait que vos hommes sont arrivés, soupire Lynley.

— Tous mes hommes je sais pas, mais Vince, c'est certain.

Sam

Je suis dans un camion sans vitre. Un petit, genre pour les livraisons. Il est pas confortable. Il fait du bruit. C'est pas comme les voitures du TIAM qui sont toutes silencieuses. On dirait que le son vient de devant. Chaque fois qu'on va plus vite, il augmente. C'est comme une bête qui crie… Et quand on ralentit, ça se calme.

À côté de moi, y a du bazar. Papa aimerait pas voir ces papiers, ces gobelets et ces restes de repas. En face, y a mon jumeau au bandeau. Il m'a guidé hors de l'immeuble. Il connaissait les lieux. Puis on a traversé la pelouse. Des copains à lui balançaient des grenades. Mais ils n'avaient pas de pistolet. Ils se contentaient d'explosifs. Puis, à un moment, on a sauté dans la voiture. J'ai entendu d'autres véhicules arriver. Mais j'ai pas pu voir ce qui se passait.

« On s'occupe de tout », me souffle le garçon au bandeau, directement dans ma tête.

— Pourquoi on est pareils ?

« On est pas pareils. »

— Je veux dire, pourquoi on a le même visage ?

Il ne répond rien.

— Tu parles pas ?

Il ouvre la bouche et me montre sa langue. Elle est coupée.

— Qui t'a fait ça ?

« Maman. Pour que je sois meilleur. »

Maman a pas l'air si gentille que ça…

Ça dure un moment. On roule tout d'abord sur la route plate, puis ça devient chaotique. Puis franchement terrible. Ça remue beaucoup. J'aimerais m'accrocher à une ceinture, mais y en a plus. Alors je regarde comment fait l'autre pour pas tomber. Il se laisse remuer dans tous les sens, sans lutter. Tout en souplesse, il reste sur la banquette. Je l'imite. Je me cogne fort la tête. Je me raidis à nouveau.

Puis d'un coup, le camion s'arrête. La porte s'ouvre. Un homme habillé bizarrement m'ouvre. Ses vêtements sont tout sales. Abîmés. Il a de grosses chaussures. Il tend son bras et m'attrape. Il me tire à l'extérieur. Sur sa peau, y a des dessins et des écritures. J'arrive pas à lire. D'autant qu'il bouge vite. Dehors, ça ressemble à l'intérieur d'une gigantesque poubelle. Du bazar, des détritus, partout. Il me fait signe d'avancer vers plusieurs grands immeubles. Ils ont une mauvaise tête : on dirait qu'ils vont s'effondrer. Ils ont tous leurs murs percés de grands trous. Les vitres ont explosé depuis longtemps. Y a des dessins un peu partout. D'autres écritures aussi. Des trucs cochons. Et dans les trous, on voit l'intérieur des appartements. D'en bas, on peut reconnaître des meubles déformés par la pluie. Les papiers peints tombent. Et pendant qu'on approche, je vois des marques noires sur les murs. Ça ressemble à du moisi. C'est assez horrible comme endroit.

— Maman est… là ? dis-je, étonné.

L'homme aux yeux bandés me répond :

« Oui. N'aie pas peur. »

Ben si justement. J'ai un peu peur…

On passe par un trou. On se retrouve dans un appartement à moitié détruit. Les détritus du dehors entrent dedans avec le vent et à l'intérieur, cinq autres hommes sont assis sur un canapé qui a reçu des coups de couteau. Ils jouent aux cartes autour d'un bidon rouillé. Ils se chauffent avec un feu dans un second bidon, à côté. Ils fument de vraies cigarettes. Ça m'étonne parce que je pensais que c'était interdit. En tout cas, papa m'a dit plein de fois qu'il fallait pas le faire. C'était comme boire de l'alcool ou prendre de la drogue : fumer appartient à ces trucs qui abîment la santé. Qu'il faut surtout pas faire si on veut pas tomber malade.

J'hésite à leur dire d'arrêter. Ils me voient. Ils interrompent leur partie quelques secondes. Leur regard est bizarre. Entre le méchant et le méprisant. Je sais pas trop comment agir. Alors je me laisse conduire sans rien dire. Je baisse les yeux pour pas les fâcher.

On avance encore un peu et on rejoint l'escalier. En regardant l'entrée de l'immeuble, je vois qu'elle a été condamnée, autrefois. Avec des briques et du ciment. Du coup ça a obligé les nouveaux occupants à casser le mur pour entrer.

On descend. On arrive dans un petit couloir.

L'homme aux bras tatoués me fait signe de continuer. J'hésite. Il me pousse l'épaule. J'avance. Dans mon dos, celui aux yeux bandés me suit. Le couloir est en tout en béton. Des ampoules au plafond éclairent mal, mais un peu plus loin, y a une porte ouverte. Derrière, une lueur blanche brille. Très blanche.

C'est comme dans mon rêve, comme quand cette femme me parle…

J'arrive près de la porte. La lumière est si forte que ça fait mal aux yeux. Je suis obligé de les fermer un peu. Une silhouette s'approche.

— Bienvenue Sam.

Je reconnais la voix. C'est bien celle de mon rêve. Avec son accent et tout.

— Ça fait plaisir de te revoir.

Myala, lieutenant de police

— Qu'est-ce qui se passe encore ? dis-je en engueulant Vince.

Le vieux flic me considère, un peu surpris : je n'ai pas pour habitude de sortir de mes gonds et me voir hausser le ton comme ça éteint un peu sa véhémence.

— Il refuse de me laisser fouiner, lâche-t-il en s'excusant presque.

— C'est vrai ça ? demande Lynley qui m'a suivi de près.

— Il n'a pas d'insigne… se justifie le fédéral.

— And they don't crois me ! assure Diop qui a tenté, comme à son habitude, d'arrondir les angles.

— Vince ? dis-je, toujours en ébullition.

— C'est vrai, j'l'ai oublié au bureau…

— Il est avec le lieutenant, conclut Lynley.

Vince se rapproche, pas tout à fait calmé, mais honteux d'être coincé par les feds sur un détail aussi idiot.

— Oublié hein ? insisté-je. Rien que ça…

— Ça va. C'est quoi ce merdier ? dit-il pour changer de sujet.

— C'est justement ce qu'on cherchait à comprendre avant ton arrivée… Diop, tu peux inspecter les lieux ?

Le bio nous laisse, entamant son examen que je sais approfondi. Je l'envoie sur le terrain pour deux raisons : ses sens sont particulièrement développés et il est plus agile que nous avec nos prothèses. Il pourrait découvrir des éléments qui nous échappent mais surtout, il aura moins de chance de provoquer de nouveaux éboulements. En plus, s'il lui arrive quoi que ce soit, ses facultés de récupération feront qu'il sera rétabli dans l'heure. Ce qui est loin d'être notre cas.

De son côté, Vince croise les bras et se renfrogne. Derrière lui, le regard amusé des fédéraux le fout en rogne, et c'est très bien : je cherche à marquer le coup. Ces derniers temps, il devient de plus en plus ingérable. Je n'en suis pas à redouter la bavure ou le coup d'éclat de trop, mais bien l'insubordination qui nous vaudra à tous un joli paquet d'emmerdes et quelques années de service supplémentaires.

Alors une fois n'est pas coutume, je le recadre sans ménagement.

Il finit par s'avancer au milieu des décombres, penaud. Il commence à inspecter les lieux.

Je lui demande :

— Tes hypothèses ?

— Une force armée ?

Jusque-là…

« T'as une vision aérienne ? » demandé-je à Asima.

« Rien d'officiel. » laisse-t-elle échapper.

« Balance-moi un retour vidéo. »

Je tire de ma veste mes lunettes, les colle sur mon nez et ouvre une fenêtre dans mon champ visuel. La connexion s'établit. Des images apparaissent. Des photos. Vue du ciel, la destruction du site ressemble à une scène de guerre. C'est très chaotique. Mais en s'attardant, un immeuble semble avoir essuyé plus de dégâts. Si ça se trouve, les autres n'ont été touchés que pour masquer l'objectif de l'attaque. Et cette cible, ce serait bien sûr le bâtiment des clones. Les grenades n'étaient donc bien là que pour donner le change ?

J'indique l'endroit à Lynley. Il comprend de suite.

— C'était donc bien leur objectif, leur disparition n'est pas un hasard. Voler des clones, c'est assez rare comme démarche.

— C'est très risqué surtout, dis-je. ZeitKlonnen va sortir sa milice privée de la naphtaline pour les retrouver.

Derrière nous, Vince n'ajoute rien, mais je sens son regard peser sur mes épaules.

« Vince ? »

« Lieutenant. »

« Il te reste des contacts chez les feds non ? »

« Je crois pas. »

« Allez, je suis sûre que tu as au moins des indics ? »

« Hum. »

« Et si je passe l'éponge sur le coup du badge ? »

« P'têt' bien… »

« Quelqu'un en qui tu as confiance ? »

« Un peu. »

Je sens dans son ton une certaine gêne, ce qui est inhabituel. Je me rappelle du mystérieux coup de fil qu'il avait reçu, juste après la crémation de Mike, et de son ton étrangement doux.

« Une femme, hein ? »

« Ça ne te regarde pas… » lâche-t-il en confirmant ma supposition.

Je reprends sur un ton sardonique juste ce qu'il faut pour enfoncer le clou.

« Est-ce qu'elle pourrait vérifier les relations entre la fédération et ZeitKlonnen ? »

« Peut-être. »

« Hey, Vince. »

« Quoi ? »

« Qu'elle fasse attention à elle. Je trouve que cette histoire ne sent pas très bon. »

Vince ne répond pas, mais je devine qu'il tire la tronche.

— Je vais appeler des renforts, lâche Lynley, me coupant dans mes pensées. Va falloir passer tout ce bordel au peigne fin.

— Vous ne comptez plus sur vos drones ?

— Si. Abus de langage, pardon.

Confondre ses hommes et ses outils, effectivement, on peut parler d'abus…

Lynley se raidit d'un coup. Il écoute ce qu'on lui dit via l'iThink puis il grommelle quelque chose avant de se tourner vers moi.

— J'ai eu confirmation que le personnel a été évacué.

— On s'en doutait bien. Vous avez eu l'info comment ?

— Captation satellite.

— Des vidéos ?

— Plutôt une succession de captures.

— Elles éclaircissent ce qui s'est passé ?

— Pas tout fait. Après l'assaut et le départ des assaillants, plusieurs camions militaires ont débarqué. Des engins du début du siècle. Les employés ont été embarqués dedans.

— Les véhicules appartenaient à qui ? reprends-je.

— C'est encore un peu flou.

— Comment ça ?

— Je veux dire que les premières images sont de mauvaise qualité. Il nous faudra du temps pour décompresser les données haute résolution.

Diop m'interpelle via l'iThink :

« Lieutenant. »

« J'écoute. »

« I have accédé to a terminal not trop damaged. The five clones disparus étaient tous in adult phase. »

« Autre chose d'intéressant ? »

« Yep. En étudiant les cuves of croissance et their characteristics, I saw qu'il y a five types of clones. Those of intérêt were tous d'un specific type. They have une limited intelligence. »

Je suis sûre que ce n'est pas un détail. Qu'ils ont spécifiquement choisi ces clones-là. Me revient l'histoire des implants psychiques du bleu. J'élabore de suite une théorie selon laquelle les clones serviraient de cobayes à la mise au point de cette nouvelle technologie. Plus que des enfants, j'imagine ces formes de vie artificielles à la fois plus malléables psychologiquement, et certainement plus robustes, capables d'endurer les affres de l'expérimentation.

« Oh, and I have senti cette fameuse smell in the laboratoire au sous-sol ».

Bingo ! On dirait que tous les éléments du mystère commencent à s'assembler.

Je vois le véhicule de Lou arriver sur les lieux. Il claque rapidement sa portière et vient me retrouver :

— Paraît qu'il y a eu du grabuge, commence-t-il.

— On peut dire ça.

— Monsieur, dit-il à l'attention de Lynley.

— Capitaine Lynley, lui répond l'anglais en lui tendant la main.

— Lou Tagliano.

Le bleu se tourne vers moi :

— Je peux faire quelque chose ?

— Pas pour le moment.

À peine ai-je prononcé ces mots qu'une douleur refoulée s'amplifie en moi. Il s'agit d'un sentiment d'injustice qui m'étreint lorsque je suis moi-même injuste. Depuis le temps que je dirige une brigade, j'ai toujours pris soin de mes hommes, mais ce bleu, avec la technologie qu'il embarque, je n'arrive pas à faire à part des choses. Je reporte sur lui ma haine pour Empenn, pour la seule raison qu'il en est l'avancée technologique la plus poussée que je connaisse. Mais le pauvre gars ne m'a rien fait. J'essaie de me ressaisir…

J'inspire profondément et me tourne vers les laboratoires défoncés.

— Malgré les données satellitaires, nous allons continuer à chercher d'éventuels corps d'employés dans les décombres, précise Lynley.

— Hum, dis-je.

— Vous n'avez plus grand-chose à faire ici, ce type d'affaires concerne l'Europolice.

— C'est ce que je me disais. Tenez-nous quand même au courant des évolutions.

— Pourquoi cela ?

— Parce que j'ai l'intuition que notre collaboration n'est pas encore terminée.

Je rappelle Diop et Vince. Lou, à mes côtés, attend que je lui adresse la parole. Lynley, lui, se contente d'observer et de réfléchir.

— Très bien, faisons ainsi, conclut Lynley.

Nous nous saluons. Je quitte les lieux. Pendant que nous marchons, je transmets au bleu :

« La manière dont la peau de Chan a été arrachée : tu pensais à la télékinésie ? »

« Oui. » admet-il sans hésitation.

« Tu y crois vraiment à cette histoire d'implants psy ? »

« Oui. J'ai consulté des archives classifiées… »

« Convaincantes, j'imagine. »

« Clairement. »

J'hésite à lui dire que des docs, ça se maquille. D'un autre côté, sa certitude est telle qu'il est en passe de me convaincre. Je reprends :

« Et pour Émeline ? »

« J'envisage un scénario comparable. »

« C'est-à-dire ? »

« Je suis certain que le télékinésiste a pu provoquer toutes ces plaies avec son seul pouvoir. »

Mon iThink me connecte immédiatement aux bureaux.

« Asima, le rapport d'autopsie d'Émeline précise bien qu'elle a reçu des coups de poignard ? »

« Oui. »

« On sait combien ? »

« Pas vraiment. C'est plutôt vague. »

« Mais les entailles étaient profondes et variées. »

« C'est ça. »

« Lames tranchantes ? À dents ? »

« Le rapport est imprécis. »

« Pirate l'original. Celui sur les serveurs des feds, pas celui qui a été transmis à Sherlock. »

J'en reviens à Lou :

« Tu penses donc qu'elle n'a reçu aucun coup, mais qu'elle aurait plutôt été déchirée, petit bout par petit bout. »

« C'est ça. »

Je serre les poings et fronce les sourcils. Je doute fort que l'on nous ait transmis un rapport foireux par erreur.

Je rattrape Lynley qui furète dans les décombres et l'appelle :

— Capitaine, un instant s'il vous plaît.

— Oui ? lâche-t-il, surpris, en se retournant.

— Je voudrais jeter un œil au corps d'Émeline.

— Impossible, il a été incinéré.

Sam

Je me réveille dans un lit. Il fait froid, humide. Je me sens pas très bien. Fatigué. Et j'ai mal au crâne. Y a une lumière faible. Je me relève. C'est une veilleuse. Je regarde autour de moi, y a d'autres lits. Trois autres en plus du mien. Dans chacun, y a quelqu'un qui dort. Le plus proche de la veilleuse, c'est celui qui a un bandeau. Il est sur le dos. La couverture remontée jusqu'au cou. Il garde son bandeau même pour dormir. Qu'est-ce qu'il m'a dit ? Qu'il peut plus voir ? Ni parler ? Je me souviens plus.

Les deux autres n'ont l'air de rien avoir de spécial. Ils dorment sur le ventre. La tête dans l'oreiller.

Y a une porte au fond. Elle est entrouverte. J'entends des gens qui discutent. Je comprends pas leur langue. Mais leur ton est plutôt joyeux. Ça rigole, ça parle fort. On dirait une bande de copains.

Je sors mes jambes de la couverture. Je suis en jogging. Pieds nus. Devant mon lit y a des espèces de chaussons.

J'hésite à les mettre.

« Ce n'est pas encore l'heure. » me dit, dans ma tête, celui au bandeau.

« Comment tu arrives à parler dans ma tête ? »

« C'est mon pouvoir. »

« Papa m'a dit que j'avais un pouvoir. »

« Tu en as un. Comme nous tous. »

« Le mien, c'est de détruire les choses… »

« Je sais. Je t'ai déjà vu l'utiliser. »

« Ah bon ? »

« Mais tu t'en souviens pas. »

« Pourquoi ça ? »

« Parce que j'ai effacé ta mémoire. »

« Je comprends pas, comment tu peux effacer la mémoire ? »

« C'est aussi mon pouvoir. En fait, mon pouvoir est assez compliqué à expliquer… »

Je sais pas trop quoi dire. À part que papa me manque. Lui, il sait toujours comment m'expliquer les choses, comment me rassurer…

L'autre me dit :

« T'inquiète pas, c'est maman qui m'a dit de le faire. »

« Pourquoi ? »

« Maman dit que nos pouvoirs nous font peur au début. »

« Au début de quoi ? »

« Ben quand on les découvre. Quand on apprend à les utiliser. »

« J'apprends à les utiliser ? »

« Tu viens d'oublier trois jours. Et avant, les tests de plusieurs après-midi… »

Les trous, les rêves, c'étaient des restes de souvenirs ?

« Ça va ? » me demande l'autre.

« Je sais pas trop. »

« Pourquoi ? »

« C'était quoi mes tests ? »

Y a un temps sans rien, comme une pause. Puis il dit :

« Demande à maman. »

OK…

Les deux autres se retournent. Sur leur front, y a un numéro tatoué. Deux et Trois. Celui au bandeau me dit :

« Je suis Un. Je modifie les pensées. Deux et Trois sont comme toi. Ils font bouger les choses sans les toucher. Ils peuvent casser des trucs aussi. Mais moins que toi. Et toi, tu es Quatre. »

« Quatre ? »

« Oui. Et il y en a cinq autres qui viendront bientôt nous rejoindre. »

La porte s'ouvre. Maman entre. Elle est avec deux hommes musclés. Armés. Elle s'approche de Un.

— On va recommencer, qu'elle dit tout bas.
Il se redresse.
Tout devient flou.
Comme dans un rêve.
Sauf que maintenant, je sais que c'en est pas un…

Myala, lieutenant de police

Un peu avant midi, nous voilà revenus au QG. Nous établissons un rapport factuel sur ce que nous avons constaté. Conclusion : l'Europolice récupère l'affaire de l'attaque du labo, mais nous restons en contact. Sherlock valide tout cela, avec un temps de latence pire que d'ordinaire.

— Y a plus d'affaires que d'habitude ? que je demande à Asima.

— Non. Mais il est en maintenance.

— Et le Gardien ? demande Vince assis sur son bureau, les prothèses en charge.

— Il va bien, lui.

— M'aurait étonné, grommelle-t-il.

Derrière son nouveau bureau, le bleu repasse les vidéos satellites de l'incident. Vu des cieux, il est difficile de se rendre compte de ce qui s'est passé : trois véhicules arrivent. Un petit et deux gros. Des troupes sortent des deux gros et commencent à tout faire exploser. Jusque-là, ça va. Mais ensuite, ça devient plus brouillon. Les intrus regroupent le personnel. Les mettent en joue tant bien que mal. Pour finir, le petit véhicule repart en premier. Les deux autres restent un moment, puis ils s'en vont. Le personnel attend là, plutôt choqué, jusqu'au moment où les véhicules militaires viennent les rapatrier.

— Ça fait très « mercenaire » ce petit commando qui vient récupérer ce qu'il veut et qui s'en va.

— J'ai la confirmation que c'est le service de sécu de ZeitKlonnen, les derniers arrivés, intervient le bleu. Ils ont pris en charge les blessés.

— Tu tiens ça d'où ? s'étonne Vince.

— Des feds.

— Bon petit toutou…

— Ils vont étouffer l'affaire, affirme Asima.

De son côté, Diop profite du moment de calme pour satisfaire sa boulimie. Je le laisse reprendre des forces.

Asima s'écrie :

— Ça y est !

Nous la considérons tous un instant. Elle finit par relever le nez de son écran et nous dit :

— J'ai accès au robot légiste des feds.

— Dépêche-toi…

Elle télécharge les données puis consulte les analyses effectuées sur le corps d'Émeline.

— Ils ont les moyens, siffle-t-elle. Le nombre d'analyses sanguines, biologiques et chimiques est impressionnant.

— Quelque chose à en tirer ? dis-je.

— Les blessures n'ont pas été provoquées par une arme blanche. Elles sont profondes, mais leurs bords sont irréguliers. Le robot légiste a conclu à un déchirement des chairs.

— Un déchirement ?

— Comme si une force indéterminée était venue s'appliquer sur la peau et les muscles.

Je regarde le bleu. Son intuition tenait donc la route.

— Leur premier rapport était donc bidonné…

— On peut dire ça.

— Déconnecte-toi.

Je m'assois enfin et vérifie le niveau de batterie de mes nouvelles jambes. 98 %. Cette bioalimentation devrait être généralisée à tous les cybers. C'est si…

Le bleu s'approche et me chuchote :

— Je devrais aller voir le personnel de ZeitKlonnen. En les sondant, je pourrais en apprendre plus.

— Chaque chose en son temps.

— Vous ne pensez pas qu'identifier les responsables soit une priorité ?

— Si, mais pas n'importe comment.

— Comment ça ?

— T'auras pas un accès aussi direct aux témoins. La boîte t'en empêchera, tu imagines bien qu'ils sont déjà en train de verrouiller toute leur com. Pire, les feds sauront qu'on cherche à les prendre de vitesse et ça nous retombera sur le râble.

Il s'apprête à répondre, mais il finit par croiser les bras, peu convaincu et renfrogné.

Peu m'importent ses états d'âme : il n'appartient pas à la police comme nous, il n'est pas un agent sous surveillance, avec peine aménagée. Il peut changer quand il veut de brigade, de police. Démissionner même. Nous, nous n'avons pas d'autre choix que de servir. Et nous ne pouvons pas nous griller sans quoi nos années se rallongeront aussi vite que la planète se réchauffe.

Je m'approche et lui chuchote :

— Je te résume la situation : j'ai un homme qui s'est fait trouer la peau, des agents à peine gérables sous mes ordres, j'ai perdu mes jambes fétiches, j'ai un petit nouveau sur les bras, et ce petit nouveau, comme tous les bleus pense pouvoir tout révolutionner. Et par-dessus tout ça, j'ai l'Europ aux basques qui, à la moindre connerie, se fera le plus grand plaisir de nous renvoyer dans le congélateur. Rajoute encore à ce bordel deux psychopathes, dont un clone doté de pouvoirs psy, une boîte d'envergure fédérale, cinq autres clones disparus et un système de surveillance étrangement muet ; qu'obtiens-tu ?

— J'en sais rien, souffle-t-il, un peu sur la défensive.

— Une poudrière, Lou ! Une putain de poudrière. Qui n'attend qu'une étincelle pour provoquer une tempête de merde comme on en voit rarement au 36.

Il n'ajoute rien. Il écoute.

— T'as des capacités, c'est sûr. Mais pour l'instant, contente-toi d'observer et d'apprendre. On est plus à l'école ici. On est dans le vrai monde. Avec de vraies balles et de vraies emmerdes…

De vrais morts… Mon sang se glace.

Nom de Dieu !

Je me lève d'un coup. Je prends la direction du couloir puis fonce dans la salle d'entraînement. La salle est vide. Je la verrouille et opacifie les vitres.

— Intervention 08-2354T6-D !

La séquence réapparaît. Je la déroule rapidement. J'en arrive au fameux moment où Mike se fait cribler de balles. À cette fameuse hésitation. Se pourrait-il…

« Asima, tu peux récupérer un autre rapport du légiste ? »

« Ouep, mais pirater deux fois d'affilée les mêmes serveurs, c'est sacrément risqué. Tu cherches quoi, cette fois ? »

« Il me faut le scan du cerveau d'un cadavre. »

« De quel cadavre ? »

« Le tueur de Mike. »

Je la devine accuser le coup puis se ressaisir.

« Compte sur moi. »

Asima semble galérer un peu plus que la fois précédente. « Déjà de nouvelles contre-mesures, j'ai pas été assez discrète tout à l'heure. Je vais devoir brouiller les pistes pour que ça ne remonte pas jusqu'à nous. »

Après ce qui me semble être une éternité à imaginer défiler des milliers de lignes de code sur ses interfaces, l'info tombe enfin : une anomalie dans le lobe frontal. Difficile d'analyser plus finement ce qui ressemble à une petite tumeur, mais le doute est désormais là. Et si son tueur avait un implant psychique ? Et si cette hésitation dans son geste n'en était pas une ? Son tueur aurait très bien pu lui bloquer le bras grâce à la télékinésie…

Un vertige me saisit au moment où les conséquences de cette hypothèse s'emballent : et si l'expérimentation dont m'a parlé le bleu n'était que la face émergée d'un trafic plus important ? Et si des malfaiteurs se trimballaient *déjà* dans nos rues avec leurs implants psychiques ? Je tressaille. Sans cette info et la préparation nécessaire pour leur faire face, quelles seraient nos chances de les contrecarrer ? Pourrions-nous les arrêter, ou seulement survivre aux interventions ? Bien sûr que non, nous ne serions en définitive que la chair à canon des feds.

Bon, c'est déjà un peu le cas, j'avoue.

« Qu'est-ce que tu cherchais ? » demande Asima.

Je mens.

« Rien. Une intuition. Je dois vérifier un truc. »

Je remonte au bureau, et fais signe au bleu de me suivre. Ma nervosité doit être palpable, car à peine m'a-t-il rejoint dans le couloir qu'il me dit :

— Ça va pas ?

— Ton histoire de laboratoire turc en Tchétchénie, avec les expérimentations menées sur les enfants…

— Oui ?

— Ce sont les feds qui sont intervenus, c'est bien ça ?

— Oui.

— Tu te rappelles qui aurait mené l'enquête ?

Le bleu hésite. Il fouille ses souvenirs avant d'annoncer :

— L'agent Célanie Quesne, je crois bien.

— Elle est toujours en service actif ?

— Peut-être bien, pour ce que j'en sais.

— Tu la connais ?

— Non.

— On pourrait la contacter ?

Il plisse des yeux, essayant de deviner où je veux en venir.

— J'imagine.

Je pose ma main sur son épaule.

— Retournons maintenant auprès des autres. Nous avons des clones à retrouver.

Sam

Des voix. Un coup je les comprends, un coup je les comprends pas. Quand je les comprends, y a un accent bizarre. Mais ça va. Quand je les comprends pas, l'accent est plus fort. Les mots sont mangés. Prononcés vite. Mais c'est pas grave. On me parle pas vraiment. On parle avec numéro Un, celui avec le bandeau. Et il me traduit tout directement dans la tête.

Quand je regarde quelque chose, j'ai l'impression que tout est flou. Comme si j'avais des lunettes sur le nez. Et qu'elles sont sales. Ou qu'elles mettent un genre de distance entre moi et le monde.

Parfois, le monde disparaît. Quand je me réveille, les heures ont passé. Je me retrouve dans mon lit, avec d'autres vêtements. Je me demande où sont les cinq autres. Un est toujours là, lui. Deux et Trois vont et viennent. Je sais pas trop ce qu'ils font. Ils passent leurs journées dans d'autres salles, où ils partent dehors avec un ou plusieurs gros musclés. Puis ils reviennent, les habits tout sales. La figure fatiguée. Parfois, ils sont blessés. Et maman vient soigner leurs plaies. Mais c'est jamais méchant. Juste des égratignures.

Je me réveille une nouvelle fois. J'ai mal à la tête. Maman est là.

— Tu as été un gentil garçon.

Je sais pas pourquoi elle dit ça…

— Tu as bien travaillé.

Je vois pas de quoi elle parle. J'ai soigné personne. Pas depuis un moment. J'ai un peu honte d'ailleurs, parce que mes patientes doivent se sentir abandonnées…

— Tu as bien dormi ?

— Oui.

— Tu as mal au crâne ?

— Oui.

— Je vais te donner un médicament.

Elle se redresse et s'en va. Un sort de son lit et vient me retrouver. Il pose sa main sur ma tête. Et me parle directement dans mes pensées :

« Tu as assuré aujourd'hui. »

« Qu'est-ce que j'ai fait ? »

« Tu t'es occupée d'une méchante. »

« Une méchante ? »

« Maman possède une liste de méchantes qu'il faut punir. »

« Et je l'ai punie ? » dis-je.

Je cherche dans mes souvenirs, mais j'ai rien. Cette histoire de méchante, de punition, c'est la première fois que j'entends parler.

« C'est qui cette méchante ? »

« Y en a plusieurs. »

« Mais c'est qui ? »

« Des filles que maman veut punir. »

« Elles ont fait quoi ? »

« Elles ont pas besoin de soins. »

Je comprends pas où il veut en venir :

« Pourquoi on les soigne alors ? »

« On les soigne pas, elles nous utilisent pour leur plaisir. »

On aurait soigné des personnes saines ?

« Mais le travail, c'est de s'occuper de malades… »

« C'est ce qu'on nous a dit, mais la réalité est différente. »

Je pense à mes patientes. À leurs soins. À leur tristesse. Au bonheur que je leur apporte. Comment des gens ont pu en profiter par pur égoïsme ? Et pourquoi ? Pour quelques caresses qu'elles auraient pu avoir ailleurs ?

Tout ça me rend plus triste que fâché. Et je comprends le point de vue de maman.

« C'est quoi leur punition ? »

« T'es sûr de vouloir savoir ? »

« Bah oui. »

« Je peux te montrer. »

« Bah vas-y. »

Des images arrivent dans ma tête. Un salon. Y a des meubles tout neufs. Une décoration neutre. Sans bibelot. Une décoration d'hôtel. Je suis là. J'ai la main tendue. En face de moi y a une femme. Elle est noire. Un peu vieille. Elle porte une robe à réalité augmentée. Une de ces robes qui changent de couleur suivant son envie. Elle peut aussi afficher des informations. Mais là c'est pas le cas. Elle est juste bleue. D'un bleu profond. Un peu comme la mer qu'on voit dans les émissions.

La fille, elle bouge pas. Elle me regarde. Elle a les yeux grands ouverts. Elle se met à pleurer. Son maquillage coule. Puis de la morve coule de son nez. Ça la rend un peu moins jolie. Des images se superposent. Un monstre la remplace. Comme dans les histoires. Avec une tête horrible. Puis elle. Dans une cave obscure. Et à nouveau le salon. J'avance ma seconde main. J'écarte bien mes doigts. Elle ouvre les bras. Elle les tend. Ses jambes aussi se tendent. De nouveau le monstre. Elle. La cave. Le salon. J'inspire un coup. J'écarte les mains.

Ma poitrine est lourde.

Le monstre. Je l'immobilise. Puis elle. Sa robe se déchire. Et ses sous-vêtements. Elle est nue. La cave. Mes doigts se crispent. Ils dirigent mon pouvoir. Ils visent son corps. Des points précis. Le salon. La peau bleuit par endroits.

J'ai du mal à respirer.

Le monstre. La peau verte s'entrouvre. Se sépare du corps. Elle. Son sang noir commence à jaillir. Je me concentre sur les artères. La cave. Le sang noir du monstre vient recouvrir les murs. Le salon. Les objets colorés se recouvrent de noir. Le mobilier aussi.

J'ai l'impression qu'on m'étrangle.

Le monstre. La peau tombe devant lui. Mais ça ne suffit pas. Je déconstruis le puzzle. Les muscles. Les organes. Les os. Je les nettoie. Ils tournent tous autour de moi. Je les vois, les corrige, puis réfléchis. Un me susurre des trucs dans ma tête, dans ce souvenir.

J'ai la gorge en feu. Je veux crier, mais rien sort !

Les morceaux tournent toujours autour de moi. Et comme il me l'a demandé, je les pose sur le sol. Je les dispose avec soin. Parce que le puzzle doit être rejoué. Le squelette étalé de tout son long. Les organes au milieu. Autour, muscles et chair. Et partout, sur les murs, le sol et le plafond, le sang. Enfin, j'arrache le cerveau et le dépose derrière le crâne.

J'arrive plus… je vais mourir !

Elle. Ses morceaux. Dans son salon.

Je hurle !

Un se sauve dans son lit.

Maman revient avec un verre d'eau et un cachet.

— Tout va bien ?

Je respire fort. Vite. Je pleure un peu. Je sais plus trop quoi penser, quoi dire. La dernière vision, celle de la fille en morceaux, du salon, du sang…

— Quatre, tout va bien ?

Je respire encore trois ou quatre fois, avant de mentir :

— J'ai fait un cauchemar…

— Tu t'étais endormi ?

— Je crois bien.

— Tu dois être épuisé. C'est normal après un tel exploit… Prends ce médicament et repose-toi.

J'avale la pilule et bois l'eau d'un trait.

Maman me passe la main dans les cheveux. Elle me sourit.

— Un va s'occuper de ces rêves, chuchote-t-elle.

Sa main sur ma tête. Froide, désagréable. J'en ai des frissons. Je voulais découvrir maman. La connaître. L'aimer.

Mais maintenant, je suis pas sûr…

Pas sûr du tout…

Myala, lieutenant de police

— Je résume, dis-je en entrant à nouveau dans le bureau. Nous avons cinq clones volés dans la nature, avec un sixième qui est un vrai psychopathe, et tous sont vraisemblablement invisibles aux systèmes de surveillance.

— Les fédéraux pourraient pas lever cette option d'anti-traçage ? demande Asima. C'est de leur ressort, après tout.

— Non. Pour le moment, continuons à bosser dans notre coin. Trop de zones d'ombre : si cette fameuse option a été mise en place pour des clones sans existence légale, c'est que les feds en savent plus qu'ils n'en disent.

Vince acquiesce.

Je reprends :

— Nous avons épuisé les techniques à l'ancienne, comme le porte-à-porte, sans succès. Maintenant, on change de stratégie : Diop, tu vas suivre le trajet des véhicules des assaillants du labo jusqu'à ce qu'ils disparaissent des images satellitaires.

— OK.

— Ouvre grand les yeux, tous les détails pourraient compter et avec un peu de chance, ça nous mènera à leur planque. Asima, regarde si tu ne peux pas hacker les caméras parisiennes. Faudrait vraiment qu'on puisse détecter les clones avant que les brouilleurs des feds ne réécrivent les archives.

— Je m'y mets.

— Le bleu, tu vas m'accompagner au siège de ZeitKlonnen. On va tenter de les secouer un peu.

— OK.

— Vince, j'ai une mission « spéciale » pour toi.

J'accompagne cette déclaration d'un signe de tête pour l'inviter à me suivre.

Le vieux flic se redresse, interrompant la recharge de ses prothèses. Il me suit sur le balcon, et je referme la porte-fenêtre derrière nous.

Le bruit de la rue est relativement bas. Les moteurs ne chantent plus avec la même vigueur, seules les roues sur le bitume fredonnent encore et, sur les trottoirs, les voix des passants s'élèvent en un flot chaotique, qui s'interrompt et reprend, tel un ressac.

Je lui chuchote :

— J'ai un fichier à faire analyser par les feds.

— Tu comptes vraiment sur moi pour jouer les coursiers ? râle-t-il.

— Faut bien que tu serves à quelque chose.

Il sourit.

Je reprends :

— L'agent qui a bossé sur l'affaire du labo tchétchène s'appellerait Célanie Quesne. Ça te parle ?

Vince se braque comme si je lui avais planté un couteau dans la poitrine.

— Non, tente-t-il de mentir.

Mais sa voix grince. OK, je connais désormais l'identité de son « indic ».

Je lève mon bras et d'un geste, j'envoie l'IRM du tueur de Mike depuis ma smartclock vers la sienne. Un tintement vient confirmer qu'il l'a bien reçue.

— Demande-lui son avis.

— C'est quoi ?

Cette fois, c'est moi qui souris :

— T'occupe. Demande-lui juste son avis, ça devrait l'intéresser. Mais sois discret, hein ?

— Pourquoi ?

— Les feds sont aussi sur le coup et je compte pas me faire griller cette affaire.

— Des années de moins sur nos compteurs, c'est ça ?

— C'est ça. Si comme je le soupçonne l'info l'intéresse, il se peut bien qu'elle nous renvoie l'ascenseur à une autre occasion.

Sa mine se renfrogne un peu : il n'apprécie pas être manipulé. Comme personne d'ailleurs. Mais c'est de bonne guerre, je préfère qu'il n'en sache pas trop, de peur qu'il se retrouve en position délicate. Car Vince a une fâcheuse tendance à attirer la foudre.

— Je vais voir ce que je peux faire.

Nous en restons là. Il retourne dans le bureau, ramasse quelques affaires et s'en va. Je prends quelques secondes ici pour respirer. Face aux immeubles, au ciel gris et aux rues qui s'étendent devant moi, j'oublie un peu toute cette histoire, les crimes, cette tension qui augmente peu à peu, à mesure que tout se complique.

Je prends une profonde inspiration.

La fenêtre s'ouvre, le bleu me rejoint et me demande :

— On y va ?

— Ouais, dis-je. On y va.

Le véhicule de police roule prudemment. Nous ne sommes pas en intervention. Pas encore. Nous aurions pu nous précipiter, mais je ne souhaitais pas attirer l'attention. Bien au contraire.

Le bleu à côté de moi observe la rue. De temps en temps, il tourne la tête vers moi, il hésite à me poser une question. Je finis par perdre patience :

— Accouche.

Il baisse un peu la tête, comme s'il cherchait les mots en lui, ou comme s'il réfléchissait à la manière de formuler son interrogation :

— Entre l'Europolice et la police nationale, y a quoi exactement ?

— Entre l'Europ et les BCP tu veux dire ?

— Oui, les Brigades Criminelles de Police.

— De la méfiance.

— Pourquoi ?

— À ton avis ?

— La différence de statut ?

— Y a de ça.

— Tu peux m'en dire plus ? insiste-t-il.

Je soupire. Parler de tout cela m'ennuie, parce que je n'étais pas là : les changements que la police a connus sont survenus pendant ma congélation. Je n'ai pas vécu la fusion de la police et de la gendarmerie, prémisse à la destruction des forces de l'ordre. Je n'ai pas subi le démantèlement des différentes brigades, des groupes d'intervention. Je n'ai pas assisté aux manifestations dans les rues, aux affrontements, aux barricades, blessures et morts. Je ne suis « revenue » qu'après.

Tout cela, je le lui résume ainsi :

— C'est la fédération qui a décidé de détruire les polices nationales. L'objectif était de mettre en place une force qui soit commune à tous les États membres. Même réglementation, même organisation, mêmes pouvoirs et outils.

— Ça, je le sais, mais pourquoi y a cette méfiance ?

— La police fédérale a pas fonctionné comme prévu. Au lieu de simplifier la gestion des crimes, on s'est retrouvé avec des flics financés par des lobbies et dirigés par des politiques véreux, ou encore des industriels peu regardants.

— Des corrompus ?

— J'irais pas jusque-là. En tout cas, ça a fini par se voir. Affaires étouffées, criminels jamais arrêtés, enquêtes qui n'aboutissaient plus, on peut pas dire que la discrétion était leur plus grande qualité. Finalement, quand nos politiques se sont retrouvés face à ce constat d'échec, ils ont fait un peu de ménage. C'est alors qu'ils ont fait des feds une police plus *high level*.

— Ce qu'elle est encore aujourd'hui.

— Mais pour gérer la merde, ils ont préféré réinstaurer une forme de police nationale. Deux choix s'offraient à eux : recourir à des boîtes privées ou revenir à un système de fonctionnaires.

— Ils ont choisi les boîtes.

— Oui. Le système pénitentiaire était déjà privatisé. Sûrement qu'un entrepreneur a trouvé savoureuse l'idée de transformer des taulards désespérés en flics...

— C'est plutôt une opportunité, non ? lâche le bleu sans trop se rendre compte de la situation.

— Tu t'imagines ce que sont nos vies ?

Lou me considère. Il réfléchit, hésite.

— On est ramené à la vie après avoir purgé plusieurs années, OK ? Nos proches ont vieilli, ils ont déménagé, ils sont tombés malades voire ils sont morts. Les couples sont détruits, les enfants nous ont oubliés, parfois par obligation, d'autres fois par choix. On se retrouve comme des cons dans un monde qui a changé et dans lequel on doit se démerder pour survivre. On nous retape avec du matos pourri et on nous colle les pires enquêtes qui soient. Et par-dessus le marché, on a une IA qui nous flique H24.

— Dit comme ça.

— Et ce sont les feds qui chapeautent tout ce système, lui permettant d'exister et de perdurer. Ce sont eux qui contrôlent le Gardien, hein !

— Autant dire que ce sont les feds qui vous surveillent.

— C'est ça. Ils nous envoient au front, la main sur le bouton, prêts à augmenter nos années de servitude à la moindre merde. C'est d'ailleurs dans leur intérêt, si tu y réfléchis. T'en connais beaucoup, des flics qui ont fini leur « service » vivant ?

— Hum.

Le bleu reprend sa scrutation du paysage parisien.

Je conclus, un peu amère :

— L'Europolice a merdé, à sa création. C'est elle qui aurait dû subir les conséquences de ses conneries, pas nous.

— Pourquoi vous ne vous enfuyez pas ? Vous n'avez pas de charges explosives ou truc du genre dans le cortex, que je sache…

— Franchement. Pour aller où ?

Il m'interroge du regard. Pour le coup, je me demande s'il n'est pas un peu idiot.

Je reprends :

— Si le Gardien déclare l'un de nous hors-la-loi, tous les systèmes seront bloqués. Plus de TIAM, de bagnole, d'avion, de bateau, de smartclock, d'internet, enfin tu vois le topo. Pire, tous ces systèmes balanceront notre position à tout le monde. Et comme tous les autres flics se sentiront le droit de nous flinguer, y aura une grosse ambiance…

Il hésite à poser une nouvelle question. J'anticipe, me doutant de ce qu'il souhaite me demander :

— En effet, y a que pour nous que la peine capitale est autorisée. Que pour nous. La prochaine fois que tu penses vraiment qu'on profite d'une

« opportunité », réfléchis-y à deux fois. Ça évitera que Vince t'en balance une dans la tronche.

Je marque une pause avant de conclure :

— Voilà, tu sais maintenant pourquoi nous détestons les fédéraux et la plupart des instances européennes. Ils ont réinventé une forme d'esclavage sans véritable droit de rédemption, et le BCP en est le dindon de la farce.

Il soupire à son tour.

— Tu as déjà traqué un flic en fuite ?

— Jamais.

— Tu le ferais ?

— Tu crois vraiment que j'aurais le choix ?

Le bleu me considère quelques instants, puis il finit par baisser la tête. Je croise les bras et regarde à mon tour la route. Une pluie fine commence à perler sur le pare-brise.

Le siège parisien de ZeitKlonnen se trouve dans l'ancien quartier de la Défense. Le nouveau, qui est en cours de construction, sera un quartier aérien, dédié aux affaires des grands de ce monde. L'ancien se trouve près de la Grande Arche. Ce monument moderne qui se voulait être la réinterprétation de l'Arc de Triomphe, dédié à l'humanité, et qui au fond n'a été qu'un symbole économique dédié au capitalisme néolibéral. Immense tour de verres opaques, ZeitKlonnen s'est accaparé l'ensemble des bureaux de ce qui devait accueillir autrefois plusieurs dizaines d'entreprises.

Nous nous approchons. De suite, j'entrevois les systèmes de sécurité, et les deux vigiles qui surveillent l'entrée. Un homme et une femme, vêtus d'un costume noir dont on devine les renforts aux épaules et la présence d'un pare-balles ventral.

— Europolice, leur dis-je.

Je les examine de plus près. Pas de prothèses ni d'implants exubérants, nous sommes sans doute face à des vigiles bio-améliorés.

— On ne vous attendait pas, répond l'homme.

— On nous attend rarement, dis-je. Le bleu, montre ta plaque.

— Inutile, rétorque la femme, lunettes augmentées sur le nez. Le système a validé vos identités. Mais que fait un criminel-policier avec un fédéral ?

Merde !

Leur identification va jusqu'à interroger nos bases pénitentiaires... Inutile de mentir donc. Autant déformer la réalité : un demi-mensonge est toujours à moitié vrai.

— Une enquête conjointe, reprends-je. Vous nous ouvrez ?

— Qui souhaitez-vous rencontrer ? intervient l'homme, avec une pointe d'agressivité.

— Le responsable du site de la vallée de Chevreuse. Ou le responsable du responsable. C'est au choix.

Il n'aime pas mon ton et je n'apprécie pas le sien non plus. Il en faudrait peu pour que je perde mon calme, en cause : cette impression d'être méprisée par un lourdaud, qui doit s'imaginer qu'une femme ne peut pas lui tenir tête. C'est un de ces gars à qui j'adore balancer un shoot en pleines bourses. Entre nous deux, la femme et le bleu comptent les points.

La femme lève la tête avant d'acquiescer.

— C'est bon, vous pouvez entrer. Un robot va vous conduire. Mais veuillez lui laisser vos armes.

Nous acceptons, car après tout, dans ce genre d'endroit, les armes sont davantage verbales que physiques.

Sam

Maman est partie. Je pleure doucement. J'essaie de pas faire de bruit. Je veux pas que les autres m'entendent. Ils pourraient se moquer. Ou se fâcher.

Cette fille.

J'arrive pas à oublier.

Ses pleurs.

Le pouvoir.

Ce que je lui ai fait.

Le salon…

Un dit qu'elle était méchante. Mais elle avait pas vraiment l'air. Quand je suis monté dans le camion, je savais pas où j'allais. Puis j'ai cru que j'allais découvrir une nouvelle famille. Maman, les frères qui me ressemblent. Je nous ai vus tous ensemble, un peu comme dans les films. Manger à la même table, rigoler, des trucs comme ça. Puis je pensais reprendre le travail. Parce que c'est important ce que je fais. Mes patientes ont besoin de moi.

Cette fille.

Mais ça, c'était tellement horrible. C'était tellement pas ce que je veux faire. C'est tellement pas moi.

Ses pleurs.

Je lui ai fait trop… mal… Non, je l'ai tuée…

Son corps.

Pourquoi maman m'a demandé de faire ça ? Et pourquoi j'en ai pas de souvenirs ? Y a que Un qui se rappelle…

Le salon…

Un est avec maman ! Il fait pas que parler dans mon crâne. Il accède à tout ce qu'il y a dans ma tête. C'est ça son pouvoir ! Il efface tout ce qu'il veut, il me l'a dit…

J'essuie mes larmes avec le drap rêche. Je renifle.

Cette fille.

Je veux pas rester là. Je veux plus faire ce truc. Je veux plus de ce pouvoir. Je veux retrouver papa, et ma vie d'avant. Je veux retrouver mes patientes, mes soins, la douceur, les discussions, les sourires.

Ses pleurs.

Maman est méchante ! C'est elle que je devrais punir. C'est elle que je devrais découper comme un puzzle.

Son corps.

Elle et les autres frères. Et les gros hommes avec leurs armes.

Le salon…

Ils sont tous méchants. Ils veulent faire de moi un monstre.

Myala, lieutenant de police

L'agent de sécurité n'a pas menti. Une fois la porte franchie, un robot s'approche de nous. Sa forme est humanoïde pour sa partie supérieure, mais une roue gyroscopique assure ses déplacements. Arrivé à notre hauteur, une trappe s'ouvre dans son torse. Pas besoin de long discours, nous y plaçons nos armes de service.

Le robot nous invite alors d'une voix toute synthétique à le suivre.

— Ça change des agents d'accueil, fait remarquer le bleu.

Pendant que le robot effectue un demi-tour sur sa roue, j'en profite pour jauger le hall de l'immeuble. Le système de sécurité tout d'abord, avec ses caméras qui nous braquent, ses gardes à l'ancienne et ses portiques détecteurs de métaux. Nous passons délibérément à côté d'eux : nos prothèses les feraient de toute façon sonner inutilement.

J'imagine que derrière tous les capteurs qui nous épient se cache une IA de dernière génération. C'est d'ailleurs sans doute elle qui a révélé nos identités aux deux agents.

Le reste du hall fait plutôt vieillot : au sol a été posé un carrelage gris, composé de grandes plaques sans joint. Des fauteuils ont été placés ici et là pour aider les visiteurs à patienter. Leur cuir est abîmé, les pieds marqués par les nombreux déplacements qu'ils ont subis. Un meuble en mélaminé forme le comptoir d'accueil, beige, sale et usé. Dessus reposent trois téléphones multilignes, témoins d'une époque où des hôtesses travaillaient là. Des blocs-notes jaunis par les années contribuent à donner à l'ensemble une atmosphère antédiluvienne.

— On se croirait dans un musée, laisse échapper Lou.

— J'parie que c'est à l'image du DG…

Ce décorum peut laisser supposer que l'entreprise est dirigée par un vieillard, ou que ses années de gloire sont loin derrière elle. Nous en aurons bientôt le cœur net.

Seule note de modernité au milieu de tout cela, notre guide robotique qui nous mène à l'ascenseur, un modèle récent et sans doute onéreux. Finalement, je penche pour une entreprise dirigée par un vieillard…

Lorsque nous approchons, l'ascenseur s'ouvre et je me surprends à ne pas entendre ses gémissements, comme celui de notre QG. Celui-ci est manifestement entretenu. C'est sans doute idiot, mais son silence m'émerveille.

Nous entrons, l'ascension débute.

Pendant qu'il nous achemine à destination, j'enfile mes lunettes et je relis mes notes sur ZeitKlonnen. Entreprise ancienne, mais très attachée aux traditions. Paternaliste, familiale, elle ne sert depuis cinquante ans que les intérêts d'une unique famille : les Kühne. Au départ, l'entreprise mère ne s'occupait que de logistique, fournissant des services de fret maritime, aérien et ferroviaire. Puis elle s'est lancée dans la R&D. Dans un premier temps, les acquisitions de start-up lui ont permis de développer des véhicules de livraison autonomes. Dans un second temps, ils ont commencé à rêver de fret stratosphérique et ont travaillé sur un système de pilotage automatique secondé par un pilote biologique. Mais aucun pilote n'avait les capacités physiques suffisantes pour endurer les heures de vol, les temps de concentration et de repos, les besoins en eau, en oxygène, en alimentation ; c'est à cet instant qu'ils ont investi dans le clonage. Ils espéraient produire des pilotes optimisés pour seconder les IAs. Dix ans plus tard, cette activité est devenue leur cœur de métier, au point de changer le nom de l'entreprise.

L'ascenseur interrompt sa progression et les portes s'ouvrent à nouveau. Un étage entier, open space à l'abandon au fond duquel se trouve le bureau du patron.

Comme le hall d'entrée, la décoration est datée, les meubles désuets. En nous approchant du bureau, nous distinguons le vieil homme assis derrière. Ses cheveux blancs, coupés pour former un bol, virevoltent au-dessus de son visage creusé et de sa mâchoire large, toute germanique.

En dessous, son costume trois-pièces hors d'âge lui donne une certaine prestance. Il lui dessine des épaules plus larges qu'elles ne le sont : même assis, on devine qu'il est plutôt grand et fin. Mais ce qui retient mon attention est cette espèce de miroitement translucide de sa silhouette. Il n'est pas réellement là, ce n'est qu'une projection. Le véritable DG se trouve sans doute à des centaines de kilomètres d'ici.

— Bonjour, nous lance-t-il pendant que nous approchons. Mark Kühne. Responsable de la branche France de ZeitKlonnen.

Il parle sans accent.

— Que me vaut le plaisir de vous recevoir ? reprend-il.

— Vos labos de la vallée de…

— … de Chevreuse. Un étrange incident.

— Il nous faudrait en savoir un peu plus, dis-je.

— J'imagine.

Il soupire. Il tend son bras, si maigre que le costume semble reposer sur un cintre. Il attrape une canne et s'appuie dessus pour déplier péniblement ses deux mètres…

Mark Kühne commence à faire des pas incertains. Je jette un coup d'œil au bleu, qui semble prêt à intervenir en cas de chute. L'idiot. Il oublie qu'il fait face à un mirage…

— Nous avons cru comprendre qu'il s'agissait d'un centre de clonage humain, commence le bleu.

Belle initiative.

— Effectivement.

— Des clones de quel type ?

— Vous n'êtes sans doute pas sans savoir que l'Église trinitiste a formellement interdit les soins robotiques à leurs croyants. Ce serait pervertir leurs enveloppes charnelles et condamnerait leurs âmes devenues impures.

Avec le bleu, nous nous lançons un regard étonné. Kühne s'explique :

— De la surveillance des malades aux prélèvements, toute intervention technologique est proscrite, seuls des agents humains peuvent les prendre en charge.

— Humains ou simplement d'origine biologique, hein ? J'imagine que vos clones viennent contourner cette interdiction.

— Tout en répondant à la pénurie de main-d'œuvre qualifiée, ajoute Kühne, celle-là même qui pousse le reste de notre société à automatiser à outrance les soins à la personne.

— Vous sauvez le monde en quelque sorte, dis-je.

— Ne vous moquez pas, reprend Kühne. Les croyants ne souhaitent pas mourir, ou tout simplement souffrir, parce qu'il n'y a pas assez de soignants humains. Ils sont donc ouverts à toute forme honorable de compromis entre les nécessités et leurs croyances. Nous avons eu cette belle idée d'ouvriers clonés, et nous l'avons soumise au trio papal.

— Et ils ont accepté ? que je m'étonne.

— Naturelle ou artificielle, toute vie semble être légitime à leurs yeux, intervient le bleu.

Kühne acquiesce.

— Selon les croyances trinitistes, chacun d'entre nous est porteur d'une essence sacrée qui renferme ce qu'on appelle trivialement l'âme. Une part d'éternité divine contenue dans tout ce qui est biologique. Et exclusivement dans le biologique. C'est pourquoi l'homme ne doit pas se pervertir avec des subterfuges inorganiques, ou reposer sur leur assistance pour survivre.

Sa moue légèrement dégoûtée en détaillant mes prothèses et implants apparents ne me laisse aucun doute sur le sujet.

— Vous êtes vous-même croyant.

— Oui. Comme tout *homo europae* qui se respecte.

Homo europae ? Un club d'aristocrates européens qui s'estiment si supérieurs qu'ils se perçoivent comme une nouvelle branche, plus évoluée et intelligente, de l'humanité. Ces propos à la limite de l'eugénisme me donnent instantanément envie de vomir, ou de le gifler. Le sang afflue à mes joues. Je serre les dents.

— J'imagine que ma simple présence doit vous offenser, en ce cas.

Même s'il n'est pas réellement présent, Kühne s'abstient de me répondre, pour ne pas m'insulter.

— Donc, pour résumer, intervient le bleu pour nous faire quitter le terrain religieux devenu glissant, vous clonez des aides-soignants. Ils s'occupent de tous, sans distinction de religion ?

— Non, ils ne traitent que les patients trinitistes, corrige Kühne.

— Des malades ? réalisé-je soudain.

— Oui.

— Tous types de soins, ou ils ont des spécialités ?

Le vieux fronce les sourcils.

— Si vous faites référence aux cinq qui ont été volés…

— Enlevés, que je corrige.

— Non, volés : ce ne sont pas de vrais êtres humains, mais des produits technologiques nous appartenant. Ceux qui ont disparu, si vous préférez, devaient s'occuper de thérapie sexuelle.

— C'est bien ce que je pense ? s'étonne le bleu.

— Oui. La fédération a interdit ces soins il y a une vingtaine d'années de cela, principalement pour des questions morales. Vous vous en souvenez ? Peut-être pas, vous me semblez bien jeunes… Bref, c'était une période durant laquelle les Européens cherchaient à se redéfinir, à se reconstruire, beaucoup de choses furent prohibées pour retrouver une certaine « pureté ». Aujourd'hui, nous en revenons. Nous abordons plus rationnellement ce type de progrès.

— Et donc ? reprend le bleu.

— Nos recherches ont prouvé que les stimuli sexuels participent au mieux vivre des malades et améliorent leur récupération.

— Quelles formes de stimuli ? interviens-je, mal à l'aise.

— Tout ce que demanderait le patient, répond Mark, sans ciller. Caresses, baisers, rapports sexuels, l'offre de services est complète…

Je ne sais pas trop quoi dire. Le naturel et l'aplomb avec lequel Kühne nous déballe tout cela donnent un air de normalité à ces soins, mais quelque chose me dérange : est-il moral de donner la vie, même à des clones, simplement pour jouer le rôle d'esclaves sexuels ?

— Les SAM ne sont toutefois qu'en phase de tests, reprend le vieux.

— Les SAM ? demande le bleu.

— C'est un acronyme. On parle d'assistant sexuel médical. On s'est dit que les nommer SAM les rendrait plus… humains.

— Et combien de SAM errent dans nos rues ? dis-je.

— Seule une dizaine a déjà été déployée dans quatre capitales européennes.

— Combien à Paris même ? reprends-je.

— Trois sont actuellement en fonction. Nous préparions les cinq suivants, mais l'incident au labo de la Chevreuse remet en question le calendrier de mise en service.

— Ces clones ont-ils des particularités ? tente le bleu, soudainement inspiré.

— Non, ils sont fabriqués avec une apparence tout à fait banale, standardisée.

— Ils ont le même visage ?

Mark Kühne accuse le coup, sentant la question piège.

— Tout à fait. Mais ils n'ont aucun implant. Ils ne bénéficient d'aucune amélioration bio ou cyber. Aux yeux des Trinitistes, ils sont la pureté incarnée.

Mouais. Il a pas capté la vraie raison de la question, mais dans le fond, pour ma part, je ne saisis pas non plus le sens de leurs investissements.

— J'arrive à comprendre la pénurie de main-d'œuvre qualifiée, mais je me dis qu'avec le taux de chômage galopant, il aurait quand même été plus logique de former de vrais aides-soignants, non ? dis-je.

— L'avantage de notre solution, c'est la discrétion des soins et surtout qu'elle épargne à nos clients le jugement des autres…

— Quelle différence avec des employés tenus par des accords de confidentialité ? intervient le bleu.

— Disons que certains de nos clients ont des exigences sexuelles plutôt atypiques, et que nous préférons que cela reste dans leur sphère la plus intime. Outre l'illégalité de cette activité, de simples employés pourraient avoir la langue trop bien pendue, ce qui nuirait à quelques riches familles trinitistes si cela venait aux oreilles des médias. Ne pas savoir tenir un secret croustillant est humain, après tout.

— En quoi réserver ces « tâches » à des clones purement biologiques serait plus pertinent ?

Mark prend quelques secondes pour réfléchir. Il finit par ajouter :

— Nos clones ne sont pas tout à fait normaux. Leur cerveau a été modifié pour qu'ils soient à la fois plus doux, plus patients, et plus… malléables. Grâce à leur intellect plus limité, ils acceptent les demandes sans rechigner et sont conditionnés pour respecter la confidentialité de leurs clients.

— À quel point avez-vous limité leur intelligence ? interroge le bleu.

Le vieux semble prendre un temps de réflexion.

— Disons qu'ils ont la maturité d'un enfant de sept ans.

Nous échangeons un regard, avec Lou.

— Qu'on se comprenne bien, dis-je. Vous fabriquez des adultes avec des esprits d'enfants pour leur faire faire des trucs sexuels… C'est bien ça ?

L'hologramme de Kühne s'empourpre de colère.

— Résumé très partial et inexact. Nous produisons des aides-soignants doués de l'empathie nécessaire à tous types de soins liés au bien-être, alors qu'il a souvent été démontré que des employés humains sont souvent tentés d'exploiter la dépendance ou la vulnérabilité de leurs patients à leur profit. Nos clones sont efficaces, désintéressés et ne présentent aucun danger pour nos clients.

— Aucun danger, hein. Vraiment ?

Mark nous toise sans rien dire, agacé par mes insinuations. Il attend que nous abattions nos cartes. N'aimant pas le suspens, je reprends :

— Vous avez donc une dizaine de clones en service.

— Oui, c'est ce que je vous ai dit…

— Vous êtes en contact avec chacun d'eux ?

— Nous les surveillons activement.

— En avez-vous déjà perdu ?

Les yeux du vieux s'écarquillent.

— Pardon ?

— Avez-vous égaré des clones ?

— Vous plaisantez, pour qui nous prenez-vous ?

— Un de vos clones parisiens est pourtant suspecté dans deux affaires de meurtres.

— C'est du délire.

— Nous avons pourtant des enregistrements qui prouvent sa présence sur les scènes de crime…

— C'est rigoureusement impossible qu'il soit coupable aussi bien que…

Il s'interrompt. Il vient de lâcher le morceau.

— … que nous ayons pu l'enregistrer ? Oui, nous sommes au courant que vos clones ne sont pas traçables. Et pourtant, faut croire qu'on est plus malins qu'on en a l'air. Alors, je vous le demande une dernière fois : êtes-vous toujours en contact avec vos clones en service ?

Il effectue une nouvelle pause. La maîtrise de l'entretien lui échappe et se transforme en interrogatoire. Son œil remarque la petite lumière rouge de mes lunettes de réalité augmentée. Il sait qu'il en a trop dit et que tout a été enregistré.

— Oui, parvient-il à confirmer.

— Nous souhaitons connaître leurs emplacements.

— Ce n'est pas de votre juridiction, lance-t-il.

— Possible, mais c'est notre enquête. Et puis, cela pourrait faire de beaux titres sur les réseaux si vous ne coopérez pas, non ?

Je tapote les lunettes pour appuyer ma menace.

— Pardon ? s'étouffe-t-il.

— ZeitKlonnen et ses clones meurtriers. Qu'en dis-tu ? dis-je au bleu. Ça ferait un joli titre, non ?

— Ça cartonnerait, c'est sûr.

— Vous n'oseriez pas.

— Nous ne sommes pas l'Europolice, monsieur Kühne. Nous n'avons aucun accord de confidentialité avec vous.

Le vieux fulmine. Dans d'autres circonstances, il aurait coupé court à l'entretien et nous aurait fait foutre dehors. Mais là, il est coincé. On le tient.

— Que voulez-vous à la fin ?

— Faites réapparaître vos clones sur nos systèmes de surveillance.

— Non. Il s'agit d'une disposition tout à fait légale, appuyée par la fédération européenne qui cautionne la dissimulation de nos prototypes…

— Oui, mais là, non. Il nous faut impérativement pouvoir les localiser.

— Je ne vous y aiderai pas.

— Pourquoi ça ?

— Nous sommes l'entreprise la plus avancée dans le domaine du clonage sur le plan international. D'autres puissances étrangères aimeraient mettre la main sur nos technologies. Et pas par philanthropie thérapeutique.

Je tique.

— Vous parlez de quoi, là ?

— Nous avons déjà été approchés pour fabriquer des super-soldats. Nous avons refusé et continuerons à le faire tant que je serai vivant. Mais si nous autorisons le traçage de nos prototypes, n'importe quel concurrent peu scrupuleux finira par nous voler nos technologies et se lancer sur ces marchés que nous réprouvons. Étalez au grand jour les appétits sexuels de nos clients si vous le souhaitez, au risque de vous faire broyer par la fédération européenne qui vous renverra à jamais dans vos prisons cryogéniques. Nous reconstruirons notre réputation, nous l'avons déjà fait plusieurs fois au cours de la vie de cette entreprise. Nous nous en remettrons. Pas vous. Vous ne pouvez pas gagner ce bras de fer.

— Écoutez, Kühne, je sais que vous n'en croyez rien, mais des vies sont en jeu. Nous avons besoin de votre aide.

— Je ne peux rien pour vous. Au revoir.

Fin de l'entretien. L'hologramme de Mark disparaît.

Sam

« Tu combats les méchants ! »

Il continue de me raconter des histoires.

« Il faut protéger maman ! »

Ses histoires sont des mensonges.

« Il faut qu'on se cache ! »

Et tout ce que je vois n'existe pas vraiment.

« Parce que les méchants nous cherchent. »

Son pouvoir me mange le cerveau. Je sais plus quel jour on est. Je sais plus quelle heure. Est-ce qu'il fait jour ? Est-ce que c'est la nuit ? Dans cette chambre, impossible de savoir…

« Tu dois utiliser ton pouvoir. »

Je fais des choses. Je le sais. Je le sens.

« Tu dois combattre les méchants. »

Mais qui ils sont exactement ? Je vois des robots, des monstres qui viennent nous embêter. Et je les détruis. Puis après j'ai mal au crâne. Et maman me donne un nouveau médicament.

Alors Un revient. Il me chuchote des histoires. De nouvelles histoires. Avec plein de nouveaux monstres.

Je suis perdu…

Je pense à papa. J'ai tellement besoin de lui. J'aimerais tellement qu'il soit là, à mes côtés.

« Tu dois t'occuper de maman, maintenant. »

C'est faux ! C'est si faux ! Papa a toujours veillé sur moi ! Il est le seul dont je dois prendre soin ! Parce qu'il m'aime !

« Va dire ça à Deux et Trois. Et aux nouveaux : Cinq, Six et Sept. »

Mais combien on est, au juste ?

« Nous sommes une famille. Que des frères. »

Je pleure.

Je crie.

Je ne comprends plus rien.

Le monde et les rêves se mélangent.

Papa ! Viens me sauver !

AU SECOURS !

Myala, lieutenant de police

Nous quittons le bureau de Kühne, conscients d'être passés à côté d'une chance en or de prendre l'initiative dans la résolution des meurtres. On pensait le tenir, mais il nous a retournés comme des crêpes au moment de franchir la ligne d'arrivée. J'enrage !

La protection de ses technologies est une excuse qui s'entend, mais elle n'explique toutefois pas tout : s'il n'avait rien à cacher, il aurait au minimum proposé de collaborer en nous refilant quelques os à ronger quant à la localisation de ses clones.

Pendant que nous redescendons vers le hall, le bleu fixe le linoléum de l'ascenseur, le front plissé, bras croisés.

— Quelque chose va pas ? dis-je.

Il soupire. Il hésite.

— Balance ce que tu as sur le cœur.

— Cette histoire de prestations sexuelles, par des êtres qui n'ont pas la maturité de réaliser leurs actes…

— C'est assez glauque, oui.

— Ça reste à mes yeux une forme de prostitution contrainte, même si ces clones n'ont pas de statut juridique très clair. Je me demande si l'aide à la personne a toujours été leur premier argument et que la baise n'est venue qu'ensuite, par opportunité…

— Ou s'ils ont dès le début voulu créer des esclaves sexuels pour satisfaire les pulsions d'une poignée de personnes si riches et dépravées qu'elles finissent toujours par obtenir ce qu'elles veulent ?

Lou acquiesce.

— Bah écoute, Kühne est un homme d'affaires. Ça a dû faire partie de son business plan à un moment ou l'autre, j'imagine.

Le bleu soupire à nouveau.

— Pourquoi, ça te choque ? dis-je. Quand on fait partie des feds, c'est que sa famille gravite pas très loin de ces milieux privilégiés. La tienne devrait avoir entendu parler de trucs de ce genre-là, non ?

— En fait non.

— Quoi alors, t'es trinitiste ? J'y crois pas trop, avec ton pseudo-implant psychique.

— Non plus, non. Mes parents sont des gens très simples, et leur unique privilège est simplement de vivre dans une capitale régionale. Il n'y a pas que l'aristocratie européenne d'un côté et la plèbe de l'autre. Il y a tout un tas de gens qui n'ont rien demandé à personne qui se trouvent coincés à l'orée des deux systèmes.

— OK, OK, je m'excuse. Comment tu t'es retrouvé dans l'Europ, alors ?

— Connement. Mon père est un ancien militaire. Il voulait que ses enfants fassent carrière sous les drapeaux. Pour éviter que je ne traîne trop sur le terrain, on ne m'a laissé que deux choix : ingénieur en robotique, ou coordinateur d'IA.

— Et tu n'as choisi ni l'un ni l'autre ?

— C'est ça. Je ne me sentais pas de vivre dans des bunkers sur-informatisés.

Je regarde Lou d'un nouvel œil. C'est pas le type né avec une cuillère en argent dans la bouche que j'imaginais. C'est peut-être effectivement un futur fed, mais le genre qui préfère le terrain aux fauteuils moelleux. On aura tout vu…

— Je suis quand même étonné qu'il préfère un grand déballage public plutôt que de collaborer, reprend le bleu. Je ne l'imagine pas prendre de tels risques s'il ne joue pas pour plus gros derrière. Tu crois que Kühne sait pour les implants psychiques ?

— Peut-être, dis-je en me grattant la tête. Il a lui aussi pu consulter les systèmes de sécurité, les archives vidéo, ce genre de trucs. En gardant pour lui la localisation de ses clones, il se donne la possibilité de les récupérer lui-même. Avec les implants psychiques qui les équipent, si on a vu juste. Le vieux Kühne est peut-être en avance sur les technologies de clonage, mais je l'imagine plus à la ramasse sur le chapitre des armes high-tech. De quoi reprendre quelques années d'avance et de se faire un sacré paquet de fric en étant le premier à vendre aux superpuissances une armée de surhommes clonés.

— Ouais, ça tient la route, répond-il. Fait chier !

Je ris, en devinant la cause de sa frustration.

— Tu aurais aimé qu'il soit physiquement présent dans la salle pour le « lire », pas vrai ?

Lou grogne mais ne répond pas. Il réalise que son instinct de flic doit se développer autrement que par la technologie qu'il utilise. Je poursuis :

— C'est le fait qu'il n'ait pas du tout abordé le sujet des implants qui te met la puce à l'oreille, aussi ?

— Oui. S'il l'avait appris et n'avait pour autant aucune ambition sur le sujet, je pense qu'il nous aurait interrogés, ou au moins testés, pour jauger nos infos sur le sujet. Là, il s'est contenté de dresser un écran de fumée en évoquant une utilisation forcément choquante de ses clones.

— Le proxénétisme.

Nous récupérons nos armes. Au moment où nous sortons de l'immeuble, Lou ajoute :

— Et s'il y avait un laboratoire quelque part en ville, un du même type que celui des Turcs ? Ce serait plus pratique pour les criminels de s'implanter à proximité de l'usine qui fabrique les clones plutôt que de les exfiltrer à plusieurs milliers de kilomètres, non ?

— Hum, oui mais il faudrait de sacrés moyens pour fabriquer de tels implants, pratiquer les opérations chirurgicales nécessaires, etc. La consommation électrique à elle seule pourrait les faire repérer, sans compter le matériel qui aurait du mal à passer sous les radars de l'Europ et des administrations, tu crois pas ?

— Je dirais que le jeu en vaut la chandelle, me répond le bleu. Des groupes électrogènes, un bon réseau de contrebande…

— Tu as raison, je reconnais. Il faut que l'on continue à creuser. Pour l'instant, il nous manque trop d'infos : d'un côté, on a ZeitKlonnen, avec leurs clones qui ne sont pas que de simples assistants sexuels ; de l'autre on a au moins un clone avec des implants psy qui commet des crimes particulièrement violents. Reste plus qu'à trouver les sales types qui relient tout ça.

Le bleu lève un sourcil curieux. Je poursuis :

— On ne sait vraiment pas grand-chose, en fait.

— Non, nous ignorons le pourquoi de ces crimes et comment sont choisies les victimes. Mais on progresse.

— C'est ainsi que nous résolvons nos affaires : avec du temps, des discussions, des recoupements et parfois, un zeste d'intuition. Tout cela est bien loin des automatismes et des algorithmes de l'Europ.

Nous approchons du véhicule de fonction qui se déverrouille, et grimpons dedans.

— N'empêche, lâche le bleu, désolé d'y revenir. Utiliser des clones est déjà éthiquement discutable, limiter leurs capacités mentales pour mieux les asservir, c'est encore plus dégueulasse. OK ils sont artificiels, mais ils sont vivants et probablement sensibles puisqu'on leur a fait le don de l'empathie. Même avec la maturité d'un gamin de sept ans, ils doivent sacrément souffrir de ce qu'on leur impose.

— Dans le fond, c'est assez raccord avec le complexe de supériorité de Kühne.

— Comment ça ? Je ne vois pas le rapport.

— Tu as bien entendu son histoire d'*homo europae* ?

— Oui, mais je sais pas trop à quoi il fait référence. Il pense faire partie d'une sorte d'espèce à part ?

— Ça y ressemble. Une race de super-aristos, j'imagine. Et en Europe, quand un groupe d'individus s'estime appartenir à une race supérieure, ça finit toujours mal. Je ne suis donc pas surprise de la façon dont il traite ses clones, pas plus qu'il ne se soucierait d'écraser une fourmi ou d'arracher ses ailes à une mouche.

La voiture démarre, nous repartons. Pendant quelques minutes, le silence s'installe. Nous repensons à nos échanges, aux informations obtenues, aux zones d'ombre de notre enquête. Je finis par reprendre la parole :

— Si on veut progresser, il nous faut impérativement mettre la main sur le clone à l'implant.

— Justement, j'y réfléchis, répond le bleu.

— Tu as une idée ?

— Peut-être. On sait pas d'où ils opèrent, mais on sait qu'ils n'ont pas choisi les clones au hasard. Après tout, d'autres boîtes ont sorti des prototypes en cours d'expérimentation sur le terrain, mais j'ai interrogé les archives et je n'ai pas relevé un seul incident les concernant. J'ai même pu accéder à un listing des modèles concurrents sur le marché. Document confidentiel, mais pas classé pour autant, ce qui veut dire que les feds n'en masquent a priori pas la trace. Du coup, je me demande si les criminels derrière tout ça ne sont justement pas intéressés que par les modèles intellectuellement limités de ZeitKlonnen ? Peut-être que leurs implants sont mieux acceptés par les sujets dont le cerveau serait encore malléable ?

— Peut-être bien, oui. Quoi qu'il en soit, les sales types qui sont derrière tout ça savent pour les systèmes de surveillance. Ça veut dire qu'ils ont forcément un contact pour les rencarder, soit chez les feds, soit en interne chez ZeitKlonnen.

— Il faudrait qu'on accède à la base des employés de ZeitKlonnen, confirme le bleu. Mais s'il y a une protection fédérale, je suis pas certain qu'on nous y autorise.

C'est sûr.

Asima pourrait pirater la base, mais ça pourrait lui coûter cher. Vince pourrait peut-être tenter d'obtenir des infos via son indic, mais je ne sais pas qui est mouillé et qui ne l'est pas. Mieux vaut jouer la prudence. Je pense qu'une solution possible serait d'en parler à Lynley. Il a pas l'air d'être là pour étouffer l'enquête, au contraire. Ça vaut la peine de tenter le coup.

Pendant le voyage, j'enfile les lunettes de vision et me connecte à Sherlock pour faire le point sur les dernières affaires.

Je déroule sur mes verres le listing des homicides. Je filtre les meurtres violents, inexpliqués ou proches d'être classés sans qu'un coupable n'ait été identifié. Et il y en a pas mal, vu le faible taux d'élucidation de la police nationale…

La voix synthétique de l'IA m'informe qu'une trentaine de meurtres ont eu lieu depuis les dernières soixante-douze heures. Pas de quoi fouetter un chat, c'est dans la moyenne. Les graphes m'indiquent ensuite les statistiques par lieux, sexes, âges et origines sociales des victimes. Une dernière volée de données revient sur la manière dont elles ont été tuées. Enfin, à côté de chaque crime apparaît la probabilité de résolution estimée par Sherlock. D'ordinaire, un taux inférieur à 40 % entraîne le classement automatique de l'affaire. Entre 40 et 60, c'est à nous de juger, au feeling, car personne ne nous demande des comptes. Au-dessus de 60, nous les prenons forcément, car elles viendront gonfler nos stats de réussite, et qui dit « bonnes stats » suggère « moins d'années de service ».

Je demande à Sherlock de ressortir toutes les affaires datant d'un mois maximum. L'IA se met au boulot.

Je repose les lunettes, pensive, le cerveau en ébullition.

— Dis, m'interrompt le jeune, quand on retrouvera le clone, avec son pouvoir télékinésique, tu penses que ça se passera comment ?

Je repense à l'état du laboratoire de ZeitKlonnen.

— Forcément mal. Il nous faudra sans doute le tuer avant que ce ne soit lui qui le fasse.

Si c'est possible.

Le ciel parisien recommence à pleurer.

Sam

Maman. Médicament. Monstre. Tout tourne dans ma tête.
Et les nouveaux. On joue. On fait voler des trucs. On casse.
Et Un nous donne des rêves. Parfois chouettes. Souvent horribles.
Et on s'écrit nos numéros sur nos fronts. Je suis plus Sam. Je suis Quatre.
Quatre.
Quatre.
Quatre.
Maman. Médicament. Monstre. Tout tourne dans ma tête.

Myala, lieutenant de police

La voiture traverse la Seine. Le soleil disparaît à l'horizon et je me souviens. Il y a longtemps, nous pouvions observer l'astre se coucher et peindre le ciel de couleurs chaudes. Aujourd'hui, la chape de nuages masque ce spectacle pour ne laisser que l'obscurité se refermer sur la capitale. Les éclairages de la ville, allumés depuis un moment, augmentent leur intensité, donnant aux rues des teintes orangées.

Nous entrons dans le garage et descendons aux étages inférieurs. Nous nous garons et déjà j'anticipe le point quotidien avec la brigade : discuter avec tous mes gars pour collecter leurs idées et intuitions, passer en revue les avancées, lorsqu'il y en a. Car mon rôle, en plus de diriger ce groupe ingérable, est surtout de faire le lien entre eux. Ils ont tous un caractère très différent, et il est souvent difficile de leur faire partager leurs informations, ou jouer en équipe, malgré notre objectif commun qui est de résoudre des affaires pour réduire nos temps de service. Il me faut sans cesse les motiver, les coordonner et parfois les réorienter. Si Diop se laisse faire facilement, Asima et Vince n'en font la plupart du temps qu'à leur tête. Vince de manière franche et directe, ce qui est facile à gérer. Asima est plus dissimulatrice, ce qui la rend plus délicate à canaliser. En ce moment, par exemple, elle travaille sans compter sur la remise en route des bio-ordinateurs d'Ubwa, laissant en carafe les recherches que je lui ai commandées. Et elle sait que je ne suis pas dupe. Mais elle ne peut s'en empêcher : elle est incapable de ne pas relever un défi technique.

Ce côté chef d'équipe me va bien. Plus jeune, je préférais l'action, j'étais une gosse intenable, comme disait ma mère. Mais maintenant, je suis plus patiente, dans la diplomatie et l'analyse. J'ai mûri.

Le bleu prend la direction de l'ascenseur. Je me place à côté de lui. L'appareil arrive enfin, en grinçant, et ses portes s'entrouvrent avec difficulté. Ce qui me rappelle Ubwa.

— Tu vas rejoindre les autres, dis-je au bleu.

— Et toi ?

— Je vais faire un saut au sous-sol.

Le bleu acquiesce. Dans l'ascenseur, chacun appuie sur son étage.

Devant son établi, éclairé par une lampe de bureau à l'ampoule trafiquée pour éblouir deux fois plus que la normale, Ubwa travaille justement sur mes vieilles prothèses de jambes. Au sol, d'autres membres reposent. Brisés. Dépecés. Il a dû s'en servir pour réparer les miennes. Et derrière lui, un des bio-ordinateurs ronronne déjà. Je suppose qu'Asima est fière d'elle.

Ubwa promène une loupe au-dessus du genou gauche. Armé d'un fer à souder, il effectue quelques gestes précis, au rythme d'un album de jazz que je ne reconnais pas.

En même temps, le jazz et moi, c'est pas une folle histoire d'amour…

— J'étais pas censée être ta priorité ?

Il ne se redresse pas. Il se contente de râler :

— Je fais quoi, là, à ton avis ?

— Je remarque juste que t'as pris le temps de remonter l'un des bio-ordinateurs.

— Asima m'a filé les schémas. C'était rapide. Par contre, il n'est pas tout à fait fonctionnel. Elle doit encore bosser sur son code pour le ressusciter vraiment.

Il interrompt ses gestes quelques secondes, une petite fumée blanche s'élève du genou. Il repose ensuite le fer, attrape un torchon et s'essuie le front. Sans se retourner, il poursuit :

— Et tes nouvelles jambes ? Tout va bien ?

— Elles sont étranges.

— Besoin d'un réglage ?

— Non. Je pense que c'est moi qu'elles dérèglent.

— Comment ça ?

Il se retourne et me scrute de la tête aux pieds. Sans savoir pourquoi, j'ai les joues qui rougissent un peu. Honte ? Crainte ? Je ne sais pas. Mais je lui avoue ma gêne :

— Elles sont très féminines, non ?

Il sourit tout en jetant son torchon sur l'établi.

— Les prothèses cybernétiques ont tendance à changer notre vision du corps. On les voit comme des outils, parfois comme des armes, mais on oublie le plus souvent que notre corps nous définit tout autant que notre caractère. Ces jambes influent sur ta silhouette, ta façon de marcher et… ton sale caractère.

— Hum.

— Tu devrais peut-être les garder. Elles te vont bien.

— Et pour le taf ?

— Tu pourrais les changer de temps en temps. Comme des fringues.

L'idée m'intrigue. Je n'avais jamais pensé à remplacer mes membres suivant les circonstances. Une paire pour le service, une autre pour mon temps libre… J'y réfléchis, j'envisage le champ des possibles, lorsqu'il m'interrompt dans mes pensées :

— J'aurai fini d'ici trois jours, quatre au max.

— C'est plus que prévu !

— M'emmerde pas, elles étaient aussi plus abîmées que prévu. Du coup, je repars à la pêche aux pièces, ajoute-t-il en balayant du regard le capharnaüm qui l'entoure. J'ai pas ce qu'il me faut ici. Autre chose ?

— Non.

— Alors laisse-moi bosser, conclut-il sans méchanceté ni agressivité, juste avec son franc-parler.

Demi-tour, donc. Direction l'étage.

De retour dans le bureau, j'interpelle Asima :

— Au rapport, dis-je, la faisant sursauter.

— Diop parcourt les rues. Il interroge des indics, questionne les gangs, ce genre de trucs.

— Il cherche leur planque.

— Et des gars qui auraient vu passer les camions filmés par les satellites. C'est pas discret comme véhicule.

— Les vidéos n'ont rien donné ?

— Que dalle. Ils ont dû se planquer dans des tunnels, peut-être pour changer de véhicules.

— Ou prendre des chemins sans caméras. Fais voir leur dernière position.

Asima affiche une carte de Paris. Un point apparaît en surimpression, suivi de la photo de l'arrière d'un camion. C'est à l'est, près de la porte de Bercy, là où plusieurs ponts passent au-dessus de la route, jetant leur ombre sur toute une faune heureuse de prospérer à l'abri des regards. L'endroit est plein de camés. Les risques que ça dérape sont certains. Pour s'y rendre, il nous faudrait des renforts que Léonin ne sera sans doute pas enclin à nous donner.

Comme si elle lisait dans mes pensées, Asima ajoute :

— Une demi-douzaine de flics en civil sont avec Diop pour l'épauler, au cas où.

— Comment il a fait ?

— Chais pas. Son capital sympathie.

— C'est sûr que c'est pas Vince qui aurait réussi un coup pareil. À ce propos, il en est où ?

— Son dernier message disait qu'une certaine Célanie Quesne venait de mourir. En service. Son dossier est protégé, j'en sais pas plus.

L'annonce me laisse estomaquée.

— Merde… Sale coup ça…

— Tu la connaissais ? Tu veux que je me renseigne ?

— Non, pas pour le moment. reste sur les prios que je t'ai assignées. Et plus rien depuis ?

— Non, plus de nouvelles de Vince, confirme-t-elle.

Tellement habituel…

« Vince ? »

Pas de réponse via iThink. J'insiste.

« Vince ? »

Toujours rien. Je relance Asima.

— Et les drones ?

— Nous en avons réparé cinq. Ils survolent les rues et filment tout ce qu'ils peuvent, mais…

— Mais ?

— Ils ont pas une autonomie terrible. On doit faire une pause toutes les deux heures pour les recharger et la résolution de leur cam est…

— … pas terrible, j'ai compris. Comme tout notre matos.

J'en reviens à Sherlock. Cette fois les résultats sont plus fins. Pas moins d'une trentaine d'affaires m'attendent pour les éplucher.

Je me tourne, vérifie les différents bureaux et constate l'absence de Lou.

— Où est le bleu ?

— Il est en comm avec Lynley : un nouveau corps a été retrouvé.

— Dans Paris ?

— Oui.

— Une femme ?

— Oui.

Nouvelle victime, nouvelle chance d'en apprendre un peu plus.

Asima conclut :

— Il vient de me donner l'adresse.

— Balance-la-moi, on repart.

Au moment où je quitte le bureau, je vois Mamoudou qui entre dans l'ascenseur avec sa brigade. Ils ont l'air remontés.

— Vous partez en intervention ?

— On a une descente au programme, qu'il me répond.

— Bonne chance alors.

— On n'a pas besoin de chance, qu'il me lance au moment où les portes commencent à se fermer. On a du talent, nous !

Sa vanne m'arrache un sourire. À cet instant, le bleu repointe son nez à l'étage :

— Allons-y, dis-je en l'interceptant.

— Ah, t'es déjà au courant, parfait. Paraît que c'est pire que la dernière fois.

— Ça promet. L'Europ est déjà sur le coup ?

— Je sais pas, Lynley ne sera pas là, en tout cas.

— Pourquoi ?

— Il est toujours occupé par l'affaire du labo de ZeitKlonnen, encore à la recherche du personnel. En revanche, il nous demande de bien tout enregistrer et de ne laisser passer aucun détail jusqu'à ce que ses hommes arrivent.

— C'est donc qu'il nous fait confiance et que Kühne ne nous a pas grillés auprès des feds.

— Il faut croire.

Trois heures du matin. Nous arrivons à l'appartement-hôtel qui se situe en plein cœur historique de la ville. Depuis la fenêtre, nous aurions dû voir les halles, avec leur forme d'aile d'avion et leurs couleurs qui tirent sur le jaune en dépit de l'éclairage LED qui tente de les mettre en valeur. Sur le côté, on aurait pu apercevoir le mur de l'immeuble d'en face, les rues étroites et pavées, les rez-de-chaussée occupés par des boutiques. D'ordinaire, le quartier est animé, mais depuis le salon où nous nous trouvons, il nous est impossible de contempler quoi que ce soit par la fenêtre : la vitre est maculée de sang. Tout comme les murs, le sol, le plafond.

L'odeur est insupportable, mais nous ne pouvons pas encore aérer la scène de crime. Ou de boucherie, au choix.

La victime a été dépecée, le corps littéralement mis en pièces et déposé sur le sol, au milieu du salon. Organes, chair, muscles, os, tout a bien été positionné en ordre, comme pour nous proposer de reconstruire un puzzle macabre. Le cerveau a même été extrait de la boîte crânienne. Lorsqu'il l'aperçoit, le bleu s'en approche avec précaution. Malgré le dégoût qu'il peut ressentir, il s'accroupit et pose ses doigts sur les hémisphères visqueux. Il se concentre.

De mon côté, j'enclenche ma caméra de mission, sur mon torse. J'entends Asima déglutir au moment où elle découvre la scène. D'après le concierge électronique de l'immeuble, la femme qui logeait ici s'appelait Rose West, une Américaine de passage, 38 ans, noire. Elle venait passer ses vacances ici, rien de plus. Je réfléchis, je classe, je cherche. Rien ne colle a priori avec les autres meurtres, côté victimologie ou mode opératoire. Ce meurtre ne semble pas relié aux précédents, à l'exception de son auteur et l'absence de mobile apparent. Comme s'il y avait eu erreur sur la personne.

ZeitKlonnen...

Et s'il s'agissait d'une stratégie délibérée pour perdre les forces de l'ordre, nous empêcher de relier les meurtres les uns aux autres ?

La prostitution...

Peut-être que les victimes sont des clientes des services des clones en dehors de toute indication thérapeutique ? Rose de passage, Chan également, avec des goûts plutôt étranges et Émeline terriblement seule, ça pourrait coller.

Mais si tel est le cas, en fouillant les affaires non résolues, on pourrait remonter à d'autres crimes. Je vais demander à Asima de vérifier ça avec Sherlock.

Le bleu se redresse au moment où les robots légistes entrent dans la pièce. Dans le couloir, d'autres automates terminent de sécuriser l'accès tandis qu'une troupe de feds vient prendre en charge la scène de crime.

Lou se rapproche de moi et me chuchote :

— J'ai une piste.

— Du genre ?

— Que j'aimerais creuser seul.

— On laisse jamais un bleu tout seul.

Il se renfrogne. J'enfonce le clou.

— On est plus à l'école là.

Il acquiesce, nous partons.

De retour dans le véhicule, je reste focalisée sur ce potentiel lien entre ces crimes. Je dois en avoir le cœur net.

Sam

Quatre.

Je…

Quatre.

Dois…

Quatre.

M'accrocher.

Quatre.

À…

Quatre.

La réalité…

Quatre.

Mais où est-elle ?

Quatre.

Où commence-t-elle ?

Quatre.

Et surtout, où s'arrête-t-elle ?

Myala, lieutenant de police

Le lendemain matin, le réveil a sonné très tôt. Je me suis habillée en quatrième vitesse pour retrouver le bureau et depuis plus de deux heures, je consulte sur mes lunettes et mon écran toutes les affaires classées remontées par Sherlock. Des affaires d'homicide qui se suivent et se ressemblent : des hommes et des femmes, des malfrats, des banlieusards ou des Parisiens, avec des membres arrachés, des torses explosés, des têtes fendues en deux comme des fruits trop mûrs. Chaque fois, l'absence de mobile, de preuves ou la difficulté à identifier l'arme du crime a provoqué un abaissement du taux d'élucidation en dessous de la limite qui déclenche une enquête.

Un détail commun à tous ces meurtres ressort : on ne sait pas comment les corps ont été démembrés, les torses ouverts comme des fruits trop mûrs. Aucun flingue ne provoque de telles blessures. Des modifiés ou des cybers pourraient bien sûr arracher un bras ou défoncer une cage thoracique, mais dans un tel bain de sang que l'on retrouverait des morceaux partout, des empreintes de pas, ou au moins des traces autour des victimes. Pourtant, sur toutes ces images, on ne voit rien à l'exception des éclaboussures : les blessures sont presque trop nettes, comme commandées spontanément à distance.

La télékinésie.

C'est complètement dingue, mais si le bleu avait raison ? En repassant chronologiquement les images des scènes de crimes, je note toutefois une progression : les bouillies infâmes des débuts cèdent progressivement la place à des mises à mort plus propres et nettes. Comme si le meurtrier s'améliorait, contrôlait de mieux en mieux ses capacités. Les restes trop bien ordonnés de Rose West achèvent de me conforter dans cette hypothèse.

— Sherlock, tu as les identités et les historiques de chaque victime ?

Les photos des corps continuent de passer en arrière-fond tandis que les fichiers judiciaires apparaissent au premier plan. Identité, taille, poids, historique, tout est très complet. Pourtant, rien ne peut confirmer qu'ils aient eu recours aux services des clones.

— Sherlock, affiche une carte heuristique en incluant leurs contacts. Voisins, famille, collègues, amis. Tous ceux qu'ils fréquentent et avec qui ils auraient eu des différends judiciaires. Tu pourrais me représenter tout ça ?

Chaque dossier s'écarte en périphérie de mon champ de vision pour faire la place à de nombreux individus. En bleu, Sherlock met en évidence les rapports amicaux ou commerciaux. En rouge les tensions, les escroqueries, les rixes voire les tentatives d'assassinat. Les traits se superposent rapidement et dessinent une toile d'araignée complexe et peu lisible.

Difficile d'en retirer la moindre conclusion.

Autant demander à l'IA de bosser un peu, tant qu'elle est stable.

— Des relations plus implicites entre les victimes ?

Sherlock se met à mouliner. Tout d'abord, lentement. Les lignes se mettent à bouger, les unes après les autres. Elles brillent, dansent, avant de s'immobiliser tandis que d'autres prennent vie. Leur rythme s'accélère, ce qui m'inquiète un peu. Sherlock est une vieille IA, pas très stable. Un vieux coucou, quoi. Il faudrait pas qu'il me claque entre les doigts…

Les scintillements et les mouvements deviennent frénétiques.

— Il se passe quoi là ? s'étonne Asima, depuis son caisson.

— Comment ça ? dis-je.

— On dirait que Sherlock déconnecte tout le monde. Je me suis fait éjecter de ma propre session.

Aïe…

Les mouvements s'effectuent à une telle allure que maintenant, il m'est impossible de les suivre.

— J'ai besoin de cette analyse… reprends-je.

— Il va planter.

— J'espère pas.

Asima ne dit plus rien, mais je me doute qu'elle essaie d'alléger le fardeau de l'IA en coupant les processus non prioritaires. Je l'entends s'activer devant son écran virtuel.

Sherlock me déconnecte à mon tour. Je devine qu'il poursuit son analyse, mais il m'est impossible de savoir s'il maintient son rythme ou s'il est en train de bugger.

Et d'un coup, *black-out*. Plus aucune image sur nos écrans.

— Et merde ! s'écrie Asima.

Des cris d'étonnement montent des autres bureaux.

Je retire mes lunettes et regarde Asima tenter se reconnecter.

— Qu'est-ce que tu lui as demandé ?

— Une analyse d'interactions.

— Avec beaucoup de monde ?

— Oui… avoué-je.

— Sherlock n'est plus fait pour bosser sur de telles tâches. Sa mémoire est instable…

— Il faut le relancer ?

— J'suis dessus.

— Et mes recherches ?

— Effacées. Chaque reboot réinitialise tout.

— Et merde. Tu as accès aux logs ? Tu peux au moins me dire où il en était ?

Asima s'active à nouveau. Au bout de quelques secondes, des bribes d'informations s'affichent. Elle les considère, puis lance un de ses programmes pour rendre les logs compréhensibles aux cerveaux humains. Une nouvelle poignée de secondes passe, avant de conclure :

— Rien d'exploitable. Je dois rebooter Sherlock avant d'accéder aux dossiers.

— OK, OK. J'attends.

Plutôt que de rester sur ma chaise, je m'en vais au distributeur me payer une canette énergisante. Plus chargée qu'un café, plus sucrée qu'un gâteau, ces boissons vont ressusciter mon cerveau qui commence à fatiguer. Ou le détruire un peu plus, c'est selon. Et c'est même pas incompatible.

Le liquide glacé me saisit la gorge. Puis l'estomac.

— Lieutenant, me salue Mamoudou avec une voix trouble qui ne lui ressemble pas.

Il est en piteux état : fringues noircies, recouvertes de sang séché, percées par endroits, certains implants sont à nu, j'en déduis que son intervention a mal tourné.

— Une canette ?

— Ouais, OK… lâche-t-il.

Je sélectionne la même saloperie que moi, pour le remonter.

— Ça ne s'est pas bien passé, on dirait.

— Effectivement. On était attendus.

— Ça a chauffé ?

— Pas mal, oui.

— Et…

— Une embuscade, l'entrepôt était piégé avec des explosifs maison.

— Du peroxyde d'acétone ?

— Tout juste, mais pas que. Ils avaient de l'artillerie lourde, aussi. Des fusils-mitrailleurs russes.

— Pas de perte, j'espère ?

— Si. Nous ne sommes plus que deux. 348 et moi.

J'accuse le coup, mais je tente de conserver un ton le plus neutre et professionnel possible. Il a besoin de parler, mais pas de me chialer sur l'épaule. C'est pas le style de cet immense bonhomme. Je passe ma smartclock près du distributeur et la canette tombe.

— 348 ? C'est qui, déjà, celui-là ?

Ce surnom me dit quelque chose. Un pote à Mike, je crois. Mon estomac se serre à son souvenir.

— C'est notre contrôleur de véhicules. C'est d'ailleurs grâce à ses talents de conducteur qu'on a pu s'arracher, lui et moi.

Une fonction très proche de celle de Mike, notre pilote de drones… Pas étonnée qu'ils aient été potes. Il n'y en a plus des masses, en service, des fêlés comme eux.

— Maintenant, c'est entre les mains des feds, et j'attends le verdict du Gardien. La note va être salée pour moi.

Je pose une main sur son épaule métallique pour le réconforter. Encore des gars de la brigade qui rentreront pas chez eux ce soir. Entre chefs d'unité, on se serre toujours les coudes, dans ces moments-là.

D'un signe de la tête, je lui indique le distributeur. Il acquiesce et récupère sa canette, qu'il décapsule dans un *pschitt* sonore.

— Tu sauras quand, pour le Gardien ? reprends-je.

— J'en sais rien. Les rapports ont été envoyés à la commission pénale.

Il soupire, aussi conscient que moi que si la commission reconnaît qu'ils ont merdé, son service civique sera annulé. Le pire des cas de figure. En dehors d'une balle dans la tête, peut-être.

Il avale sa boisson d'un trait tandis que je sirote encore la mienne.

— C'est quoi la suite ? dis-je.

— La suite… J'sais pas. Remonter une brigade, j'imagine.

— Comment ça, « j'imagine » ?

— J'me sens usé. J'sais pas. On verra.

Il se détourne et remonte le couloir, me laissant seule. Je l'observe s'éloigner, repensant à Mike, à mes autres gars, aux séquelles psychologiques que peut laisser ce genre de pertes. De l'abattement à l'envie de tout foutre en l'air, du renoncement à l'action stupide. Difficile de dire comment Mamoudou va encaisser ce revers, mais au regard de ses épaules voûtées, de sa démarche lente et vaincue, je le sens proche de baisser les bras. Au point d'abandonner pour retourner en cryo ?

Je termine rapidement ma boisson et une fois jetée dans le robot poubelle, je retourne vers mon bureau. Asima y œuvre toujours, tentant de ressusciter Sherlock en compagnie des hackers des autres services, et de ce qui reste de notre service informatique : un vieux techos déjà à la retraite qui continue à bosser pour nous, on se demande pourquoi, au lieu de se la couler douce à la campagne.

— Ça s'annonce comment ?

— Moyen. Une partie des serveurs a cramé.

— Il peut redémarrer malgré tout ?

— Il peut. Mais beaucoup de datas ont disparu.

— Des dossiers courants ?

— Quelques-uns, et des archives, aussi.

Je soupire.

— J'imagine qu'il y avait des sauvegardes.

— Oui. Mais Sherlock a passé des années à les compiler pour atteindre son niveau intellectuel. Il a appris en lisant, analysant et comparant toutes ces affaires, les résolues comme les plus foireuses. Si on parvient à le faire revenir, il aura sacrément régressé avant d'apprendre à nouveau.

Un sacré coup dur, qui pourrait mettre un coup d'arrêt à plusieurs de nos enquêtes.

— Il lui faudra analyser à nouveau toutes les vieilles affaires, lui renvoyer tous les derniers dossiers, et patienter le temps que son esprit d'analyse s'affine suffisamment pour nous être utile. Même si son réseau neuronal n'est pas trop amoché, il pourrait y en avoir pour des mois.

— Fait chier. Manquait plus que ça.

Je jette un coup d'œil dans le bureau :

— Il est où encore, le bleu ?

Asima lève les épaules pour m'indiquer qu'elle n'en sait rien.

Et merde…

Sam

Quatre.
Sam.
Quatre.
Papa.
Quatre.
L'école.
Quatre.
Mes patientes.
Quatre.
Mes soins.
Quatre.
Mon appartement.
Quatre.
Ma vie.
Quatre.
Moi.
Quatre.
Sam.
Quatre.
MOIIIIIIIIII !

Myala, lieutenant de police

Je tourne en rond. Je me sens inutile. Il est presque seize heures et nous n'avons pas avancé. Mon intuition me laisse penser que le ou les tueurs délaissent les clients sains des clones pour s'en prendre à ceux qui ne recherchent que des services sexuels. Parce qu'ils souhaitent des cobayes dans la meilleure forme possible pour entraîner leurs pouvoirs psychiques ? C'est tordu, mais tout prend sens, sous cet angle. Faute de pouvoir confirmer ces suppositions, je me retrouve à attendre que nos meilleurs bidouilleurs retapent Sherlock.

Asima alterne les lignes de codes, les comm avec les autres hackeurs du QG, tout en jetant des coups d'œil aux drones qui parcourent la ville. Je n'ai toujours pas d'info de mes gars. Personne ne répond à mes appels, que ce soit Diop, sur le terrain en zone hostile, Vince qui se trouve je ne sais où, et le bleu qui s'est éclipsé sans se soucier de mon approbation.

La brigade a éclaté et mes hommes jouent leurs cartes chacun en solo. J'imagine que le Gardien tente de les suivre et enregistre chacune de mes tentatives de contact. Je l'imagine également prêt à me tomber vicieusement dessus si l'un d'eux se faisait tuer. J'écoperais à coup sûr d'une faute grave : au moins cinq ans supplémentaires par flic perdu.

Je repense à Mamoudou : dans son malheur, il a eu la chance de ne pas être jugé responsable de la perte de ses hommes, pas de faute, mais des pertes tout de même. Reste à savoir si son service actif sera maintenu.

De son côté, Asima est trop occupée à remonter l'un des serveurs cramés pour bosser sur l'affaire. Si j'ai bien compris, chaque hackeur de la base s'occupe d'au moins une machine. D'ici quelques heures, ils auront accompli le tour de force de rétablir notre vieille IA, c'est sûr. Mais dans quel état ?

Je me connecte aux drones. Je ne vois que ce que leurs caméras embarquées captent. Des rues parisiennes dans lesquelles les TIAM se succèdent, avec leur forme d'œuf. Des passants arpentent les trottoirs, bravant la pluie, et quelques robots-livreurs filent à toute allure, des colis plein leurs entrailles. Je saute d'un appareil à l'autre, changeant d'arrondissement, sans m'arrêter sur les monuments de la capitale : pas le temps de faire du tourisme. Ces vieilles pierres n'ont de toute façon jamais revêtu un grand intérêt à mes yeux. Certes, Notre-Dame est splendide, surtout depuis sa restauration qui l'a vue revenir à son état d'avant l'incendie de 2020. La tour Eiffel ? Un magnifique ouvrage, OK, et puis ? Une fois vue, on passe à autre chose. On quitte ces œuvres monumentales pour retrouver notre petite échelle à nous, bien humaine, avec nos proches, nos amis, nos collègues… nos amours et surtout nos emmerdes.

Un mouvement insolite attire mon attention. Je zoome dessus. Il s'agit d'un bio, un agent que j'ai croisé, d'une autre brigade. Il court sur les toits des immeubles, malgré les trombes d'eau et la présence de nombreux panneaux solaires. Il progresse très vite. Ses enjambées au-dessus des modules photovoltaïques, ses sauts par-dessus les ruelles, lui donnent un air d'acrobate. Il se penche pour s'appuyer sur une cheminée, pousse sur ses bras pour se propulser un peu dans les airs et ramener ses jambes devant lui. Ses pieds se posent sur des tuiles et le voilà qu'il tend sa main droite pour se saisir du fronton. Sa course oblique vers le nord et il s'élance à nouveau par-dessus une ruelle, le corps droit, les mains tendues, prêt à attraper le parapet de l'immeuble suivant. Force, souplesse, sens décuplés, récupération supérieure, ces agents bio disposent d'une panoplie de facultés qui surclasse les cyber…

Il est si déterminé, se livrant à fond, qu'il provoque en moi une sorte de culpabilité : je ne peux pas rester là à ne rien faire. Ne pouvant creuser les fichiers ni consulter les archives, je me retrouve à devoir changer de stratégie :

— Asima, je retourne sur le terrain.

Elle relève la tête, surprise.

— Je vais commencer par rechercher Vince. Je n'aime pas son silence radio.

— OK, acquiesce-t-elle, tout aussi méfiante que moi.

— Une fois Sherlock opérationnel, dis-lui de libérer les résultats de ma dernière requête.

Elle acquiesce, les yeux déjà repartis sur son écran virtuel.

Je devine qu'elle m'a écouté d'une oreille distraite et qu'elle a enregistré mes ordres pour ne pas perdre le fil des opérations. Ça ne me choque pas : je connais sa précision, sa volonté de bien faire et surtout, ses trous de mémoire. Ils ne sont pas courants, mais ces derniers mois, à force d'être sur plusieurs dossiers en même temps, je l'ai vue commettre des erreurs inhabituelles. Sans parler de burnout, je la soupçonne de se mettre une pression de fou.

— Je te tiens au courant, que je lui dis tout en glissant mon flingue dans son holster.

Direction le garage. Le bleu a pris ma voiture. Il reste en revanche celle de Mamoudou, une bagnole civile, crasseuse et percée de quelques trous de balle depuis qu'elle est revenue d'intervention. J'active la communication iThink.

« Mamoudou, je peux t'emprunter ta caisse ? »

« Fais-toi plaiz, ce soir je cuve… »

J'enfile mon pare-balles, ma veste d'inter, le pantalon renforcé et mes chaussures de sécu. Me voilà repartie.

L'historique des déplacements de Vince dessine des arcs de cercle dans Champigny, avant de repartir par le sud, droit vers Bonneuil. Je prends les choses dans l'ordre et je suis ses premiers pas. Je traverse la capitale pour rejoindre la banlieue, tout d'abord Vincennes, dans le véhicule banalisé prêté par Mamoudou. Cette antiquité est à essence, elle fait un bruit pas possible et elle doit crachouiller dans l'air des fumées interdites. Et je dois passer les vitesses manuellement. J'ai l'impression de retrouver les années 2000, ma jeunesse. Le bon vieux temps, en somme.

La pluie s'interrompt quelques instants, et ça fait du bien de pouvoir conduire ce taudis roulant tout en pouvant voir au travers du pare-brise.

Champigny donc. La ville est devenue une zone tampon, frontière naturelle avec, d'un côté, la capitale culturelle et policée, et de l'autre, les banlieues, sauvages et abandonnées. Les immeubles ne tiennent debout que grâce à des renforts de béton plaqués sur leurs murs. Les ravalements ont éclaté et laissent entrevoir les briques nues. Certains parpaings fendus laissent pénétrer l'eau par leurs interstices, détrempant les appartements jusqu'à l'insalubrité. Les vitres aussi, parfois, se sont fait la malle. Les habitants résignés les ont remplacées par des planches, des morceaux de meubles usagés, ramassés ici ou là. Sur les balcons, des véhicules monoroue et d'autres gadgets électriques, bâchés, se tiennent à l'abri des vols grâce aux barbelés placés sur les garde-corps ou les caméras de surveillance. Étonnamment, aucun propriétaire ne semble avoir cédé à la tentation de poser des armes de tir automatiques. Car ici, tout fleure l'abandon, la violence, la défiance.

Je roule au pas, avec prudence. Au sol, le bitume est fendu. Des traces de crémation succèdent à des impacts de balles. Sur les trottoirs, les ordures s'amoncellent entre de pauvres types qu'on s'imagine être des vétérans brisés, tout droit sortis d'antiques films de guerre. Des groupes de gamins traînent dans la rue, et ils ne sont pas mieux lotis. Ils exhibent des moignons de membres découpés, parfois rapiécés avec du matériel qui ferait honte au sergent Ubwa. Bien que ce dernier reconnaisse se fournir au milieu des déchets de la capitale, il ne sélectionne jamais ce genre de prothèses, le plus souvent brisées, parfois à peine fonctionnelles. Il est trop perfectionniste pour ça. Ou trop bon bricoleur. Ce qui en dit long sur le dénuement de la population locale. Un peu plus loin, des robots brisés pourrissent au milieu de détritus. Plus loin encore, des groupes de femmes difformes apparaissent. Elles squattent aux pieds d'immeubles en piteux état, transformés en hôtels de passe. Ici, la crasse et les maladies règnent sans partage.

D'un coup, l'une des nanas m'interpelle puis s'approche. Le visage à moitié cybernétique, les cheveux argentés, des yeux trop brillants pour être naturels et des tatouages luminescents qui partent du cou pour descendre sur ses seins en plastique : elle ressemble à un panneau publicitaire qui aurait passé trop de temps dehors. Elle le sait et c'est pour ça qu'elle se drape de soie, pour masquer ses parties non biologiques que l'on devine malgré tout, rien qu'à sa claudication qui la fait légèrement basculer sur le côté lorsque son pied gauche touche le sol. Les implants asymétriques, y a pas mieux pour se flinguer le dos, les hanches… Je la plains, mais elle s'en fout probablement. Sa priorité est davantage d'attirer l'attention, pour alpaguer le chaland, ramener du fric. Survivre.

Je ralentis et ouvre la vitre.

— On t'a jamais vue par ici, mignonne, qu'elle me lance. Tu es perdue ?

— Je suis de passage.

— Comme nous toutes, chérie. Tu veux qu'on en profite ?

— Pas vraiment non, dis-je, en repensant à la dernière fois que quelqu'un avait mis les mains sur mon corps.

C'était quand déjà ?

— Dommage.

— Tu trouveras bien un client, que je lâche pour la rassurer, sans trop savoir pourquoi… par politesse peut-être.

— T'es le deuxième étranger à me rembarrer aujourd'hui, répond-elle en riant. Mais c'est compris, je vais me contenter de mes habitués.

— Un autre gars qui s'est perdu est passé par là ?

— Ouais, un vieux con, mal branlé. Il cherchait Spud. Il avait que ça à la bouche. Où est Spud, où est Spud, même quand j'lui ai proposé de le sucer, il arrêtait pas.

— Et c'est qui, Spud ?

— Le dealer de programmes hallucinogènes, tout le monde le connaît ici.

De la drogue virtuelle. Ça peut être intéressant. Je décide que c'est le moment de jouer un peu la comédie.

— Il crèche où, ce Spud ?

— Ça ma cocotte, ça se paye, rétorque-t-elle en faisant glisser lascivement un doigt synthétique sur ma joue.

Et me voilà à filer des ronds à une pute reconstruite, histoire de mettre la main sur un programmeur dont le business est de dérégler vos capteurs sensoriels et perturber vos ondes cérébrales. Et pourquoi, enfin ? Juste pour suivre mon intuition, en espérant que l'autre étranger du jour était bien Vince.

— Tu le trouveras dans le parc du Tremblay.

— Le parc… Il est grand. Je fais comment pour trouver Spud ?

— T'auras qu'à suivre l'un de ses zombies, tu pourras pas le louper.

Je la salue, avant de reprendre la route. Je quitte l'avenue je-sais-plus-quoi, pour attraper la D4. Malgré la largeur de la rue, les immeubles en partie effondrés rendent la progression délicate, d'autant que des véhicules incendiés traînent sur la chaussée. Des bandes en train de chahuter traversent mon champ de vision. Des jeunes, purs ou cybers mélangés, sans doute armés, mais trop occupés par leurs propres affaires. Ma voiture se marie bien avec leur décor, ils ne me prêtent aucune attention.

Je prends à gauche, avance jusqu'au mur qui encercle le parc. Je roule au pas, cherchant un endroit où me garer, observant les passants…

C'est quoi, au juste, « un zombie » *?*

J'arrive au niveau d'un parking, lui aussi parsemé d'épaves, de bagnoles au capot ouvert, sans doute volées pour pièces : portes absentes, coffre brisé. Posées sur des parpaings, elles se décomposent sous les trombes d'eau qui s'écoulent des cieux, tandis que les mauvaises herbes commencent à leur grimper dessus. Dans certaines, j'aperçois des sacs de couchage. Tandis que je me gare, je scrute ces sacs. Rien ne bouge. Méfiante, je vérifie mon arme, son chargeur, le fait qu'il identifie bien mon empreinte palmaire. RAS. Je sors.

Les nuages s'obscurcissent encore et les odeurs mêlées d'humus, de bois et d'herbe se font envahissantes.

J'avance jusqu'aux grilles du parc. Des gars zonent par là. Leurs regards me braquent, me pressent, puis m'évaluent.

Je perçois des bribes de conversations :

— Et là, le mec, il a descendu Tiem. Comme ça, ajoute-t-il en mimant la scène avec deux doigts. Pan, une balle dans la tronche !

— Et les autres aussi, y en a pas un qu'était debout.

— Il a de la chance qu'on était pas là, cet enfoiré, sinon on l'aurait crevé.

Style direct et expéditif. La conversation me laisse malheureusement deviner l'auteur de ce nettoyage.

J'approche sans leur adresser un mot. Le visage figé. Au premier geste, je dégainerai sans sommation. Leur discussion meurt à mesure que la curiosité à mon égard monte. Je progresse avec la même allure, très sûre de moi. Faut dire, après la mort de mon père, ma mère pouvait pas payer l'école privée – c'était après que les politiques ont bradé les services publics sous prétexte de laisser le privé construire un avenir meilleur et des services plus efficaces. Au final, je me suis retrouvée dans une école minable, remplie de gamins surexcités et sous-socialisés, qui tenait plus du zoo ou de cour des miracles qu'autre chose…

C'est là que j'ai appris à me battre et à rendre aux mecs leurs regards.

Bref, je connais ce genre de lascars. Pris à part, ils sont discrets, voire lâches. En bande, ils sont clairement dangereux.

Au moment où je les dépasse, ils s'interrompent pour me fixer. J'ai la mâchoire qui se serre malgré moi, les muscles contractés et la respiration bloquée. Je ne détourne pas les yeux, préférant les surveiller grâce à ma vision périphérique. Je les laisse là, comme si je n'avais pas remarqué leur présence. Ils tombent dans le panneau de ma fausse assurance. Dès que les conversations reprennent, je me détends un peu.

La pluie recommence à tomber.

À droite, le parc se déroule avec de petites collines qui bloquent la vue. À gauche, des jeux d'enfants décatis. Sur les structures, de pauvres hères sont assis. Quatre silhouettes, sexes indéterminés, à cette distance. Ils fixent le sol. Leurs cheveux sont longs, mais laissent par endroits des plaques vierges. Leurs membres fins, presque sans muscles, tombent le long de leur corps. Faute de manger, leur torse s'est refermé sur lui-même, comme si leur estomac les avait dévorés de l'intérieur. Leurs jambes ne sont plus que des lignes qui les relient au sol, ultime contact avec la réalité, lien qui s'efface dangereusement.

Ce doit être ça, des zombies.

Sam

« Quatre ? Quatre ? Comment tu vas aujourd'hui ? »

Laisse-moi.

« On a une mission, Quatre… »

LAISSE-MOI !

« Un méchant s'approche. Un monstre horrible. »

SORS DE MA TÊTE !

« Viens Quatre, on va s'occuper du méchant. »

Myala, lieutenant de police

Comme leur nom l'indique, les zombies ne sont ni tout à fait vivants, ni tout à fait humains. Ils ne bougent que peu. C'est pourquoi mon observation dure un moment. Je n'avais pas fait le rapprochement sur le coup, car chez les flics, on surnomme ces pauvres types des *bio-cpu*. Mais c'est vrai que zombie leur va aussi comme un gant : leur état d'hébétude, ou plutôt de déconnexion intellectuelle, est tel que les secouer ne servirait à rien. Leur unique activité est cérébrale : pour payer leur drogue virtuelle, ils louent leur temps de cerveaux à des bio-hackeurs qui utilisent leurs capacités cognitives pour attaquer des systèmes de sécurité, craquer des codes ou pirater des appareils connectés. Aucun système de traçage ne peut se dépêtrer des labyrinthes synaptiques du cerveau d'un zombie, et en rassembler des centaines en clusters permet de s'attaquer aux grandes boîtes fédérales, pour leur extorquer des infos, revendues à prix d'or sur le marché noir.

Ceux-ci semblent occupés, pour le moment. J'attends que l'un d'eux se réanime et qu'il se mette à errer jusqu'à Spud pour obtenir sa dose. Je reste contre le tronc d'un vieux sapin, cherchant à me protéger des hectolitres qui s'écoulent sur le parc. Mes pensées vont et viennent, voguant de Mike aux victimes, revenant à Vince et à Spud, repartant vers les clones aux pouvoirs flous et au bleu. À ses histoires d'implants psychiques. Ce truc invraisemblable, mais bien réel. Je n'arrête pas de me dire qu'il nous faudrait aussi des agents de ce type, parce que si un seul psy peut réduire des corps à l'état de puzzles, comment espérer l'arrêter ? Y a qu'à voir Diop : nous autres cybers sommes déjà largement dépassés depuis l'avènement des implants bio.

Cette course à la technologie m'effraie un peu : au début, lorsque j'ai commencé comme flic, il était surtout question de résoudre des crimes, de s'appuyer sur la technologie pour obtenir des informations permettant de confondre les coupables. Aujourd'hui, c'est devenu une course à l'armement qui fait que le travail ne consiste plus à « résoudre des affaires », mais à « affronter des criminels ». Car un criminel ne souhaite jamais être appréhendé. Ces nouveaux implants vont les rendre infiniment plus dangereux, et nous on restera incroyablement à la traîne.

Serons-nous aussi obligés de nous faire greffer ces trucs psy ? Parce qu'il nous faudra bien rester dans la course, si on veut survivre…

Un zombie se redresse enfin, coupant court à mes réflexions.

Son torse effilé prend appui sur ses jambes longilignes et sa tête se tourne, puis ses épaules, faisant pivoter le reste de son corps, donnant l'impression que seul son esprit dirige son être. Puis les jambes se mettent à se mouvoir, par des mouvements lents, très souples, entraînant ses bras dans une sorte de danse élastique. Le zombie quitte les jeux pour enfants et traverse le parc.

Je le suis.

Il déambule lentement, chaque geste qu'il accomplit est empreint de faiblesse et je m'attends à ce qu'il s'effondre, terrassé par la malnutrition. Mais non, il poursuit son chemin, telle une marionnette aux fils rompus, se mouvant par la seule force de son addiction.

Il contourne une butte, suit le chemin de béton percé par des racines et continue vers les terrains de basket. Les paniers ont déserté les lieux depuis des lustres, mais les grillages qui les délimitent tiennent bon, eux. Par endroits, des menottes remuent au gré du vent. Je me demande comment elles ont atterri là. Elles provoquent en tout cas un tintement lugubre, rythmé, presque hypnotique. Au centre de l'aire de jeu, une masse de métal et de plastique couverte de pluie accroche la lumière.

La silhouette décharnée fait le tour de l'enclos et entre par une ouverture correspondant au portillon depuis longtemps arraché. En m'approchant, je distingue mieux, au milieu du terrain, un véhicule du TIAM. L'œuf électrique a perdu de sa blancheur. Il a également été largement bidouillé. Par endroits, des câbles y pénètrent, la carrosserie ayant été grossièrement travaillée pour les accueillir. À l'arrière, là où devait se trouver le coffre, se dresse une baie serveur pleine de matériels informatiques. Des bouts de tôles protègent les machines des intempéries. D'autres câbles, de différentes couleurs, relient les briques électroniques les unes aux autres. Pour le moment, je reste au niveau du grillage, méfiante. C'est à cet instant que je remarque du sang, mêlé à des restes de chair, sur les menottes. Si le trafic rapporte, il amène aussi pas mal d'emmerdes, apparemment.

Le zombie contourne le TIAM trafiqué. Une fois à sa hauteur, il ouvre ses mains et tire de sous sa peau un connecteur réseau qu'il insère dans un des serveurs. Il télécharge son shoot.

J'entre à mon tour sur le terrain. Je m'approche de la voiture, une nouvelle fois très tendue. Sans m'en rendre compte, ma main glisse le long de ma hanche pour venir se poser contre la crosse de mon flingue. D'un geste devenu habituel, je déclipse le scratch qui le maintient dans le holster.

Arrivée à un peu moins de deux mètres, la vitre s'abaisse. Derrière, une tête chauve aux yeux très ronds et creusés, me scrute. Ce visage est décharné, dévoré par une folie qui l'a consommé avant de le pourrir de l'intérieur. L'être qui se tient là-dedans n'a plus grand-chose d'humain…

— Qui es-tu ? demande le type à la peau livide, presque transparente, d'une voix sifflante, étouffée par un asthme mauvais.

— Une touriste. Je cherche quelqu'un.

J'approche encore. Je parviens à entendre sa respiration douloureuse de presque cadavre.

— Spud, je suppose ? que je lui demande.

— Ouais.

— Fournisseur et consommateur…

— Nul n'est parfait. Accouche.

— Vince.

Il ne réagit pas. J'aurais dû m'en douter.

— Dans les un mètre quatre-vingt, deux cents kilos, carré, brun grisonnant, vieux, un cyber plutôt violent.

— Je vois, reprend le souffreteux. Il cherchait des infos.

— Il les a obtenues ?

— Avec violence. Il a éclaté deux firewalls.

— Des firewalls ?

— Mes gardes du corps.

— OK. J'imagine que c'est bien lui. Il cherchait quoi ?

— Tout ce qu'il a appris est dans mes serveurs.

— Ne rêve pas. Je me connecterai pas.

— Alors tu ne sauras rien, souffle-t-il en ouvrant plus encore ses yeux dont le blanc s'avère injecté de sang.

Dans son regard de petite merde se lit l'envie de me détruire, de faire de moi une de ses poupées. J'apprécie l'attention, mais le piège est trop gros.

Je dégaine mon arme et vise la baie.

— Je connais une experte, elle aura pas de mal à extraire les infos de ces stockages, même HS. Alors parle, si tu veux continuer ton petit business.

Ses yeux rétrécissent et entrent un peu plus dans leurs orbites. Ils se plissent et me braquent telles des armes. Je dois me magner, car il a dû appeler des renforts.

— Bonneuil, qu'il lâche avec difficulté.

— Ça je sais. Mais le coin est grand et dangereux. Faudra être plus précis.

Il soupire et de ma position, j'entends le mucus qui lui emplit les poumons rouler et grailler de sa poitrine jusqu'à sa gorge.

Il hésite.

Je n'en démords pas.

Il attend un peu. Il cherche à gagner du temps.

— Le port, qu'il lâche.

— Y a quoi là-bas ?

— Paraît qu'un groupe de nouveaux s'y amuse.

— Des nouveaux ? Sois plus précis.

— On a vu des camionnettes traverser la décharge et depuis, c'est animé…

— Dis-m'en plus.

— Paraît que, parfois, des objets volent.

— Et personne ne les balance. C'est bien ça ?

— C'est ça.

— Merci…

Des clapotis, des bruits de pas. Je me tourne à peine pour que ma vision périphérique confirme mes doutes : les gars de l'entrée du parc sont là. Spud a bien donné l'alerte.

— … connard, que je termine.

Sans plus attendre, je lui tire une balle en pleine poire. Spud s'effondre. Je balance une salve peu regardante sur la baie. Le zombie qui lui était connecté tombe au sol, convulsant. Pourtant je ne l'ai pas touché. Dégât collatéral, merde…

Les firewalls, désignation plutôt sexy pour les losers croisés à l'entrée, se mettent à courir vers moi. Je pivote et fonce jusqu'à la porte. Un malabar tente de m'intercepter. Je prends appui, saute et lui colle un coup de genou en pleine mâchoire. Il part en arrière et alors que mes pieds retrouvent le sol mouillé, ses potes sortent de leurs vestes des flingues de différents types, des pétoires de tous les âges, de toutes les tailles. Certaines tiennent plus de pièces de musée que d'autre chose.

Je laisse mes nouvelles jambes prendre le dessus sur mes automatismes. Elles se mettent à courir, s'élancent vers le haut, avant de s'abattre sur les visages des zonards. Un de mes talons explose une boîte crânienne sur son passage.

Un des gars tourne vers moi son fusil. D'un coup de pied, je détourne le canon de l'arme en direction d'un autre. La déflagration retentit, le pauvre type part en arrière, soufflé par les projectiles qui viennent déchiqueter son torse et son visage. Nouveau mouvement rotatif, cette fois c'est le plat du pied qui frappe un visage, lui explosant la pommette. L'abruti décolle sous l'impact, tourne sur lui-même avant de retomber lourdement, KO. Un autre s'approche, mon tibia part droit vers son genou, le choc engendre un craquement sinistre. L'articulation, tordue au-delà de ses limites naturelles, cède. Le gars perd l'équilibre et s'effondre en pleurs, se tenant la jambe.

Il est temps d'en finir. Je braque mon flingue sur les derniers types, qui ne comprennent toujours pas qu'ils sont surpassés. Tant pis pour eux : on ne peut pas sauver les gens d'eux-mêmes. En quelques tirs, j'abats ceux qui me foncent dessus, et mets ainsi fin aux hostilités : de la dizaine de gus qui venait m'attaquer, sept sont au sol, morts, et les deux derniers tentent de s'enfuir.

Je ne leur en laisse pas le temps : je les vise et les exécute rapidement. Je range mon arme et commence à courir en direction de la sortie, consciente que les coups de feu ont alerté tous les curieux à la ronde.

J'ai l'info que je souhaitais, une piste plutôt convaincante. J'espère que les autres avancent également.

Une fois dans ma guimbarde, j'enfile mes lunettes pour vérifier la route à emprunter. Elles vibrent. Le Gardien a suivi mon intervention musclée et elle ne lui a pas plu. Plus trois ans de service actif.

Fait chier…

Sam

Nous sommes tous là, dans cet entrepôt plein d'épaves de bagnoles. Tous les quatre, entourés des gars tatoués qui nous promènent en fourgon de mission en mission. Je vois le monstre. Il se dresse fièrement sur une voiture toute cassée, et ses plaques de chitine lui donnent un air conquérant. Il nous dévisage, se ramasse comme pour nous sauter dessus. Un suggère dans ma tête de jouer avec lui. Comme c'est qu'un gros insecte géant, il propose qu'on lui arrache les pattes. De toute façon, elles vont repousser. Ça nous fait rire. L'insecte géant réagit à nos rires en faisant claquer ses mandibules. Il se prépare à passer à l'attaque. L'un des tatoués lui parle, il essaie de l'apaiser. Comment est-ce qu'il arrive à communiquer avec ce monstre ?

Blam !

Hein, quoi, c'était quoi, ça ? Un tir d'arme à feu ?

L'image se trouble tandis que Un tombe en arrière. C'est la silhouette d'un homme qui se superpose au monstre ? Non, c'est juste l'insecte géant qui s'agite pour nous impressionner. Je tends la main, et lui arrache une pince. Comme ça, pour le punir de nous avoir fait peur.

C'est Un qui convulse, à terre ?

Le monstre redevient un homme.

Deux lui arrache aussi un bras. *L'homme redevient un monstre.*

Il cherche à fuir. Il crie. Mais Deux et Trois sont très en colère. Ils l'en empêchent, le retiennent. Puis Deux lui arrache une nouvelle patte. Trois s'occupe de la dernière.

Le monstre devient un homme. Puis l'homme redevient un monstre.

Je regarde par terre. Un est là. Il a un trou dans le front. Du sang en sort. Mais il sourit toujours pendant que ses doigts griffent le sol.

Et l'insecte géant ?

Le monstre devient un homme. Puis redevient un monstre.

D'un geste, Deux propulse sa carcasse, très haut. Trois entoure le corps de chaînes qui dansent autour de lui comme des serpents. Il serre très fort. Chaque entrave se termine par un croc de métal. Ils pénètrent le corps monstrueux qui hurle de douleur. Puis Deux et Trois laissent retomber leur colère et, avec, leurs pouvoirs. Le monstre bouge plus. Il se balance à plusieurs mètres du sol au bout de ses chaînes. Son sang s'écoule en taches noires sur le béton déjà sale. Un des gars tatoués nous tape sur l'épaule :

— Vous l'avez eu ! qu'il nous dit.

Le monstre redevient un homme.

Et le reste.

Un est au sol. Il bouge plus non plus. Deux et Trois l'attrapent et l'emportent. Je les regarde s'éloigner avec lui, entre tristesse et panique.

Je jette un dernier coup d'œil à l'homme tout en haut. Empalé. Démembré. Il va mourir, c'est sûr. Je sais même pas qui c'est, en vrai. Ni ce qu'il a fait pour mériter ça.

Un meurt à son tour. D'un coup, ma tête fonctionne à nouveau normalement. Je pense. Je sens. Je suis de retour dans la vraie vie. Je suis libre.

Des larmes me viennent. J'ai encore fait du mal. Je déteste ce qu'ils m'ont fait faire. Je suis gentil. Je veux plus faire des trucs comme ça. Plus jamais. C'est eux, les *vrais* monstres.

Je veux pas être comme *eux*.

Je dois me sauver…

Myala, lieutenant de police

Je me suis arrêtée juste avant de franchir l'entrée de Bonneuil, cette ancienne ville-dortoir, longtemps connue pour sa décharge. Face aux problèmes de pollution et de contamination, ses habitants l'ont abandonnée tant et si bien qu'elle est devenue au fil des ans un dépotoir qui s'étend de Créteil à l'ouest, à la Marne au nord, à l'ancienne voie ferrée de transport de marchandises à l'est et au sud. Entre ces quatre frontières, on ne trouve que des immeubles en décrépitude, des pavillons au bord de l'effondrement et des routes percées en de nombreux endroits. Bonneuil possède différentes facettes : à la fois lieu de trouvailles, de curiosité, de trafics, d'exécutions. On y vient pour y dégoter des richesses abandonnées, on en repart souvent les pieds devant. Une partie du système de surveillance est HS depuis une bonne dizaine d'années. L'autre est brouillée par les bandes qui se partagent les montagnes de détritus. Là-bas, il n'y a pas moyen d'appeler des renforts ou d'être localisé. On est seul. Vraiment seul. Et c'est assez effrayant.

On ne sait plus vraiment ce qui y vit, c'est pourquoi on s'y risque rarement. Et quand on s'y rend, si on a un minimum d'instinct de survie, c'est jamais seul. Mais Vince, comme à son habitude, s'est à nouveau comporté comme un connard arrogant et un peu suicidaire.

En gros, Vince s'est comporté en Vince…

Un jour, je le virerai, ce mec.

« Asima, des nouvelles ? »

« Diop a fait chou blanc. Il rentre. »

« Où en êtes-vous avec Sherlock ? »

« Il est reparti, on restaure ses datas… ça va prendre encore un moment. »

« Enfin une bonne nouvelle. Et Lynley, des news ? »

« Aucune. Il doit mener son enquête de son côté. »

« Sans doute. Le bleu ? »

« RAS. »

Je grimace. Je hais ce genre de silence. Je reste persuadée qu'il a lu quelque chose dans les souvenirs de la dernière victime, mais qu'il a préféré rien me dire.

Je termine en lui donnant ma position :

« Je suis sur les traces de Vince. Je vais entrer dans Bonneuil. »

« Bonneuil, t'es sûre ? Je t'envoie du renfort ? »

« Inutile, je vais me faire discrète. Ah, et si tu croises Ubwa, dis-lui lui que ses nouvelles jambes sont étonnantes. »

« OK. Myala… »

« Hm ? »

« Il est bientôt 22 heures… »

« Et ? »

« La nuit dans Bonneuil… Bref, fais attention. »

« Tu me connais. »

« Justement. »

Je souris. Depuis l'attentat de l'agence d'Empenn, tout le monde me voit comme une casse-cou, alors qu'au fond je n'ai rien fait de particulier. J'ai juste plastifié une agence et sa salle des machines…

J'appuie sur le bouton et le moteur se remet à crachoter. L'épave couine au moment où j'appuie sur l'accélérateur. La carlingue se met à vibrer, puis s'élance. Lorsque le capot franchit la frontière communale, mes implants se taisent d'eux-mêmes.

Le brouillage de Bonneuil. Me voilà seule…

Même Ubwa ne vient jamais ici, c'est trop dangereux. Il reste aux alentours de Créteil, là où Bonneuil vomit ses tripes sur quelques kilomètres, en suivant les bords de Marne. Il lui arrive aussi de farfouiller dans Vincennes, des zones du bois étant devenues des décharges sauvages. Puis parfois, un peu plus loin en banlieue, quand il a envie de respirer l'air de la campagne. Mais son coin privilégié reste le sud de Créteil. Là où les camions autonomes déversent continuellement de nouvelles ordures toutes fraîches. Car plus on s'enfonce dans Bonneuil, plus les déchets sont anciens, pourris, moisis.

Avant de n'être plus qu'un dépotoir à ciel ouvert, la ville possédait une activité fluviale modeste, plutôt industrielle. Il s'agissait pour les bateaux de faire transiter des matériels sur la Marne, depuis les campagnes qu'elle traverse jusqu'à la Seine et de là, gagner la mer. Avec les bassins de rétention et les systèmes de régulation de débit, naviguer sur cette eau morne devait s'avérer franchement monotone.

Pour rejoindre le port, il ne reste qu'une seule route : la départementale 19. Une route qui transperce les monticules hauts comme des immeubles, tranchant le paysage comme une lame de couteau le ferait dans une chair.

Je m'engage dessus, l'arme dégagée de son holster. Cette fois, en cas de besoin, je ne ferai pas de sommation. Je tirerai à vue. Le Gardien n'en saura de toute façon rien. Bonneuil serait probablement une bonne planque, si le besoin de me soustraire aux feds advenait un jour.

J'en suis à considérer la hauteur des détritus, qui s'élèvent telles des montagnes d'immondices malodorantes, lorsque mon passage éveille la curiosité des autochtones. Au départ, je ne perçois que de simples mouvements. Mais en m'attardant, j'entrevois les reflets de mes phares dans le blanc de leurs yeux. Ceux-ci sont petits, serrés. Ce sont des enfants qui m'épient. Je roule au pas, afin que ma présence ne soit pas interprétée comme une agression.

Lorsque ma voiture les dépasse, les gamins se redressent et s'extirpent de la pourriture avec laquelle ils semblent faire corps. Ils portent de gros sacs à dos. Ce sont des « enfants des poubelles », qui traquent tout ce qui leur semble récupérable. Appareils à réparer, matériau à recycler, cuivre, fer, vis, boulons, plastiques, ils trient tout et ramènent leurs paquetages aux dealers en échange de quelques ronds. À la charge de ces derniers, ensuite, de revendre leurs trouvailles au meilleur prix.

Dans mon rétroviseur, j'entrevois leur peau brunie par la crasse et fripée par l'humidité. Leurs cheveux épars tombent mollement de leur crâne. Leurs traits creusés leur donnent un air malade, du genre qui va bientôt mourir. Cet effet est renforcé par leurs cernes, à la fois profonds et très noirs, qui soulignent des yeux trop grands, trop ronds, pour être humains. Certains commencent à descendre des monticules. Leurs corps malingres me peinent, puis me choquent : leurs jambes ont été remplacées par des bassins mécaniques desquels sortent de nombreuses paires de pattes à l'allure arachnide.

Ils sont adaptés à leur environnement d'ordures, d'une certaine façon... me dis-je avec un certain dégoût.

Ils m'observent avec une curiosité sincère. Ils s'interrogent, hésitent. Quant à moi, j'oscille entre colère et répulsion. Un sentiment de révolte s'empare de moi, car ces gamins sont juste nés au mauvais endroit, au mauvais moment. Ils n'ont probablement pas mérité d'être mutilés pour survivre en semi-esclavage. On leur a volé leur enfance, si ce n'est leur vie entière.

Je caresse mon flingue et lui susurre :

— Tu vas servir aujourd'hui, il y aura des comptes à rendre...

Je poursuis et faute d'attirer l'attention, les enfants arachnides finissent par regagner leurs hauteurs nauséabondes, sans me quitter du regard. Est-ce le désintérêt qui les pousse à reprendre leurs positions, ou bien est-ce la certitude qu'un comité d'accueil s'occupera de mon cas ?

Je vais bientôt le savoir.

Je progresse toujours au pas. Virage à gauche, cette fois, les ordures forment un mur de part et d'autre de la route, obstacle instable dont il ne vaut mieux pas s'approcher.

Encore quelques mètres et me voici face à un hangar en partie effondré. Je coupe le moteur et vérifie mon arme. Je descends du véhicule. Dans l'habitacle filtré, j'étais un peu protégée par l'atmosphère ambiante, mais une fois dehors, les fragrances d'ordures me prennent à la gorge. Je ne sais pas lesquelles sont les pires : celles des caoutchoucs qui brûlent, des végétaux qui se décomposent, ou des probables cadavres qui pourrissent, bien cachés au milieu de tout ce fatras. Je me couvre le visage de la main. Il me faudrait un masque à gaz, un implant olfactif ou un module antipoison pour survivre à ça, mais non, j'ai juste mon équipement standard de flic, mes nouvelles jambes et des fringues de civile. Pas de quoi crâner.

Je vérifie à droite, puis à gauche. Aucun mouvement. Mon attention revient sur le hangar éventré. Aucun système de sécurité particulier.

J'approche, sur mes gardes, arme au poing. L'odeur est toujours infecte. Le calme toujours aussi assourdissant. Je tends l'oreille, mais aucun bruit ne vient perturber le clapotis de l'eau. L'endroit semble tout à fait abandonné. Je dirais même : mort.

Quelques pas inquiets m'amènent au pied du mur percé. De plus près, les marques noires que j'avais prises pour de la crasse s'avèrent être des résidus d'explosions. La couleur, la forme et leur taille ne laissent aucun doute. Ça a dû péter dans le coin, et sévère. Vince ? Crédible. Il est du genre à énerver tout le monde. Et à tout faire sauter. Mais ça me semble ancien, c'est plus probablement le théâtre d'anciens règlements de comptes.

Je me glisse dans l'un des trous béants. À l'intérieur, les lueurs ternes du ciel couvert dessinent de longues traînées maladives qui descendent du plafond pour venir mourir au sol. Ces rais de lumières me suggèrent que le hangar est plein de carcasses de bagnoles du siècle dernier. L'antre d'un collectionneur ou celui d'un mécano pas très doué pour le ménage ? Un tintement provient d'en haut.

Sans réfléchir, je lève mon arme et braque ce qui pourrait être une menace.

L'instinct interrompt mon geste au dernier moment. Il me faut un instant de plus pour percuter. Là-haut, à près de cinq mètres, le tronc de Vince est suspendu. Ses jambes et ses bras lui ont été arrachés. Son torse est maintenu par des chaînes souillées aussi bien par son sang que les lubrifiants de ses prothèses. Il a sacrément dérouillé. Il se vide.

— Vince ! que je chuchote.

Il ouvre l'œil droit.

Il est encore vivant.

Il ébauche un sourire.

— Merde, crache-t-il avec difficulté. V'là la cheffe… J'vais encore me faire engueuler…

Sa tête retombe en avant.

Sam

On est rentrés de la mission épuisés. Je suis dans mon lit. Les autres dorment déjà. Moi pas. Je pense, malgré la fatigue, le mal au crâne. Je réfléchis. Mes idées sont revenues, depuis la mort de Un.

Y a un peu de lumière qui passe par la porte. Parce qu'elle est entrouverte. J'observe Deux et Trois qui dorment. J'ose pas leur parler. Je pense que, comme maman, ils sont pas gentils. Ils me ressemblent, ils ont la même tête que moi. Ils ont les mêmes habits. Mais au fond d'eux, ils sont pas tout à fait pareils. Je l'ai vu quand Un s'est écroulé. Ils ont continué à faire du mal à cet homme. Ils savaient que c'était pas un monstre. C'est juste qu'ils aiment ça…

Comment peut-on aimer être cruel comme ça ?

Et après, maman nous a félicités. Elle était contente de ce qu'on a fait à cet homme… Comment ça peut lui faire plaisir ? Quand je soignais les malades, papa était fier de moi. Et moi aussi, car je faisais le bien. Mais là, ce que maman demande, c'est mal. C'est pas des monstres qu'elle veut tuer. Je sais même pas si c'est des méchants, sinon pourquoi Un me retournait la tête à chaque fois ?

Tout ce qu'elle veut, c'est la mort.

Papa voulait la vie.

Il voulait rendre les autres heureux. C'est pour ça qu'il m'a appris à prendre soin des autres. Maman est différente. Et Deux et Trois aussi.

Dans une autre chambre, y a des nouveaux. Je sais pas s'ils sont comme Deux et Trois. Ils sont peut-être différents… À moins que le seul vrai différent, ce soit moi…

En dehors de la pièce, des messieurs parlent. Dans cette langue que je comprends pas. Et quand ils disent des choses que je comprends, ils ont toujours cet accent terrible. Ils mangent leurs mots.

Je veux fuir.

Mais pour fuir, je vais devoir attendre qu'ils dorment.

Je vais attendre que tous dorment.

Et j'enfilerai mes chaussures.

Et je disparaîtrai dans la nuit.

J'irai retrouver Papa…

Myala, lieutenant de police

J'avais mal vu : il n'est pas enchaîné. C'est pire : son corps est suspendu par des crochets enfoncés dans sa chair. Vu les morceaux, ils ne peuvent venir que des palans disséminés dans l'entrepôt, destinés à soulever les carcasses automobiles. Vince doit sacrément dérouiller. Ils le maintiennent de sorte à ne pas le tuer trop vite. C'est probablement ce que souhaitait son bourreau : provoquer le plus de souffrances possible, l'ériger en trophée, si ce n'est en avertissement à tous ceux qui voudraient lui marcher sur les pieds.

Va falloir faire vite !

Première étape, le ramener au sol.

Quatre chaînes le soutiennent. Je les suis du regard pour repérer où elles sont accrochées. Deux à droite, deux à gauche. À une distance d'une dizaine de mètres. C'est trop éloigné pour le faire redescendre sans empirer ses blessures : je pourrais en détacher deux, mais le mouvement de balancier sera tel qu'une partie de ses tripes sera arrachées avant qu'il ne retombe. Je pourrais tirer pour sectionner les deux autres chaînes, mais les déflagrations feraient peut-être débarquer les nouveaux copains de Vince. Ce que je souhaite éviter.

À deux mètres au-dessus de lui, je considère le toit en tôle. C'est peut-être la meilleure solution… Que disait Ubwa à propos de mes nouvelles jambes ? Des grips magnétiques ?

Je connais bien sûr cette techno, mais je l'ai jamais utilisée. J'ignore son fonctionnement, ses limites, ses contraintes. Alors, je retire mes bottes de sécurité, de peur que leurs renforts métalliques n'affaiblissent sa puissance d'attraction. Je pose mes pieds nus sur le sol crasseux. Sous ma voûte plantaire, du béton, du gras, de l'eau, du sang et d'autres matières dont je ne souhaite rien savoir. Un sentiment de dégoût me traverse l'estomac. Une chance qu'il soit vide. Je m'approche du mur et y plaque le pied dessus. Je me concentre, à la recherche d'une quelconque commande à enclencher. Je teste des pensées telles que : « colle », « grimpe », « accroche ». Mais rien n'y fait. Je dois me dépêcher pour sauver mon équipier, mais le stress parasite mes capacités…

Tu peux pas lâcher, *Myala !*

Je me redresse et mon pied reste agrippé au mur. Je tire un peu plus fort, il semble bien amarré. Je reprends le fil de mes pensées en sens inverse. C'est cette idée de s'accrocher qui l'a fait fonctionner ? Je tente l'inverse. Le pied se décolle. *OK.*

J'imagine que la porteuse de ces prothèses devait posséder des mains similaires, ce qui n'est pas mon cas. Sans élan, je risque de me retrouver les pieds aux murs et la tête en bas. Je recule d'une bonne dizaine de mètres. Un, deux, trois : je pars en sprint. Je file comme jamais et au moment d'arriver au pied du mur, petite impulsion, concentration, et me voilà en train de gravir le mur au même pas de course. Quelques enjambées supplémentaires et j'arrive à quelques mètres du toit. Je saute. La tête en bas, les jambes tendues, mes pieds recherchent la poutre de métal sur laquelle prendre appui.

Blam !

Le bruit métallique de mon corps contre l'acier me rappelle combien ces membres, malgré leur finesse, sont issus d'une technologie de pointe. Comment ont-elles pu finir à la décharge ? À mon avis, Ubwa m'a pas tout dit. D'ici à ce qu'il les ait récupérées via des filières dont il ne souhaite pas parler à des flics, y a qu'un pas.

Le temps presse !

Je me redresse, toujours tête en bas, et reprends ma course jusqu'à me trouver au-dessus de Vince. De près, il est dans un état plus piteux que ce que j'imaginais.

Malgré mon mètre soixante-dix, en tendant les bras, je parviens à le saisir. Je le tire un peu, sans parvenir à le ramener à moi. Je n'ai pas la force de le soulever suffisamment pour le décrocher proprement.

Il va falloir bourriner !

Je retire ma ceinture et l'enroule par dessous ses épaules. Il tressaille. Ce qui ravive en moi le souvenir de Mike, de son corps étendu sur le sol, inerte…

Je noue la ceinture autour de mon poignet gauche. Ça va faire mal…

Mike…

J'espère que mon épaule tiendra.

Je tire doucement Vince et le ramène contre moi, les chaînes se détendent. De ma main libre, j'attrape les pièces de métal enfoncées dans son corps et je les retire avec toute la douceur possible. Malgré la lenteur de mes gestes, je le sens réagir à la morsure de l'acier dans ses entrailles. Il gémit.

— Y en a pas pour longtemps, que je lui dis.

Elles y passent toutes les quatre, mais mon poignet faiblit, ma peau commence à se déchirer. Mon épaule souffre également. Les tendons s'étirent. Trop.

Je crie pour renforcer ma détermination, décupler mes forces.

— Vince !

Son œil danse dans son orbite. Il est à mi-chemin entre conscience et coma.

Tout comme Mike avant de succomber…

— Ça va secouer.

Il ne râle pas. C'est inutile. Nous n'avons pas le choix.

Cette fois, c'est le plus risqué…

Je désactive le verrou magnétique et mes pieds se séparent de la surface qui les maintenait. Nous entamons notre chute. Je plie les jambes dans son dos, tout en effectuant une rotation sur moi-même. Objectif : retomber sur mes pieds, Vince sur mes cuisses, histoire d'amortir le choc.

Trois, deux, un, *blam !*

La manœuvre se passe pas si mal, mes membres absorbent le choc comme ils le peuvent. Mes articulations souffrent, notamment mon genou droit. À l'impact, Vince vomit du sang. Il ne doit pas lui rester longtemps…

— Qu'est-ce qui se passe ici ! hurle une voix derrière moi.

Je me relève. Mon genou fragilisé craque. Cette fois, pas de doute, j'ai bien abîmé une de mes nouvelles jambes.

Ubwa va me tuer !

Je me mets à rebrousser chemin, en boitant, tirant derrière moi ce qui reste de Vince. Malheureusement, je ne suis pas assez forte. J'ai beau bosser à la salle de sport de temps en temps, je ne suis pas assez assidue pour avoir les muscles qui me permettent de tracter un flic cybernétisé, même démembré. C'est presque une chance, d'ailleurs : sans cela, je n'aurais rien pu faire.

Avant de quitter les lieux, des détonations retentissent. Les balles viennent se ficher dans la brique du hangar, les faisant éclater.

C'est qui, ceux-là ? Ils crient dans une langue bizarre, s'interpellent.

Je me colle au pan à moitié détruit et tire le corps ensanglanté, qui ripe sur le sol inégal. Avant de soigner Vince, faudra le passer à la javel.

De nouveaux tirs.

Je déguerpis. Au moins, pas de télékinésiste pour en finir avec moi façon puzzle.

Je boite aussi vite que mes jambes le permettent, puis j'ouvre la portière de la vieille guimbarde. Je balance tant bien que mal Vince sur la banquette arrière. Des silhouettes se dessinent dans le passage du mur éventré. Sans réfléchir, je tire à l'aveugle pour les forcer à se mettre à couvert…

Merde !

Mon épaule gauche recule sous l'effet d'un impact, mais mon pare-balles a stoppé le projectile. Avec un peu de bol, lorsque l'adrénaline sera redescendue, j'en serais quitte pour un bel hématome.

Je saute à mon tour dans la voiture, tourne la clef, passe la marche arrière et tandis que le pare-brise vole en éclats sous les tirs ennemis, je recule à toute vitesse, en ligne bien droite, la main campée sur le volant pour rester la plus immobile possible et ne pas percuter l'un des murs de détritus. Arrivée à la nationale, coup de volant, direction la capitale, l'hôpital Saint Louis. Les seules urgences qui nous soient dédiées.

Sam

Le silence est tombé. Les lumières sont éteintes. Je suis dans le noir. Je me redresse doucement. Le lit couine. Les ressorts en dessous sont usés. Je m'assois. Je fais glisser mes jambes hors de la couverture. Mes pieds se placent au-dessus de mes chaussures. J'attends quelques secondes. Je respire lentement. J'écoute. Je respire lentement. Dans ma poitrine, mon cœur tape fort. Il fait des :

To dom, to dom, to dom

Ils sont puissants et réguliers. Mais le rythme va un peu plus vite maintenant.

J'avance un peu. Mes pieds entrent dans les chaussures. Je fais pas mes lacets. Je laisse glisser mes fesses. Et je retire la couverture…

To-dom, to-dom, to-dom

J'écoute une nouvelle fois, silence.

D'un mouvement, je me retrouve debout. Coup d'œil en direction de Deux et Trois. Je tends l'oreille. Y a pas de lumière, alors je les vois pas. Mais j'entends qu'ils bougent pas. Je me tourne vers la porte. Je sais où elle se trouve, même si je vois rien…

Todom, todom, todom

Un premier pas. Un deuxième. Je tends les bras devant. J'en refais deux autres, doucement. Le bruit des semelles sur le béton. Mon cœur qui frappe toujours plus fort…

Todom, todom, todom

J'arrive à la porte. Je sens son métal froid sur mes doigts. Je la tire, millimètre par millimètre. Elle couine un peu. Les gonds sont rouillés. Je fais une pause. J'avale ma salive. Je respire en laissant rentrer le moins d'air possible, pour pas faire plus de bruit. Et j'écoute. Les hommes tatoués bougent pas, s'ils sont là. Si y en a un qui dort pas, je vais me faire attraper…

Todomtodomtodom

Je la tire encore un peu. Elle couine encore. Et je me glisse dans le couloir. Au loin, il y a quelques lumières. Faibles. J'y vois un peu. Je remonte le couloir en béton. À droite et à gauche, y a des portes ouvertes. Je vois pas, mais j'entends les respirations. Ils sont plusieurs à dormir là. Les autres moi ? Les hommes ? J'ai pas envie de le savoir.

Todomtodomtodom

Je continue. Je respire plus. J'avale plus non plus ma salive. Elle forme comme une flaque dans ma bouche. J'ai le corps qui tremble. J'ai peur.

Todomtodomtodom

J'arrive au bout du couloir. Il forme un coude. Y a une petite montée. Je me souviens pas de tout ça. C'est de la faute de Un, qui me faisait voir n'importe quoi et oublier le reste. Je rejoins la porte en haut. Une porte en acier. Lourde. Fermée.

Todomtodomtodom

C'est le moment SAM ! Faut utiliser ton pouvoir !

Un bruit derrière moi :

— Que fais-tu là ?

Mince. C'est maman…

Myala, lieutenant de police

Ne pas réfléchir. N'être qu'action.

Je quitte Bonneuil et de suite, mes systèmes se reconnectent. Le véhicule n'a pas d'assistant intelligent ou de connexion. Je dois passer par Asima.

« Préviens l'hôpital que j'arrive. Flic en urgence absolue. »

« Vince ? »

« Oui. »

J'appuie sur les pédales de cette vieille guimbarde et je la conduis dans les rues parisiennes tel un chauffard. Elle rejette ses gaz d'échappement au milieu du système urbain d'analyse de l'air qui voit rouge.

Ne pas réfléchir. N'être qu'action.

« Urgences confirmées. Numéro 789. Le dossier de Vince est envoyé. » m'informe Asima.

Bonne nouvelle, ils auront tout son historique, la liste de ses implants et ses dernières analyses bioélectroniques.

Je passe les vitesses, la boîte manuelle craque, qu'importe, j'accélère. Plus loin, je pile, coup de volant et la voiture dérape pour prendre un virage à 90. Je suis en sueur. Mon cœur va exploser. Derrière l'océan de sueurs froides qui s'écoule dans mon dos, Vince se meurt. Et je refuse que cela se produise !

Ne pas réfléchir. N'être qu'action.

J'esquive les TIAM qui circulent à allure contrôlée. Si j'étais dans un véhicule d'intervention, le mode urgence les forcerait à nous céder le passage. Dans cette vieille bagnole, ils ignorent notre présence. Je me retrouve à les esquiver à toute berzingue, espérant qu'aucune d'elles ne change de direction au dernier moment…

Ne pas réfléchir. N'être qu'action.

J'ajoute :

« Précise que ses membres cybernétiques ont été arrachés. »

Asima ne dit rien, mais elle a bien compris la situation. Sans doute fait-elle aussi le lien avec Mike… Deux pertes en quelques jours d'intervalle, ce serait l'horreur à gérer, pour chacun d'entre nous.

Ne pas réfléchir. N'être qu'action.

Il n'y a pas de direction assistée fonctionnelle sur cette antiquité. La diriger à cette allure traumatise mes muscles, amplifie mes pulsations cardiaques à un niveau déjà stratosphérique. J'enchaîne les coups de volant à droite, à gauche, laissant crisser les pneus dans des rues qui n'ont pas connu de tels rodéos depuis plusieurs décennies.

Ne pas réfléchir. N'être qu'action.

Encore un peu sur le boulevard, je descends, et finalement voici le nouvel hôpital Saint Louis qui se dresse devant nous. Toujours entouré par son mur d'enceinte, en pierres de Paris, il a subi une rénovation totale au début des années 2030. Les immeubles historiques ont cédé leur place à de nouvelles tours en verre, automatisées, carburant aux IA et aux réalités augmentées. Elles voisinent l'ancienne chapelle médiévale, ultime trace de ce que furent les lieux, comme un pont entre le passé et le présent, lorsque l'endroit symbolisait la frontière entre la vie et la mort de ceux qui finissaient à l'hôpital.

Je pile et m'arrête devant la barrière des urgences. Elle ne se redresse pas, la faute à cette bagnole qui n'est pas reconnue. Je dois m'annoncer. J'ouvre la vitre et hurle au contrôleur automatique :

— Urgence, numéro 789.

Je tends mon badge devant l'œil électronique, qui passe de trop longues secondes à l'analyser. Je n'ose pas regarder l'état de Vince. J'ai envie de lui hurler de se magner, mais une machine ne comprend pas ce genre d'argument : elle va au rythme de ses mécanismes. Alors je ronge mon frein.

Un signal sonore m'indique que la reconnaissance est validée. La barrière se lève enfin. Pied sur l'accélérateur, le moteur hurle, les pneus crissent une nouvelle fois en faisant décoller la carlingue. Direction l'entrée des urgences. Je zigzague entre les bâtiments, les drones et les robots infirmiers, et je pile à nouveau devant l'accueil. Un nuage de fumée nauséabond vient saluer le dérapage devant l'accueil. Le moteur cale. Les portes vitrées s'entrouvrent sur un robot infirmier, reconnaissable à sa blancheur, sa boule magnétique qui lui sert à manœuvrer et l'énorme croix rouge qui lui décore le torse. On dirait un tronc, sans bras, sans jambes. Un peu comme Vince, sauf qu'il se meut sans bruit alors que mon gars s'étouffe dans son sang et les fluides hydrauliques.

Je le briefe tout en ouvrant la portière :

— Policier démembré. Multiples plaies létales. Perdu beaucoup de sang. Perte de conscience depuis...

La petite diode placée sur son visage scintille. Il écoute mon descriptif trop rapide et déclenche sans doute la mise en route de toute une batterie de robots chirurgiens.

Je vérifie le pouls de Vince à la jugulaire ; il est toujours vivant. Mais chaque respiration arrache clairement des gargarismes à sa poitrine. Il est blafard, sa peau quasi transparente et la banquette arrière est recouverte de liquides douteux.

Je me redresse, le brancard magnétique déboule à toute allure. Je soulève tant bien que mal le corps démembré de mon coéquipier. Mon épaule me lance, me rappelant le tir stoppé par mon pare-balles.

L'odeur du sang, entremêlée à celle de la puanteur de Bonneuil me soulève le cœur. Mes bras n'en peuvent plus. Entre l'effort de conduite, le stress et le poids de Vince, mes biceps et mes avant-bras se tétanisent de douleur. Je me tourne pour le déposer sur l'appareil, mon genou claque. J'y prête aussi peu attention que possible.

Le brancard est à ma hauteur. Il descend de quelques centimètres pour me permettre de poser Vince au mieux. Une fois allongé, il repart en quatrième vitesse à l'intérieur. Je tente de le suivre, mais l'articulation défectueuse m'oblige à boiter. Je le vois s'éloigner et lorsque j'entre dans le hall, Vince est déjà loin. Le robot blanc à la croix rouge s'approche de moi. Il m'informe avec une voix à la fois féminine et synthétique :

— Votre ami est pris en charge. Pour être notifiée de l'évolution de son état de santé, veuillez vous identifier...

— Myala Muller.

— Reconnaissance biométrique confirmée. Souhaitez-vous être déclarée comme proche du pris en charge ?

— On va dire ça.

— C'est enregistré. Vous pouvez rentrer chez vous. Vous serez tenue informée.

Sans doute le message se veut-il rassurant, mais il est trop froid, trop mécanique. Il ne peut réconforter ni le lieutenant qui a déjà perdu un gars ni la femme qui éprouve malgré tout une certaine amitié pour Vince.

Je ne peux pas me résoudre à quitter les lieux. J'en suis de toute façon incapable : mes mains tremblent, mon cœur palpite à en exploser et maintenant que mon taux d'adrénaline retombe, toutes les tensions accumulées me reviennent tel un boomerang. Ma gorge est serrée, mes lèvres retroussées sur un rictus de frustration, et mes yeux relâchent enfin leur trop-plein en un torrent incontrôlable. Je me sens dévastée, mais je cherche à garder le contrôle. Je me dirige vers la machine à café, histoire de m'en faire couler un.

D'un geste, ma smartclock règle le liquide brun. Le gobelet tombe. La machine émet ce bruit rassurant et familier qui indique que le café est train d'être moulu. J'essaie de relâcher la pression. Je repense à la fusillade, notre fuite, à Vince. Et à Mike, bien sûr, encore et toujours. Mes habituelles pensées, prisonnières d'une boucle sans fin.

Le café termine de couler. J'attrape ma boisson puis rejoins les sièges placés dans la salle d'attente. Trois ou quatre autres personnes sont assises là. Je ne leur prête pas grande attention, et réciproquement. Chacun ses fardeaux.

Mes sanglots éclatent de plus belle. Mes pensées dérivent, remontant de Vince à tous les anciens collègues tués en mission depuis le début de ma carrière. L'attentat qui m'a coûté les jambes à la mort de mon père s'invite à mon état de détresse. Je suis envahie de souvenirs qui s'entremêlent dans un gloubiboulga émotionnel qui me laisse hagarde.

Une heure passe. D'ordinaire, après une dure journée, je ne tiens pas si tard, mais là, avec tout ce qui tourne dans ma tête, je ne ressens pas la fatigue même s'il est deux heures du matin. J'ai l'impression d'être en pleine après-midi.

Les autres personnes présentes dans la salle d'attente sont parties depuis bien longtemps. Nous n'avons échangé aucun mot, aucun regard. Chacun portait sa douleur avec une pudeur qui l'enfermait sur lui-même.

Je n'y avais pas prêté attention depuis mon arrivée aux urgences, mais l'odeur de produits détergents me pique le nez. Je ne l'ai jamais supportée.

Aucun robot, drone ou humain n'est encore venu me parler. L'état de Vince est sans doute catastrophique. J'imagine sa mise en coma artificiel, pour lui prodiguer les réparations organiques, les transfusions pour soutenir le peu de vie qui lui reste, puis l'administration de drogues diverses et variées pour protéger son cerveau des traumatismes éventuels.

Je chasse ces pensées.

Tout comme je repousse la dernière image qu'il me reste de Mike, de son corps étendu sur le sol, baignant dans son sang. J'ai déjà perdu des collègues, mais en tant que lieutenant… arriverais-je à supporter la perte d'un second gars ? Car si dans le premier cas, je ne pouvais raisonnablement faire mieux, pour le second, c'est davantage ma responsabilité de supérieure qui est mise en cause. Même si Vince est une tête de con qui fait toujours ce qui lui chante, ça reste mon job de le garder sous contrôle. Et cette ruée dans les mauvais quartiers n'avait rien de bien intelligent. Il aurait dû nous avertir, réclamer des renforts, mais non. Comme à chaque fois, ce vieux briscard n'en a fait qu'à sa tête.

J'en pleurerais de rage.

— Vous êtes Myala ?

Je me tourne. Une femme en costume se présente devant moi. Elle est maigre, grande, elle se tient très droite, comme le font les militaires. Sa longue chevelure, nouée en une queue-de-cheval portée très haut, devait être blonde à l'origine. Là, elle est davantage argentée. Ses membres fins, artificiels, ainsi que la légère bosse à son flanc gauche, révélant la présence d'une arme, me laissent penser qu'il s'agit d'une fed. Elle n'a pas l'esprit tranquille : ses yeux ne cessent de scruter les alentours. D'ailleurs, elle s'est instinctivement placée à un angle mort des fenêtres, derrière un pilier de béton.

— Oui.

Elle cherche ses mots.

— Que puis-je faire pour vous ? commencé-je.

— J'ai appris pour Vince…

Elle semble véritablement inquiète. Ce n'est donc ni une enquêtrice ni une contrôleuse judiciaire.

Je lui tends la main, elle la secoue avec chaleur. Je me demande qui cherche à réconforter qui à travers ce contact.

— Vous êtes ? dis-je, sincèrement intriguée.

— Peu importe, me coupe-t-elle en retirant sa main et en jetant un œil furtif à travers les vitres donnant à l'extérieur des urgences. Quelles sont les nouvelles ?

— Aucune pour le moment.

Comment sait-elle qui je suis et comment a-t-elle appris pour Vince ? Cela confirme une position fédérale, avec accès aux systèmes de surveillance. Si ça se trouve, elle nous a vus zigzaguer dans les rues parisiennes…

Le Gardien !

Pour le moment, aucune notification, mais ce genre de rodéo urbain pourrait me valoir des années supplémentaires…

— Vous avez mauvaise mine, qu'elle me dit.

— Vous aussi, que je lui réponds sans vraiment réfléchir.

Paroles que je regrette de suite.

— Je ne peux pas rester plus longtemps, annonce-t-elle en tournant les talons.

C'est à ce moment que je comprends. C'est pas une simple visiteuse, mais une amante. Et peut-être même cette fameuse indic, que Vince a déclarée morte auprès d'Asima.

— Attendez !

Elle suspend son départ.

— Vous êtes Célanie, n'est-ce pas ? Célanie Quesne ?

Elle acquiesce. J'avais donc vu juste dès le début !

— Vous êtes censée être morte…

Nouveau hochement de tête, accompagné d'un nouveau regard par la fenêtre.

— Une idée à Vince. Notre service travaille sur les implants psychiques et plusieurs ont disparu. J'ai quelques soupçons et ma disparition me permet d'enquêter plus librement… Mais je ne devrais pas être là, je prends le risque de me faire griller.

Elle marque une pause, avant d'ajouter tristement :

— Il n'était pas censé se mettre en danger à ce point.

— Vous le connaissez bien ?

— Plutôt oui, dit-elle en masquant une certaine gêne.

— Depuis l'époque où il faisait partie des feds, j'imagine. Comment il a fini là ?

Elle plonge son regard dans le mien.

— Vous voulez dire, dans une BCP ?

— Oui, excusez-moi.

Elle incline légèrement la tête. Elle rassemble des souvenirs d'une époque dont je ne peux que soupçonner l'existence.

— Ça a toujours été un casse-cou. Il n'appréciait ni la paperasse ni la hiérarchie et il n'avait aucune patience.

— Ça n'a pas changé.

— Non. Ça s'est aggravé, même, depuis son…

Elle soupire, avant de reprendre :

— Il en énervait plus d'un. Ses responsables fédéraux étaient plus que fatigués de ses frasques, du plus bas au plus haut de la hiérarchie. Ils n'ont pas réagi lorsqu'une bande de petites frappes lui est tombée dessus…

— Il n'avait pas des implants de classe militaire, pour leur faire face ?

— C'était avant. Il en est ressorti brisé, plus mort que vivant. Ce n'est qu'ensuite qu'il a accepté les programmes de réparation biocybernétique. C'était ça ou rester sur le carreau. Il a souffert de longs mois avant de retrouver son poste. Puis lorsqu'il a été bon pour le terrain, il a traqué ses agresseurs. Un par un. Jusqu'à apprendre que leur commanditaire était un de ses rivaux à une promotion. Fou de rage, il l'a tué. Vince a donc été jugé, condamné et dépouillé de ses prothèses. Il a commencé sa peine, puis il y a eu le service actif. Et vous connaissez la suite.

— Vous l'aimez ?

Elle se tourne pour cacher sa réaction. Son dos est fin, mais son costume très cintré révèle des angles insolites. Il n'y a pas que Vince qui est lourdement cybernétisé, faut croire. Leur amourette n'en a que plus de sens, tu me diras.

— Ça ne vous regarde pas, souffle-t-elle.

Je n'ajoute rien. Je la regarde s'en aller. Au moment de franchir les portes automatiques, elle me lance :

— Soyez gentille : nous ne nous sommes jamais vues.

Célanie disparaît derrière les vitres automatiques. Je reste seule avec mes projections morbides, pleine de craintes et de questions.

Le matin est vite arrivé. J'ai surélevé mes jambes et je considère mon genou abîmé avec inquiétude : dispose-t-il d'un mécanisme d'autoréparation ? Ou vais-je devoir avouer à Ubwa que j'ai cassé son dernier jouet ?

Après une heure supplémentaire d'attente, je retourne voir le robot de l'accueil :

— Des nouvelles du bloc ?

— Pas encore. Nous vous préviendrons. Veuillez patienter…

— OK, OK.

Retour devant la machine à café. Machinalement, je commence à choisir ma boisson, puis m'interromps. Si j'en avale encore une gorgée, mon cœur va lâcher. J'en reviens aux affaires de l'équipe. J'établis la connexion iThink.

« Diop ? Tout va bien ? »

« Well, but on ne sait pas where is le clone. »

« Tu es de retour au bureau ? »

« Yep. »

C'est déjà ça.

« Asima, des news avec tes drones ? »

« Non. Aucune trace des clones dans Paris. »

Mais où sont-ils ?

Je suis tombée sur l'une de leurs planques, mais où se sont-ils repliés ?

Sacré Vince, qu'as-tu appris d'autre ? Tu ne pourras rien nous dire avant plusieurs jours… et sans doute plusieurs nouvelles victimes.

Je dois lui soutirer ce qu'il a vu et entendu.

Dans l'état où il se trouve, il n'existe qu'une seule façon de procéder pour accéder à ses souvenirs : se brancher directement à son cerveau, en passant par l'interface qui nous sert à configurer nos membres artificiels.

« Asima, envoie-moi un drone avec un kit de connexion mémorielle. »

Elle voit immédiatement où je veux en venir.

« Lieutenant ! Ce type de connexion… »

« … est risqué, oui. »

« Sans parler du risque de compromission des souvenirs, le protocole de connexion directe s'exécute sans firewall… »

« Ne t'inquiète pas. Je ferai gaffe. Envoie-le-moi. »

« Très bien… Il arrivera d'ici une trentaine de minutes. »

Encore quelques dizaines de minutes à subir la blancheur de ces murs, la lueur des néons fatigués et le silence de ces robots à la voix féminine… je vais craquer…

Arrête de réfléchir avec tes tripes Myala, utilise ton cerveau !

Vince a dû voir son assaillant, et sans doute même son ou ses chaperons, maintenant que nous savons qu'il n'agit pas seul. Avec un peu de chance, nous aurons de quoi le ou les identifier, découvrir leurs mobiles, les objectifs derrière ces tests d'implants psychiques sur des victimes choisies de sorte à brouiller les pistes.

Vince, tu as intérêt à survivre et à avoir des infos, parce que je ne veux pas retourner en prison.

Sam

Le pouvoir… Je dois l'utiliser…

— Quatre, que fais-tu debout ? C'est l'heure de dormir.

Je sais pas quoi dire à maman. Lui mentir ? Lui dire la vérité ? Non, la vérité lui plaira pas.

— Quatre ?

Je me tourne vers la porte. Maman comprend ce que je veux faire. Pour le moment, personne n'est réveillé. Je dois choisir entre l'ouvrir et m'enfuir, ou faire taire maman… Faut pas qu'elle réveille les autres.

Le pouvoir…

Je sens quelque chose monter en moi. Comme quand j'ai ouvert le mur chez papa. Ça ressemble à un sentiment. C'est confus. Mais puissant. Mais vers quoi le diriger ?

… est la clef !

— Quatre ?

— Je m'appelle pas Quatre, chuchoté-je.

— Quoi ?

Le sentiment augmente en moi. Il est un peu comme une colère.

— Je m'appelle pas Quatre.

— Maintenant, si. C'est ton nouveau nom. Ton nom dans le monde que nous allons construire.

— Je veux pas de ce monde… On fait que du mal…

Un des hommes sort de sa chambre, attiré par les éclats de voix. Il est en caleçon. Il tient un pistolet. Quand il me voit, il regarde maman. Elle lui fait signe de ne pas se fâcher.

— Quatre… retourne immédiatement dans ta chambre.

— Tu peux pas me demander ça. Tu peux pas me demander de refaire le mal. Pas si tu m'aimes vraiment…

Le sentiment gonfle. Il remplit ma tête.

— Quatre, la famille a besoin de toi. Moi, tes frères…

— C'est pas vrai. C'est pas mes frères. Ils ont la même tête que moi, mais c'est tout.

Maman fait un geste discret pour dire au monsieur de s'approcher de moi, mais je le vois.

— Quatre, tu es perdu, Un est mort et ça te perturbe. Je le comprends.

Ce qu'elle comprend pas, c'est que sa mort m'a libéré.

— Je vais te donner des médicaments…

L'homme est maintenant tout près de moi. Il a toujours le pistolet le long du corps, il a pas l'air de vouloir s'en servir. Mais si je bouge ?

Le sentiment que je connais pas bouillonne en moi. Il va bientôt sortir.

— Quatre… soupire maman d'une voix triste.

C'était un signal. L'homme saute en avant, un bras tendu pour me saisir, et l'autre qui lève son arme pour m'assommer d'un coup de crosse. Le pouvoir grandit en moi. Puis au-delà de moi. C'est comme une bulle qui m'entoure. Dense. Invisible. D'un côté, elle bloque l'homme. De l'autre, elle prend appui sur la porte. D'un coup, elle explose. L'homme est projeté en arrière. Maman tombe sur les fesses. La porte est envoyée au diable. Dehors, il fait nuit. Le ciel est tout noir. Y a tout un tas de bazar par terre. Je me retourne et je vois maman, qui se relève. Je lui lance, avant de me sauver :

— T'es trop méchante !

Et je file.

Un coup de feu claque dans mon dos.

Une douleur me brûle l'épaule droite.

Mais je cours.

Sans m'arrêter.

Je cours.

Sans réfléchir.

Je cours.
Aussi vite que mes jambes le peuvent.
Je cours.
Et je disparais dans la nuit.

Myala, lieutenant de police

Le drone arrive enfin. Muni de quatre hélices, long et large de quarante centimètres, épais de dix, il porte sous son ventre une petite boîte. Sur son flanc, le logo de la police nationale ne brille plus. Recouvert par de la poussière, des déjections de mouettes et peut-être même les crachats de personnes se sentant surveillées, le dessin survit, avec un courage qui nous fait parfois défaut.

Le drone n'atterrit pas. Il se positionne à ma hauteur et attend que je saisisse mon paquet. Ce que je fais.

« C'est bon Asima. Merci. »

« Pas de problème. Et fais attention. »

Je ne réponds pas : tenter de la rassurer est inutile. Je vais prendre des risques pour la bonne cause, en espérant que le Gardien ne me juge pas trop sévèrement. J'imagine qu'il a déjà préparé une sanction, mais comme dans un match, il attend la fin de l'action pour me juger.

Il n'y a qu'à espérer que tout fonctionne bien sinon je pourrais bien directement retourner au trou si j'achève Vince.

Le drone repart et j'ouvre la boîte. Le connecteur est bien là. Il s'agit d'un boîtier central disposant de deux câbles, chacun se terminant par une broche neuronale. Cette connectique se fiche à la base du crâne, dans une prise prévue pour l'accueillir, aux évolutions de normes près, mais Asima a nos dossiers. Normalement utilisée pour configurer les membres et vérifier leur état, elle peut servir à relier deux cerveaux disposant d'implants cybernétiques. La connexion, une fois établie, offre la possibilité d'accéder à la mémoire de l'autre. Plus personne ne se connecte ainsi, au regard de la dangerosité de la chose. En réalité, ce procédé est à l'image de Vince, prometteur, mais incertain, risqué et… ingérable.

Encore une heure passe durant laquelle le système automatique de Saint Louis s'occupe de Vince. Je fais les cent pas, dans l'attente de pouvoir me connecter à sa mémoire. Je mobilise toutes mes forces mentales pour ne pas penser, ne pas mesurer le temps qui passe trop lentement. J'ai encore envie d'un fichu café. Au moment où je m'apprête à céder, les portes s'ouvrent sur le robot qui vient me retrouver.

— Votre ami est stabilisé.

— Je peux le voir ?

— Les visites en soins intensifs sont limitées.

— Je suis une de ses proches.

— Un instant, je demande la permission. Autorisation accordée.

— Quelle chambre ?

— 213.

Deuxième étage, donc, chambre 13.

Direction l'ascenseur. Mon genou craque à chaque pas. Quelque chose est définitivement brisé à l'intérieur. Décidément, j'ai pas de chance avec mes jambes…

À l'étage, je trouve facilement la chambre. Cette dernière se situe dans l'aile des sans-mutuelles. J'aurais dû m'en douter : entre nos soldes au rabais et l'affection que porte Vince aux papelards et aux assurances en tous genres, il ne dispose d'aucune couverture.

Bonjour le crédit bancaire qu'il va devoir se coltiner en sortant de là. Enfin, s'il en sort.

La chambre dans laquelle on le soigne doit bien mesurer dix mètres carrés, mais s'y entassent sept patients, tous dans des tubes de survie. Je ne prête aucune attention aux autres, pressant le pas pour m'approcher de Vince. Il se trouve aussi dans un de ces caissons, son corps flotte dans un liquide jaunâtre. Il lui manque toujours ses membres et des tuyaux viennent lui percer le tronc par endroits. Des agrafes referment ses plus grosses entailles. On le devine livide, à travers le liquide coloré. Ses traits sont creusés, il est manifestement épuisé, mais en vie. Sur l'écran déporté de son tube, ses constantes vitales sont rassurantes. Au-dessus, une unité médicale veille sur lui.

— État du patient ? que je demande.

— Stable, mais pronostic vital engagé.

— Chance de survie ?

— Trente pour cent.

Merde !

J'en serre la mâchoire. Mes muscles se contractent et tandis que des larmes me montent aux yeux, ma gorge se noue à nouveau, comme pressée par les mains d'un assassin.

Je ne veux pas le perdre…

Je cherche à respirer profondément, pour retrouver mon calme.

Ne pas pleurer. Surtout ne pas pleurer.

— Connexion neuronale autorisée ?

— Très fortement déconseillée. Autorisée aux seules forces de police…

Je commence à égrener mon identité.

— Lieutenant Myala Muller, matricule…

Pendant que je lui livre la totalité de mes identifiants et mes codes prioritaires, la reconnaissance faciale valide ma légitimité à me connecter.

J'insère le câble dans la prise à la base de ma nuque, puis j'enfiche l'autre connecteur sur l'appareil médical. L'unité de soins effectue le relais à travers le câble déjà raccordé à Vince à l'intérieur du tube.

Je n'ai jamais fait ça. Avant d'accéder à ses souvenirs, un sentiment de panique me saisit. Me reviennent les anecdotes des autres flics, qui me parlaient de cette période où ils se connectaient aux suspects, forçaient leurs esprits, vérifiaient ainsi leurs alibis, jusqu'à ce que les malfrats s'équipent de firewalls et de virus mémoriels. Dès lors, chaque fois qu'ils entreprenaient un interrogatoire virtuel, ils risquaient leur vie. Et ça finissait toujours par se gâter. Si un agent se faisait pirater, il ne recouvrait jamais ses esprits et finissait dans un sanatorium, là où étaient entreposés les corps aux âmes perdues au service de la nation. C'est pourquoi j'avais en horreur ce procédé, que je comptais ne jamais utiliser. Jusqu'à aujourd'hui.

Vince, tu me feras toujours chier. J'espère que t'étais pas parano au point de t'être fait installer un firewall de contrebande, sinon mon cerveau va griller.

Tout vire au noir. Je ne sens plus mon corps, mais pas non plus celui de Vince, ni ses pensées, ses sentiments. J'évolue dans une obscurité proche du néant. D'un coup, des flashs s'agitent en périphérie de mon champ de vision. Par réflexe, je cherche à m'en protéger en levant les bras, sauf qu'ici, je n'ai aucune réalité physique. Tout se passe dans mon cerveau, donc pas de bras sauf ceux que je m'imagine.

Après ces stimulations visuelles me viennent des odeurs, des images fugaces, des voix indistinctes. Tout me traverse rapidement sans qu'aucun souvenir ne se fixe. Je me concentre pour ralentir le flux. Les images deviennent des scènes. Courtes et partielles. Il manque tantôt le visage d'un interlocuteur, tantôt des pans entiers du champ de vision. Comme si un voile noir occultait une partie des souvenirs.

Des lésions cérébrales, peut-être : ça commence mal.

Je me concentre pour influer sur le cours des souvenirs.

Je nous revois au bureau. Nos discussions. J'accélère. Un coup de fil. Vince qui décroche. Je tente de ralentir. Les voix sont reconnaissables, mais pas le dialogue. Les sons abîmés ne révèlent que l'intonation de Vince et de celle qui l'appelle : Célanie. Ils parlent des implants psy, de l'instabilité cérébrale, des migraines qu'ils provoquent. Elle indique à Vince qu'un dealer vient de braquer une pharmacie justement. Spud. Il aurait pris le stock de drogues et d'antimigraineux. La scène se coupe et me voici dans la peau de Vince, en train de piloter une vieille moto. Une de ces japonaises du siècle dernier, au moteur qui crache, aux pneus énormes. Celle-ci est particulière : le carénage est renforcé, peut-être blindé. Vince doit l'utiliser pour frimer dans les mauvais quartiers. Ses zigzags sont violents, ses accélérations animales. Le plaisir du pilote est à son paroxysme.

Séquence inutile, je passe à la suivante.

Champigny. Le parc. Les zombies. Discussion avec Spud. Tous les chemins mènent aux dealers, il paraît…

J'accélère encore. Les échanges fusent jusqu'au moment où Vince tire son flingue, visiblement peu convaincu par les infos qu'il obtient. L'autre ne se démonte pas. Vince lui envoie une claque qui propulse Spud contre le montant de son installation. Le dealer se met à chouiner et il balance quelques phrases. Le souvenir s'interrompt. La suite se situe dans un vieux hangar tout décati que je reconnais. Vince est encerclé par quatre types, pas vraiment costauds, plutôt blafards, de taille moyenne. Leurs visages sont flous, les traits difficiles à cerner. Par contre, j'aperçois sur leurs fronts, des numéros inscrits au marqueur. Ou tatoués, c'est difficile à voir. L'un d'eux porte un foulard sur les yeux. Il porte le numéro un. Les autres surveillent Vince. Leurs fringues sont rapiécées et leur peau recouverte de crasse. Leurs intentions se devinent facilement : ils ne sont pas là pour lui mettre la pression ni une raclée ; non, ils vont le tuer.

J'enclenche tous les processus qui gèrent le logiciel de lecture de souvenirs. Mon propre cerveau en perd les ressources cognitives censées gérer mon environnement extérieur. En gros, je m'étale comme une merde, la bave aux lèvres, pendant que mon cerveau turbine à décoder celui de Vince. Qu'importe : que peut-il m'arriver dans un hôpital ?

Une partie des processus est redirigée vers les banques auditives. Je perçois les échanges qui ont eu lieu avant que… avant l'exécution.

« Z'êtes une drôle de bande de frangins… »

Pause. Je distingue enfin les têtes des types qui lui font face. Identiques. Il n'y a donc pas un clone équipé d'implants, mais au moins quatre. Eh bien, on est sacrément dans la merde.

Ils échangent de drôles de sourires, et ricanent comme des gamins qui préparent un mauvais coup. Je sens l'excitation de Vince. Il a envie que ça dégénère. Il n'attend que ça, comme dirigé par un instinct morbide qui l'obligerait à se mettre en danger.

D'autres types apparaissent. Plus costauds, basanés, rien à voir avec les clones. Et ils sont armés. L'un d'eux s'approche, tout en restant derrière la ligne des clones, comme si rien ne pouvait lui arriver. Je sauvegarde son visage aux traits distinctifs, ses tatouages. Si avec ça Sherlock ne me l'identifie pas…

Le gars se met à parler avec un fort accent :

« Mon ami, pourquoi venir ainsi te jeter dans la gueule du loup ? Tu sais très bien que ça peut pas bien finir pour toi. »

Un courant électrique parcourt l'échine de Vince. Il sent que la situation lui échappe, mais il en a rien à foutre. Il se tient prêt à frapper, comme si sa sauvagerie pouvait renverser toutes les situations.

« Je cherchais la piscine puis je me suis planté. Foutu GPS. C'est con, hein ? »

« Te foutre de notre gueule ne te servira pas. Numéro Un lit tes pensées et me les transmet en direct. »

Le type brun ferme les yeux, puis arbore une grimace, comme s'il humait une mauvaise odeur. Il reprend :

« Et tes pensées sont mauvaises. Tu es venu pour nous, tu… »

Vince ne le laisse pas finir : il dégaine l'arme planquée dans son dos. Il tire une balle en pleine tête du numéro Un.

« Numéro Un, hein ? Il m'emmerdera plus, çui-là. »

S'ensuit une explosion d'hystérie, de colère. La main de Vince vole en éclats, son flingue avec.

Surpris, Vince titube en arrière en contemplant son moignon. Sa peur se déverse dans mon cortex.

Le grand type fulmine en le désignant de son index crotté.

« Tu vas payer pour ça, espèce de bâtard ! »

Vince comprend qu'il est fait. Son regard erre à la recherche d'une échappatoire.

« Finissez-le, mais avant, faites-le souffrir. »

Ses bras se démantibulent totalement l'un après l'autre, tandis qu'une force le maintient sur place, à peine en contact avec le sol.

Un craquement secoue le corps de Vince, je le ressens jusque dans ma propre colonne vertébrale. Il s'effondre. Ses jambes explosent. Je souffre avec lui. Des éclats ardents m'aveuglent. Des hurlements m'assourdissent. Les miens. Puis des séquences de noir profond, et à nouveau de blanc intense. Puis des mélanges de couleur kaléidoscopique comme seuls les drogués peuvent les percevoir.

L'esprit même de Vince cherche à se mettre en sécurité, à masquer ce qui se passe ensuite. Des morceaux de son corps qui lui sont arrachés aux lacérations qui lui sont infligées, il ne perçoit plus très consciemment ce qui lui arrive. Ma position d'observatrice est moins subjective, mais j'ai quand même mal pour lui à chacun des sévices qui lui sont infligés. Vince tient bon, se raccroche à son corps qui tombe pourtant en charpie.

Je ne supporte plus sa souffrance. J'accélère pour échapper au déluge de coups qui s'abattent sur lui.

Quelques coups de feu. De nouveaux hurlements, de douleur ou d'exultation en fonction du camp. Le goût du sang. L'odeur des fluides hydrauliques. Le contact du métal, à l'intérieur de ses entrailles, qui gratte sa colonne vertébrale. Des pointes qui s'enfoncent dans ses chairs. Tout ce sang qui s'écoule, et cette vie qui s'enfuit. Ses chairs bleuies qui perdent toute chaleur, ses pensées qui se désagrègent.

Black-out.

Les souvenirs s'arrêtent ici, jusqu'à ce qu'un œil tuméfié s'ouvre sur mon propre visage.

_ _ _ *Disconnect* _ _ _

Retour à la réalité.

Je suis en sueur et je tremble. J'étais déjà en vrac contre la paroi du tube de survie, mais là, je m'effondre complètement, ce qui débranche le câble qui me relie à l'unité. Les souvenirs de Vince vivent encore en moi et tout mon corps ressent son agression comme si je l'avais subie moi-même. Mes bras et mes jambes ne répondent plus, mes intestins protestent contre la présence de crochets fantômes. Je convulse. Je vomis. Et je pleure. D'instinct, je cherche à me recroqueviller, mais mes membres ne m'obéissent plus. Je ne suis pas Vince. J'éclate en sanglots, tandis que les robots infirmiers entrent dans la chambre pour me secourir.

J'essaie sans succès de hurler pour me libérer de la souffrance endurée par Vince lorsque l'un des robots m'injecte une dose de calmant. Le produit me brûle les veines avant que je ne sombre dans une inconscience totale.

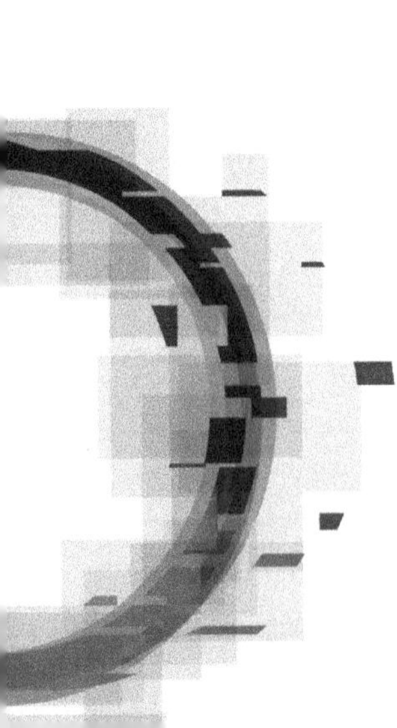

PARTIE 3

Myala, lieutenant de police

J'ai l'impression de flotter dans le néant, inerte. Des éléments tourbillonnent, se réagencent, se rassemblent pour former un horizon. Des faits qui me semblaient aussi distants que distincts se mettent en place : les clones, les implants psychiques, le groupe venu sur Paris poursuivre ses tests et qui s'est installé quelque part dans Bonneuil pour rester sous les radars. Notre intervention dans l'appartement, le bras de Mike bloqué, sa mort. Le dépeçage de Vince. Mais aussi ZeitKlonnen qui fournit, bon gré mal gré, ses cobayes pour les expérimentations psychiques, sans parler des fédéraux qui ne suivent jamais de très loin notre enquête. Lynley parfois présent, parfois absent, qui nous observe. Nous laisse prendre les mauvais coups à sa place. Je n'ai aucune confiance pour les feds, mais lui, il me semble clean. Il lui aurait été si facile de nous dessaisir de l'enquête…

Les liens cachés entre ces éléments se renforcent. Tous les événements de ces dernières semaines semblent tourner autour de cette nouvelle génération d'implants. Comme si de trop nombreuses factions souhaitaient s'en assurer l'exclusivité. Les pièces du puzzle s'emboîtent, là, devant moi. Je touche du doigt la résolution de cette affaire. Je…

Une éruption volcanique dans ma poitrine. Je hurle. Le flux de mes pensées s'interrompt, et avec elles meurt la révélation finale de tout ce bordel.

La lave se met à parcourir mon corps, mes veines. Elle embrase mes muscles, dévore mes nerfs. Elle atteint mon cerveau, emportant toute réflexion sur son passage.

Je me réveille sur un brancard, paniquée et en sueur.

Je m'efforce de reprendre ma respiration. À retrouver mon calme.

Je tente de me redresser, mais des liens m'en empêchent. Les premiers me maintiennent les bras, les autres les jambes et le torse. J'essaie de dessangler ma poitrine, sans succès. J'arrive à peine à remuer, de toute façon, comme si mon corps ne répondait pas totalement.

— Vous ne devriez pas vous agiter. Vos constantes réagissent négativement.

Le robot infirmier… je suis toujours à l'hôpital.

— Que s'est-il passé ? demandé-je.

— Vous avez mal réagi à la connexion neuronale.

C'est le moins qu'on puisse dire : j'ai le crâne encore en flammes.

— Vous avez reçu une dose de calmant.

— Et Vince ?

— Son état s'est dégradé, ses chances de survie ne sont plus que de vingt-sept pour cent.

Fait chier.

— Je dois partir. J'ai des…

— Vous n'avez pas l'autorisation de sortir. Vous devez tout d'abord vous reposer.

— Je n'ai pas le temps…

— Vous resterez en observation pendant les vingt-quatre prochaines heures. Ordre du médecin.

C'est ce qu'on va voir.

« Asima ? »

« Lieutenant ! »

« OK. J'ai un souci. Tu pourrais pirater l'hôpital Saint Louis ? J'ai besoin de convaincre le médecin-chef de me laisser sortir. »

« Pas sans prendre dix ans de plus, à vue de nez. »

Asima et son envie très asymétrique d'en finir avec le service civique... Un jour elle prend des risques insensés, le lendemain elle surjoue la prudence. Pour le coup, ça m'agace un peu.

« De toute façon Diop est en route. »

« Diop ? »

« Je l'ai envoyé aux nouvelles. »

Belle initiative. Elle reprend :

« Autre chose : le bleu est rentré. »

« Entier, j'espère ? »

« Comme au premier jour. »

Enfin une bonne nouvelle. Depuis le temps que j'en espérais une...

« Mais il a fait chou blanc. »

« Tout ça pour ça. Il t'a dit où il avait été et ce qu'il avait fait ? »

« Pas un mot. »

« Il va m'entendre. Il n'a pas été autorisé à prendre des risques et encore moins à jouer en solo. »

« Bah, un peu comme toi, non ? Ta sortie à Bonneuil, la connexion neuronale, il me semble pas que t'en aies beaucoup causé à l'équipe. »

Touchée. C'est vraiment Asima qui me rembarre, là ? J'en crois pas mes oreilles.

« Ah, et Lynley a appelé, aussi. »

« Au sujet du dernier cadavre ? »

« Non, pour le labo. Il a fait jouer ses contacts. Il semblerait que ZeitKlonnen soit en train de mobiliser une milice privée. ».

« Il le sait comment ? »

« Un indic j'imagine. Il a parlé de *nouveaux croisés*, ça te parle ? »

« Non. Manquait plus que ça. Ils se préparent à faire le ménage ? »

« Oui. Ils ont réussi à localiser les clones. Et tu devineras jamais où. »

Bah si, je commence à avoir de gros soupçons, pour tout dire.

« Vas-y, crache le morceau. »

« Bonneuil, évidemment. Ils sont encore en train d'affiner la position. »

Bonneuil, évidemment. On peut faire confiance à Vince lorsqu'il s'agit de chercher (et trouver) les ennuis.

« Ils vont déployer des troupes au sol pour ratisser le terrain. »

Merde. Si l'on veut clore nos dossiers sur les meurtres, il va nous falloir mettre la main sur les clones avant eux. Sans cela, nos stats resteront ce qu'elles sont, nous n'aurons pas de remise de peine et nous aurons perdu des camarades en vain.

Je n'ai plus de temps à perdre. J'essaie à nouveau de bouger pour arracher mes liens, mais mes jambes demeurent inertes sous le drap. Une bouffée de panique s'empare de moi. Y a quelque chose qui cloche vraiment.

— Infirmier !

J'appelle à plusieurs reprises. Le robot, parti surveiller un autre patient, finit par revenir vers moi.

— Mes jambes…

— Votre rotule est brisée. Nous ne sommes pas en mesure de la réparer. Il faudra attendre le passage d'un cybertechnicien.

— Mais pourquoi je ne peux plus les remuer du tout ?

— Nous les avons déconnectées pour éviter que vous vous blessiez en attendant l'expertise.

Putain ! Les emmerdes volent en escadrilles, en ce moment.

Je demande à Asima, par iThink :

« Tu sais quand la milice doit intervenir ? »

« Aucune idée. Ça pourrait être long, le temps qu'ils collectent les autorisations de tir à vue ou de survol de l'espace aérien. »

« Tu crois qu'on a une chance d'agir avant eux ? »

« Peut-être, à condition de savoir où aller… »

— Infirmier, reconnecte mes jambes.

— Demande impossible, vos jambes sont dysfonctionnelles, elles doivent être au préalable expertisées par un cybertechnicien.

— Infirmier, c'est un ordre.

— Ordre non recevable, les prérogatives du médecin-chef sont…

— You should l'écouter, intervient une voix que je reconnais.

La carrure de mon équipier occulte tout l'encadrement de la porte. Ses épaules sont carrées au point qu'il doit se faufiler à travers le chambranle.

— Diop, libère-moi.

— Are you sûre it's une bonne idea ?

— C'est pas le moment de tergiverser, c'est un ordre.

Il hésite. Il est inquiet. Lui aussi a déjà souffert de la perte de Mike, et l'état de Vince l'affecte à coup sûr. Malgré les vacheries qu'ils se lancent à longueur de journée, ces deux-là s'apprécient. À leur manière.

J'insiste en le fixant :

— On doit mettre un terme à tout ça. Les arrêter avant qu'ils ne tuent quelqu'un d'autre.

L'argument fait mouche. D'autant plus que Diop n'est pas un mauvais bougre. Il a trafiqué un peu, mené une jeunesse un peu borderline, mais contrairement à moi, il n'a pas de sang sur les mains.

Je rajoute une ultime couche :

— Imagine la remise de peine que ça nous ferait !

Comme chaque membre de la brigade, Diop attend le jour où sa peine tombera à zéro et où il pourra quitter le service. Être lâché par le Gardien. Retrouver une vie normale. Pour y arriver, une seule solution : clore des affaires. Et plus elles sont pourries, plus on capitalise les remises de peine.

Au moment où mon équipier se penche sur moi, le robot tente un dernier avertissement, mais Diop s'en fiche.

— N'oublie pas de prendre mes affaires, ajouté-je en lui désignant mes vêtements au pied du lit.

Il me soulève avec ses bras musculeux et m'emmène jusqu'à son véhicule. Une fois dedans, je me change. Il détourne le regard, un peu gêné. C'est mignon.

Par curiosité je vérifie les notifications sur mes lunettes. Je soupire. Le Gardien m'a adressé un message : « connexion illégale à un agent de l'ordre, refus de soin, détérioration de matériel, ajout de sept ans de service civique ».

Sale journée…

Il commence à rouler, mais son esprit est préoccupé.

— Va-t-il be fine ?

— Je l'espère, mais les robots médecins ne sont pas très enthousiastes.

— Where va-t-on ?

— Au QG, et fissa. On a une mission de terrain à préparer.

Diop me porte jusque dans l'atelier d'Ubwa.

— Qu'est-ce que t'as encore foutu ? râle le vieux mécano en me voyant.

— J'y suis allée un peu fort. Tu peux réparer ça ?

Il s'affaire au-dessus de mon genou.

— Ah non. C'est de la techno de précision que t'as là.

— OK, mais…

J'hésite.

— On a une grosse intervention imminente, pas le temps de finasser. Mes anciennes jambes sont réparées ?

— Ouais, qu'il répond, un peu dégoûté.

— Va me falloir un échange standard, et rapido s'il te plaît.

Ubwa soupire, fatigué par mes frasques. Il ronchonne et finit par lâcher :

— T'imagines quand même pas que je vais te les changer tous les jours ?

Je lui sors ma mine enjôleuse.

— Encore une fois, s'il te plaît…

Puis je me reprends.

— On est sur un gros truc, je t'assure.

Il s'approche, suffisamment pour me chuchoter à l'oreille, à l'écart de Diop qui fait mine de pas entendre :

— Tu t'rends compte des conséquences ? Tu sais que les douleurs vont revenir…

J'élude à l'aide d'une boutade.

— Y a que toi pour chuchoter à l'oreille des jeunes filles quand on a un canal mental à disposition…

— J'suis de la vieille école, grince-t-il. Réponds. Tu t'rends bien compte ?

— Je devrai me procurer à nouveau des nano-antalgiques.

— T'as réussi à avoir une nouvelle prescription ?

— Non… pas eu le temps de voir un doc conciliant.

— Alors quoi ? Tu vas braquer des distributeurs ?

— Mais non…

— Où tu vas t'en procurer ? Sur le marché noir ?

— Ub…

— Laisse, j'veux rien savoir. Et ta demi-journée de convalescence, tu la planifies quand ?

— Y en aura pas. Pas le temps, quand j'te dis qu'on est sur un gros truc, c'est pas des conneries.

Son visage se crispe et ses traits se renfrognent. Il se redresse.

— Tu crois quoi ? reprend-il en haussant la voix. Que j'vais te rafistoler à la va-vite, comme sur un champ de bataille ?

— C'est l'idée oui, avoué-je. Tu sais le faire, tu l'as déjà fait.

Il s'écarte et détourne le regard. De lourds souvenirs doivent lui revenir.

— Il le faut, sergent. Pour Mike, pour Vince.

Il serre les dents, j'ai fait mouche.

— OK, finit-il par dire en soupirant.

— Combien de temps ça va nous prendre ?

— Deux heures. Trois peut-être. Plus je ferai vite, et plus tu seras à vif. Tu vas douiller…

Ma résolution vacille un instant.

— T'as quelque chose pour la douleur ?

— De la morphine.

Je surprends l'expression désapprobatrice de Diop.

— Tout va bien se passer, lui dis-je pour le rassurer.

— May be…

— Ubwa est un pro. S'il dit qu'il peut le faire, c'est qu'il peut le faire.

Je me dis qu'il vaut mieux que j'éloigne Diop avant qu'il ne me livre le fond de sa pensée.

— Appelle Lynley pour moi, s'il te plaît. Demande-lui de venir dans trois heures. À son arrivée, installe-le en salle d'interrogatoire et fais-le poireauter.

— Why ?

— J'aimerais que le bleu vérifie quelque chose.

— Hum.

— Allez ! dis-je pour l'inciter à s'en aller.

Il marque un temps, je sens qu'il aimerait ajouter quelque chose, mais il se détourne finalement pour sortir de la pièce, fermant la porte derrière lui.

J'en reviens à Ubwa :

— On y va ?

Il me tend un vieux pistolet d'injection. L'appareil médical est rouillé, recouvert par une crasse douteuse. La détente est usée par le nombre de fois où elle a été pressée. Je n'ose pas regarder l'intérieur du canon, mais j'interroge le sergent au sujet des deux réservoirs transparents et colorés.

— Morphine, précise Ubwa. Comme demandé.

— Et l'autre ?

— Adré, pour te ramener. Mais je t'ai prévenue, tu vas morfler.

Je me déshabille et m'allonge sur son lit d'opération. Je place le canon contre mon cou. Direct sur la carotide.

J'appuie sur la détente.

Je me réveille au milieu de l'après-midi. J'ai mal partout. Je tremble. Une espèce de sueur froide humidifie mon dos et je ne sais plus trop quelle expression affiche mon visage. Mon cœur bat trop vite. Je remue les jambes et je fais de suite la différence : mes bonnes vieilles prothèses pèsent une tonne. Je descends du lit de fortune. Mes premiers pas sont incertains et je retrouve cette absence de sensations si caractéristique de ce vieux modèle. La tête me tourne. La faute aux drogues, j'imagine. Je me rassois et prends quelques instants pour recouvrer mes esprits. Une fois un peu plus alerte, je me rhabille avec lenteur. Je suis seule, Ubwa doit être en train de ronfler quelque part. Je rejoins tant bien que mal les étages supérieurs, avançant péniblement, m'appuyant sur les murs lorsque des vertiges me prennent. Pour une fois, l'ascenseur me semble en meilleur état que moi.

J'arrive enfin dans notre bureau. Diop et le bleu m'attendent. Asima est toujours à son poste, derrière ses écrans.

— You're OK ? demande Diop.

— Grave, dis-je, consciente d'être aussi livide qu'un cadavre. Lynley est là ?

— Yes, à l'accueil.

— Et Lou ?

— Already en bas.

Et merde, je vais devoir retourner en bas…

Je retraverse le couloir, toujours d'un pas incertain, je reprends l'ascenseur et rejoins Lynley à l'accueil. Il est là, assis, manifestement intrigué par mon invitation. Jambes et bras croisés, un café posé sur la table basse devant lui, il patiente non sans afficher une certaine classe. Il se lève lorsque j'arrive, je le salue.

— Ça va ? s'inquiète-t-il en me voyant si pâle.

— Suivez-moi, dis-je. On descend au sous-sol.

Le vieux flic tique, puis rigole.

— En salle d'interrogatoire ? Je me demande bien ce que j'ai fait.

— C'est pour parler plus librement, loin des oreilles indiscrètes.

— Han-han, qu'il me répond d'un hochement de tête pas très convaincu.

Il m'adresse un regard pénétrant lorsque nous entrons dans l'ascenseur. Je m'adosse contre sa paroi fatiguée pour me reposer quelques secondes.

Une fois en bas, Lou nous accueille et nous invite à entrer dans la salle d'interrogatoire. Classique, une table avec des menottes, deux chaises, une vitre sans tain et du matériel d'enregistrement. Je fusille Lou du regard. Lui et moi, on a une discussion en suspens. Je n'ai pas oublié, et je le lui fais comprendre.

Lynley regarde la chaise des prisonniers.

Il glisse avec malice :

— Je suppose que c'est là que vous voulez que je m'assoie.

Je lui rends son sourire avec une froideur calculée.

— Tout d'abord je tiens à vous remercier pour les dernières infos. Nous nous doutions que ZeitKlonnen réagirait, mais sans trop savoir ni quand ni comment.

— C'est tout naturel entre collègues…

— Justement, dis-je pour le couper. C'est ce que je me demande. Sommes-nous vraiment collègues ?

— Lieutenant, voyons. Nous travaillons sur les mêmes crimes, sourit-il, avec une pointe de charme.

— Les mêmes crimes, mais pas forcément avec les mêmes objectifs, rétorqué-je, en essayant de sourire à mon tour.

Lynley se raidit. Aurais-je fait mouche ?

— Depuis le début je vous apprécie. Votre côté « vieux flic », votre manière d'être à nos côtés, de nous aider même.

— J'avoue que vous m'êtes sympathiques. Un peu désespérés, mais sympathiques.

— Vous foutez pas de moi. J'ai l'impression que vous nous cachez quelque chose.

Il se pince.

— Qu'est-ce qui vous fait croire cela ?

— Vous connaissez Lou ?

Lynley acquiesce.

— Votre petit nouveau, oui. Un peu trop propre sur lui pour intégrer une BCP, mais pourquoi pas ?

— Figurez-vous que ce sont les feds qui nous l'ont confié. Vous ne trouvez pas ça amusant ?

Lynley jette un regard au bleu. Je sens son cerveau en ébullition, il se demande ce qu'il a raté d'autre, et où je souhaite en venir.

— Les feds nous ont demandé de valider ses implants, d'une toute nouvelle technologie. Vous n'en avez vraiment pas entendu parler ?

Visiblement non, à son froncement de sourcil. Lynley commence à s'agiter, il a parfaitement intégré le fait qu'il n'était pas au cœur d'une simple invitation de courtoisie. Lou se place dans son dos, debout derrière sa chaise, accentuant son malaise. Bien joué pour le coup de pression, le bleu.

— Nous avons un problème dans cette affaire, ajouté-je. D'un côté, les feds travaillent sur une nouvelle technologie d'implants, et de l'autre ils soutiennent les expérimentations de ZeitKlonnen. De l'autre, nous avons un gang turc qui s'est approprié une partie de ces technologies et qui commence à les exploiter. Au milieu, il y a les brigades qui sont jetées en pâture aux uns comme aux autres, pris entre leurs feux et qui y laissent des plumes.

Je tape du poing sur la table, le faisant sursauter.

— Avant d'aller plus loin dans notre collaboration, capitaine, j'ai besoin de savoir dans quel camp vous êtes.

— Mais, dans aucun, objecte-t-il. Je ne comprends rien à ce que vous me racontez.

— C'est ce que nous allons voir.

Lou le force à se rasseoir et, d'un geste vif, j'emprisonne ses poignets dans les menottes à fermeture rapides intégrées à la table.

— Que faites-vous ? s'indigne-t-il. Vous n'avez pas le droit.

— Calmez-vous, Lynley. Si vous êtes clean, vous n'avez absolument rien à craindre.

— Le Gardien…

— … est sourd et aveugle, ici. De plus, il ne surveille que les BCP et ce brave Lou est un fed. Mais ce que je ne vous ai pas dit, c'est que grâce à ses fameux implants, il est capable de lire dans les souvenirs. Il va pouvoir nous confirmer vos intentions.

Lynley éprouve la solidité de ses entraves en une ruade aussi désespérée que vaine.

— À toi de jouer, le bleu.

Il s'approche.

— Arrêtez ! s'insurge Lynley.

Le bleu place ses mains sur ses tempes et ferme les yeux.

Lynley se débat de plus en plus, mais il est notre prisonnier. Lou entame la lecture de souvenirs du capitaine, ce qui le calme instantanément. Leurs respirations se synchronisent, les yeux se ferment. J'observe la scène avec une certaine inquiétude : j'ai plutôt apprécié ce Lynley depuis notre première rencontre. Même si nous nous défions des fédéraux, il ne m'a jamais donné la moindre raison de me méfier de lui. Au fond, je n'apprécie pas de lui faire subir cet interrogatoire, mais je redoute davantage d'avoir été bernée, moi qui me vante de toujours « sentir » les gens.

Lynley ouvre grand les yeux et hurle :

— ARRÊTEZ !

Mais c'est plus par peur qu'autre chose : le process est indolore. Enfin, je crois, c'est ce que Lou m'en a dit, en tout cas.

Le bleu retire ses mains et me lance un regard entendu. OK, Lynley est clean. Rassurée, je déverrouille les menottes, et le vieux capitaine se laisser retomber sur la table, la tête dans les bras.

— Que m'avez-vous fait ? demande-t-il, en sanglots.

Je souris en lui lâchant :

— On vous a juste fait goûter en avant-première aux futures technologies de vos potes fédéraux. Intéressant, hein ? Mais rassurez-vous, maintenant je sais qu'on va pouvoir jouer cartes sur table, tous les deux.

Je sais pas trop si Lynley est du genre rancunier, mais comme il a l'air clean, je lui ai fait part de notre plan : tout d'abord, intervenir sur le terrain pour essayer de récupérer les clones avant les troupes de ZeitKlonnen, pour garantir que l'affaire ne sera pas enterrée. Avec un peu de chance, on récoltera bien nos remises de peine. Ensuite, faire exploser au grand jour les aspects les plus immoraux de leur business et voir jusqu'à quelles strates du pouvoir cette affaire remonte. Trinitistes et *homo europae*, vous allez en prendre plein les dents, ça vous apprendra à vous croire si supérieurs.

Lynley a tout patiemment écouté, bras croisés et a même promis de nous aider. « Mais de loin », a-t-il ajouté en regardant Lou de travers. Il a alors quitté notre immeuble, mal à l'aise, un peu chafouin, avec juste quelques bleus à son amour-propre. On verra s'il fait un rapport au Gardien, et combien il va me coller de temps de service supplémentaire. En attendant, sur ce coup-là, j'aurai mis ma brigade à l'abri de toute sanction.

Les effets de la morphine se sont évanouis, les douleurs dans mes jambes sont bien vite revenues. En retournant au bureau après avoir raccompagné Lynley, je croise le commandant Léonin devant la salle de pause. Je lui explique la situation :

— Les criminels se planquent à Bonneuil, on attend leur localisation exacte d'un instant à l'autre. Nos indics nous ont fait savoir que les gars de ZeitKlonnen allaient y mener une grosse, très grosse expédition. Nous souhaitons leur couper l'herbe sous le pied : on réunit des volontaires, on fait une descente, on récupère les clones criminels et on balance les responsables à la justice.

— Tu proposes une intervention armée, en gros ?

— Exactement.

— Les BCP ne sont pas censées se coordonner. Il ne faudrait pas que votre coalition soit interprétée comme une… mutinerie par les fédéraux.

— On prend le risque. Ma brigade ne pourra pas agir seule.

— T'es sûre de toi ? insiste Léonin. Vous risquez gros. Et toi, tu es certaine d'avoir les épaules pour mener cette opération ? Tu es très affectée par les pertes dans ton équipe, et tu sais très bien ce qui vous attend sur le terrain.

Il me dévisage. Il souhaite me soutenir, mais ne parvient pas à m'encourager. Déclencher une bataille rangée, même en banlieue, entre police et malfrats est un plan qui ne le séduit pas. Surtout avec une milice privée au milieu. Il a raison, toutes les composantes sont réunies pour que cela tourne très mal. Pourtant, je ne vois pas comment faire autrement : si on ne met pas un terme à ces sombres manœuvres maintenant, les emmerdes resurgiront puissance mille, à un moment ou l'autre. Nous sommes à un moment clé de tout ce merdier, faut pas le laisser passer.

— J'ai un homme à l'hosto et un autre qu'est passé par le crématorium. Je commence à en avoir marre de subir pendant que les feds se planquent derrière le bureau. Il faut réagir, et c'est ce que nous allons faire.

Il croise les bras. Il hésite. Il me connaît tout comme je le connais, et je devine qu'il recherche d'autres options, au cours desquelles tout n'exploserait pas.

Et elles ne sont pas nombreuses. Voire inexistantes…

— Combien de gars te faut-il ? reprend-il.

— Une petite dizaine ?

Il soupire.

— Je ne suis même pas sûr que tu arrives à les réunir.

Il grogne.

— Tu mesures les risques ?

— Y aura de la casse, c'est certain.

— Et tout ça juste pour clore trois affaires ?

Je sors de mes gonds.

— Mais commandant, ouvrez les yeux, ce n'est pas que de ça qu'il s'agit ! Ces crimes ne sont que la partie visible d'un iceberg bien plus merdique. Les clones servent de cobaye pour une nouvelle technologie. Des implants psychiques. Ceux qui les détiennent sont soit engagés par une grosse boîte d'un niveau fédéral, soit aux mains de bandes mafieuses de la pire espèce.

Le commandant ne dit rien. Il me laisse poursuivre :

— Le bleu m'a parlé d'un labo clandestin qui utilisait des enfants, il y a quelques années.

— Je connais cette histoire.

— Ce qui se passe ici est la suite directe de ces expérimentations.

— Comment peux-tu en être absolument certaine ? Tu n'as aucune preuve de ce que tu avances, seulement des faisceaux d'indices et de présomptions.

— Et la mort de Mike ?

— Sérieusement, Myala. J'en suis le premier affecté, mais des pertes sur le terrain, cela arrive presque tous les jours. Cela ne…

— Regardez à nouveau la vidéo, bon sang ! Quelque chose interrompt le geste de son bras.

— Myala…

— Le mec qu'on venait appréhender a utilisé de la télékinésie sur lui, c'est une évidence !

Le commandant me fait signe de la boucler, mais je ne peux pas lui obéir :

— Regardez la vidéo. Il ne s'agissait que d'un seul cobaye, mal entraîné et trop limité. Les clones que Vince a affrontés, c'est un tout autre niveau. Ils ont été conçus pour accepter ces modifications, composer avec ces pouvoirs. Et conditionnés pour exécuter les ordres les plus abjects sans sourciller. Vince s'est fait dépiauter par ces sales types. Morceau par morceau. Lorsqu'ils seront arrivés à maturité de cette technologie, lorsque ces implants se retrouveront sur le marché noir, nous allons nous faire massacrer. Et si même cela ne compte pas, lorsque des armées de clones munis de ces pouvoirs déferleront sur l'Europe, même les feds dégringoleront en pleurant de leurs satanées tours d'ivoire.

— Myala ! Ça suffit !

Cette fois, il a gueulé suffisamment fort pour que tout l'étage l'entende.

— Que crois-tu ? reprend-il. Qu'on nous a mis Lou dans les pattes seulement pour jouer avec sa technologie ? Que les feds ne surveillent pas ses avancées dans votre affaire ? Son utilité ? Ses découvertes ?

— Je…

— Et tu imagines que moi-même je ne suis pas surveillé ?

Je rougis.

— Je n'y avais pas réfléchi.

— Les feds suivent de très près cette expérimentation. Tu ne peux pas faire n'importe quoi. Les maigres fonds qui nous permettent de vivoter viennent de grosses boîtes comme ZeitKlonnen. On ne peut pas débarquer dans leurs affaires et foutre le bordel comme ça, ça n'est pas de notre ressort.

— Mais…

— On est plus au début du siècle, au temps d'Empenn. On ne peut plus tout régler avec une explosion et quelques années de taule.

J'accuse le coup.

— Pardon ?

— Tu agis toujours sur un coup de tête. Tu agis et tu réfléchis ensuite aux conséquences. D'habitude, à suivre ton instinct, tu t'en tires bien. Mais là, je ne te laisserai pas faire. Je comprends ton intention, mais ma responsabilité est de vous protéger toi et les autres BCP. Je t'interdis d'agir. Classe les meurtres sans suite et passe à autre chose. Je vais contacter les fédéraux, ils vont reprendre la main.

— C'est pas possible. Comm…

— Passe à autre chose, putain de bordel de merde ! C'est un ordre !

J'en ai le souffle coupé.

La violence de ses propos. Ses références à Empenn. Sa grossièreté. Il ne m'aurait pas fait plus mal que s'il m'avait collé une claque à m'en décrocher la mâchoire.

D'ordinaire, Léonin soutient ses hommes.

Ce n'est pas un gradé autoritaire ou mesquin. Je l'ai déjà vu intervenir auprès du Gardien pour corriger des sanctions qu'il jugeait trop sévères.

Mais là, sa défection me surprend. Je jurerais qu'il a peur que nous intervenions.

Certes, s'opposer aux milices suréquipées de ZeitKlonnen pourrait lui coûter quelques plumes. Mais je me dis qu'il y a autre chose… Il a reconnu à demi-mot que la présence de Lou dans notre brigade faisait partie de l'expérience.

— Je ne veux plus entendre parler de tout ça, lâche-t-il en me tournant le dos.

Il repart en direction de son bureau, me laissant sous le choc de notre explication.

Mais s'il croit que je vais accepter de m'en tenir là avec tout ce qui s'est passé, il se fout le doigt dans l'œil. Pour Mike. Pour Vince. Et tous ceux qui sont morts en service récemment dont on a un peu trop vite enterré les dossiers. Nous nous ferons discrets.

Je retrouve le bleu dans nos bureaux. Il est assis à son poste et manipule ses stylos pour se donner une contenance. Comme tout le monde, il a entendu le savon que m'a passé le boss, ses yeux fuient un peu lorsque je m'approche. Sur ses consoles, Asima fait semblant d'être perdue dans ses mondes virtuels, mais je la vois tendre l'oreille.

— Lou, on peut discuter ?

— Bien sûr… répond-il, gêné.

— Qu'est-ce qui t'a pris de te barrer en solo ? Je te rappelle que tu n'es pas encore habilité à agir sans chaperon.

— Je sais, mais je devais vraiment vérifier des trucs… Écoute, j'ai réussi à lire quelque chose de troublant dans les souvenirs de la dernière victime. J'ai essayé d'aller vérifier ces sensations sur les autres scènes de crime, y compris plusieurs qu'on n'a pas formellement rattachées à nos affaires. Si je les décode bien, on a désormais la certitude qu'ils étaient plusieurs sur la scène de crime.

OK, c'est raccord avec ce qui est arrivé à Vince. Je l'invite à poursuivre.

— Y avait donc plusieurs clones. Plus exactement, ils étaient deux, à échapper aux systèmes de surveillance. Celui qui se tenait en retrait avait les yeux bandés et il chuchotait des trucs à celui de devant, un télékinésiste, comme on le pensait. Le type un peu propre sur lui qui est du genre à laver sa tasse sur une scène de crime. C'était un peu comme s'il le radiocommandait, tu vois ?

— Avec le chiffre « un » marqué sur le front, je suppose ?

— Heu, comment tu le sais ?

— Écoute, le bleu. La prochaine fois, avant de te la jouer en solo pour aller pêcher des infos que l'on a déjà, tu discuteras avec tes coéquipiers histoire d'être sûr de pas prendre de risques inutiles. T'es consigné au QG, jusqu'à nouvel ordre, que cela te serve de leçon pour la suite.

Au bout de dix minutes, Diop me rejoint. Je suis à mon bureau, menton posé sur mes poings, coudes sur la table et front plissé, tant par la concentration que par la contrariété. Comme à son habitude, il mange un sandwich. Il me dit quelque chose que je n'écoute pas. Même si j'apprécie sa présence, il y a des fois où je préfère être seule. Seule avec ces putains de jambes qui me font toujours mal.

— Myala ?

Je relève la tête vers lui.

— What's the problem ?

Il parle toujours d'une voix douce, chaleureuse, pleine de gentillesse.

— Cette intervention que je compte organiser en dépit des ordres de Léonin…

— Yes ?

— Il va y avoir du lourd, en face. On va prendre de très gros risques. Il va nous falloir un plan en béton, si on veut une chance de rentrer à la base.

— You know, tout le monde have heard your dispute avec the commandant. Everybody à l'étage ne parle que of that.

— Je m'en doute. C'est quoi l'avis général ?

— Well, Mamoudou and 348 sont there.

Il m'indique du menton le bureau de la brigade décimée.

— You should aller leur parler, conclut-il les joues pleines de sa dernière bouchée de sandwich.

Je m'y rends, en cherchant à me recomposer une attitude. Dès que je franchis la porte, le vide des locaux me saisit. La brigade est installée dans une sorte de hall, aux flancs percés de petits renfoncements abritant chacun une zone de travail individuelle. Dans la plupart des alcôves, les bureaux désertés, mais toujours encombrés d'effets personnels, me renvoient aux pertes récentes de cette unité. Dans celui du fond, à droite, Mamoudou parcourt les dossiers des condamnés à qui le service actif pourrait être proposé, afin de regarnir ses effectifs décimés. Au milieu, à gauche, 348 regarde des vidéos de courses automobiles. Des images d'archive vieilles de plusieurs dizaines d'années.

Je me dirige vers eux et les interpelle :

— Comment va ?

Mamoudou hausse les épaules, 348 ne relève même pas le bout de son nez.

Je les jauge tous les deux.

— Il vous reste longtemps à purger ?

— Un peu moins de la moitié, m'informe Mamoudou. Soit douze ans encore.

— Pas mieux, soupire 348.

Donc oui, il leur reste un sacré moment à tirer.

— Vous avez sans doute dû entendre mon explication avec Léonin, tout à l'heure. Alors je vais être directe : quand je vois le vide de ces bureaux, les miens, les vôtres, ceux des autres brigades, je me dis que plus le temps passe, moins on a d'espoir de s'en sortir vivants. Qu'on verra jamais le bout de nos années de service. Alors, je vais organiser ma petite sauterie, même si Léonin s'y oppose formellement. Ce sera un coup de poker : on gagne un gros paquet d'années d'un coup et on redevient enfin des civils, ou on meurt un à deux ans plus tôt que ce qu'on peut de toute façon espérer. Vous en seriez ?

Cette fois 348 décolle les yeux de son écran pour croiser ceux de son chef.

— Carrément ! qu'il répond.

Mamoudou repousse les dossiers sur son bureau et hoche positivement la tête. Nous voilà six. Pas de quoi crâner.

La douleur revient, telle une pique s'enfonçant dans mes cuisses. Je m'appuie sur un bureau pour ne pas m'effondrer. Il va me falloir des médocs, et vite. Le prochain distributeur de médocs que je croise, je l'explose. Et tant pis pour les années de service supplémentaires.

— Vous connaîtriez d'autres volontaires potentiels ?

— Les « cinq C ».

— Qui ?
— Va voir la brigade de Tan.
— Il sera OK ? dis-je.
— Il t'écoutera. C'est déjà ça.

Les fameux « cinq C » sont une brigade uniquement composée de cybers. Je n'ai jamais collaboré avec eux sur le terrain mais leurs profils m'intéressent. Dans le premier bureau, il y a Hakim, un spécialiste en armes lourdes. Aussi grand, gros et large que Diop, il est un peu lent et peu utile aux enquêtes. Par contre, il en impose lors des descentes dans les quartiers ou lorsque vient la castagne. Dans le bureau qui suit se trouve Tan : un speeder. Tout son corps a été modifié pour accroître sa rapidité et la supporter sans se rompre. Même quand il parle, au point que j'ai parfois du mal à le comprendre. Il a l'esprit tout aussi vif, toutefois : il n'a pas son pareil pour jauger les situations même dans le pire des feux ennemis, ce qui fait de lui un atout sérieux, et le chef naturel de cette brigade. Parmi les autres membres de l'équipe, il est difficile de rater Irina. Peau très pâle, très grande, très blonde, très plate. On dirait qu'elle est anémique, mais il ne faut pas se fier à sa frêle apparence. Non seulement elle est très, très forte, mais elle connaît une dizaine d'arts martiaux et devient carrément mortelle lorsqu'elle dégaine ses couteaux en combat rapproché. Les deux derniers : les jumeaux, Owen et Ewen. Originaires de Bretagne. Le premier est un tireur hors pair, le second un pirate informatique de haute volée. On raconte qu'ils régnaient sur divers trafics de leur bled, avant de se faire pincer. Par amour pour une même femme qu'ils auraient couverte, il paraît.

Ils possèdent des profils similaires à la plupart des nôtres : des hors-la-loi qui ont franchi la ligne blanche pour s'en sortir. J'explique la mission, ils ne sont pas si surpris.

— Une inter à Bonneuil pour exfiltrer d'clones, résume Tan.

— C'est ça.

— Y aura du répondant en face ? demande Hakim, avec sa voix profonde et lente.

— Il faudra se faire discrets. Mais si ça dérape, ça va chier dur…

Il affiche un sourire flippant. Ce type adore la castagne, justifiée ou non.

— Une idée du nomb' d'années potentielles ? reprend Tan.

— Une dizaine. Peut-être une vingtaine si tout se passe bien.

Les jumeaux sifflent. Pour eux, le calcul est vite vu. Mais ils ne peuvent accepter une mission sans l'accord de leur lieutenant.

— J'ai rassemblé tous les crimes liés à cette affaire. Demande à Sherlock, il te sortira la compilation des dossiers.

— C'est ce que j'vais faire, répond Tan, sur la réserve.

— Préviens-moi quand tu auras pris ta décision.

Il acquiesce.

Ils n'attendent pas que Diop et moi quittions leur bureau pour se lancer dans une discussion animée. Irina est restée totalement indifférente lors des discussions, comme si elle était absente ou ne comprenait pas notre langue, attendant juste une occasion de sortir ses lames. Hakim et les deux Bretons, en revanche, semblent acquis à notre cause. Ils convaincront Tan, j'en suis sûre.

De retour dans notre « antre », où le bleu est toujours assis à sa place et Asima derrière ses écrans. Lou affiche la bouille d'un enfant qu'on aurait puni, et Asima celle d'une junknaute totalement perdue dans les réseaux.

Le fauteuil de Diop grince de douleur lorsqu'il y prend place et se penche sur sa smartclock pour lire les dernières informations sportives. Il a toujours adoré le sport. Plus jeune, dans son orphelinat anglais, il passait des heures sur diverses chaînes thématiques avant de partir s'entraîner jusqu'à la nuit tombée. C'est ce qui lui a valu sa silhouette musculeuse, assortie d'une vitesse impressionnante et d'une endurance hallucinante qui étaient déjà siennes bien avant ses améliorations bio. C'est d'ailleurs cette condition physique qui lui valut d'être repéré par un recruteur de streetball. Le début d'une sombre période où trafics en tous genres se mêlaient à des compétitions violentes, souvent ponctuées de blessures graves voire même de morts. C'est la prison qui a mis fin à cette boucle infernale, lui sauvant peut-être paradoxalement la vie.

Aujourd'hui, il possède toujours cette vision du monde très particulière : pour lui, la brigade est une équipe. Nous en sommes les joueurs, et les enquêtes sont comme des matchs qu'il nous faut remporter. C'est pourquoi il est heureux, épanoui d'être parmi nous, même si c'est probablement le seul. Il tourne à l'adrénaline, et adore lorsque nous sommes en mission sur le terrain. Je ne le lui reproche pas. Je ressens la même excitation lorsque je risque ma peau ou quand j'essuie les tirs de membres d'un gang.

Tout comme lui, c'est aux portes de la mort que je me sens la plus vivante.

Parce que je ne suis plus que l'ombre de moi-même depuis le décès de mon père.

J'ai depuis traversé la vie sans vraiment m'accrocher à quoi que ce soit. Je n'ai pas fait l'effort de garder le contact avec ma famille, mes amis du lycée, ni même de l'école de police. Pourtant, ma mère m'avait avertie, avant de disparaître à son tour : elle disait toujours que le bonheur, c'est les autres. Qu'une vie bien pleine repose sur des amitiés véritables. Qu'une âme heureuse puise dans l'amour de ses proches. Je n'aimais pas franchement l'entendre m'asséner sans arrêt toutes ses certitudes. C'est pourquoi j'ai eu un malin plaisir à prendre le contrepied de ses conseils. Puis le temps a filé. Trop vite. Les années en cryo ont fini de me couper de ceux que je connaissais, ou aimais. Je n'ai plus personne.

Maintenant, ce sont les femmes et les hommes avec qui je travaille qui sont devenus ma seule famille.

Et moi, tout ce que je trouve à faire, pour les en remercier, c'est de les amener à l'abattoir.

Ma smartclock sonne. Lynley. Je me demande s'il nous en veut encore. Je m'isole dans un coin et décroche.

— Lynley ? Quelle surprise, z'êtes pas trop rancunier. Comment vous sentez-vous ?

— Moyen. J'ai toujours cette sensation désagréable d'avoir été piraté…

— Mais vous ne m'appelez pas pour me donner des nouvelles. Vous souhaitez toujours rester en dehors de tout ça ou vous êtes décidé à vous montrer plus utile ?

— Je devine que vous êtes prête à passer à l'action.

— C'est ça.

— Je veux vous aider, même si je flirte avec les instructions que j'ai reçues au sujet de cette affaire. Nous avons l'adresse de la bande de Nermin.

Mon cœur bondit dans ma poitrine.

— Nermin hein, ça corrobore ce que l'on pressentait. C'est bien les Turcs qui font leur come-back.

— Vous êtes maline, je suis pas étonné que vous soyez remontée jusqu'à cette piste. Et têtue comme vous êtes, j'imagine que vous êtes déjà en train de constituer une équipe ?

— Précisément.

— Je suis en revanche plus surpris que votre hiérarchie…

— Elle reste en dehors de tout ça, que je le coupe.

Il soupire, avant d'ajouter :

— Hum, je vois. J'espérais qu'elle serait moins frileuse que la mienne.

— Vous ne comptez pas agir ?

— Pas pour le moment. Il nous faudrait… une raison valable.

— Vous les avez localisés, donc, reprends-je.

— Leur planque se situe à peine plus loin, au milieu d'anciens HLM. Je vous envoie les coordonnées.

Je les reçois et vérifie l'emplacement. Comme il l'a dit, les Turcs sont cachés dans un ensemble de bâtiments qui forment une sorte de carré. C'est un coupe-gorge idéal. Je commence à me dire que ça sera encore moins une partie de plaisir que ce que je pensais.

Lynley reprend :

— On a eu la permission en haut lieu de lever les filtres sur les clones. Nous avons ainsi pu revenir sur l'historique de leurs déplacements et identifier les types qui les chaperonnent. Les hommes de main de Nermin.

— Services secrets turcs ?

— Plus maintenant. Plutôt des mercenaires. Avec des dossiers pas jojos…

— Je vous crois. Je les ai croisés sur les quais de Bonneuil, Vince pourrait vous en parler, s'il survit.

Lynley se racle la gorge et marque une pause.

— Y a-t-il une chance pour que je vous dissuade d'y aller ?

— Aucune.

— C'est ce que je craignais. L'Europolice ne viendra pas sauver vos fesses, vous savez ?

— Je l'imagine. Trop d'intérêts sont en jeu pour qu'ils se mouillent.

— ZeitKlonnen est un grand groupe. La famille Kühne est influente au niveau fédéral. Sans parler de leurs soutiens au sein de l'Église…

— Je m'en doute. Ils vont laver leur linge sale en famille. Ça n'éclaboussera pas les pontes qui garderont les mains propres.

— Vous serez vraiment seule, Myala. Je veux être sûr que vous le compreniez bien.

Lynley est embarrassé, tiraillé par son envie de faire son vrai métier et de refuser les consignes qui lui viennent manifestement de plus haut.

— Vous vous êtes renseigné sur les troupes privées de ZeitKlonnen ? Vous avez leur plan d'intervention ? Il a bien dû être approuvé par quelqu'un…

— Rien d'officiel, minaude-t-il en se caressant le menton. Il est toutefois possible que des fichiers aient malencontreusement été stockés sur un espace avec des droits d'accès mal ajustés.

J'ai du mal à y croire. Lynley mouille sa chemise pour nous ?

Un idéogramme apparaît dans le coin de notre écran de visio. Je l'envoie de suite à Asima pour qu'elle recueille les données confidentielles tant qu'elles sont visibles.

Lynley me considère quelques secondes, avant de me lancer :

— Bonne chance.

Cette phrase me désarçonne. Je lui demande sans ambages :

— Pourquoi nous aidez-vous ?

— Tous ces meurtres doivent cesser. Et je ne cautionne pas les sales arrangements entre notre gouvernement et les grands groupes. J'espère que vous arriverez à faire éclater tout ça au grand jour, car ça replacera les intérêts des citoyens au cœur des débats.

— Vous êtes décidément bien différents des autres feds, Lynley.

— Je prendrai cela comme un compliment, merci.

— Vous êtes un flic. Un vrai.

— Hm. Je ne sais pas. Je ne suis qu'une relique d'un autre temps. Dépassé, sur une voie de garage.

— Une relique attachante, alors, je dirais.

Il sourit avec malice, puis reprend :

— Quand comptez-vous intervenir ?

— Le plus tôt possible, réponds-je sans lui apporter la moindre précision.

— Bien. Et si on se recontactait après, pour un café ?

Le vieux dragueur… Je réponds par un clin d'œil.

— Qui sait ?

— Essayez de revenir vivante, conclut-il.

Je coupe la conversation et branche mes jambes au chargeur rapide.

— Asima, t'as récupéré les données ?

— Ouais, elles sont décryptées. Je te les envoie.

Je grogne de douleur.

— T'aurais pas un antalgique par hasard ?

— Ah ? Non.

Et merde.

La milice de ZeitKlonnen interviendra à vingt heures. Il ne nous reste pas beaucoup de temps pour nous préparer. Je fais venir tous les volontaires dans notre open space et leur projette les lieux de notre inter. Il n'y a bien que Lou que je n'ai pas invité. Ce combat n'est pas le sien. Le gros Hakim est le premier à ronchonner en découvrant le piège naturel que forment les bâtiments. Il n'est pas le seul, Mamoudou, encore échaudé par sa récente déculottée, croise les bras et me glisse via iThink :

« Il va y avoir des morts. »

« C'est possible oui, mais ce sera ma responsabilité, et de toute façon ça sera mon rôle de réduire la casse. »

« Tu vas donc diriger les opérations ? »

« Oui, avec Asima. »

Il acquiesce, dubitatif.

— Notre objectif est de pénétrer dans cet immeuble, dis-je en grossissant la carte en réalité virtuelle. On récupère les clones, et on se tire en vitesse.

— Combien d'clones ? demande Tan avec son phrasé rapide.

— Cinq ou six. Peut-être plus.

— C'ment ça ? poursuit-il, sourcils froncés.

— Ils en ont piqué cinq lors de l'attaque du labo, mais ça fait un moment que les tests ont commencé. J'ai tout un historique de meurtres comparables non élucidés. D'où le pactole d'années de service si on les coffre. Il est de plus possible qu'ils aient piqué des clones à ZeitKlonnen, aussi bien qu'à leurs concurrents sans qu'on en soit alerté. On peut pas dire qu'ils coopèrent vraiment, sous couvert de secrets industriels à défendre.

— Et c'ment comptes-tu faire ça « rapidement » ?

— 348 va nous fournir des véhicules.

— Pardon ? nous coupe l'intéressé, surpris par ma proposition.

— Je connais tes antécédents. Je suis sûre que tu peux nous trouver de quoi nous trimballer là-bas, dis-je. Des bagnoles d'antan, surtout. Sans IA, sans traqueurs, tu vois le genre ?

— Ouais, ouais, c'est possible, reconnaît-il, un peu honteux de sa transparence sur le sujet.

— Combien d'hommes en armes nous attendent ? demandent les jumeaux en même temps.

Face à mon air surpris, Tan intervient :

— Y sont r'liés via une connexion iThink profonde. Leurs deux cerveaux sont un peu com'un seul.

— Les documents des feds parlent d'une dizaine de mercenaires. Des anciens des services secrets turcs. Mais attention : ils ont combattu en Europe centrale et en Russie. Ils sont aussi expérimentés que dangereux.

— Ils ont dû poser des défenses automatiques, suppose Tan.

— Possible oui, admets-je. Dix pékins pour quatre barres de HLM, c'est un peu juste pour assurer à la fois la protection du site et les opérations en extérieur.

— Donc si je résume, on entre, on tire sur tout ce qui bouge, on rapatrie tous les gugusses qui ont la même tronche et on est libre.

Hakim est lent, mais pas idiot. Je lui pose la main sur l'épaule et lui confirme le tout.

— Par contre, nous devrons laisser nos insignes ici.

Cette fois, les gars me regardent tous, surpris.

— Ce n'est pas une intervention validée, je vous rappelle. Le commandant n'a pas donné son aval.

— Que veux-tu dire… tu comptes nous faire partir sans armes ? lâche Mamoudou.

— Pas forcément. Hakim ? dis-je.

— Je connais quelques receleurs, reconnaît-il.

— On aura donc bien des armes, ajouté-je.

— Issues du marché noir. Le Gardien va nous coller une sacrée peine, voire même nous renvoyer d'où nous venons ! protestent les jumeaux.

— Pas si nous réussissons, conclus-je. Nous risquons gros, mais si on l'emporte, c'est le jackpot. La quille.

Je les scrute, yeux dans les yeux, pour les jauger. Ma main tendue vers le centre de notre cercle. Ils se regardent, nerveux, silencieux. Hakim est le premier à toper. Les autres suivent. Malgré les risques.

— Il nous reste moins d'une heure pour nous rendre sur place. Au boulot ! 348 et Hakim, je sais que c'est court, mais tout repose sur vous.

La troupe se disperse. En dernier, Mamoudou s'interpose entre moi et la porte, puis rive ses yeux durs, noirs comme l'enfer, dans les miens. Comme un avertissement.

— Tu es sûre de ce que tu fais ?

— Non. Mais on fera de notre mieux.

— Ne les laisse pas mourir.

Moi aussi, j'ai la haine à l'idée de perdre un seul de ces types, mais je me retiens de le lui dire, pour pas m'effondrer tant qu'il me reste un peu de détermination.

— J'en ai pas l'intention, dis-je en quittant la pièce sur un coup d'épaule contre la sienne.

Au sous-sol, la dizaine de volontaires se pointe en armures pare-balles, sur lesquelles ne brille aucun badge. Tous sont réunis par l'espoir d'en finir avec leur service aménagé. On pourrait penser que c'est une médiocre motivation, mais avec l'expérience, j'ai appris que ça tenait la comparaison avec d'autres moteurs moins nobles comme l'envie de gagner de l'argent, se droguer ou s'autodétruire.

Hakim arrive avec un camion rempli de flingues. Je siffle de surprise lorsqu'il nous déballe un sacré attirail. Les questions viendront inévitablement sur comment il s'est procuré tout ça, mais une autre fois. Pour l'instant, c'est tout ce dont nous avons besoin et nous ignorons son regard fuyant lorsqu'il nous présente son arsenal.

— Y a un peu de tout, qu'il nous dit. Faites vos courses.

Nous nous servons.

Sous les regards spéculateurs mais concentrés, Diop et moi enfilons nos propres équipements. Nous réajustons nos sangles, chaussons nos casques d'intervention. Nous sommes prêts à en découdre, les autres se calquent sur nous. Les cybers vérifient une dernière fois les niveaux d'énergie de leurs prothèses et implants. Personne ne souhaite tomber en rade en pleine intervention.

Une douleur fantôme m'arrache un rictus, alors que je pose mécaniquement une main sur ma cuisse bourrée d'électronique. Mamoudou, qui ne connaît que trop bien ce symptôme, me tend une gélule.

— Nous devons être opérationnels, qu'il me dit. L'esprit bien concentré.

Enfin ! J'avale le nano-antalgique avec un certain plaisir, même si je sais que l'addiction reviendra bientôt, plus forte encore.

Les flics commencent à se détendre. Quelques timides jeux de mots fusent, puis des rires. Ça bavasse, ils cherchent à oublier le stress, à évacuer la tension. J'aimerais pouvoir faire pareil. Je me retire dans un coin, pour me concentrer. Je n'oublie pas où je vais les mener, combien il va me falloir assurer pour limiter la casse. Ils placent leurs vies entre mes mains, à moi de faire le job…

Mamoudou me scrute. Il m'évalue. Il se demande si je ne suis pas qu'une tête brûlée comme Vince, ou une planquée comme Asima. Quelqu'un qui cherche à faire ses preuves comme le bleu, ou juste quelqu'un qui ne veut commettre aucune erreur, comme Diop. Il veut savoir si je vais me dégonfler, ou si je vais bien tous les ramener. Au fond de moi, je sais désormais qui je suis, même si j'en ai parfois douté depuis la mort de Mike. Je suis moi. Juste moi. Une meneuse de troupe, une cheffe, un super lieutenant, d'après mes gars. Je les crois, maintenant. Enfin. Il était temps.

Nous vérifions une fois de plus notre équipement. Je passe en revue tous mes gars. Je suis tendue, hyper concentrée. Je ne laisse passer aucun détail. Ils sont prêts, bordel. C'est évident qu'ils sont prêts. Ils me regardent, attendent la petite phrase qui va les motiver avant la plongée dans le merdier qui va les voir déchaîner les enfers sur nos cibles. Je suis au taquet. J'inspire un grand coup, prête à…

— Y a des sandwichs ? demande Diop.

Nos voitures de fonction patientent, au sous-sol. Elles ignorent que nous ne les prendrons pas. Je les regarde, me souvenant qu'au début de ma prise de poste, leur silence m'angoissait. Avant d'être condamnée à la congélation, nombre de véhicules fonctionnaient avec un moteur à explosion. Ça vrombissait, ça vibrait. En un mot, ça vivait. Ces moteurs muets me pesaient donc, alors. Et je n'étais pas la seule : les flics de retour de mission parlaient haut et fort, comme pour briser cette chape pesante. Puis nous nous sommes habitués.

Avec le temps, tout devient normal.

— Where is 348 ? s'impatiente Diop.

— Pas loin, que je grommelle.

Je commence à m'inquiéter. Le temps de préparation à cette mission suicide est quasi inexistant. Ai-je trop demandé à ces types que je connais à peine ? Hakim a assuré, pourtant.

À peine ai-je fini de douter qu'une horde de moteurs pétaradants se fait entendre. Les portes du parking s'ouvrent et elles nous laissent découvrir une belle collection de vieilles bagnoles. Quatre. Tôles froissées, toits perforés, portières parfois arrachées, elles ont une triste mine. Mais elles ont été bidouillées, c'est évident, et cela ne date pas d'hier. 348 roule au milieu d'elles. Il les contrôle toutes. Je devine qu'il s'agit de sa collection personnelle de vieilles guimbardes. Il me fait signe que tout est OK.

Les voitures prennent place autour de nous, et deux motocross autonomes arrivent pour compléter cette équipée sauvage, dont les fumées d'échappement commencent à nous prendre à la gorge.

— Je reste dans mon vieux camion, balance Hakim. Il est pas connecté.

— Tu m'étonnes, lâchent les jumeaux. Même ta grand-mère était probablement plus connectée.

— Alors, intervient 348, tout sourire. Qu'est-ce que vous en dites ? Elles ont de la gueule hein ?

— T'as piqué ça où ? reprend Hakim.

— Elles sont à moi. Je vis dans une casse, avoue-t-il un peu gêné. Je bricole un peu, en dehors des heures de boulot, pour arrondir les fins de mois. Mais tout est légal, hein, je vous assure !

— Ç'roule à quoi ? s'étonne Tan, en dissipant les éventuels sous-entendus illicites d'un haussement d'épaules.

— À l'essence, précise Mamoudou qui caresse d'une main la carrosserie d'une vieille Chevrolet.

— Sans déconner, souffle le speeder. T'es sûr qu'elles vont n'trimballer jusqu'là-bas ?

— Carrément ! lance 348.

— Et nous ramener ? s'inquiète Irina.

La mine de 348 se décompose un peu. Il ne veut pas penser à l'après, pas encore.

— Faites-moi confiance. J'ai pris les meilleures.

Tout le monde semble dubitatif. Moi aussi.

— Comment on va faire à Bonneuil ? demande le bleu, la tête bien campée sur les épaules.

— Comment ça ? s'étonne 348.

— Le brouilleur. Tu pourras pas les contrôler à distance.

J'interviens :

— C'est le moment de m'épater, Ewen, si ton dossier n'est pas bidon.

L'un des jumeaux s'éclaircit la gorge et écarte ses mains pour appuyer son explication à venir.

— J'ai un peu bossé sur les systèmes de contrôle, commence Ewen.

Le bleu le fixe avec intérêt. Je l'invite à poursuivre.

— C'était un souci qu'on avait en Bretagne, pour passer nos communications « sous les radars ». On a vite compris que les connexions très basse fréquence passaient malgré les brouilleurs.

J'interroge 348 du regard pendant que le jumeau déroule son explication pour les plus lents d'esprit.

— Le brouillage n'attaque pas toutes les fréquences, explique-t-il. Il se concentre sur celles qui servent aux comm et aux échanges sur les réseaux. Suffit de maintenir les échanges de paquets d'octets sous celles qui sont vraiment intéressantes.

— Donc ce serait bon pour toi, 348 ? dis-je.

— Ça peut marcher, oui. Mes émetteurs sont des antiquités et peuvent couvrir les basses fréquences. Le souci, c'est que du coup, ils ne porteront pas très loin. Quelques dizaines de mètres, guère plus : faudra garder ça en tête si on a besoin de mobilité sans se rouler sur les orteils…

Ça devrait le faire.

— Ewen et toi, vous vous en occupez.

Ces gars sont malins, ils savent s'adapter au terrain. J'apprécie ce genre de débrouillardise.

— Vous avez vos lentilles ? reprends-je.

Les oui résonnent d'une voix unique.

— Consultez et retenez toutes les données GPS et tactiques qui y figurent. Parce qu'une fois là-bas, on y aura plus accès. C'est clair ?

De nouveaux oui, à l'unisson.

Nous grimpons dans les bagnoles et quittons le parking souterrain un à un, suivis de près par les deux motos autonomes, sans passager. Je ferme la marche.

Derrière moi, j'aperçois le commandant Léonin qui sort de l'ascenseur avec une sorte d'hésitation, comme s'il avait craint d'arriver à temps pour nous ordonner de tout annuler. Nos regards se croisent dans le rétro. Il porte la main à son front en un salut militaire. Le geste pourrait paraître anodin, mais son expression, elle, trahit ses pensées. Il sait que nous ne reviendrons pas tous. Le supérieur désapprouve notre action, mais l'homme crève d'envie d'être à nos côtés dans cette folle équipée.

Il est dix-huit heures trente. 348 mène les véhicules sans chauffeur. Durant le trajet, lunettes sur le nez, je continue à analyser les plans correspondant aux coordonnées envoyées par Lynley. Des immeubles désaffectés, organisés en carré, donc. Ces barres devaient servir de logements sociaux, à l'époque où l'on disposait encore d'une certaine idée de la solidarité…

Difficile d'y entrer et d'être discret : tous les immeubles sont hauts de six étages et larges d'environ sept mètres. Ils comportent six cages d'escalier. À l'origine, un petit parc devait se trouver au centre, peut-être même des jeux pour les enfants. Maintenant, les données satellites montrent que la décharge est comme une mer démontée se brisant contre la falaise, et que des monticules d'ordures recouvrent jusqu'aux fenêtres des premiers étages.

— Sherlock, dis-je.

Une icône verte apparaît dans mon champ de vision.

— Affiche les plans du bâtiment.

L'IA policière farfouille dans les archives du réseau. Ces immeubles appartenant à la ville, leurs dimensions et implantations sont archivées, aisément consultables. Ils mettent toutefois quelques seconds pour apparaître. Au rez-de-chaussée, la cage se décompose donc en deux passages : un premier, qui monte vers les étages supérieurs, et le second, qui descend vers les caves.

Les caves.

C'est un endroit propice pour établir un laboratoire secret et y mener des expérimentations en toute discrétion.

Je partage les informations avec les autres via l'iThink. Diop, à mes côtés, ne dit rien. Pourtant, les plans lui ont fait une drôle d'impression.

— Inquiet ? demandé-je.

— Yes ! It's perfect pour tendre de deadly traps.

Il a raison. C'est idéal pour une embuscade. Hakim et Mamoudou l'ont clairement compris depuis un moment, aussi.

— Mais il n'est pas certain que nous soyons attendus. Personne n'est censé être au courant de notre descente !

Diop sourit, avant d'ajouter :

— Y a always un comité d'accueil.

Il a encore raison.

La demi-heure qui suit se déroule dans un silence sépulcral. Aucun flic ne prononce le moindre mot. Les mâchoires sont serrées, les esprits concentrés.

Nous rejoignons la banlieue. Pour ne pas tomber dans une embuscade, nous suivons un chemin différent de celui que j'ai emprunté plus tôt : nous passons par Créteil. Là, les immeubles, les rues, les badauds sont identiques à ceux de Champigny. Au fond, les banlieues se ressemblent plus qu'on ne le pense : on y trouve la même pauvreté, le même désarroi, la même douleur…

Nous entrons dans Bonneuil. Retrouver cette ambiance lourde, après le sauvetage de Vince, déclenche en moi une vague de stress. Je n'arrive pas à oublier les circonstances dans lesquelles je l'ai retrouvé, sans parler de ses souvenirs, crucifiants, qui m'ont marquée comme au fer rouge. Avec la même intensité que si je les avais vécus moi-même. Je ressens encore sa souffrance jusque dans mes entrailles. Sa mort probable jusque dans mes os. Ma main tremble. Je ferme mon poing pour éviter que Diop ne remarque mon inquiétude.

Plus pour me canaliser que par nécessité, j'improvise quelques mots :

— À toutes les voitures, on progresse deux par deux. Et on ouvre l'œil !

Je termine ces quelques mots la gorge sèche.

De son côté, Diop tire de son sac une barre ultra calorique.

— Déjà faim ? que je lui demande.

— Not really. But j'anticipe.

Lui aussi sent la tension monter. J'imagine que dans les différentes voitures, tous mes gars se préparent au combat.

Autour de nous, les tas d'ordures commencent à remuer. Notre horizon se raccourcit à mesure que nos rythmes cardiaques s'accélèrent. Cette fois, pas de gamins difformes en haut des monticules. Quelques corbeaux virevoltent au-dessus de nous, tandis qu'à terre des chiens errants et affamés se glissent discrètement d'une cache à l'autre.

À mesure que nous progressons, la route se dégrade pour n'être plus composée que de morceaux de goudron épars. Des épaves nous obligent à zigzaguer pour les contourner. Les voitures s'écrasent sur leurs amortisseurs à chaque nid de poule, alors que les deux motocross autonomes semblent se pavaner, fières conquérantes des tas d'immondices qui nous entourent. Pour le moment, nous pouvons encore progresser à l'abri de nos habitacles, mais viendra vite le moment où nous devrons les abandonner.

Les communications deviennent instables. Le GPS de mes lunettes tressaute. D'ici peu, nous serons coupés du monde. Perspective peu réjouissante. Ewen active ses relais très basse fréquence, mais malgré les reflets sur la vitre de sa portière, il est évident que son front forme un pli soucieux. Il s'active sur ses micro-ordinateurs. J'espère qu'il sait ce qu'il fait.

La route se rétrécit. Nous sommes désormais obligés de rouler les uns derrière les autres. Je cherche toujours du regard les enfants arachnides. Leur absence m'inquiète. Seules présences vivantes autour de nous, ces corbeaux qui nous observent ne m'inspirent rien de bon non plus. Amassés en groupe, ils coassent, jouent, et semblent se moquer de nous.

Sur mes lunettes, les informations se succèdent dans une représentation 3D sommaire : hauteur des détritus, teneur en gaz, position des entrepôts. Tous ces détails aseptisent la réalité du terrain.

D'un coup, des mouvements affolent nos capteurs. Diop et moi retenons notre respiration. Nos yeux se plissent avec nervosité. Ce n'est pourtant que le groupe de corbeaux qui s'envole.

Une alerte se dessine dans mon champ de vision, mes lunettes viennent de procéder à une analyse rapide. Elle révèle que ces volatiles sont partiellement constitués d'alliages métalliques et de plastique. Des cyber animaux au rabais : des vigies concurrentes des drones, moins performantes, mais également beaucoup moins chères.

Notre présence est probablement éventée, et tout le monde comprend ce qui nous attend. Un guet-apens.

Les respirations se font plus discrètes encore. Les coups d'œil plus vifs. Les mains se crispent sur les volants. Les esprits accélèrent, pour préparer les corps à réagir au plus vite. L'adrénaline se déverse dans nos veines.

Nous roulons encore quelques mètres, zigzaguant au milieu des ordures, lorsque notre progression est arrêtée par une poutre en béton en travers de la route. De ce que j'en vois, elle mesure dans les cinq mètres. Large de deux mètres, elle devait supporter la structure d'un ancien immeuble aujourd'hui démoli.

C'en est définitivement fini de nos chances d'exfiltration rapide. Avancer à découvert ne sera pas aisé, vu le terrain. Le risque de perte vient d'augmenter d'au moins soixante-dix pour cent. Je sens le regard de Mamoudou s'appesantir sur moi, mais je l'ignore.

— On termine à pied ! dis-je. Tout le monde dehors !

Les gars râlent. Personne ne souhaite patauger dans la boue nauséabonde qui fait office de sol, et encore moins escalader les restes d'appareils électroménagers qui s'érigent en chausse-trappes en tout genre. Plus que tout, aucun n'a envie de se faire abattre aujourd'hui, et les conditions qui se présentent sont moins bonnes qu'espérées.

J'ouvre la portière. De suite, l'odeur me prend les tripes. Je descends. Mes semelles s'enfoncent dans une boue épaisse et molle. Mes genoux fléchissent. Mes jambes me font mal à nouveau : les effets des antalgiques se dissipent déjà ? Fait chier.

Derrière moi, les autres flics s'extirpent de leurs bagnoles. Ils arborent des expressions dégoûtées.

— Je sens que je vais encore choper une saloperie ! grommelle Tan.

— T'inquiète, avec ta petite santé, c'est sûr que tu mourras vite, lui balance Hakim.

Tan hésite deux secondes à répliquer, puis il se ravise. La situation ne se prête pas franchement aux chamailleries.

Des mouches curieuses viennent nous harceler. Mamoudou tente de les chasser avec de grands gestes puissants, mais ses prothèses cybernétiques sont trop lentes pour inquiéter les insectes. Irina, par contre, dégaine un couteau qui ressemble davantage à une épée courte. En quelques gestes précis et vifs, elle en découpe plusieurs. Respect.

— Perds pas ton temps, lui dit 348 en passant à sa hauteur pour aller chercher des armes.

Je l'imite et rejoins le coffre, l'ouvre et attrape les pistolets, les chargeurs, les fusils d'assaut et les grenades dont nous ne nous étions pas équipés dans notre sous-sol.

— Prends tout ce qui est lourd, dis-je à Diop.

— OK.

Il ne le dit pas, mais il a compris que ça n'allait pas : je ne suis pas assez concentrée, je ne cesse de penser à Vince, à Mike, et ces maudites jambes m'en rajoutent une couche. Sans parler du plan qui ne se présente pas sous les meilleurs auspices. Diop endosse en douceur le rôle de second en distribuant quelques consignes supplémentaires. Sous ses ordres, les autres flics s'arment aussi jusqu'aux dents. Il est temps de reprendre la route.

— Allez, run ! We only have encore trois quarts d'heure in front of nous !

Je m'élance la première. Je rejoins la poutre, saute dessus puis passe derrière, en espérant ne pas essuyer une rafale ou me prendre une balle en pleine tête. Car les hommes mobilisés par Nermin sont d'anciens mercenaires, peut-être des snipers ayant sévi sur différents champs de bataille.

Aucun tir. Je me redresse un peu.

Le chemin continue et un peu plus loin, j'aperçois les immeubles. Je vérifie la progression des autres : ils franchissent l'obstacle avec aisance et se mettent à couvert. Au moins ils sont dégourdis, juste ce qu'il faut. Nos chances de survie remontent peut-être un poil.

Je reprends la progression, le dos voûté, tous mes sens en alerte.

Nous approchons. Devant nous se dressent les quatre immeubles. Notre cible est celui du fond, le bâtiment A. L'entrée se fait par l'intérieur de la cour formée par les édifices. Stratégiquement, c'est l'emplacement idéal pour sécuriser le site.

Nous progressons tant bien que mal, à allure raisonnable. Nous nous sommes organisés ainsi : quand une partie du groupe avance, l'autre assure la surveillance des environs. Au final, mus par l'instinct de survie, et malgré nos passés très différents, nous avons adopté une stratégie plutôt militaire.

Nous quittons ce qui restait de la route et traversons la large ouverture du bâtiment D pour pénétrer l'immense cour. Le sol devient de plus en plus spongieux, nos pieds s'enfoncent profondément, ce qui nous ralentit encore. Ici, la terre est gorgée d'eau et de liquides ignobles, à tel point qu'elle forme une bouillasse piégeuse. Nous nous y plantons jusqu'aux chevilles et chaque pas arrache un bruit de succion écœurant. Encore heureux, nos chaussures de sécurité sont étanches. Mais du coup, impossible de maintenir le rythme, ce qui augmente la tension des gars.

Ils se regroupent autour de moi.

Il est temps de livrer mes ordres :

— Déployez-vous par groupe de deux en direction des bâtiments B et C, mais conservez le contact visuel. Soyez attentifs aux tireurs embusqués, ils savent qu'on arrive.

Aucun ne moufte. Ils sont concentrés sur leur objectif, qui n'est pas tant de mener à bien cette mission, que d'en finir avec le service actif, au cours duquel ils risquent quotidiennement leur peau pour une solde de misère. Survivre ce soir peut être le dernier pas vers la fin du contrôle exercé par le Gardien, celle des tournées dans les quartiers chauds ou encore des échanges de coups de feu avec les gangs. Je le lis dans leurs yeux : ils sont déterminés à redevenir maîtres de leur destin. Tous rêvent de retrouver leur liberté, et ils sont prêts à tout risquer pour cela.

Voilà à quelles extrémités nous amène ce fichu aménagement de peine : envisager le sacrifice suprême pour espérer en sortir un jour.

Je poursuis :

— Dispersez-vous progressivement, mais continuez à vous couvrir mutuellement. Vérifiez chaque angle de tir et soyez prêts à riposter.

Tous acquiescent en silence, le visage grave. Surtout Mamoudou, qui doit rejouer dans sa tête le match perdu par ses hommes morts la veille. Je l'imagine tiraillé entre souvenirs et avenir, entre peur et espoir.

C'est en silence que nous nous déployons, tendus dans l'attente du premier tir. Nous sommes concentrés en dépit des circonstances. La force de ces gars c'est leur sang-froid, en plus de leurs aptitudes personnelles exceptionnelles. C'est ce qui a fait qu'ils ont été choisis pour purger leur peine chez les BCP.

Nos respirations sont plus profondes, plus saccadées. L'effort est plus intense, la tension palpable. Nous surveillons tout : les murs des immeubles, les fenêtres, les toits. Et même si tout semble calme, abandonné, nous savons qu'il n'en est rien.

C'est vraiment un parfait piège à cons.

D'un coup, des coups de feu retentissent. Tout le monde se baisse instinctivement, tandis que Tan et Irina se jettent en arrière, touchés par des éclats ou des shrapnels. Ils roulent avant de terminer leur cascade le nez dans la boue. Nous ripostons sans vraiment viser en direction du bâtiment B, jaugeant l'emplacement du tireur au bruit des détonations. Mais le son résonne entre les carcasses de béton, il nous est difficile d'estimer sa provenance. Nous nous planquons comme nous le pouvons, moi derrière une machine à laver, Diop derrière un réfrigérateur. Pendant ce temps, Mamoudou fonce aider les deux blessés à se mettre à couvert, derrière un amas d'ordures. Ils échangent quelques mots, se relèvent prudemment. Mamoudou nous indique que tout va bien, puis il nous confirme l'immeuble d'où venaient les tirs, avant de partir à son assaut. Nous lui emboîtons le pas, en arrosant l'immeuble dans lequel nos cibles se planquent.

Par gestes, j'indique à Hakim et Diop d'utiliser leurs armes lourdes pour pilonner les étages pendant que les plus mobiles, c'est-à-dire Tan, Irina, les jumeaux, 348 et moi-même, fonçons droit vers les caves du bâtiment A. Le résultat est à la hauteur de mes attentes : les déflagrations font trembler les montagnes de détritus, les éclats de béton volent en tous sens et des pans de murs s'effondrent sur notre passage.

Tan esquive les débris avec une vitesse effarante. Irina dévie de ses mains nues les projectiles qui la menacent comme s'il s'agissait de moucherons. Nous autres essuyons avec moins de style les fragments divers et éclats, qui rebondissent sur nos protections.

Mamoudou prend de l'élan, saute depuis sa position en direction de l'immeuble central et atterrit à sa base, non loin devant moi. Il reprend une impulsion pour rejoindre les étages supérieurs. En passant, il jette quelques grenades par les fenêtres brisées, pour parachever notre œuvre de destruction.

De nouvelles salves nous prennent pour cible. Nous accélérons tant que nous pouvons. Nos pieds se prennent dans la mélasse, les plus lourds d'entre nous se retrouvant davantage handicapés. En cet instant, je regrette de ne pas avoir plus de bios dans cette brigade.

Nous prenons quelques secondes pour nous remettre à couvert le temps que les tirs s'espacent. Croyant profiter d'une accalmie, Mamoudou se laisse surprendre et reçoit un tir en pleine poitrine. Il bascule et chute de plusieurs étages pour atterrir dans la décharge, disparaissant sous les ordures.

— Bâtiment central, ils sont au deuxième !

Je sors de ma planque et reprends la course droit vers l'objectif. Les jumeaux, 348, Irina et Tan convergent vers moi. Nous tentons une percée.

Des rafales arrachent des projections de gadoue alors qu'elles zigzaguent vers nous. Elles proviennent clairement du deuxième étage de l'immeuble au centre. Je cours et me plaque contre le flanc du bâtiment, cherchant la protection de l'angle mort. Les autres me rejoignent. En retrait, Hakim et Diop ciblent les sulfateuses des autres bâtiments qui nous arrosent. Leurs tirs se concentrent sur eux, les rafales se succèdent, devenant de plus en plus précises. S'ils ne bougent pas, ça va mal finir…

Ça ne loupe pas : Hakim est fauché par une balle. Il s'effondre. Diop l'empoigne et le tire à couvert. Non loin, Mamoudou parvient à s'extraire de ses détritus. Plus de mal à son amour-propre qu'à son blindage.

Je longe le mur du bâtiment A jusqu'à avoir un visuel satisfaisant sur le bâtiment C. J'essaie de voir les tireurs qui nous mettent la misère. Je localise l'origine des tirs. C'est de l'artillerie lourde, du matériel militaire. Peut-être des canons d'infanterie. Je n'en reconnais pas la sonorité et sans réseau, impossible de faire une analyse d'empreinte sonore… Une arme importée ? Russe, alors : en ce moment, on en retrouve beaucoup dans les rues des saloperies russes. J'ajuste mes lunettes et je zoome. Personne ne les manipule, il s'agit d'armes automatiques. La défense est donc organisée en deux pans : batteries automatiques sur les côtés et tireurs dans l'immeuble central.

J'en informe les autres.

— Well, pigé !

Diop se redresse et tire plusieurs fois avec son lance-grenades. Ses projectiles filent vers le bâtiment C avant d'exploser au pied des armes de défense, Mamoudou l'imite pour l'immeuble B à droite, si bien que nous pouvons enfin progresser vers les portes du bâtiment central sans trop risquer de nous faire plomber. Nous fonçons pour rejoindre le hall.

Sous les tirs de sape de Diop, l'immeuble de gauche finit par s'effondrer sur lui-même, parachevant l'ouvrage du temps passé depuis son abandon. Derrière moi, Owen et Ewen exultent. Nous marquons l'arrêt une ultime fois, pour voir Mamoudou balancer ses derniers projectiles sur le bâtiment de droite. Derrière lui, Hakim se relève tout en se tenant l'épaule, le visage crispé. Après une vérification rapide, les yeux dans le prolongement de nos canons, nous nous engouffrons dans le hall à l'abandon à la recherche des cages d'escalier. Nous découvrons, sur notre gauche, la lourde double porte à moitié dégondée qui mène aux caves, dans les profondeurs du bâtiment.

— Tan et Irina, gagnez les étages et voyez ce que vous pouvez faire du tireur embusqué. 348, tu gardes l'entrée. Les jumeaux, vous m'suivez : nous descendons dans les caves.

Les murs épais étouffent les détonations qui se poursuivent au-dessus de nous. Le rythme erratique des ripostes nous suggère que les combats s'effectuent dorénavant contre des hommes et non plus contre des machines.

— Plusieurs types armés en renfort, me confirme Mamoudou. On les fixe et on s'occupe d'eux.

Nous descendons les marches d'escalier aussi vite que la prudence nous le permet. Les ondes courtes risquent d'être bloquées à mesure que l'on descend. Je connais la réputation des deux Bretons qui m'accompagnent, mais je n'ai jamais travaillé avec eux. Tandis que nous pénétrons l'obscurité, je regrette de ne pas avoir Diop et son instinct quasi animal à mes côtés. Un homme que je connais par cœur et en qui j'ai pleine confiance.

— On fait gaffe, que je chuchote. On ouvre les yeux bien grands, et on garde la tête froide.

Les jumeaux tiennent leurs pistolets devant eux et couvrent notre avancée. J'ai davantage confiance en Owen, qui maîtrise son sujet, qu'en Ewen, qui brandit son flingue avec une certaine hésitation. Si j'avais pu, j'aurais confié au pirate une mission moins risquée, mais en bas, je redoute la présence de divers systèmes de sécurité. Si cela se concrétise, il me sera indispensable.

J'appuie sur un interrupteur. Bien sûr, aucune lumière ne vient à notre rescousse. Lunettes sur le nez pour moi, lentilles augmentées pour les jumeaux, nous passons en vision nocturne pour y voir quelque chose. Nous nous trouvons dans un couloir fait de béton nu, avec au sol des flaques d'eau croupie stagnant là depuis des lustres. Sur les murs, des tags se succèdent, parfois recouverts de champignons ou de mousse. Au plafond, des centaines de toiles d'araignée virevoltent et dansent, secouées par notre passage ou nos halètements.

Plus nous progressons, plus l'odeur est infecte. Des relents de cadavres, plutôt discrets au début, alourdissent l'air jusqu'à refuser de s'introduire dans nos poumons. Chaque respiration nécessite un effort croissant. Nous ignorons où ils se trouvent, mais nous devinons que plusieurs corps pourrissent ici.

Le couloir s'étend sur plusieurs mètres. Il parcourt la longueur de l'immeuble. Je compte cinq portes qui percent les murs de droite et de gauche. Des portes en fer, renforcées sur leurs côtés. Sans doute blindées. Elles n'ont plus de gonds. La jonction entre leurs montants et le béton a été scellée par une sorte de mortier appliqué avec une attention toute particulière. Difficile d'imaginer les anciens locataires de ce HLM condamner ainsi leurs caves pleines de bibelots.

Nous approchons donc du but.

Derrière nous, des bruits de pas résonnent. De suite, nous nous retournons, prêts à ouvrir le feu.

— Tirez pas ! C'est moi, lâche 348.

— Qu'est-ce tu fous là ? demandé-je.

— Les hélicos de Zeit sont en train d'atterrir.

Et merde…

— Mamoudou, Diop et Hakim se sont mis à couvert, mais la milice a vu le bordel qu'on a foutu là-haut.

Tu m'étonnes.

— Va falloir se magner, lâche 348.

Les jumeaux acquiescent. Je réponds :

— On y va, alors.

Sans plus attendre, nous fonçons vers le fond du couloir, vérifiant les portes, les unes après les autres. Seules les deux dernières, qui se font face, peuvent s'ouvrir. Mais elles sont verrouillées par une serrure magnétique à code.

— OK, c'est à moi de jouer, déclare Ewen.

Il place sa main devant l'appareil et de petits filaments lumineux percent sa peau pour venir s'insérer dans le système de sécurité. Il ferme les yeux.

D'en haut nous parviennent d'autres détonations. J'espère que malgré le feu de l'action, mes gars auront le bon sens de ne pas tirer sur les hommes de ZeitKlonnen : cela pourrait être vu comme l'agression d'un service de sécurité supplétif fédéral et la peine équivaudrait à plusieurs dizaines d'années de service…

— C'est bon.

Un cliquetis vient saluer sa réussite. Armes en main, nous déboulons dans la pièce, vérifiant chaque angle et recoin, à la recherche du moindre mouvement.

Mais rien ne bouge : devant nous se dévoile une grande salle, longue, large, dévorant quasiment la superficie de toutes les caves de l'immeuble. Les murs de séparation qui n'étaient pas porteurs ont été démolis pour que l'ensemble soit réaménagé en laboratoire. Au fond, des lits entreposés les uns à côté des autres, avec des draps, des couvertures et des perfusions. Derrière un drap transparent, dans la partie centrale, se tient le laboratoire d'analyse. On y devine dans un coin des instruments pour mesurer la tension, des seringues pour effectuer des prélèvements. Au milieu de ce deuxième espace se trouve une caméra sur un trépied, pointant son œil éteint vers une table sur laquelle sont disposés des feuilles de dessin, des jouets et des cubes colorés pour enfants, ceux qu'ils empilent pour développer leur motricité. Enfin, le dernier espace, dans lequel nous nous trouvons, est occupé en son centre par un siège rappelant celui d'un dentiste. Il est encadré par de nombreuses machines électroniques et dispose de liens qui ont tous été arrachés. Je ne comprends pas le rôle de chaque machine ou ordinateur, mais il y a fort à parier que les implants psychiques sont greffés ici, d'après les traces de sang sur la têtière molletonnée du siège. Une drôle d'odeur plane également, mais Diop n'est pas là pour confirmer qu'elle est en rapport avec celle qui le perturbait sur les scènes de crime et chez ZeitKlonnen.

— C'est plutôt classe comme labo de fortune, balance Owen.

— Clair qu'on en a connu des pires, renchérit son frère.

À peine avons-nous fait un pas dans la pièce que les ordinateurs commencent à se soulever au-dessus du sol. Nous nous figeons un instant, surpris.

De la télékinésie. C'est un traquenard.

— Repli stratégique !

Owen, Ewen et 348 font machine arrière, pendant que d'autres appareils s'arrachent à la gravité, aux quatre coins de la salle.

Tout autour, des instruments de prélèvements et des lits se soulèvent aussi. Je tourne la tête dans tous les sens, les lunettes en mode infrarouge. Je ne détecte pourtant pas la moindre trace d'être vivant.

Nous reculons jusqu'au couloir, alors que les objets entament une danse effrénée, se fracassant contre les murs, détruisant tout dans la pièce.

Nous refermons la porte avant d'être blessés par la tempête de plastique et d'électronique qui fait désormais rage derrière la cloison blindée.

Nous nous tournons, la seconde porte est désormais entrouverte. Elle semble nous attendre, dans une silencieuse invitation.

— Ça sent le piège, nan ? demande 348, pour la forme.

— A-t-on seulement le choix ? dis-je.

— Pas vraiment, reconnaît-il.

Je fais signe aux deux autres que nous allons entrer. Ils prennent position.

Nous pénétrons dans la pièce et découvrons ce qui semble être un dortoir : des lits, mais sans fonction médicale cette fois. Et puis des tables de chevet, des objets sur le sol, des jouets, des peluches, des feuilles de dessin. Au fond de la pièce se tiennent deux personnes, la tête penchée vers le sol, les cheveux tombant sur leurs yeux. Je n'entrevois pas bien leur visage, mais ils ressemblent au clone que nous cherchons. Ils portent des vêtements blancs qui rappellent les tenues de patients.

— Attention ! crié-je au moment où ils tendent les mains vers nous.

348 et Ewen se retrouvent propulsés en arrière. Ils heurtent le mur avec une telle violence que leurs prothèses cybernétiques relâchent quelques arcs électriques.

Sur leurs fronts sont inscrits des chiffres : deux et trois. Ce sont les tortionnaires de Vince ! Je tente de les mettre en joue, mais mon bras refuse de se lever. Malgré toute ma force, je n'y parviens pas.

Owen dégoupille une grenade, et attend juste le temps qu'il faut pour faire hésiter les clones. Il la jette alors entre nos deux groupes, forçant nos adversaires à se concentrer sur l'objet pour tenter d'en contrôler l'explosion. Mon bras retrouve sa mobilité. Pas d'hésitation de ma part, car je suis entraînée pour ce genre de situation. Je tire. Le premier est touché, mais le second clone a le temps d'arrêter la balle à quelques centimètres de son torse. La grenade n'explose pas, également sous son contrôle télékinésique. Si le premier clone s'écroule, le second concentre désormais son attention sur moi. Pour venger son pote, j'imagine. Une violente douleur me traverse les entrailles. Des intestins à l'estomac, du cœur aux poumons, je suis comme transpercée par des milliers d'aiguilles. Incapable de réagir, je sens mon heure arriver jusqu'au moment où 348 lui loge une balle en pleine tête. Le clone s'effondre.

Je tombe au sol, submergée par ce qui vient de se jouer. Ces clones psy ont beau être surpuissants, ils découvrent à peine leurs nouveaux pouvoirs et ne sont pas aussi bien entraînés que nous. Je devine qu'ils n'ont été mis en service que récemment, et ils parient sur l'effet de surprise. Contrairement à nous, ils n'ont pas une longue vie derrière eux à encaisser, résister, survivre. Si on veut s'en sortir, c'est tant qu'ils sont jeunes et peu aguerris qu'on doit les arrêter. Dans quelques mois, il sera trop tard et nous finirions désarticulés, façon Vince, avant même de pouvoir réagir.

Les jumeaux bretons se relèvent pour m'aider à me remettre sur pied à mon tour.

C'est à cet instant que les hommes de ZeitKlonnen envahissent dans la pièce.

Les troupes privées sont finalement toutes un peu les mêmes : armes de pointe, drones dernier cri, véhicules étincelants ; les riches clients qui les entretiennent souhaitent qu'elles soient équipées au mieux, à la fois pour être les plus efficaces, mais aussi pour faire preuve de discrétion lorsque nécessaire. Car contrairement aux feds ou à nous, il arrive aux troupes privées de franchir la ligne de la légalité. Tout ce qui leur importe, ce sont les intérêts de leurs patrons. Et comme celles-là sont dépêchées par ZeitKlonnen, pas étonnant que leur intérêt du jour, ce soit les clones…

Les types qui nous surprennent sont une demi-douzaine. Ils portent des armures tactiques complètes noires, des fusils d'assaut et à leur ceinture ou à l'épaule, des holsters avec des armes de poing. Sur leur casque intégral opaque tout aussi noir, on ne distingue qu'un triangle blanc qui vient trancher avec tout ce sombre. Le symbole des Trinitistes. Sur le coup, je ne comprends pas le rapport entre un groupe armé au service de ZeitKlonnen et cette église aristocratique.

Soit. Je lève les bras avec lenteur, mais ils nous braquent avec agressivité. La suite est confuse. Tan et Irina surgissent comme des furies avant qu'ils n'aient une chance de faire feu. L'Asiat les surprend avec sa vitesse surboostée : il se faufile entre eux, arrache un fusil d'assaut, vise et lâche une rafale sur deux des gars à bout portant. Irina, pour sa part, qui préfère les armes blanches, exécute une danse à la fois gracieuse et mortelle qui, avec ses couteaux de combat, sectionne muscles et tendons. Je n'arrive pas à suivre ses gestes, mais deux hommes de plus s'écroulent alors que Tan défonce le dernier avant d'abandonner le fusil encore fumant sur sa dépouille.

— Faut pas traîner, qu'il nous lance avec son phrasé d'excité.

Owen se penche hâtivement sur les mercenaires pour les fouiller. Avec 348, nous nous chargeons d'embarquer sur nos épaules le clone touché à la poitrine : le bleu trouvera bien à fouiller son cerveau intact.

— On ne pourra pas s'échapper par la cage d'escalier, avertit Irina. D'autres mercos arrivent.

— Alors il faut se ménager une autre voie. Vous avez des grenades ? tente Ewen.

— Pourqu'faire ? s'inquiète Tan. Dans ces espaces confinés, on risque d'manger autant qu'eux…

— On connaît bien ce genre d'immeubles, avec mon frangin. Ces caves sont construites en un seul tenant. Ce n'est qu'en fin de chantier qu'elles sont cloisonnées par des parois en béton.

— Pas de raison qu'on se prenne les étages sur la tête, donc, confirme Owen. Les murs sont pas tous porteurs. Ils sont même assez fins, faut surtout éviter d'abîmer les gros piliers de soutènement.

Ils donnent leurs explosifs à contrecœur et Owen sort un sac de je ne sais où, pour le remplir avec ce qu'il a pu trouver d'intéressant sur les cadavres.

Il me lance un clin d'œil.

Cinq grenades au total, pas de quoi crâner. Nous les dégoupillons tout le long du mur du fond et revenons nous planquer dans le dortoir où les cadavres reposent.

Une poignée de secondes passent et la déflagration secoue tout le sous-sol. Le souffle est tel que la porte renforcée s'ouvre avec fracas, faisant rouler les dépouilles une ou deux fois sur elles-mêmes. Des débris de béton viennent mourir dans la pièce.

Sacrée explosion. Nous avons ressenti la violence de son souffle jusque dans nos os, et nos oreilles sifflent.

Lorsque nous rouvrons la porte, le couloir est rempli de poussière grise. Le mur est bien percé à sa base, sur une hauteur d'un mètre cinquante et une largeur d'un mètre. Ce sera suffisant pour que nous nous faufilions.

Nous passons tous les six, en traînant derrière nous le corps du clone. Owen franchit le trou, un peu fier de lui, son sac en bandoulière.

Nous remontons un couloir qui n'a, lui, jamais été nettoyé. Des immondices pourrissent dans la pénombre, les portes latérales n'existent plus et, à mesure que nous progressons vers la cage d'escalier, des sacs-poubelles viennent nous couper le chemin. Ils doivent dater de l'époque où l'immeuble était squatté. Ou peut-être d'avant, quand la ville a abandonné le ramassage des ordures… ils suintent, puent, attirent des myriades de bestioles volantes ou rampantes. Irina étouffe un hoquet, tandis que 348 dégobille carrément.

De nouvelles détonations nous surprennent. Les premières balles frappent les murs et ricochent, les suivantes terminent leur course dans les détritus, à quelques centimètres à peine de nous. D'autres mercenaires nous ont pris en chasse.

J'enrage. La situation est en train de m'échapper. J'ai de plus en plus de mal à réfléchir. Je réagis désormais par instinct, ce qui n'est jamais bon…

Aiguillonnée par la panique, j'envoie de grands coups de pied dans les sacs-poubelles pour nous frayer un chemin. Irina m'aide alors que Tan surveille nos arrières. Il crie de nous magner. Notre niveau de stress fait encore un bond en avant.

Lorsqu'enfin nous parvenons à atteindre la cage d'escalier, aveuglés par notre instinct qui nous hurle de respirer un air plus frais et moins vicié, nous réalisons que nous avons été rabattus dans l'embuscade d'une autre escouade de ZeitKlonnen qui nous braque.

Nous interrompons notre course, surpris, défaits, vaincus. Mes jambes se dérobent sous mon poids et je me retrouve à genoux. J'y avais tant cru, j'avais tellement espéré que tout se passe bien, que le plan se déroule sans accroc. L'abattement qui me prend est immense.

— Jetez vos armes ! nous ordonnent-ils.

Ils sont une vingtaine à nous tenir en joue. À leurs côtés, quelques Turcs, Diop, Mamoudou et Hakim. Tous menottés, ou retenus par des carcans à pistons hydrauliques. Derrière eux, quatre hélicoptères refroidissent.

Kühne n'a pas rigolé, c'est toute une armée qu'il a envoyée pour récupérer ses clones.

J'en entrevois d'ailleurs cinq, sous bonne garde, à l'intérieur de l'hélicoptère de transport de troupes. Deux portent des numéros sur leur front également ceint d'un bandeau bardé de puces électroniques. Les autres n'en ont pas encore. Sans doute s'agit-il d'une partie des clones récemment volés à ZeitKlonnen. Ils devaient se planquer quelque part dans les étages, apeurés par le barouf de notre assaut, en attendant de retourner leurs pouvoirs contre nous.

— C'est fini… lâche Tan.

À partir du moment où nous avons levé la main sur eux, dans les caves, oui : tout était fini.

L'ultime question qui reste à débattre est : vont-ils nous exécuter là, maintenant, ou nous remettre aux feds pour qu'ils collent à nouveau nos culs en prison ?

Franchement, je me sens pas emballée.

— À genoux, mains sur la tête !

Le gradé de cette armée privée parle avec un ton autoritaire, d'une voix grave qui laisse peu de doute quant à ses intentions. Sa carrure n'est pas différente de celle des autres : il est grand, athlétique, armé jusqu'aux dents. Son casque est en revanche marqué d'un triangle rouge.

Il reprend :

— Il manque des clones.

Ceux dans l'hélico, deux dans la cave, c'est possible…

— Il manque le Un et le Quatre. Où sont-ils ? qu'il poursuit.

Un est mort, tué par Vince. Mais Quatre ? Nous n'en savons rien. Et de toute manière, nous ne lui répondrons pas. Parce que lui révéler ce que nous savons nous rendrait inutiles à ses yeux et ça signerait sans doute notre arrêt de mort.

Le gradé oriente son arme vers la tête de Diop :

Blam !

La déflagration fait sursauter Tan. J'essaie de me relever, mais une béquille dans les côtes me renvoie au sol.

Diop tombe en arrière. Du sang et de la matière cérébrale se répandent sur le sol bétonné, mettant en exergue la mâchoire serrée et les yeux écarquillés dans la mort de mon vieux camarade.

— Je répète, insiste l'officier. Où sont-ils ?

— J'en sais rien, tentent les jumeaux en même temps à travers leur connexion profonde.

Le militaire s'approche du premier et pose le canon de son arme sur son front.

— Si j'appuie, vous mourrez tous les deux ?

Dans leurs yeux se lit soudain une peur palpable. J'ignore à quel point ils sont reliés, ni comment le mercenaire est au courant de ce détail. Je ne sais pas ce que le décès de l'un provoquera au second, mais une chose est sûre, aucun des deux ne souhaite voir l'autre mourir. La perspective d'une vie en solitaire les terrorise.

Le sale type semble nous connaître par cœur. Il se penche jusqu'à ce que son casque touche le crâne d'Ewen, son arme de poing glissant sur sa joue perlée de sueur, presque affectueusement. Ou plutôt comme le pire des sadiques.

— Je le demande une dernière fois : où se trouvent les derniers clones ? susurre-t-il d'une voix qui se veut mielleuse.

À cet instant, deux moteurs en surrégime se font entendre. D'où nous nous trouvons, leurs chants résonnent dans tous les sens entre ce qu'il reste des immeubles.

Le mercenaire au triangle rouge fait signe à ses sbires de se tenir prêts.

Le bruit augmente.

Nous lançons aussi des coups d'œil à droite et à gauche pour tenter de localiser l'origine du vacarme. Je remarque alors 348 derrière moi, en retrait. Contrairement aux autres, il ne cherche pas la provenance du son, il se concentre. Ce n'est qu'alors que je comprends que c'est lui qui dirige vers nous ses véhicules.

Les motocross !

Je n'avais pas compris à quoi pouvaient servir ces deux véhicules légers, puisque nous étions tous à l'abri d'une voiture. Je m'étais dit qu'il les avait pris comme ça, parce qu'il les avait sous la main et qu'elles avaient de la gueule. En vérité, il les avait choisis pour leur vélocité et leur capacité à franchir n'importe quel obstacle. Cela m'apparaît maintenant évident.

Une des motos s'envole depuis un monticule, moteur à fond avant de retomber sur un groupe de mercenaires restés derrière en renfort. Le fracas métallique distrait ceux qui nous tiennent en joue.

C'est le moment !

Pas besoin de nous concerter, nous agissons de concert : Tan se redresse et fonce arracher son arme à l'un des mercenaires. Les jumeaux sautent sur le chef, alors qu'Irina reste au sol, mais projette ses jambes pour venir faucher les deux hommes en armes les plus proches. Hakim, les mains encarcanées dans le dos, pousse sur ses jambes et percute le plus proche de ses adversaires, qui tombe à la renverse. Il lui saute dessus et l'immobilise.

Mamoudou se contorsionne et agrippe le poignet du mercenaire qui le braquait. Les os cèdent et le cyber enchaîne avec un coup de boule qui envoie son adversaire plus loin, le casque enfoncé dans le crâne.

La seconde moto tombe au milieu de la mêlée et vient percuter le connard qui me braque. Il tombe à la renverse en lâchant son arme. Je me relève et lui enfonce le crâne d'un coup de genou. La seconde moto toujours debout effectue un arc de cercle pétaradant et vient renverser les mercenaires les plus proches. Nous en profitons pour distribuer des coups à qui mieux mieux. Hakim et Mamoudou se sont débarrassés de leurs entraves.

Nous n'en avons pourtant éliminé qu'une poignée. Les autres hommes d'armes se ressaisissent et ouvrent le feu dans notre direction. Nous nous plaquons tant bien que mal derrière des carcasses d'appareils électroménagers. Les balles viennent frapper les parois en métal. Certaines traversent, d'autres ricochent.

Je cherche mes gars du regard mais ne les aperçois pas tous. Je jauge la situation rapidement, aucune échappatoire, à l'exception des hélicos. Celui des clones semble la meilleure porte de sortie. D'autant qu'il est bien armé. Encore faut-il pouvoir le hacker et le piloter…

Je fais signe à 348. Je le pointe du doigt, puis l'engin volant. Il comprend, il acquiesce. Une partie du problème est en passe d'être résolu. Pour les pirater, en revanche, nous n'avons qu'un seul atout dans l'équipe… Je balaie à nouveau le merdier du regard.

Mais où sont les jumeaux ?

Tan balance son flingue sur les gars qui nous tirent dessus, après s'en être servi pour démonter quelques mâchoires à coups de crosse. Il ne peut pas s'en servir autrement, car tout comme nos flingues officiels, ils nécessitent une reconnaissance biométrique pour fonctionner. Mamoudou reprend ses techniques de prédilection, c'est-à-dire attraper des trucs gros et lourds qui traînent par là, et les balancer sur les troupes ennemies. Les servomoteurs de ses membres cybernétiques ne tiendront pas longtemps à ce rythme. Hakim se dirige vers l'appareil dans lequel les clones sont détenus. Les militaires lui tirent dessus. Quelques balles passent dangereusement près de lui, certaines flirtent avec ses prothèses blindées sans lui faire trop de mal. Malheureusement, le Microgun XM 220 de l'un des hélicoptères s'anime et se braque dans sa direction. Les huit canons rotatifs de ce modèle militaire de mitrailleuse sont capables de découper un véhicule, avec leurs 14 000 balles par minute.

Je me redresse et je cours en direction de l'appareil. Je prends appui sur un pan de mur effondré. Mes jambes grincent lorsque je les pousse à fond. Mon bond doit bien faire dans les douze mètres, nouveau record personnel. Je passe au-dessus de Hakim, et je plonge les genoux en avant sur les huit canons en mouvement de la mitrailleuse lourde. Mes rotules cybernétiques percutent les tubes en métal dans lesquels fusent les premières balles, au moment où le pilote presse la détente. Mes articulations, bien que renforcées, cèdent. Mais le support des canons prend cher, de sorte que la calibration de visée est totalement foirée. Les balles explosent dans les détritus, à quelques mètres de Hakim. Il est sauf, à moins que le hasard fasse qu'il ne se prenne une balle réellement perdue.

Je retombe dans la boue, les jambes mutilées, inutilisables.

PUTAIN !

Hakim passe au-dessus de moi et prend d'assaut l'appareil. Autour, les tirs reprennent et Owen revient avec son sac plein d'armes à feu volées sur le champ de bataille. Tan s'est dégotté un hachoir je ne sais où. Il fonce se friter avec les hommes de ZeitKlonnen, un peu désorientés, Irina sur les talons. À mains nues, la nana ! Les jumeaux et 348 montent à l'assaut de l'hélicoptère, distribuant quelques mauvais coups au passage.

J'ai du mal à suivre tout ce qui se passe. J'essaie de me redresser sur mes avant-bras, mais je ne sais pas comment je vais pouvoir me rendre utile. Un énorme bruit dans la cabine de pilotage au-dessus de moi attire mon attention. Hakim extrait *manu militari* le pilote de son siège après avoir dégagé à coups de pied la vitre du cockpit constellée d'impacts. Mamoudou, que j'avais perdu de vue, entre par la porte latérale de l'hélico et retrouve les cinq clones. Les jumeaux arrivent à leur tour, Owen tirant sur tout ce qui bouge. Ewen aide 348 à se déplacer. Le pauvre titube, il a mauvaise mine. Son pare-balles est percé, je vois du sang s'écouler. Ils grimpent dans l'appareil, s'installent dans le cockpit. J'espère que 348 pourra le piloter et qu'Ewen saura pirater l'engin. Le temps presse. Je m'efforce de ramper pour les rejoindre, quand une voix familière m'interrompt :

— À coup de hand ?

Je tourne la tête et devine la silhouette de Diop à contre-jour, bien debout sur ses deux jambes, qui me tend la main. Les larmes me montent. Je ne comprends pas. Je lui donne la mienne.

— Diop ? Mais, comment… que je balbutie.

Il me hisse et me prend dans ses bras. Je retiens une grimace d'effroi : la moitié de son visage est détruite. Les os à nu ne retiennent plus que quelques lambeaux de chair. Je peux voir sa langue remuer, ses dents et, un peu plus haut, une partie de son cerveau exposé. Un liquide jaunâtre, gluant, s'écoule de ses plaies. Le fameux pouvoir de récupération des bios est en pleine action. Mais sans sédatif ni coma artificiel, il doit sacrément douiller.

— Ça va aller ? demandé-je, inquiète.

— No choice. Je n'aurais pas bougé at the last second, mon brain aurait été destroyed beyond tout espoir de régénération.

Il me pose à l'intérieur de l'hélico. Je remarque sur son avant-bras tous les patches antidouleur de son kit de pharmacie. Tous, il n'en manque pas un. Il tremble, mais encaisse, avant de se laisser tomber dans un fauteuil, épuisé par ses efforts héroïques.

Harnachés sur leur siège, menottes aux poings, les clones tremblent comme des feuilles. Ils sont recroquevillés les uns contre les autres. Les diodes de leur espèce de serre-tête clignotent furieusement en rouge, neutralisant leurs impulsions psychiques qui doivent être en train de bouillonner sous leur crâne. Ewen exulte au moment où il parvient à craquer les protections de l'IA de l'appareil. À la demande de 348, Hakim s'installe derrière les commandes du co-pilote. C'est lui qui va manier l'engin. Je sais même pas s'il a déjà fait ça, mais si 348 le sollicite lui, parmi tous les autres, c'est qu'il doit avoir une expérience, même petite…

Mamoudou arrache la Microgun de son trépied mécanisé, et arrose les militaires de balles de métal brûlant. Aide bienvenue pour Tan et Irina qui continuent le combat au corps à corps.

Au-dessus de nous, les pales commencent enfin à tourner.

— Il faut qu'on y aille, nous hurlent en même temps les jumeaux. Mamoudou est bientôt à sec !

Je me hisse pour m'installer à côté de Diop. Le pauvre me lance un sourire inhumain. Je me penche vers lui, le prends dans mes bras. Il perd conscience. Avec mes gants, je n'arrive pas à sentir son pouls.

Mike.

Vince.

Maintenant Diop.

Les pales trouvent leur allure de croisière. Hakim fait s'élever l'appareil au moment où Mamoudou aide Irina et Tan à sauter à bord, avant de cribler les autres hélicoptères avec les dernières bandes de balles qui lui restent.

Nous décollons.

Les déflagrations continuent à retentir. Je crois bien qu'au moins un hélicoptère explose, mais je n'entends plus. Je suis perdue dans la contemplation du visage dévasté de Diop…

Mike.

Vince.

Diop.

Les larmes m'assaillent, emplies de culpabilité, de rage, de tristesse. J'ai failli à mon rôle de chef, à mon devoir de protéger mes gars.

Je m'en veux, parce que je suis responsable d'eux, de cette enquête, de cette mission, mais aussi et surtout de tout ce bordel.

Nous filons à travers le ciel.

— On a réussi ! beugle quelqu'un, à moitié couvert par le bruit des rotors qui nous parvient par les portes grandes ouvertes.

Le vent me gifle, emportant mes larmes. Quelqu'un les referme, à mon grand soulagement.

Nous sommes toujours dans la zone de black-out de communication. Les hommes de ZeitKlonnen ne peuvent pas compter sur d'éventuels renforts. Un vague espoir nous remplit. La sensation d'avoir accompli la mission commence à nous gonfler d'orgueil. Je jette un œil aux clones, ils sont toujours blottis l'un contre l'autre. Ils sont effrayés, perdus. Comme moi, dans le fond. Où est-ce qu'on va poser cet engin et comment va-t-on gérer la suite ?

— Accrochez-vous ! s'écrie Hakim.

— Hein ? dis-je.

Une roquette nous touche au flanc. Notre hélico est projeté sur le côté, il tangue. Hakim et 348 font tout pour le stabiliser, mais nous perdons brutalement de l'altitude. L'une des portes s'arrache et avec elle une partie de la structure de l'appareil. J'attrape une sangle et m'y accroche, tout en tenant Diop, dont le corps inerte commence à glisser dangereusement.

Nouvelle explosion, je ne sais pas trop où, tout tourne trop vite. Des alertes retentissent dans le cockpit. J'aperçois Irina qui est happée à l'extérieur. Elle disparaît dans le vide sans que qui que ce soit n'y puisse rien.

L'appareil tourne sur lui-même de plus belle, ça sent le crash…

Nous nous accrochons plus fort. Mes mains, qui sont de chair et d'os, commencent à faiblir. Les sangles mordent violemment dans ma peau, qui se déchire, mais je ne veux pas lâcher Diop.

L'appareil fait une embardée à droite, chute violemment avant de se stabiliser dans une grande secousse, pour dégringoler de nouveau, cette fois hors de contrôle. Tout bascule, Tan est projeté à son tour hors de l'appareil. Le contact avec le sol est terrible. Des kilos d'ordures pénètrent la soute, le cockpit, telle une vague incontrôlable. Hakim s'est débrouillé comme un chef pour limiter la casse, en choisissant un endroit propice à s'écraser la gueule par terre. Nous sommes balayés hors de l'appareil, qui glisse le long du flanc d'une montagne d'immondices que les pales de l'hélico frappent avec constance.

Diop m'échappe des mains, submergé par une vague de déchets putrescents.

Je suis impuissante.

Je ne veux pas le perdre…

Les larmes reviennent.

Je suis aussi emportée. Des objets plus ou moins durs me cabossent, me percutent, roulent avec moi. Mon pare-balles m'évite peut-être le pire. Je hurle, je tends les mains pour freiner ma dégringolade. Je tente de remuer mes jambes, sauf que désarticulées à partir du genou, elles ne me sont d'aucune aide.

Je vais y rester.

Un liquide putride me recouvre le visage, je n'ose plus reprendre ma respiration. Je tourne sur moi-même. L'air frais arrive soudain, j'inspire rapidement et crie de panique. Les vrombissements des moteurs couvrent ma voix.

Le corps infect de Bonneuil se referme sur moi.

Je perds conscience.

L'odeur me réveille. Elle vient me rappeler où je me trouve, ce qui m'écrase, m'étouffe presque. Puis la raison qui nous y a amenés et enfin la conclusion catastrophique de cette mission…

J'ouvre les yeux. Je suis bien sous un tas de déchets. Le dépotoir qui m'entoure ne laisse filtrer que peu de lumière. Une lumière artificielle qui provient de je ne sais où et qui laisse penser que la nuit est bien installée.

Mes bras vont bien. Ils sont douloureux, mais toujours là. Je tente de repousser les objets qui me compriment, mais chaque mouvement provoque la chute de nouvelles saloperies qui viennent les remplacer. Au bout d'une dizaine de tentatives, je décide de me calmer, de m'économiser. Pour m'extirper de là, il me faudrait une aide extérieure, une main puissante, comme celle de…

Diop.

Et les autres, au fait ? Où sont-ils, et surtout dans quel état ? Je n'ose pas appeler, de peur de rameuter la milice trinitiste que je devine en train de fouiller la montagne d'ordures.

Je tends l'oreille, aucun bruit probant ne me parvient. Ça ne me rassure pas beaucoup : s'ils étaient en état, mes gars devraient tenter de s'échapper pour rejoindre les véhicules de 348. Ou bien en train de se friter avec les troupes de ZeitKlonnen. Le silence lourd, mauvais, inquiétant qui règne ici ne me dit rien qui vaille.

Un vent glacial se lève. Je le sens traverser la couche d'immondices, je l'entends siffler au milieu des cadavres d'appareils, charriant avec lui des odeurs à vous retourner l'estomac. La pluie s'en mêle. De grosses gouttes tapent le dessus de la voûte de détritus qui me surplombe, pour s'écouler en un filet brun, entraînant avec elles crasse, huile, boue et tout ce que l'on peut imaginer.

J'ai soif.

Je réprime un haut-le-cœur et penche ma tête pour récupérer un peu de ce fluide douteux, le seul disponible pour me désaltérer. L'eau glisse sur ma joue, avant de venir mourir dans ma bouche. Le goût est métallique. L'eau est pâteuse. J'avale une gorgée que je regrette immédiatement. Je manque de vomir. Je tousse, crache, râle, avant de retrouver mon calme ; je me jure de ne plus recommencer.

Prisonnière dans ce cercueil de fortune, je commence à douter : que va-t-il se passer ? Va-t-on me retrouver ? Vais-je mourir étouffée ?

Non, ne pas penser à cela.

La pluie redouble. Impossible d'en suivre maintenant le clapotis tellement son rythme accélère. L'eau ne ruisselle plus, elle coule, s'engouffre, s'enfonce et disparaît plus bas, dans cette boue qui nous a tant gênés tout à l'heure. Et cette boue, détrempée de plus belle, doit maintenant submerger les plus basses strates d'ordures qui servent de fondations aux montagnes environnantes.

Vais-je m'enfoncer dedans aussi ? Être digérée par cette masse de détritus qui m'écrase ?

Deux bonnes heures passent ainsi avant que l'eau n'interrompe sa chute. Le robinet divin s'est manifestement refermé et moi, en dessous, je grelotte. Frigorifiée, je commence sérieusement à désespérer, l'oreille toujours tendue.

— Diop… que je chuchote. Vince… Mike…

Encadrer des flics n'a rien d'anodin : d'un côté, ça peut rapporter plusieurs années de bonus, quand tout se passe bien. D'un autre, ça peut aussi engendrer des années de malus, car en tant que responsable, les fautes de mes hommes me retombent dessus. Dans une brigade normale, le jeu vaut rapidement la chandelle. Dans la mienne, ça a toujours été plus compliqué. Pour une raison que j'ignore, et malgré mon implication, mes sélections, mes attentions, mes hommes ont souvent eu tendance à n'en faire qu'à leur tête. Peut-être suis-je un mauvais lieutenant. Peut-être suis-je trop instable pour diriger une brigade. Qui sait ? Léonin me fait confiance, mais en dehors du commandant, qui parierait sur moi ? Qui se préoccupe de moi d'ailleurs ? Même papa m'a abandonnée quand j'étais petite.

Papa...

C'est de là que provient ma haine pour Empenn : retrouver la sauvegarde mémorielle de papa sur leur serveur, voir son hologramme, lui parler tout en sachant qu'il n'était qu'une simulation, tout cela a fait remonter de la haine en moi...

Une haine telle que j'ai tout fait exploser. Que j'ai gâché ma vie.

Des bips me tirent de mes délires. Aigus et lents au départ, puis plus rapides, à mesure qu'ils se rapprochent. Ma gorge se serre, mon cœur accélère. Mes poings se ferment. Je voudrais pouvoir réagir, bouger, m'enfuir ou me défendre, mais coincée comme je le suis, écrasée, je ne peux rien faire qu'attendre, attendre et espérer.

Les bips sont plus proches et plus nets. Je respire de moins en moins profondément, j'en arrive à la limite de l'apnée. J'entends des pas, précautionneux, lents, qui cherchent leurs appuis avant de progresser. Au départ, je ne discerne qu'un seul sauveteur potentiel. Puis deux, trois. C'est tout un groupe qui arpente le coin. J'entends parler mais ne discerne pas leurs propos.

Si ce sont les enfants arachnides, je me demande s'ils me tueraient pour me revendre en pièces détachées ? À moins que ce ne soient des drogués, comme ceux de Champigny. Peut-être des renforts turcs... Ou pire, les mercenaires de ZeitKlonnen, à la recherche des survivants du crash... Ça s'active au-dessus de moi. Ils m'ont trouvée, qui qu'ils soient. Je commence à paniquer. Lorsque les encombrants qui bloquent ma respiration sont enfin enlevés, une lumière crue et artificielle me transperce le cerveau. Je ferme les yeux, désorientée, mais prête à recevoir une balle en pleine tête.

Au lieu de cela, c'est une voix connue qui m'interpelle :

— Lieutenant, ça faisait un bail.

Cet accent, ce ton... Lynley !

Je rouvre les yeux et distingue péniblement le visage du fed, tout sourire.

CONCLUSION

Je suis allongée sur mon lit d'hôpital au matelas un peu raide mais accueillant. Un simple drap me recouvre. C'est suffisant, car j'ai l'impression d'être dans une couveuse tant la température est agréable, maternelle. À portée de main de mon lit, mon fauteuil roulant m'attend. Je me redresse, me soulève et me glisse dedans sans difficulté, comme tous les matins depuis quelques jours depuis que les hommes de Lynley m'ont amenée me faire soigner ici. Ce sont des gestes que je n'ai pas oubliés, pour les avoir longtemps pratiqués. Ce modèle est toutefois plus moderne que tout ce que j'ai connu autrefois : il dispose d'un moteur électrique, et même d'une autonomie suffisante pour me permettre de traverser Paris ; mais je préfère recourir à mes bras pour avancer. J'ai l'impression d'être moins assistée, plus autonome.

Ce qui reste de ce pauvre Mamoudou se trouve dans la chambre d'à-côté, comme je peux le voir à travers les cloisons transparentes qui donnent sur le couloir. Quand Lynley l'a retrouvé, les gamins arachnides lui avaient fait sa fête. Il ne restait de lui que sa tête, sa colonne et quelques organes encore fonctionnels dans leurs fourreaux de survie. Il n'aurait toutefois pas tenu une heure de plus dans cet état.

Un peu plus loin des restes de Mamoudou, les fédéraux sont tombés sur le cadavre de Hakim, une balle perforante dans la tête, tout comme les jumeaux. On n'a pas retrouvé Irina, on suppose qu'elle n'a pas survécu à sa chute. Idem pour Tan qui semble être passé entre les pales de l'hélico. À l'heure actuelle, on les recherche encore. Au final, seuls Diop et 348 ont survécu. Ce dernier est toujours en urgence absolue.

— Where do you go ? demande Diop.

Ce type est increvable, même si on voit que sa tronche n'a pas fini de se rafistoler. Avec ses capacités de bio surboosté et son mental hors normes, il a pu regagner seul les vieilles guimbardes de 348. Une fois hors de la zone de brouillage, il a prévenu Asima. Qui a dépêché des ambulances. Et prévenu Lynley pour qu'il nous exfiltre et garde la primeur des infos, aux dépens des troupes trinitistes de ZeitKlonnen. Gagnant-gagnant, il a sauvé nos culs, peut-être au profit d'un avancement de carrière.

Quoi qu'il en soit, tout ce petit monde a réagi vite.

— How vas-tu ?

— J'ai connu mieux. T'as des nouvelles d'Ubwa ? Il a dit quelque chose pour mes jambes ?

— Well… He said : « Qu'elle me foute la paix cette emmerdeuse ! »

— Hum.

— Yep.

— Je vais voir Vince. Tu viens ?

Il acquiesce. Il se propose de me pousser, ce que je refuse. Je n'en suis pas là. Nous remontons le couloir et arrivons aux soins intensifs. Là, le vieux flic repose dans un lit. Il a quitté le caisson de survie pour suivre maintenant un protocole allégé, qui le voit tout de même percé de part en part par de multiples perfusions. Il est sous assistance respiratoire et ses constantes sont surveillées H24. Il est toujours en coma artificiel, mais il a passé le plus gros.

— Lynley wants to parler with you.

— Il attend mon rapport ?

— Quelque chose like that.

Je regarde ce grand costaud, trop gentil, qui me lance son plus beau sourire. Diop. Si je n'étais pas son lieutenant, je me laisserais bien aller entre ses bras.

Arrête, Myala !

Nous retournons dans ma chambre. Là, Diop m'aide à regagner mon lit et je ne m'y oppose pas.

— I need to buy myself un en-cas.

Lui et son appétit. Il s'en va et j'en profite pour allumer les infos. Toujours rien sur notre affaire, évidemment. Lynley, vieux filou. Je suis sûre qu'il a étouffé toute l'histoire.

Le soir, Lynley fait son apparition. Il est pas seul : Lou l'accompagne, mais il semble gêné. Il reste à l'entrée, se contentant de me saluer de loin. Le fed, par contre, semble assez content. Cette fois, je suis persuadée que la conclusion de cette affaire lui a valu quelques félicitations et peut-être même une promotion.

Lynley tire de sa poche sa cigarette électronique, avant de se raviser en apercevant le robot infirmier marauder dans les couloirs. Mieux vaut se rabattre sur une addiction plus conventionnelle :

— Vous voulez un café ?

— Non merci, dis-je. J'essaie d'arrêter.

— Sale affaire hein, qu'il me dit.

— C'est le moins que l'on puisse dire.

Je fixe Lou quelques instants, je remarque ses insignes de fed. Lynley m'explique :

— Ce jeune homme travaille pour moi depuis le début, j'espère que vous ne m'en voudrez pas.

Je grimace. Je me rappelle l'entretien de Lynley dans notre salle d'interrogatoire. Lou était donc de mèche. Je croyais avoir un bon jeu, mais le joker n'était pas dans ma main. Je fusille le bleu du regard, il baisse le sien.

— Pourquoi ?

— Il nous fallait un environnement serein pour tester son implant.

Je tique :

— L'histoire des deux technologies…

— On n'était pas sûr que ça serait stable, me dit Lou. On se méfie des prototypes d'Empenn. Tu nous comprends plus que quiconque, j'imagine.

Ils se sont bien foutus de ma gueule tous les deux.

— Où on en est des meurtres ? reprends-je pour changer de sujet, tout en essayant d'éteindre la colère qui bout en moi.

— Classés.

— C'est tout ?

— Nous savons qui les a commis, comment, mais nous ne pouvons mettre personne derrière les barreaux pour l'instant.

— Les Turcs, toujours en cavale ?

— Certains oui, d'autres non. On s'occupe d'eux, ajoute-t-il avec un regard en direction de Lou.

— Et les clones ?

— Disparus sans laisser de trace.

Je tique.

— Vous les avez éliminés, c'est ça ?

— Non, vous vous en doutez ! répond-il avec un clin d'œil.

— Alors, c'est que vous les avez mis au secret. Vous avez pu mettre la main sur tous, au moins ?

Lynley grimace.

— Officiellement, oui.

— Et officieusement ?

— D'après les comptes rendus d'analyses et d'expérience du labo clandestin, il se pourrait qu'il en manque un.

Je peste.

— Du genre dangereux ?

— Plutôt. C'est celui après lequel vous êtes, depuis le début. Tous nos agents lui courent après.

La colère empourpre mes joues.

Quatre.

— Alors on en reste là ?

— Vous, oui. Tout cela n'est plus de votre ressort.

Je fulmine. Tout ça pour ça.

— Ah, nous avons malencontreusement dû effacer tous vos dossiers…

— Sherlock ? Me dites pas que vous avez vraiment fait ça, il y a les enregistrements de mission de tous mes gars !

— Vous n'y pouvez plus rien. Mais si ça peut vous consoler, Kühne est entendu en ce moment même. Notre ami commun, ajoute-t-il en pointant Lou, va ensuite vérifier toute son histoire. Ses talents psychiques ne seront pas de trop.

Je rends les armes, avant d'ajouter :

— Bon, OK. Du coup, que faites-vous vraiment là si toutes nos archives sont effacées, que ces meurtres ont été classés alors que vous n'avez mis aucun vrai suspect derrière des barreaux ?

— Je suis juste venu prendre de vos nouvelles.

— Je vais bien, conclus-je, pour couper court à cet échange au goût amer.

— Je vois cela.

Il se tourne pour quitter ma chambre d'hôpital. Arrivé sur le perron, il me lance :

— Nous restons en contact, qui sait ce que l'avenir nous réserve ?

Je ne lui réponds pas, furibarde d'avoir été roulée dans la farine. Il ricane.

— À bientôt Capitaine.

— *Capitaine* ?

Il me salue de la main, d'un geste nonchalant mais élégant, et tandis qu'il disparaît dans le couloir, un message du Gardien s'affiche sur le moniteur en face de mon lit.

« Pour service rendu aux fédéraux, vous accédez au grade de capitaine. »

Je consulte le nombre d'années de service qu'il me reste, avec l'espoir de découvrir un bonus…

« Aucune enquête résolue. Nombre d'années inchangé. »

Lynley, quel salaud !

TABLE DES MATIÈRES

Soyez informé de l'actualité et des nouveautés des **Éditions du 38,**
abonnez-vous à notre newsletter
en vous rendant sur notre site internet

www.editionsdu38.com

Nous écrire :
contact@editionsdu38.com

38 rue d'Alger
31290 Villefranche-de-Lauragais

La version numérique de ce roman est disponible
sur les principales plateformes de téléchargement.

Imprimé en France
FRHW010155130922
32046FR00008B/54